문학
속의
철학

로쟈와
함께
읽는

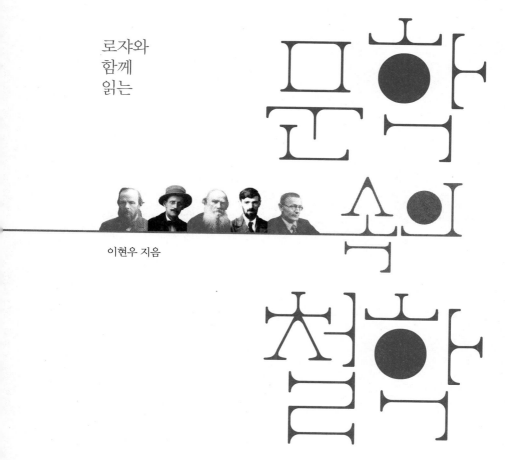

문학 속의 철학

이현우 지음

책세상

머리말

이 책은 '문학 속의 철학'이라는 주제로 진행한 강의를 책으로 엮은 것입니다. 서로 친숙하면서도 마주 보는 관계인 문학과 철학은 저의 오랜 관심사였습니다. 30년 전 대학에 입학하고 처음 수강 신청을 하면서 아무런 주저 없이 교양과목으로 '문학개론'과 '철학개론'을 나란히 신청했었습니다. 문학(러시아 문학)을 전공으로 선택했으니 문학개론을 신청한 것은 그럴 만했고, 철학개론을 신청한 것은 아마도 월 듀랜트의 《철학 이야기》를 흥미롭게 읽은 영향 때문인지 모르겠습니다.

막상 첫 학기 개강을 하고 철학개론 강의실에 들어갔을 때는 조금 당황했던 기억이 납니다. 철학과의 원로 교수님이 강의실로 들어오시더니 이번 학기에는 장 자크 루소의 《사회계약론》(당신의 표현으론 《민약론》)을 읽겠다고 하셨습니다. 최소한 소크라테스나 플라톤부터 강의가 시작될 줄 알았던지라 마음의 준비가 안 된 상태였고, 루소를 강독하기보다는 앞선 시대의 철학사에 대한 이해가 먼저 이루어져야 한다고 생각했습니다. 결국 철학개론 강의를 취소하고 대신에 그 학기에는 종교학개론을 들었습니다. 가장 만족했던 강의 중 하나였기에 그렇게 수강 신청을 변경한 것을 현명한 선택으로 여겼습니다.

철학 강의와의 두 번째 조우는 3학년이 되면서야 이루어졌습니다. '현대사회의 철학적 이해'라는 과목을 신청했던 것인데, 리포트까지도 한 차례 썼지만 개강 이후 한 달 만에 군대에 가게 되어, 역시나 중도에 수강을 포기하게 되었습니다. 때문에 학부 시절 저의 철학 공부는 어떤 강의의 도움 없이 책으로만 이루어진 독학이었습니다. 당시에 제게 가장 많은 도움을 준 저자가 고故 박이문 선생입니다. 지난해에 나온 '박이문 인문학 전집'이 웅변해주듯이 평생에 걸쳐서 성실하게 그리고 정력적으로 인문적 사유와 철학적 사색을 펼쳐놓으셨던 분입니다.

박이문 선생의 많은 저작 가운데 이 책이 제목을 따온 것은 《문학 속의 철학》입니다. 1975년에 초판이 나오고 2011년에 개정판이 나온 책으로, 돌이켜보면 저자가 지금의 저보다 젊었을 때 쓴 책입니다. 문학 월간지에 연재한 글을 묶어서 펴낸 이 책을 지방 도시의 시립도서관 서가에 꽂힌 걸 발견하고는 대출해서 읽은 기억이 납니다. 문학과 철학에 이미 관심을 갖고 있었기에 제목이 인상적이었고, 막연히 이런 주제의 책을 저도 써보면 좋겠다는 생각을 했습니다.

그러고는 많은 시간이 흘렀습니다.

오래전 포부를 다시 떠올리게 된 건 지난 2014년 가을입니다. 데

이비드 허버트 로렌스의 소설《사랑에 빠진 여인들》이 번역되어 나오자마자 제가 떠올린 책이《문학 속의 철학》입니다. 박이문 선생의 책에서는 '사랑하는 여인들'이란 제목으로 다뤄진 소설로, 로렌스의《아들과 연인》이나《채털리 부인의 연인》같은 작품을 이미 강의에서 다루면서도 아직 번역본이 없어서 빼놓았던 작품이었습니다.

이 작품을 자세히 읽고《문학 속의 철학》에 대한 젊은 날의 독서도 되새겨보기 위해 '문학 속의 철학'이란 주제의 강의를 곧바로 기획하여 2015년에 푸른역사아카데미에서 진행했습니다. 8강 규모의 강의에서《사랑에 빠진 여인들》에 2강을 할애하여 총 일곱 편의 작품을 다루었습니다. 소포클레스의《안티고네》부터 로렌스의《사랑에 빠진 여인들》까지인데, 모두 박이문 선생의 책에서 다뤄진 작품들 열다섯 편 가운데 고른 것입니다(카뮈나 카프카, 베케트 등의 작품은 이미 다른 강의에서 다루었고, 다른 책으로 묶일 예정입니다). 그러니까 이 책은 문학 작품 속에서 철학적 주제를 찾아 음미해보려는 시도인 동시에, 박이문 선생의《문학 속의 철학》을 제 방식으로 되읽은 결과이기도 합니다.

'문학 속의 철학'은 문학 속에 담긴 철학적 주제라는 뜻을 갖지만 동시에 '문학과 철학'이라는 의미도 포함합니다. 혹은 '문학 대 철학'이 될 수도 있습니다. 제가 염두에 둔 것은 두 가지인데, 하나는 문학 속에서 발견할 수 있는 철학적인 주제들, 말 그대로 문학 속에 들어와 있는 철학이라는 의미이고, 다른 하나는 철학적인 주제나 주장이 문학 작품 속에 들어왔을 때 어떻게 변형되는가, 내지는 문학은 철학을 어떻게 자기화하는가입니다. 일차적으로는 문학 작품에서 철학적 주제를 식별해내는 작업이 필요합니다. 이 작업의 예시는 박이문 선생의 책에서 발견할 수 있습니다. 하지만 그것으로 충분하지는 않다고 생각합니다. 문학 속으로 들어온 이상 철학은 문학의 텃세를 감수해야 합니다. 문학과 철학의 동거는 사이좋은 동거만은 아니기 때문에 서로를 의식해야 하고 연기해야 하며 때로는 성격도 버려야 합니다. 이런 문제가 '문학 속의 철학'에서 우리가 새롭게 주목할 수 있는 부분이라고 생각합니다.

매번 강의를 진행하면서 배우는 바가 있고, 그 배움은 강의를 마치고서도 계속됩니다. 강의를 책으로 엮은 이 책《문학 속의 철학》을 마무리하면서도 마찬가지입니다. 제가 놓친 다른 가능성, 다른 경로의 사색과 질문은 다른 강의와 다른 책으로 이월할 수밖에 없습니다. 그렇지만 한 가지 분명한 것은 이 중간 단계가 없었다면 다음 단계로의 이행도 가능하지 않았을 것이라는 점입니다. 아무쪼록 이 책이 독자의 문학 작품에 대한 이해와 함께 문학과 철학의 관계에 대한 사유에 긍정적인 자극이 된다면 좋겠습니다.

강의가 책으로 엮여 나오기까지는 많은 사람의 손을 거치게 됩니다. 출간 제안을 선뜻 받아준 책세상의 김미정 편집장과 편집과 교정에 큰 수고를 아끼지 않은 이단네 편집자에게 특별한 감사를 전합니다. 책은 저자가 독자에게 드릴 수 있는 선물이자 보상의 유일한 형식입니다. 여러 사람의 수고 덕분에 늦게나마 이번 가을의 수확을 신고할 수 있게 되었고, 조금은 들뜬 마음으로 겨울을 맞게 되었습니다. 이 책의 독자들께도 감사의 인사를 전합니다. 어떤 분들께는 올해의 첫눈 같은 책이면 좋겠습니다.

2017년 11월
이현우

윤리의 기준은 무엇인가

소포클레스, 《안티고네》

소포클레스 Σοφοκλῆς (기원전 496?~406)

아이스킬로스·에우리피데스와 함께 고대 그리스의 3대 비극 작가로 꼽히며 정치인으로도 활동했다. 부유한 집안 출신으로 배우 겸 비극 작가로 활약하다가 기원전 468년 비극 경연 대회에서 처음으로 우승한 이래 여러 차례 우승을 거머쥐면서 명성을 떨쳤다. 배우를 두 명에서 세 명으로, 코로스(고대 그리스극의 합창대)를 열두 명에서 열다섯 명으로 늘리고, 배경에 그림을 사용하고 3부작 형식에서 1편씩 독립시키는 한편, 인물의 분명한 성격 묘사를 중시하는 등 그리스 비극을 기교적·형식적으로 개혁하고 완성했다. 대표작으로《안티고네》,《오이디푸스 왕》등이 있다.

《안티고네 Ἀντιγόνη》(기원전 441?)

그리스의 도시국가 테바이의 왕 오이디푸스. 아버지를 죽이고 어머니와 동침한 사실을 뒤늦게 알게 된 그가 자신의 두 눈을 찌르고 방랑길을 떠난 뒤, 그의 두 아들 에테오클레스와 폴뤼네이케스는 왕권을 놓고 서로 적이 되어 싸우다 둘 다 죽고 만다. 그 결과에 따라 왕이 된 크레온은 에테오클레스의 장례는 치르게 하되 적의 군대를 이끌고 테바이를 공격한 폴뤼네이케스의 장례는 허용하지 않는다. 에테오클레스는 애국심을 갖고 있었으나 폴뤼네이케스는 이기심에 사로잡혀 있었고, 원수는 죽어서도 친구가 될 수 없다는 생각에서다. 하지만 안티고네는 외삼촌인 크레온의 금지에 맞서 폴뤼네이케스의 장례를 치르고자 한다. '국법'을 어기게 될지라도 그것이 가족의 도리이자 인륜이라고 생각하기 때문이다. 그걸 막을 권리가 크레온에겐 없다고 안티고네는 믿는다. 한편 여동생 이스메네는 언니 안티고네의 계획에 동참하기를 거부하고 크레온에 맞서는 것은 위험하다며 언니를 만류한다. 그럼에도 크레온의 명령을 어기고 오빠를 장사 지내려다 잡혀온 안티고네는 크레온의 포고보다 '가족의 법' 혹은 '신들의 법'이 더 강력하다고 주장하고, 크레온은 그런 안티고네를 오만하다고 비난하며 지하 동굴에 산 채로 가둔다. 예언

◀ 소포클레스의 흉상.
▶ 《안티고네》의 영문판 표지.

자 테이레시아스가 등장해 크레온의 오만함으로 파멸이 초래될 것
이라 경고하지만 크레온은 자신의 입장을 철회하지 않는다. 동굴
무덤에 갇힌 안티고네가 목을 매 자살하자 약혼자이자 크레온의 아
들 하이몬이 분을 못 이겨 자살하고, 아들의 자살에 충격을 받은 아
내 에우뤼디케마저 뒤이어 자살하고 만다. 순식간에 아내와 아들을
모두 잃게 된 크레온은 모든 책임이 자신에게 있다고 탄식한다. 코
로스의 말대로 그는 너무도 늦게야 올바름이 무엇인지 깨닫는다.
하지만 필멸의 인간에겐 뒤늦은 깨달음도 재앙을 피하는 데 아무
소용이 없다는 걸 그의 운명은 보여준다.

첫 번째 강의에서는 소포클레스의 《안티고네》를 다루면서 주제를 '윤리의 기준은 무엇인가'라고 붙였습니다. 실제로 《안티고네》는 '윤리'라는 관점에서 많이 다뤄지곤 합니다.

가령 《안티고네》와 관련하여 작품의 핵심이 크레온과 안티고네의 대립에 있다고 한 헤겔의 주장이 있습니다. 이 작품을 널리 알려지게 했을 뿐만 아니라 헤겔 이후에 아직까지도 논란거리가 된, 아주 유명한 주장이에요. 흥미롭긴 하지만 이 작품에 대한 해석으로는 좀 억지스러운 면도 있습니다. 그런데도 헤겔의 명성 때문에 상당 기간 동안 핵심적이고도 중요한 해석으로 계속 권위를 가져왔어요. 이에 대해서 한번 따져보려 합니다. 물론 제가 처음 따지는 건 아니고 헤겔의 의견에 대해 많은 반론들이 이미 제기되어왔습니다. 주로 페미니즘적 시각에서 그리고 정신분석비평 쪽에서 비판을 제기해왔지요. 이 강의에서는 복잡하게 깊이 들어가거나 하진 않고, 어떻게 이 작품을 헤겔의 주장과 다르게 독해할 수 있을지 한번 생각해보도록 하겠습니다.

《안티고네》는 소포클레스의 오이디푸스 3부작 가운데 가장 먼저 쓰였는데 연대기적으로 배열하면 가장 마지막에 놓입니다. 《오이디푸스 왕》, 《콜로노스의 오이디푸스》, 《안티고네》의 순서가 되죠. 그런데 창작 순서상으로는 《안티고네》가 소포클레스의 초기작입니다. 《오이디푸스 왕》이 중기작, 《콜로노스의 오이디푸스》가 후기작이 됩니다. 흔히 그리스 비극이 서양문학사에서 굉장한 중요한 장으로 간

윤리의 기준은 무엇인가

주가 됩니다. '문학사의 3대 정점'이라고 할 때 그리스 비극, 엘리자베스 여왕 시대의 셰익스피어의 비극, 19세기 러시아 문학을 이야기합니다. 이는 프로이트의 견해를 얼추 변형한 것이기도 합니다. 프로이트가 서양문학사의 3대 걸작으로 《오이디푸스 왕》, 《햄릿》, 《카라마조프 가의 형제들》을 들었으니까요.

그리스 비극 중에서도 소포클레스의 작품들이 최고 걸작으로 간주되고, 또 그의 비극을 대표하는 작품들이 《오이디푸스 왕》과 바로 《안티고네》입니다. 그런데 이 두 작품은 어느 것이 더 낫다 못하다 하기가 어려워서 《오이디푸스 왕》파와 《안티고네》파로 나눠집니다. 《오이디푸스 왕》을 더 뛰어난 걸작으로 보는 시각이 유력하다가 헤겔 때문에 《안티고네》파가 힘을 얻은 형국입니다. 창작 시기를 고려하자면 초기작 《안티고네》보다는 《오이디푸스 왕》이 조금 더 복잡하고 문학적으로 더 의미 있을 수 있지만, 주제로 보면 《안티고네》가 확연하게 무게감을 갖기 때문에 서로 막상막하인 것 같다는 느낌이 듭니다.

삶의 양상을 반영한
복합적인 대립 구도

잘 알려진 대로 오이디푸스는 테바이의 라이오스 왕과 이오카스테

사이에서 태어난 아들인데, 자신의 아버지를 살해하고 어머니와 결혼할 것이라는 신탁 때문에 그런 운명을 피하기 위해서 버려집니다. 목동이 오이디푸스를 죽이지 않고 이웃 나라 코린토스의 목동에게 맡기는 바람에 오이디푸스는 코린토스 왕가의 왕자(양자)가 되죠. 그런데 오이디푸스가 큰 다음에 자기에게 내려진 저주를 알고는 코린토스를 떠나 자신의 원래 고향인 테바이로 돌아가려고 합니다. 그런 도중에 한 노인과 그 일행과 말다툼이 붙었는데 발끈해서 그 노인을 죽이게 됩니다. 나중에야 그 노인이 자기 아버지라는 사실을 알게 되는 거죠. 그렇게 라이오스 왕이 실종된 상황에서 오이디푸스가 스핑크스의 퀴즈를 푸는 바람에 테바이의 왕으로 추대됩니다. 그다음에 이오카스테와 결혼해서 2남 2녀를 두게 되는데 이게 바로 《안티고네》의 배경이 됩니다.

폴뤼네이케스와 에테오클레스라는 두 아들이 있고 안티고네와 이스메네라는 두 딸이 있습니다. 두 형제가 왕권을 교대로 갖기로 했는데 에테오클레스가 약속을 지키지 않자 폴뤼네이케스가 반란을 일으켜서 서로 싸우다 둘 다 전사하게 됩니다. 그다음 시점부터 《안티고네》가 시작됩니다. 왕가의 남자들이 모두 전사하는 바람에 인척인 크레온이 왕위에 오르게 됩니다. 그가 처음 포고령을 내리기를, 반란자인 폴뤼네이케스의 시신을 매장하지 못하게 하는 한편, 에테오클레스는 성대하게 장례를 지내주라고 합니다. 그때 두 오빠의 동생인 안티

샤를 잘라베르, 〈오이디푸스와 안티고네〉(1842). 눈먼 오이디푸스가 딸 안티고네와 함께 전염병이 창궐하는 도시 테바이의 거리를 걷고 있다.

고네는 망자가 된 두 사람이 서로 싸우다가 서로를 죽인 셈이므로 그런 차별적인 포고령에는 동의할 수 없다고 말합니다. 그래서《안티고네》의 첫 장면에서 동생 이스메네에게 자신의 계획을 말하고 동의를 구합니다. 그런데 이스메네가 동의하지 않으니 안티고네가 단독으로 오빠 폴뤼네이케스를 장사 지내주려 합니다. 그러나 혼자서 하기는 힘들기에 땅을 곡괭이로 파고 형식을 갖춰서 시신을 묻지는 못하고 흙을 뿌리고 성수를 뿌리는 정도의 간이 장례식을 치릅니다.

마리 스파탈리 스틸만의 그림(22쪽)에서는 좀 다르게 되어 있긴 합니다. 안티고네가 폴뤼네이케스의 시신에 흙을 뿌리고 있는데 곁에서 이스메네가 장례를 도와주는 것처럼 보입니다. 실제 작품에서는 그렇지 않음에도 이런 식으로 묘사된 그림들이 있습니다. 이렇게 장사 지낸 사실이 발각되어서 크레온과 안티고네가 대립하게 되는 것이 이 작품의 중심부입니다. 크레온의 경고에 대한 안티고네와 이스메네의 대사로 《안티고네》가 시작되는데 자세히 보면 이 작품에서의 대립이란 비단 안티고네와 크레온 사이의 대립만 있는 게 아닙니다. 안티고네와 이스메네 사이의 대립도 있고 뒤에 보면 크레온과 그의 아들 하이몬 사이의 대립도 있습니다. 이렇게 대립 구도가 좀 더 복합적이라는 점을 고려해야 합니다. 흔히 안티고네와 크레온 사이의 대립 구도만 너무 강조하다 보니까 다른 대립 구도가 간과된 면이 있습니다. 작품은 좀 더 복잡합니다. 여러 가지 철학적인 주장과 명제에 비하면 문학 작품은 삶의 더 복잡한 양상을 다루며 이 작품도 마찬가지입니다.

크레온과 안티고네가 어떻게 대립하는지 살펴봅시다. 안티고네는 자신이 중시하는 것이 신의 법이라고 이야기하는데, 이는 인륜에 해당하는 부분입니다. 안티고네는 누이로서 자신에게 오빠의 장례를 치러줘야 하는 윤리적인 의무가 있다고 생각합니다. 그리고 그것을 금지하는 국가의 법(여기서는 크레온의 포고령)보다도 그 의무가 더 우선한다고 봅니다. 크레온은 국가의 통치자로서 자신이 내린 포고령

마리 스파탈리 스틸만, 〈안티고네〉. 안티고네가 오빠 폴뤼네이케스의 시신을 앞에 두고 장례 의식을 치르는 것을 동생 이스메네가 도와주고 있는 것처럼 묘사되어 있다.

을(이것이 국법으로서의 지위를 갖느냐는 생각해볼 문제인데) 위반한 안티고네를 용서할 수 없게 됩니다. 헤겔의 핵심적인 주장은, 이 두 가지 입장이 서로 충돌하는데 어느 입장이 맞고 어느 입장이 틀리다는 게 아니고 두 가지 입장이 다 옳다는 겁니다. 둘 다 타당하기 때문에, 옳은 주장끼리 충돌하기 때문에 비극이라고 보는 겁니다.

그런데 작품을 자세히 들여다보면 크레온은 자신의 입장을 나중에 철회합니다. 이 작품의 결말에 가면 크레온의 입장은 없어요. 물론 뒤늦게 철회하기 때문에 아들과 아내의 죽음을 막지 못하고, 자신의 오만함이 초래한 대가를 혹독하게 치르게 됩니다. 크레온과 대립하던 안티고네는 결말에 가면 마치 순교자처럼 자신의 입장을 철회하지 않아서 결국 죽음을 맞게 됩니다. 자살하니까 죽임을 당하는 건 아니고요. 반면에 크레온은 고수하던 입장을 철회해요. 그러니까 헤겔이 서로 충돌한다고 본 두 가지 입장이 후반부에는 존재하지 않습니다. 헤겔의 주장은 작품의 전반부에만 해당합니다. 전반부에서는 옳은 주장끼리 팽팽하게 맞서는 걸로 보여요. 그러나 뒤에 가서는 여러 사람이 크레온을 만류합니다. 아들 하이몬도 합창대(코로스)도 크레온을 만류합니다. 결국 크레온도 더 버티지 못하고 주장을 철회해요. 이제는 물러나야겠구나, 필연을 거스를 수는 없구나, 이런 식으로 이야기하는 장면이 나옵니다. 그렇지만 너무 늦었다는 것입니다. 그리고 비극적인 대가가 크레온을 기다리고 있습니다. 이게 작품의 결말입니다.

이중의 오만이 부른
이중의 비극

저는 이 작품의 제목이 '안티고네'이긴 하지만 비극의 주인공은 '크레온'이라고 생각합니다. 크레온의 비극이면서 안티고네의 비극이라고 봅니다. 비극의 주인공에게는 대개 과오나 오점이 있습니다. 그에 대해서 큰 대가를 지불하는 식으로 이야기가 전개되지요. 이 작품에서 어떤 결함이나 과오가 있다고 한다면 그것은 크레온의 오만입니다. 그런데 크레온에게 당당히 맞선 안티고네의 오만도 만만치 않습니다. 오만과 오만이 충돌하는 것입니다. 그래서 크레온의 비극이 그의 오만에 원인을 두고 있다고 한다면, 안티고네의 비극에 대해서도 그런 식으로 얘기할 수 있습니다.

미리 말씀드리자면, 저로서는 안티고네와 크레온이 너무 과대평가되어 있다고 생각해요. 헤겔은 안티고네를 대단히 고결한 인물로 간주했습니다. 헤겔 말고도 안티고네 예찬자들이 줄줄이 있습니다. 지상에 나타난 가장 고결한 인물이라며 안티고네를 높이 평가한 헤겔은 크레온을 맞대응시켰어요. 그러면 크레온도 얼추 고귀한 인물이 되어버려요. 고결한 인물하고 맞장 뜨게 되면 같은 급의 인물이 되는 셈이잖아요. 크레온도 대의에 충실하고자 한 면에서 안티고네와 대등한 위상을 갖게 됩니다. 하지만 과연 그런지 좀 의문입니다. 도식적으로 말씀드리자면 헤겔이 이야기한 이 작품의 주제, 구도하고 소포클레스가 실제로 쓴 이 작품의 주제, 구도하고 대비해서 볼 수 있지 않을까 싶습니다.

크레온의 명령에 맞선 안티고네는 '인간들을 다스리는 신의 정의는 당신의 명령이나 법과는 무관하고 그보다 더 우위에 있다'고 생각합니다. 이런 생각은 코로스 장의 대사에서도 나오는데 얼추 신의 뜻

세바스티앙 노블랭, 〈폴뤼네이케스의 장례를 치르는 안티고네〉(1825). 안티고네는 장례를 치르다 크레온의 명령으로 인해 체포된다.

인 것처럼 얘기가 됩니다. 크레온이 미처 받아들이지 못하는 바람에 문제가 커지게 됩니다. 크레온은 자신을 비난하는 안티고네에게, 법을 어기고 시신을 매장했을 뿐만 아니라 법을 비웃고 자신이 한 행동을 당당하게 변호한다면서 안티고네가 이중으로 오만하다고 말합니다. 그런데 안티고네를 처벌하려는 크레온 자신도 오만한 정신의 소유자라는 점이 중요합니다. 요컨대 둘 다 오만합니다. 자기주장이 절대적으로 정당하다는 믿음에서 한 치도 벗어나려고 하지 않기 때문

윤리의 기준은 무엇인가

에, 어떤 타협의 여지가 없기 때문에 그렇습니다. 다르게 보면 숭고하다고 할 수도 있습니다. 자기가 가진 믿음에 충실하다는 점에서는 두 인물이 서로 대결 구도를 만들게 되는데 물론 그 구도가 끝까지 가지는 않습니다. 이 오만함이 어떤 결과를 낳게 될까요? 이 작품에서는 결과만 따지자면 일가족의 죽음, 자신이 사랑하는 아내와 아들의 죽음입니다. 그리고 안티고네는 자신의 죽음을 자초합니다.

고결한 안티고네와
분별 있는 이스메네

이 작품에서 유일한 생존자는 이스메네입니다. 오이디푸스 집안을 통틀어서, 오이디푸스 3부작을 거치는 동안 살아남은 사람은 이스메네 한 명뿐입니다. 고결한 안티고네와 비교하면 이스메네의 판단과 행동을 결코 높이 평가할 수 없다는 의견도 있는데 저는 좀 다르게 생각합니다. 이스메네가 어떻게 해서 유일한 생존자가 됐는지, 그리고 이 점이 갖는 의미가 무엇인지 생각해볼 거리가 있어요. 셰익스피어의 《햄릿》만 보더라도 햄릿의 우유부단함 때문에 그 자신을 포함해서 일가족이 다 죽잖아요. 그래서 햄릿이 과연 현명한 행동을 했는가에 대해서는 회의적입니다. 원래는 자기 숙부만 죽이려고 했는데 레어티스 가문 사람들까지 다 죽고, 햄릿 가도 숙부를 포함해서 햄릿 자신과 어머니까지 다 죽어요. 이렇게 일가족이 다 죽고 덴마크 왕실 자체가 무너지게 됩니다. 햄릿의 우유부단함 때문인데, 과연 그만한 대가를 치러도 좋을 만한 우유부단함인지 생각해보게 됩니다.

여기서도 마찬가지인데 안티고네의 오만함이 이런 대가를 치를 만한지, 그런 고집을 부릴 가치가 있는지 한번 생각해봐야 합니다. 고결하다는 걸로 충분한 건지 말입니다. 좀 다른 예인가요? 계백 장군이 황산벌 전투에 나갈 때 자기 아내와 자식들을 다 죽이고 나갈 수밖에 없었습니다. 대의를 위해서라는 명목으로요. 물론 어떤 고결한 대의를 위해서 항상 뭔가 희생되곤 합니다. 그러나 과연 그럴 만한 가치가 있는 건지 한번 생각해보게 됩니다.

만약에 크레온의 오만이 잘못이라고 한다면 '고결함'이라고도 포장되는 안티고네의 오만이 옳다고 할 수 있는지 생각해볼 여지가 있지요. 이스메네는 언니 안티고네가 크레온의 명령을 따랐다면 파멸로 치닫지 않았으리라 생각합니다. 이처럼 현실적인 태도를 지녔기에 작품의 초반에서 언니 안티고네와 대립합니다. 이스메네가 크레온이 금지했는데도 오빠를 매장하려는 것인지 묻자 안티고네는 "내 가족과 나 사이를 가로막을 권한이 그에겐 전혀 없어"라고 당당하게 이야기합니다. 그러자 이스메네는 언니를 만류합니다. 불행한 가족사를 이야기한 다음에 흥미로운 주장을 합니다.

"이것을 생각해야 해요. 우선 우리는 여자로 태어났고, 그래서 남자들과 맞서 싸울 수 없다는 걸요."

오늘날의 여성 독자들이 불쾌해할 수 있는 부분인데요, 당시로선 현실적인 이야기이긴 합니다. 그리고 덧붙입니다.

"우리가 더 강한 이들의 지배를 받고 있다는 사실도요."

그러니까 두 가지예요. 첫째는 여자가 남자에게 맞설 수 없다는 것. 그리고 둘째는 권력을 가진 자에게 맞설 수 없다는 것.

"그래서 이 명령과, 이보다 더 고통스러운 거라도 받아들여야만 하지요."

이 포고령뿐만 아니라 이보다 더한 것도 감수할 수밖에 없다. 그래서 권력을 가진 사람들에게 복종해야 한다. 이게 잘하는 일이라는 게 아닙니다. 죄송한 마음에서 지하에 계신 분들에게 용서를 빌지만 현실적으로는 권력에 맞설 수 없으므로 순종해야 한다는 것이 이스메네의 견해입니다.

"지나친 행동은 분별없는 짓이니까요." 이스메네가 말하는 지나친 행동이란 안티고네의 행동입니다. 안티고네는 분별없이 지나치게 행동합니다. '분별없다'는 말은 뒤에서 한 번 더 합니다. 둘이 퇴장할 때 이스메네가 이렇게 이야기합니다. "언니가 분별없이 나아가고 있다는 건 알아두세요." 이처럼 안티고네의 행동이 분별 있는 행동은 아니라는 걸 분명히 합니다. 현실적인 정황에 맞게끔 판단하고 행동하는 능력이 분별력인데 안티고네에게는 이것이 결여되어 있습니다. 자기가 옳다고 주장하는 것이 딱 하나 있고 이를 관철하는 데 어떤 장애물도 있을 수 없어요. 그게 안티고네의 입장입니다. 이스메네는 다릅니다. 이스메네는 현실 타협적이고 현실 순응적입니다. 그 현실이라는 것은 두 가지입니다. 하나는 남성이고, 다른 하나는 권력입니다. 크레온은 둘 다에 해당합니다. 남자이고 권력을 가진 자입니다. 이스메네는 여기에 맞서면 안 된다고 주장합니다.

반면에 안티고네는 여기에 맞섭니다. 안티고네의 크레온에 대한 도전은 권력에 대한 도전이자 남자에 대한 도전입니다. 그래서《안티고네》는 페미니스트 이론가나 철학자에게 흥미로운 텍스트가 됩니다. 《안티고네》에 대한 연구 논문들의 선집만 해도 여러 권이 나와 있을 정도로 이 작품은 중요하게 다뤄지고, 수많은 논쟁거리를 불러일으키고 있습니다. 좀 단순화해서 말씀드리자면 이 한 작품,《안티고네》만 독해하면 됩니다. 철학 대 페미니즘이라는 구도를 가장 잘 보여줄 수 있는 작품이《안티고네》입니다.

그런데 이 대결 구도만 보면 이스메네를 순응적이고 비겁한 여자

에밀 테셴도르프, 〈안티고네와 이스메네〉(1892).

라고 간주하기 쉽습니다. 언니는 대의를 위해서 오빠의 장례식을 결행하겠다고 하는데 이를 만류하면서 소심한 얘기만 늘어놓으니까 별로 매력적이지는 않지요. 그러나 이스메네에 대해 재평가하게 되는 부분을 유심히 볼 필요가 있습니다.

안티고네가 장례를 치르다가 붙잡혀 오고 크레온에게 심문을 받습니다. 그러던 중에 이스메네도 혐의를 받고 같이 붙들려 오게 됩니다. 실제로 동참하지 않았음에도 크레온 앞에서 이스메네가 특이하게 대응합니다. 흥미로운 장면인데, 끌려온 이스메네를 크레온이 심문하니다. "자, 어서 말해라. 너도 이 장례에 가담했다고 인정할 테냐, 아니면 전혀 몰랐다고 맹세할 테냐?" 하니까 이스메네가 "저도 그 일을 했습니다, 여기 제 언니가 동의해준다면요. 저도 함께 가담했으니 같은 책임이 있습니다"라고 답하는데 이 말은 거짓말이에요. 그러니까 안티고네가 불쾌하게 생각합니다. 안티고네는 오빠를 향한 남매의 정은 있을지언정 여동생을 향한 자매애는 전혀 없어 보입니다. 이런 장면에서 보면 그렇습니다. 안티고네는 이렇게 대답합니다. "아니, 네가 이러는 것은 정의가 허락지 않을 거야. 너는 원치 않았고 나와 함께하지 않았으니." 이제 와서 숟가락 얹어놓는다고 기분 나빠해요. 왜냐하면 정의를 위해서 자신이 나섰을 때 동생은 꼬리를 내렸잖아요, 뒤로 뺐는데 이제 와서 자기도 동참했다고 하니까. 이스메네가 목숨을 걸고 하는 말에 안티고네는 불쾌해합니다. 여기서 정상적인 반응이라면 여동생을 위하는 마음에서 '아니야, 너는 끼지 않았잖아'라고 해야 되잖아요? 끼지 않았다고 말하는 건 똑같아요. 하지만 불쾌해하며 그렇게 말한 겁니다. 이 안티고네가 고결한 인품의 여자인지 의문이에요.

그런데 이스메네가 이렇게 이야기해요. "하지만 언니가 불행 속에 있을 때, 함께 고통에 올라타는 것을 난 부끄럽게 여기지 않아요." 언니가 지금 붙잡혀서 목숨을 잃게 될지도 모를 처지에 있는데 그런 운명에는 동참하겠다는 겁니다. 이스메네가 전반부에서 보인 태도와는 아주 달라져 있어요. 그러자 안티고네가 "그 일을 누가 했는지는, 하

윤리의 기준은 무엇인가

데스와 밑에 계신 분들이 증언하신다. 나는 말로만 가까운 친구를 좋아하지 않는다"라고 말합니다. 이스메네는 안티고네한테 "언니, 제발 나를 무시하지 마시고, 고인을 높이고서 언니와 함께 죽는 걸 막지 마세요" 하면서 함께 죽고자 합니다. 앞부분에서 남자들에게 대항하면 안 되고 순종해야 한다고 얘기한 것은 여기에서 죽음도 두려워하지 않는 이스메네의 태도와 충돌할 수 있잖아요. 안티고네도 똑같이 죽음을 두려워하지 않는 행동을 관철하긴 해요. 이스메네는 뒤늦게, 한 박자 늦게 언니와 운명을 같이하고자 합니다.

그래서 둘의 2라운드 논쟁이 벌어집니다. 이스메네가 "제가 도대체 어떻게 언니를 도울 수 있을까요?"라고 물으니까 안티고네는 "너 자신을 구하렴. 나는 네가 빠져나간 것을 시샘하지 않아"라고 답합니다. 이에 이스메네가 "아아, 불행하여라, 저는 언니의 죽음을 나누기에도 모자라는 건가요?"라고 탄식하자 안티고네가 "너는 살기를 택했고, 나는 죽기를 택했으니까"라면서 뒤끝 있는 태도를 보여줍니다. 네가 처음에는 내가 제안했던 것을 거절했으니 끝까지 너랑 나랑은 같은 급이 될 수 없다. 이게 안티고네의 태도입니다. 저는 안티고네가 보이는 태도를 '고결함'이라고 한다면 상당히 특이한 경우라고 생각해요. 무척이나 속 좁은 고결함이라고 생각합니다. 속 깊은 마음에서 너는 살아남아야 한다, 너는 여기 끼지 않았으면 한다고 얘기하는 태도가 우리가 많이 보던 건데, 여기서 안티고네는 전혀 보지 못하던 모습을 보여줍니다. 그다음에 "너는 이들에게 바른 생각을 하는 걸로 보였고, 나는 저승에 계신 분들에게 바르게 보였다"라고 하며 끝끝내 이스메네와 자신을 분리시킵니다.

안티고네와 이스메네의 대립 구도라고 하는 것은 적어도 안티고네에게 있어서는 끝까지 가는 겁니다. 이스메네는 이 대립을 넘어서려 하지만 안티고네는 동의하지 않습니다. 자매의 논쟁을 보고 있던 크레온이 이렇게 말합니다. "단언하건대, 이 두 소녀 중 하나는 방금 정신이 나갔고, 다른 하나는 분명 나면서부터 그랬구나." 그러니까 안티고네는 태어나면서부터 정신 나갔고, 이스메네는 좀 전부터 정신이 나갔다는 겁니다. 둘 다 정신 나간 자매라는 점에서 공통점이 있어요. 저는 이 대목에서 이스메네를 재평가할 수 있다고 생각합니다. 통상 이 둘을 구분 짓는데 적어도 여기에서 언니와 죽음을 같이하려는 이스메네에게도 어떤 고결함이 있습니다. 이스메네가 강조해온 것은 신중함 내지는 분별인데, 언니한테 분별이 없다고 계속 지적하기도 했지요. 당장 권력을 갖고 있고 더 강한 남자인 외삼촌 크레온이 오빠 폴뤼네이케스를 장사 지내주는 일을 법으로 금지시켰어요. 그런데 안티고네는 노골적으로 법을 위반합니다. 그러면 그 결과는 충분히 예상할 수 있습니다. 이스메네는 거기에 대해 미리 염려합니다. 그리고 뒤에 나오는 이스메네의 정신 나간 행동을 보건대, 이스메네는 크레온의 권위를 세워주는 방향으로, 그러면서 어떤 타협점을 찾는 방식

으로 행동하고자 합니다. 이게 좀 더 현실적이죠. 대놓고 보란 듯이
맞서는 것과는 다른 차원에서 신중하게 타협점을 찾아보는 방식입니
다. 이렇게 두 가지 방식이 대조될 수 있습니다.

크레온의 현명한 아들
하이몬

안티고네와 이스메네의 대립과 비교될 만한 게 이 작품에서는 크
레온과 아들 하이몬의 대립입니다. 하이몬은 안티고네와 약혼한 사이
입니다. 안티고네가 체포되어서 사형선고를 받게 되었다는 소식을 들
은 하이몬이 크레온에게 찾아옵니다. 하이몬이 자신의 아버지에게 어
떻게 이야기하는지 살펴봅시다.

크레온이 "아들아, 혹시 네 약혼녀에 대한 공적인 결정을 듣고서
아버지에게 격한 분노를 품고 온 것이냐?"라며 너는 네 약혼녀 편이
냐, 애비 편이냐 물으니까 하이몬이 "아버지, 저는 아버지의 편입니다.
당신은 저를 올바른 판단으로써 지도하고 계시며, 저는 거기 따르려
합니다"라고 답합니다. 이 대사도 잘 음미해볼 필요가 있습니다. 뒤에
나오는 결과를 보면 하이몬은 안티고네 편이에요. 안티고네의 뒤를
따라 바로 자결합니다. 그 장면에서는 아버지한테 칼을 빼고 달려들

정도예요. 하지만 여기서는 그런 내색을 전혀 하지 않습니다. 이게 어떤 행동인가요? 분별 있는 행동이라고, 내지는 신중한 행동이라고 저는 생각해요. 하이몬이 내심으로는 안티고네의 편이고 안티고네를 구제하기 위해서 아버지를 찾아왔어요. 그런데 아버지를 비난하는 방식으로는 원하는 대로 일이 진행되지 않겠죠. 일단은 아버지의 마음을 풀어주려고 합니다. 그래서 하는 이야기가 자신은 아버지 편이고 아버지의 뜻에 따르려 한다는 겁니다. "저는 아버지께서 잘 이끄시는 것보다 더 큰 가치를 지닌 결혼은 없다고 생각합니다." 이걸 우리가 흔히 '거짓말'이라고 얘기하는데 분별이라는 것은, 센스라는 것은 거짓말하고 통하는 게 있습니다. 좀 맞춰줘야 되는 거잖아요. 그러니까 경우에 따라서 필요한 거짓말들이 있습니다.

이와 비슷한 사례가 제인 오스틴의 《이성과 감성Sense and Sensibility》에 나옵니다. '이성과 감성'은 '분별과 감수성'이라고도 옮길 수 있습니다. 언니는 분별 있는 여자이고 여동생은 감수성이 예민한 여자입니다. 사교적인 모임에서 거짓말하거나 비위를 맞춰주는 건 언니의 몫이에요. 동생은 그렇게 비위를 못 맞춰줍니다. 자기의 마음에 들지 않는 사람들인데 언니는 자꾸 옆에서 칭찬하고 치켜세워주고 그럽니다. 언니는 얼마나 훌륭한 분들인지요, 하며 이야기하는데 동생은 못마땅해서 입을 꾹 다물고 있어요. 언니가 지닌 것이 분별이고 센스입니다. 여기서 하이몬이 갖고 있는 것도 일종의 그런 센스입니다. 일단 아버지의 노여움을 풀려고 합니다.

그러니까 크레온이 바로 "그렇지, 내 아들아, 가슴속에 그런 생각을 가져야 하느니라" 하고 응수합니다. 그러고서는 "얘야, 결코 여자 때문에 생각을 쾌락 아래 던져놓지 마라. 못된 여자가 집안의 배우자로 들어오면, 결국 품기에도 차갑게 된다는 걸 알아야 한다"면서 여자를 조심해라, 일장 설교를 합니다. 안티고네와의 대결 구도에서도 확인해볼 부분이긴 하지만 크레온이 여자에 대해 대단히 민감하게 반응합니다. 그러니까 남자 대 여자의 구도를 만들어요. 원래 포고령을 지키고 어기는 문제에 대해서는 남성과 여성을 나누지 않았어요. 포고령을 어긴 자라면 누구인지를 막론하고 처벌하겠다고 했는데, 여기서 크레온은 여자가 감히 자기한테 맞선다는 것을 유독 문제 삼고 있습니다. 남자가 맞서면 그럴 만하고 여자가 맞서면 안 된다는 건지, 크레온은 요즘이라면 꽤 문제가 됨직한 차별적인 생각을 갖고 있어요. 그래서 안티고네를 용서할 수 없다는 이야기를 한 번 더 합니다. "온 도시 가운데서 유일하게 대놓고 반역하는 걸 잡았으니, 내가 온 도시 앞에 거짓말쟁이가 되기보다는"이라고 하는데, 자기가 한번 포고령을 내렸는데 그것을 번복하면 거짓말쟁이가 된다는 뜻입니다. "그녀를 처형하고야 말겠다." 이렇게 결연하게 자기 의지를 밝힙니다.

그때 하이몬은 "아버지, 저는 아버지 편입니다"라고 하고 나서 첫 번째로 이렇게 얘기합니다. "저는 아버지께서 옳지 않게 말씀하셨다고 말할 수 없을 것이며"라고요. 아주 현대적인 수사법인데 '저는 아버지가 옳다고 생각하며'가 아니라 '옳지 않게 말씀하셨다고 말할 수 없을 것이며'라고 하면서 말을 뱅뱅 돌리고 있습니다. 그리고 "또 앞으로도 그럴 수 없었으면 좋겠습니다. 하지만 다른 사람도 뭔가 좋은 생각을 할 수 있습니다"라고 덧붙입니다. 이게 무슨 뜻인가요? 아버지도 옳은 생각을 할 수 있지만 다른 사람도 똑같이 옳은 생각을 할 수 있다는 겁니다. 일단은 그렇게 시작합니다. 아버지 말씀에 내가 반대하는 건 아니다, 옳지 않은 말을 하셨다고 말할 수는 없다, 하지만 당신이 옳다고 해서 다른 모든 주장이, 그에 맞서는 모든 주장이 옳지 않은 게 되는 건 아니고 그 역시 옳을 수가 있다. 이 점을 한번 생각해보라는 겁니다. 이것이 하이몬 식의 접근 방식입니다. 뉘 집 자식인지 교육을 잘 받았어요. 아버지 같지 않습니다. 사려 깊고 분별력도 있고 신중합니다. 그러다가 정신 나가는 건 똑같아요. 약혼녀가 자살하자마자 발끈해서 칼을 빼들고 자기를 찔러서 격렬하게 자살합니다. 그런 상황에서 격분하는 모습을 보여주기도 하지만 그 이전까지 하이몬은 매우 신중한 태도를 보여줍니다.

그다음에 하이몬은 안티고네를 변호합니다. 안티고네가 명예로운 행위 때문에 가장 비참하게 죽는다면 도시가 그녀의 죽음을 애통해할 것이라고 이야기하고 나서 아버지한테 다시 한 번 생각하게끔 합니다. "아버지, 제게 아버지께서 행복을 누리며 살아가시는 것보다 더 소중한 재산은 결코 없습니다." 하이몬은 효심 깊은 아들입니다.

"자식들에게 번영을 누리시는 아버지의 명성보다 무엇이 더 큰 영광이겠습니까? 혹은 아버지에게 자식들로 인한 명성보다 더 큰 무엇이 있을까요? 그러니 마음속에 오로지 한 가지 생각만 품지 마십시오."

이게 아들의 간절한 충언입니다. 한 가지 생각만 품지 말라는 것은 당신만 옳다고 확신하지 말라, 다른 견해도 좀 받아들이라는 겁니다. 당신이 말씀하시는 것만 옳고 다른 것은 옳지 않다는 식으로 생각하지 말아달라는 겁니다. 그러면서 충고를 합니다. "현명한 사람이라 해도, 많이 배우려 하고 자기를 지나치게 내세우지 않는 것은 결코 부끄러운 일이 아닙니다." 현명하기 때문에 더 배울 게 없는 것이 아니고 현명하기 때문에 더 배우려고 한다, 그런 태도는 부끄러운 것이 아니라는 겁니다.

"노기를 그치고 태도를 바꾸십시오. 이런 말을 하는 것은, 젊은 제게도 어떤 지혜가 있다면, 사람이 나면서부터 지식으로 가득한 게 단연코 으뜸이라 하겠지만, 그렇지 않다면 좋은 충고를 하는 이에게서 배우는 것도 좋은 일이기 때문입니다."

이쯤 해서 좀 자제했으면 더 나았을 텐데. 거기에 코로스도 합세합니다. 여론의 척도가 되기도 하는 코로스는 하이몬이 마땅히 할 말을 했다고 말합니다.

"왕이시여, 당신도 그가 뭔가 옳은 말을 한다면 배우는 게 옳을 것이며, (하이몬에게) 그대 또한 이분께 그렇게 하시오. 양쪽 다 잘 말씀하셨으니까요."

이런 식으로 잘 중재하려고 합니다. 이스메네처럼, 코로스도 처음에는 크레온의 포고령을 지켜야 된다고 말합니다. 그런데 조금씩 유보적인 태도를 보여요. 크레온 앞에서 대놓고 문제 제기를 하지는 않는데 넌지시 한마디씩 얹으면서 하이몬의 견해에도 동조합니다. 그렇지만 크레온이 배울 준비가 안 되어 있습니다. 안티고네와의 관계에서는 분별력보다는 남녀 문제를 내세웁니다. 나는 남자인데 감히 나와 맞서려고 하는 여자의 주장에 넘어갈 수 없다, 내가 두 손 들 수 없다, 라고 고집을 부립니다. 하이몬의 주장에 대해서는 나이를 갖고 나와요. 이게 전형적으로 '꼰대적'인 대응이죠. "그러면 정말 이렇게 나이 먹은 우리가 저렇게 어린 자에게서 지혜로움을 배워야 한단 말이오?"라고 반문합니다. 그냥 나이로 뭉갭니다. 내가 나이를 더 먹었는데 젊은 애한테 지혜를 배워야 하느냐는 게 크레온의 생각입니다. 뒤에 찾아올 비극을 막기 위해서라면, 사후적인 것이긴 하지만 여기서 아들 말을 듣는 게 모양새가 그리 나쁘지는 않습니다. 자기 아들이잖아요. 그냥 자기가 잘 키웠다고 생각하면 되는데, 아들 말을 듣지 않아서 결국 더 큰 불행을 초래합니다.

그러면서 국가 권력에 대한 부자간의 견해 차이가 제시되는데 하이몬이 이렇게 말합니다. "정당치 않은 것은 아무것도 배우지 마십시오." 정당한 것은 배우라는 겁니다, 배워도 부끄러운 게 아니라는 겁니다. "제가 젊긴 해도, 나이가 아니라 행위를 보셔야 합니다." 이 하이몬이 얼마나 똑똑한가요. 그런데 크레온은 그의 말을 듣지 않습니다. 크레온이 저 계집아이가, 그러니까 안티고네가 사악함에 감염된 게 아니란 말이냐고 물으니까 "테바이의 온 도시 백성이 아니라고 말합니다"라고 하이몬이 답합니다. 코로스는 여론의 대변자라고 말씀 드렸지만, 크레온만 빼고 전부 다 안티고네의 편에 서 있어요. 크레온 혼자 맞서고 있는 형국입니다. 이 상황에서 센스가 있다면, 분별력이 있다면 자기가 취한 조치에 대해서는, 무리한 포고령에 대해서는 철회할 용기도 필요합니다. 그런 게 용기인데 크레온의 아집이 그것을 막습니다. 테바이의 온 백성에 대해 말하기를 "내가 도시가 시키는 대로 명해야 한다는 것이냐?"라고 합니다. 상당히 도발적인 말입니다. 이 작품에 대한 많은 해석 가운데 크레온을 지지하는 의견도 상당합니다. 크레온이 보여주는 국가주의적인 견해와 안티고네가 보여주는 가족윤리적인 견해가 서로 똑같이 옳다, 이 두 견해는 충돌할 수 있는데 안티고네의 편을 많이 들긴 하지만 크레온도 어떤 정당성을 갖고 있다, 이렇게 주장하면서 크레온을 변호하려고 합니다. 그런데 크레온의 국가주의라는 것은 상당히 위험한 견해이므로 이 작품 안에서도 지지되지 않습니다. 그러니까 크레온의 국가주의는 크레온을 비판하기 위해서 이야기되는 거예요.

크레온의 과오와 오만은 무엇인가요? 대표적인 것은 여기서 알 수 있습니다. 자기 자신이, 그러니까 권력자가 도시보다 우위에 있다는 겁니다. 도시(폴리스)는 정치 공동체잖아요. 그런데 정치 공동체 전체보다도 크레온 자신이 더 위에 있다, 요즘 식으로 말하면 권력자가 국민보다 더 위에 있다는 겁니다. 이건 독재자죠. 아버지 크레온이 "내가 도시가 시키는 대로 명해야 한다는 것이냐?" 하니까 하이몬이 정말 똑똑하게 대꾸합니다. "아버지께서 방금 아주 어린애같이 말씀하셨다는 걸 아십니까?" 어른이 할 소리가 아니라는 겁니다. 정치 지도자의 ABC도 안 갖춰졌다는 겁니다. 아주 오만한 권력자인 크레온은 "내가 이 땅을 다스릴 때 내 뜻이 아니라 다른 이의 뜻대로 해야 한단 말이냐?"라고 얘기해요. 이 말은 그 당시 그리스인들의 민주주의에 대한 관념과 배치됩니다. 이에 하이몬은 "한 사람에게 속한 것은 국가라 할 수 없습니다"라고 말합니다. 그러니까 크레온이 대표하는 것은 국가가 아닙니다. 크레온의 주장을 국가주의를 대표하는 견해로 옹호하는 입장은 재고해봐야 합니다. 이건 국가도 아닌 거예요. 유사 국가주의에 불과합니다. "국가는 지배자의 소유가 아니더냐?"라는 크레온의 반문은 너무 노골적입니다. 크레온이 생각하는 권력이란 국가 위에, 도시 위에 군림하는 것이고 자기가 권력자입니다. 국가나 권력에 대한 이해가 전무하거나 몹시 왜곡되어 있는 지도자가 크레온입니다.

크레온에 비해 하이몬은 똑똑합니다. 아무도 없는 땅이라면 혼자서도 잘 다스리겠지만 국가에는 폴리스 구성원들이 있습니다. 그리고 정치 지도자는 그들의 대변자이지 그들의 지배자가 아니죠. 이런 점에 대한 이해가 크레온에게는 부족하므로 그가 오만하다는 겁니다. 그러니까 크레온이 "이 녀석이 여자와 한편인 것 같소"라고 코로스 장에게 말하면서 아들 하이몬에게는 제대로 대꾸하지 못하고 역시나 성차별주의로 갑니다. 너 여자랑 한패지? 이런 식으로 몰아붙입니다. 하이몬의 대답이 또 아주 걸작입니다. "아버지께서 여자라면 그렇겠지요." 지금까지 아버지 편만 들었는데 내가 여자 편이라고 한다면 아버지가 여자라는 것이냐, 이런 얘기입니다. 지금 읽어도 대사를 참 잘 썼어요, 소포클레스가. 경연에서 상 탈 만합니다. 이 말에 크레온이 매우 못마땅해하면서 "네놈도 오염됐구나, 여자 뒤나 따르는 놈!" 하며 몰아붙입니다. 그다음에 "그 계집이 살아 있는 동안은 네가 그것과 결혼하지 못하리라!"며 저주를 퍼붓습니다. 분명 하이몬이 말로 충분히 설득하려 했고 크레온이 어느 정도 알아들었어야 됐는데

장 아누이의 《안티고네》(1944)와 베르톨트 브레히트의 《안티고네》(1948) 표지. 소포클레스의 비극 《안티고네》는 후대 극작가들에게 영감을 주어 새롭게 각색되고 상연되었다.

크레온의 아집과 편견, 오만이 이 똑똑한 아들의 견해를 수용하지 못하게끔 합니다. 크레온이 '너도 이제 그 계집 편이구나', 이런 식으로 아들을 몰아붙이고는 약혼녀와 결혼하지 못하게 하겠다고 얘기하니까 하이몬이 "그녀는 죽겠지만, 죽음으로써 누군가를 없앨 것입니다"라고 말합니다. 대단히 문어적인 번역이긴 합니다. 어쨌든 그녀가 죽는다면 누군가도 죽을 거라는 얘기죠. 이렇게 하이몬 자신의 자살을 암시하게 됩니다. 이에 크레온은 '너, 나를 위협하는 거냐'는 식으로 대꾸합니다. "너는 나를 가르친 대가로 울게 될 것이다"라고 하자 하이몬은 "저의 아버지가 아니셨다면, 저는 당신이 정신 나갔다고 말했을 겁니다"라고 답합니다. 아버지를 최대한 존중하면서 조언했던 건데 그게 먹히지 않습니다.

이 작품에서 뭔가 결단을 내리고 결행하는 두 인물로는 안티고네와 크레온이 있는데, 이 둘을 만류하고 이 둘에게 조언하는 두 인물이 있습니다. 여동생 이스메네와 아들 하이몬입니다. 안티고네와 크레온의 대결 구도만 생각하는 것은《안티고네》의 의미를 축소시킨다고 저는 생각해요. 소포클레스는 더 많은 것을 써놨습니다.

안티고네와 크레온의
충돌과 대립

이 작품의 첫 장면에서, 그러니까 안티고네와 이스메네의 대화 장면에서 크레온이 포고령을 내렸고 그것을 알려주기 위해 올 거라는 이야기가 나옵니다. 그다음에 크레온이 실제로 등장해서 포고령의 취지와 내용을 다시 한 번 반복해줍니다. 이 도시 테바이에 닥친 큰 재난에서 회복해가는 중이고, 새롭게 질서를 잡아가는 중이므로 통치의 규율을 엄격하게 다시 세우려고 한다고 말입니다. 그러면서 "누가 자기 조국보다 친구를 더 중요하게 여긴다면, 나는 이 사람을 아무 가치 없는 자로 여기오"라며 국가를 모든 것의 최우선으로 삼고자 합니다. 말하자면 크레온 식의 국가주의입니다. 왜냐하면 "이 땅이 안전할 때, 그리고 바로 선 그것을 타고 항해할 때에야 우리가 친구를 사귈 수 있다는 걸 잘 알기 때문"이라는 겁니다. 친구라는 것도 국가가 존립한 이후에야 가능하고, 국가가 우선순위에서 가장 앞서야 한다는 입장입니다. 그런 생각으로 "이 도시를 든든케 하려" 한 크레온이 내린 첫 포고령이 두 형제, 폴뤼네이케스와 에테오클레스에 대한 각기 다른 처분입니다. 둘 다 전사했지만 한 사람은 장례를 치러주고 다른 한 사람은 방치해두도록 하는 겁니다. 폴뤼네이케스는 "도망자였다가 들이닥쳐 조국 땅과 가문의 신들을 완전히 태워 없애려 했고, 또 가족의 피를 마시고자 했으며, 다른 이들은(테바이의 백성들은) 노예 삼아 끌고 가려고 했으니, 이자에 대해서는 어느 누구도 장례로써 예를 갖추지도, 애곡하지도 못하도록 이 도시에 선포하였소, 무덤 없이 새와 개들에게 몸뚱이가 먹히고, 망가진 채 구경거리가 되도록 말이오. 이것이 내 뜻이오. 그리고 사악한 자는 결코 정의로운 자를 앞질러 내게서 존중받지 못할 것이오". 이런 포고령을 내리는 것이 테바이의 국가 기강을 다시 세우기 위해 가장 우선적으로 필요한 조처라고 크레온은 생각합니다. 그래서 조국의 반대편에 섰던 반란자는 죽어서도 그 응분의 대가를 치러야 한다고 얘기합니다.

그런데 산 자하고 죽은 자에 대한 그리스인들의 생각은 좀 다르죠. 삶과 죽음을 관장하는 신들도 다르기 때문에 죽은 자에게까지 이런 처벌을 내리는 것에 동조하지 않습니다. 죽은 자에 대한 응징은 과도하다고 보는 것이죠. 크레온은 국가 권력이 저승 세계까지 침투해가게끔 하려고 합니다. 일종의 월권행위인데 코로스 장이 크레온의 주장에 이렇게 대꾸합니다. "죽은 자들에 대해서든 살아 있는 우리에 대해서든, 어디서 어떤 정책이든지 그대는 시행하실 수 있지요." 이 대목만 보면 크레온에 동조하는 것처럼 보이지만 이 태도는 하이몬의 태도와 비슷합니다. 하이몬도 크레온 앞에서는 일단 동조한다는 의사를 표시하고 나서 자기의 다른 생각과 조언을 얘기했었죠. 코로스 장도 하이몬과 마찬가지입니다. 그래서 크레온이 코로스 장에게도 "불복하는 이들을 편들지 말라"며 경고하고 코로스 장도 "죽기를 원할 만큼 어리석은 자는 없지요"라고 합니다. 이스메네도 비슷하죠. 권력에 대해서는 일단 넙죽 엎드리며 순응하는 태도를 보여줍니다. 그런데 이런 태도로 일관하는 건 아니고 코로스 장도 뒷부분에 가서 슬슬 자기 얘기를 합니다. 하지만 당장은 넙죽 엎드려야 됩니다. 크레온이 큰소리를 칩니다. "진정코 죽음이 그 대가가 될 것이오." 자기 명령을 어긴 자는 죽음으로 그 대가를 치르게 되리라는 겁니다.

크레온이 "자주 재물에 대한 욕망이 남자들을 파멸케 한다오"라고 이야기하는데, 파수꾼에게도 그렇고 나중에 테이레시아스가 등장했을 때도 그렇고, 다 돈에 매수된 거 아니냐고 의심합니다. 돈에 대한 욕망이 사람들을 파멸케 한다고 보는 거죠. 그래서 파수꾼이 누군가가 폴뤼네이케스를 장사했다고 보고하러 오니까 '너 돈 먹고 한 거 아니냐'며 파수꾼을 계속 의심합니다. 크레온은 항상 매수당한 것으로, 배후에 돈이 있는 것으로 생각해요. 장례 의식을 거행했는데 이게 완전히 마무리되지 않았기 때문에 안티고네가 다시 나타났다가 붙들려 옵니다. 그 파수꾼과의 대화 장면에서 파수꾼의 보고를 들은 코로스 장이 이렇게 이야기해요. "어쩌면 이 일은 정말로 신께서 하신 것일지도 모른다고, 아까부터 속에서 그런 생각이 듭니다." 앞에서 분명히 코로스 장은 크레온 편을 들었어요. 크레온에 맞서지 않겠다고 얘기했었는데 이 대목에서 보면 넌지시 크레온과는 반대되는 말을 합니다. 신이 하신 것일지도 모른다, 신의 뜻인지도 모른다. 이건 무슨 의미인가요? 은근히 안티고네의 행동에 정당성을 부여하고 있습니다. 그러니까 크레온은 집어치우라면서 "그렇지 않으면 그대가 늙었을 뿐 아니라, 어리석기까지 하다는 걸 보일 뿐이요"라고 하며 화를 냅니다. 그다음에 "파수꾼들이 돈에 유혹되어 그자들에게 보수를 받고 이 짓을 자행했음을 내 잘 알고 있소. 인간의 발명품 중에 은화만큼 나쁜 것은 없기 때문이오"라고 합니다. 크레온의 좀 특이한 생각입니다. 그리고 "돈에 팔려서 이런 짓을 하는 자마다, 결국 언젠간 그 일로 벌 받게 마련이오"라며 엄포를 놓습니다.

그러고 나서 붙들려 온 안티고네가 크레온과 논쟁하는 장면은 이 작품의 하이라이트이기도 합니다. 안티고네가 순순히 자기 행동을 다 시인합니다. 그다음에 왜 법령을 위반했냐고 심문하니까 안티고네는 "제가 보기에 이것을 명하신 이는 제우스가 아니며, 하계下界의 신들과 함께 사시는 정의의 여신께서도 인간들에게 그와 같은 법은 정하지 않으셨으니까요"라고 답합니다. 법령은 신의 법이 아니라는 겁니다. 그리고 "저는 당신의 포고가 그만큼 강력하다고 생각지도 않아요. 기록되진 않았지만 확고한 신들의 법을 필멸의 존재가 넘어설 수는 없지요"라며 '필멸의 존재' 크레온이 내린 포고령이라는 인간의 법과 신의 법을 대조시킵니다. 신의 법, 인간의 법이라는 두 가지 레벨이 있는 거죠. 다른 하나는 가족윤리와 국법, 인륜과 국법 사이의 충돌이 됩니다. 가족윤리(인륜)만 보면 조금 사이즈가 작고 국법은 좀 큽니다. 그렇게 해서 이 구도 안에서는 당연히 국가적인 대의가 우선되어야 한다고 볼 수도 있습니다. 그런데 가족윤리가 신의 법이고 국법은 인간의 법이라고 보면, 거꾸로 가족윤리(신의 법)는 좀 더 상위에 있다고도 할 수 있습니다. 그러니까 이렇게 서로 바뀔 수 있습니다. 가족윤리라고 해서 좁게 한정되어 있는 것이 아니고 신의 법으로까지 격상됩니다.

"왜냐하면 그 법은 어제오늘만이 아니라 언제나 영원히 살아 있고, 그것이 언제 생겨났는지 누구도 알지 못하니까요."

신의 법은 항구적인 법입니다. 원래부터 있어온 법이지요. 반면에 국법은, 여기에서 크레온의 포고령은 갑자기 만들어진 것에 불과합니다.

그다음에 안티고네는 "저는 그 어떤 남자의 뜻이 두렵다고"라고 합니다. 크레온이 왕이라고 해서 대우해주는 게 아니고 남자 여자의 문제로 접근합니다. "어떤 남자의 뜻이 두렵다고 해서 신의 법을 소홀히 하여 신들에게 벌을 받지는 않겠노라 결심했어요." 크레온의 벌을 받느냐 아니면 신의 벌을 받느냐, 둘 중에 하나를 선택해야 한다면 신의 벌이 더 두렵다는 겁니다. 그래서 크레온의 벌을 감수하겠다는 겁니다. "누구라도 나처럼 큰 불행 속에 산다면, 어떻게 죽음이 더 이롭지 않겠어요?" 이 말은 뒤에 나오는 안티고네의 유명한 신세 한탄 대목하고 관련해서 봐야 합니다. 이 작품에서 보통은 그냥 넘어가는 부분 중의 하나인데 특이하게 길게 나와 있습니다. 안티고네가 지하 동굴에 잡혀가면서 신세를 한탄하는 이 대목은 그 구성적 기능이 무엇인지 생각해보게 됩니다. 안티고네의 인간적인 나약함을 보여준다고도 볼 수 있지요. 나는 시집도 못 가고 죽네, 불쌍도 하여라 내 팔자야. 우리 식으로 번안하자면 그런 식입니다. 요즘은 미혼 여성들 가운데 결혼하지 않겠다는 분들도 많으니까 안티고네에게 공감하지 않을 수도 있겠지만 안티고네는 상당히 유감스러워하면서 잡혀갑니다. 그런데 앞에서는 안티고네가 이스메네에 대해 당당하면서도 매몰찬 태도를 보여줬는데 그런 태도와는 어울리지 않아 보여요. 이렇게 일관적이지 않은 성격 묘사가 당시의 관객들에게는 허용될 수 있는 것이었는지 모르겠지만 좀 특이하다고 생각합니다.

어쨌든 안티고네는 크레온의 포고령에는 따르지 않겠다고 이야기합니다. 그리고 이런 행동은 어리석은 자에게는 어리석게 보일 수도 있다고 말합니다. 이에 코로스 장이 "뻣뻣한 아비에게서 난 딸의 뻣뻣한 혈통이 드러나도다. 이 처녀는 불행에 굽힐 줄을 모르는구나" 합니다. 번역에 따라서는 뻣뻣하다는 게 부정적인 의미일 수도 있는데 저는 중립적이라고 생각합니다.

남녀 간의 대결 구도를 형성한
두 사람의 모순

그다음에 크레온이 두 가지 오만을 부렸다며 안티고네를 비난합니다. 첫째, 선포된 법을 어겼다. 둘째, 그것을 자랑질했다. 그런 일을 저질렀는데 용서해달라고 빌면 정상참작의 여지가 있잖아요, 크레온이 그렇게 해줄지는 모르겠지만. 그런데 기분 나쁘게도 그것을 오만하게 자랑했다는 거죠. 크레온으로서는 못 봐주겠다는 겁니다. 그러면서 "이 아이에게 아무 탈 없이 이런 짓을 할 권리가 허락된다면 확실히 내가 사내가 아니라, 이 아이가 사내일 거요"라고 이야기합니다. 번역은 이렇게 되어 있는데, 다르게 말하면 자기의 법령을 위반한 안티고네를 용서해주면 그 자신이 여자라는 겁니다. 남자로서는 그렇게 할 수 없다는 얘기예요. 그냥 너 안티고네는 법령을 어겼고 법에 따라 처벌받을 거라고 얘기하면 되는데, 거기에 남자 여자를 들먹이고 있어요. 당대 사람들이 어떻게 반응했는지 알려주는 기록이 남아 있지 않으니까, 이 대목이 논란거리가 됐는지 어쩐지는 알 수 없습니다. 그런데 오늘의 시점에서는 흥미로운 논란거리가 됩니다.

그리고 논쟁이 계속 이어집니다. 안티고네는 죽은 두 오빠에 대해서 "하데스는 그들을 동등하게 대할 것을 요구합니다"라고 합니다. 크레온은 에테오클레스와 폴뤼네이케스를 죽음 이후에도 차등 대우를 했는데, 저승에서는 둘 다 동등하게 대우받으리라는 겁니다. "아니, 이익을 주는 이가 사악한 자와 같은 몫을 받을 수는 없다"라고 크레온이 말하니까 저승의 원칙은 또 다르다고 안티고네는 답합니다. "원수는 절대로, 죽었다 해도 친구가 될 수 없다"라고 크레온이 단언하자 안티고네는 "저는 모두 미워하기보다는 모두 사랑하게끔 타고났어요" 하며 맞받아칩니다. 이에 대한 크레온의 반응이 또 재미있습니다. "사랑을 하려면 이제 저 밑으로 가서 저들을 사랑하려무나." 죽은 자들을 사랑하라는 겁니다. "하지만 내가 살아 있는 한 여자가 나를 지배하진 못할 것이다." 여기서 왜 또 여자라는 말이 나오는 건지.

특이한 구도로 변형시키고 있는 셈입니다. 요컨대 이 작품에서 크레온은 제대로 판단하지 못하고 있습니다. 안티고네와의 문제를 단순하게 자신의 통치 행위와 관련해서 판단하지 않고, 여자의 도전으로 받아들이고 남자로서 반응하는 식입니다. 안티고네의 죄가 그래서 더 무겁다는 거예요. 이는 포고령의 내용과도 맞지 않습니다. 포고령을 어긴 사람이 여성일 경우에는 가중 처벌한다는 내용이 있었던 건 아니잖아요. 그냥 누구든지 포고령을 위반하게 되면 응분의 처벌을 받는다고 했을 뿐이지요. 그런데 크레온은 이 문제를 특이하게도 남녀 간의 문제로 변형시켜서 다루고 있습니다.

그 후 이스메네와 하이몬이 차례로 찾아와 조언하지만 크레온의 고집을 꺾지 못합니다. 할 수 없이 안티고네를 인적 없는 동굴에 가두라고 명령을 내리는데 그때 안티고네가 떠나가면서 하는 탄식이 앞에서 말씀드렸다시피 흥미롭습니다. 안티고네가 스스로 불행하다고 이야기하며 코로스와 대화하는 장면들이 나옵니다. 주된 내용은 이겁니다. "애곡도 없이, 친구도 없이, 결혼 축가도 없이 불행한 나는 끌려가누나" 하고 탄식합니다. 뒤이어 유명한 대사들이 나옵니다. "오, 무덤이여, 오, 신방이여, 오, 파내어 만든, 언제나 감시받는 거처여, 거기로 나는 나아갑니다"라고 말한 후 "폴뤼네이케스여, 저는 그대의 시신을 수습하고서, 이런 꼴을 당하고 있습니다"라고 한탄합니다. 앞의 모습하고 다릅니다. 앞에서는 굉장히 의연하고 당당했는데, 이제는 내가 오빠 때문에 이 꼴이 되어버렸어요, 하고 원망하는 투잖아요. 그다음에 이상한 얘기가 나옵니다.

"하지만 현명한 이들이 보기에 나는 그대를 옳게 존중했습니다. 내가 죽은 아이의 어미였더라면 결코 이러지 않았을 테니까요."

아들이 죽었다면 이렇게 죽음을 무릅쓰지 않았을 거라는 겁니다. 이제까지 가족윤리로 얘기했었는데 여기서도 조금 비켜나갑니다. 오빠이기 때문에 그랬지 아들이었으면 그렇게 하지 않았다는 거예요. 아들은 가족이 아니라는 건지! 그러니까 이건 가족윤리 문제도 아니고 특이한 남매윤리의 문제입니다.

안티고네는 죽은 이가 남편이어도 아들의 경우와 마찬가지였을 거라고 말합니다. 만약 아들이나 남편이 똑같은 일을 당했다 하더라도 마음이 아프긴 하겠지만 목숨 걸고 장례를 치러주려고 하지 않았으리라는 겁니다. 오빠하고 아들과 남편을 차별하고 있어요. 왜? 아들이나 남편은 또 얻을 수가 있기 때문에. 남편이 죽으면 그걸로 끝은 아니죠, 남편은 얼마든지 더 얻을 수 있습니다. 아들도 또 낳으면 됩니다. 그런데 오빠는 왜 문제냐, 오빠는 부모님이 살아 계시지 않는 이상은 다시 없기 때문입니다. 이게 타당한 설명인지는 모르겠어요. 지금 우리가 보기에는 상당히 이상한 논리인데 안티고네는 그렇게 정당화를 합니다.

그래서 이렇게 얘기해요.

"남편이라면, 하나가 죽더라도 다른 이가 생길 수 있겠지요. 아이도, 하나를 잃는다 해도 다른 사람에게서 낳을 수 있을 테고요. 하지만 어머니와 아버지가 하데스에 숨겨져 계시니, 다시 싹틀 형제는 결코 있을 수 없지요."

어머니와 아버지가 살아만 있어도 하나 더 낳아달라고 하면 되는데 그러기란 불가능한 상황이에요. 혈육이었던 오빠 둘이 죽은 것이므로 이에 대해서 안티고네 자신이 어떤 윤리적인 의무를 가진다는 겁니다. 남편과 아이에 대해서는 아니고요. 앞에서 계속 국법과 가족윤리로서의 인륜을 대비시켰는데, 인륜 일반도 아닙니다. 좀 특이해요.

"저는 이런 법에 따라 특별히 당신을 존중했지만, 크레온께는 죄를 범한 것으로, 무섭도록 당돌한 것으로 보였지요, 오, 친오라버니의 머리여! 그리고 그는 이제 나를 이렇게 잡아 끌어갑니다, 결혼의 침상도 얻지 못한, 혼인 축가도 받지 못한, 그 어떤 결혼의 기쁨도, 아기를 키울 기회도 얻지 못한 나를. 불행한 나는, 이렇게 친구들에게서 버림받고 산 채로 죽은 자들의 동굴로 나아갑니다."

여러 가지로 미스터리하게 여겨지는 대목이라고 생각해요. 크게 두 가지 문제가 있습니다. 하나는 안티고네가 가진 성격의 일관성 문제이고, 다른 하나는 그녀가 가진 윤리의 일관성 문제입니다. 앞에서 의연한 모습을 보였던 안티고네는 돌연 신세를 한탄하고 있습니다. 그런데다가 아들하고 남편하고 오빠를 구별하는, 독특한 윤리적인 기준을 가지고 행동에 나섰음을 이야기하고 있습니다.

또 안티고네가 이렇게 얘기합니다. 맨 마지막에 끌려들어 가기 직전에 "보세요, 테바이의 지배자들이여, 왕가에 유일하게 남은 여자가 경건한 행동을 했다고 해서, 어떠한 남자들에게서 어떠한 일을 당하는지"라고요. 크레온이 그랬듯이 안티고네도 남자와 여자의 구도를 그리고 있습니다. 두 사람은 공통적으로 오만할 뿐만 아니라 국법과 신민 사이의 문제를 남자와 여자 사이의 문제로 치환해서 판단하고 있습니다. 그런 점이 특이합니다.

뒤늦은 깨달음으로
막지 못한 비극

안티고네가 이렇게 탄식하고 동굴 감옥으로 끌려간 다음에 '눈먼 예언자' 테이레시아스가 등장합니다. 《오이디푸스 왕》에서와 마찬가지로 진실을 이야기해주는 자입니다. 테이레시아스가 경고하러 와서는 크레온의 무모한 포고령이 신의 분노를, 저승 세계의 분노를 사고 있다고 합니다. 그래서 여러 가지 안 좋은 징후가 나타나게 된다고요. 테이레시아스가 이렇게 경고합니다. "도시는 당신의 성깔 때문에 이런 병을 앓고 있소." 도시에 나쁜 징후들이 자꾸 나타나고 있는데 이는 크레온의 성깔 때문이라는 겁니다. "우리의 제단들과 화덕들이 모조리, 불행하게 쓰러진 오이디푸스의 자손에게서 새와 개들이 가져온 먹이로 그득하니 말이오"라고 얘기하면서 "잘못을 저지르는 것은 모든 인간이 마찬가지요. 하지만 실수했을 때, 한 번 잘못에 빠졌어도 치유책을 찾고 고집부리지 않는 사람이라면, 결코 생각 없고 운 없는 사람이 아니오"라고 충고합니다. 하이몬이 앞에서 넌지시 했던 충고이기도 합니다. 다시 생각해보라고, 당신 말고 다른 사람의 생각도 옳을 수가 있다고, 그런 점을 생각해보라고 조언한 적이 있는데 테이레시아스는 좀 더 직접적으로 충고합니다.

"그대도 알다시피, 자만은 어리석다는 평을 빚질 뿐이오. 어쨌든, 고인에게 양보하고 죽은 이를 찔러대지 마시오. 죽인 자를 또 죽이는 게 무슨 용기 있는 행동이겠소?"

크레온이 국가 권력자로서의 힘을 과시하고 기강을 다시 세운다는 명목으로 그런 포고령을 내렸지만 너무 과도하다는 겁니다.

여기에 그리스적인 에토스 같은 게 있는데, 중용사상 내지는 적도 사상입니다. 적정한 선을 지키는 것. 이것이 그리스인들이 가졌던 태도입니다. 적도適度란 말은 원래는 포도주 비율을 맞추는 데서 나왔다고 합니다. 포도주를 원액 그대로 마시지 않고 적당히 희석해서 마십니다. 플라톤의 《향연》 같은 데도 나오지만 손님을 초대하게 되면 주인이 비율을 정합니다. 어젯밤에 과음했다면 물을 많이 타서 술을 더 묽게 합니다. 더 세게 마시고 싶으면 물을 좀 적게 넣는 식으로 비율을 맞춥니다. 그것을 적도라고 부릅니다. 적정하게 어떤 한도를 지키는 것이 그리스인들이 생각했던 올바른 처신입니다. 이것을 넘어서는 과도함은 다 징벌을 받습니다. 이 작품에서 크레온이 보여주는 처신이 전형적인데, 이에 대해 테이레시아스가 경고를 하는 겁니다. "그대에게 호의를 품었기에 좋게 말하는 것이오." 그러니까 충고를 잘 받아들이라는 것이지요.

테이레시아스의 충고에 대해 크레온이 일단 못마땅하게 생각합니다. 또 매수당한 거라고 생각해요. 크레온은 "연로하신 테이레시아스여, 인간들 중 아주 영민한 자들도 수치스럽게 추락하는 법이오"라면서 어쩌다 이렇게 됐느냐고 비난합니다. 어쩌다 이렇게 돈을 먹었느냐는 거예요. 뒤이어 "이득 때문에 수치스러운 말을 아름답게 꾸며 말할 때에는"이라고 하는데, 그러니까 뭔가 뒷돈을 챙기고 와서 말을

요한 하인리히 퓌슬리, 〈희생 제물을 바치는 오디세우스 앞에 나타난 테이레시아스〉
(1880~85). 테바이의 장님 예언자 테이레시아스는 죽은 폴뤼네이케스는 땅에 묻고 지하
감옥에 있는 안티고네는 지상으로 돌아오게 해야만 파멸을 막을 수 있다고 크레온에게
경고한다.

좀 꾸며낸다는 겁니다. 테이레시아스는 크레온한테 와서 충언을 하는 건데, 이런 식으로 왜곡합니다. 이에 테이레시아스가 탄식합니다. "아아, 인간 중 누가 지식이 있으며, 누가 생각할 줄 아는지!" "제대로 생각할 줄 안다는 게 얼마나 뛰어난 재산인지!" 크레온한테 하는 얘기죠, 제대로 생각할 줄 모른다는 겁니다. 크레온이 "아마도, 생각 없음이 크나큰 해가 되는 만큼이겠지요"라고 하니까 테이레시아스는 "한데 그대는 그 병으로 그득 채워져 있소"라고 답합니다. 이렇게 설전을 벌이게 됩니다.

그런데 마지막 경고를 하고 테이레시아스가 떠납니다. "잘 알아두시오"라며 크레온 가의 불행에 대해 일종의 예언을 합니다.

"이제 내달리는 태양의 회전을 몇 번 채우기도 전에, 그대의 배에서 나온 이들 중 하나가 시신이 되어 저 시체들에 대한 대가를 치르리라는 것을."

당신 자식이 죽을 거라는 얘기죠. 그다음에 이렇게 말합니다.

"그대는 지상에 속한 자 하나를 아래로 던져 살아 있는 영혼이 명예를 잃고 무덤에 거주하도록 붙잡아두고, 저승 신들에게 속한 시신 하나는, 바쳐야 할 의식도 바치지 않고서 장례도 없이 신성치 않게 이곳에 잡아두었으니, 그 대가로 말이오."

윤리의 기준은 무엇인가

지상에 속한 자는 안티고네이고 저승 신들에게 속한 시신 하나는 폴뤼네이케스입니다. "이들에 대해서는 그대에게도 이승의 신들에게도 권리가 없소." 죽은 자들에 대해서는 저승의 신들에게 권한이 넘어갑니다. "이들은 이 일에서 그대에게 폭력을 당한 것이오." 크레온이 폴뤼네이케스만 모욕한 게 아니라 저승의 신들까지 모욕한 셈이라는 얘기입니다. 죽은 자들을 관장하는 저승의 신들, 하데스와 복수의 여신들이 너에게 복수하려고 벼르고 있으니 재앙이 닥쳐오리라는 것이지요. 실제로 당장 그 대가를 치르게 됩니다. 이렇게 예언한 테이레시아스가 퇴장하고 나서, 여론을 대변하는 코로스 장도 저 예언자 테이레시아스가 거짓된 소리를 발한 적이 없다는 것을 알지 않느냐고 합니다. 크레온은 테이레시아스가 매수당했다고 넘겨짚었는데, 코로스 장이 다시 한 번 생각해보게 합니다.

크레온은 마음이 흔들립니다. 이때부터 조금씩 변화하는 겁니다. 크레온은 소설에서의 인물 구분에 따르면 입체적인 인물입니다. 이 작품에서 성격이 변화하는 유일한 인물이지요. 안티고네는 변함이 없잖아요. 그래서 크레온이 주인공에 조금 더 부합합니다. 안티고네 사건으로 인해 자신의 과오를 깨닫게 되지만 너무 뒤늦게 깨달았기에 불행을 피할 수 없었다는 '크레온의 비극'이 이 작품의 골자이기 때문입니다. 테이레시아스가 거짓된 말을 한 적이 없지 않느냐는 코로스 장의 말에 크레온이 "그건 나 자신도 잘 알고 있고, 그래서 마음이 혼란스럽소. 굴복하는 것은 끔찍한 일이기 때문이오"라고 답합니다. 테이레시아스가 평소에 허튼소리를 하는 사람이 아니므로 그의 예언을 허투루 들을 수 없습니다. 혼란스럽다는 것은, 굴복한다는 것은, 자기주장을 꺾는 것인데 그것은 끔찍한 일입니다. "하지만 맞서다가 내 오만함이 파멸과 맞닥뜨린다면 이 또한 끔찍한 일이오." 두 가지 중에서 선택해야 됩니다. 자기주장을 꺾는 끔찍함과 꺾지 않았을 때 맞닥뜨리게 될 파멸. 크레온은 결국 전자를 선택합니다. 자기주장을 철회합니다. "어떻게 해야 할까요? 말해보시오." 크레온이 많이 달라졌습니다. 누구랑 상의하는 인물이 아니었는데 코로스 장에게 의견을 묻습니다. "가서 땅속의 집으로부터 (동굴 감옥에 있는) 처녀(안티고네)를 풀어주시고, 버려져 누워 있는 자에게는 무덤을 세워주십시오." 코로스 장이 이야기하는 게 테이레시아스와 다르지 않습니다. 안티고네를 풀어주고 폴뤼네이케스를 매장시켜라, 이 두 가지입니다. 애초에 폴뤼네이케스를 장사 지낼 권리를 허용했더라면 아무 문제도 없었어요. 제일 잘못한 자는 크레온이고요, 안티고네는 잘한 건지 그건 좀 생각해봐야 합니다. 과연 결혼도 못 하고 죽어야 했는지, 본인이 그렇게 애달파하며 탄식하는데 죽음을 감수할 만했는지 생각해볼 필요가 있습니다.

크레온이 "그대는 진심으로 이것을 제안하고, 내가 굴복하는 게 좋다고 생각하는 거요?" 하고 확인한 다음에 "아아, 괴롭구나. 하지만 내 행동에 대한 결심에서 물러서노라"면서 자신의 입장을 철회합니다. "무리해서 필연과 싸워서는 안 되는 법이니." 이런 필연 내지는 운명과 맞서 싸울 순 없다고 생각해서 자기도 한발 물러섭니다. 코로스 장이 더 독촉합니다. 남들한테 맡기지 말고 직접 가서 행동하라고. 다급한 상황이니까요. 크레온은 마음을 고쳐먹으면서 이렇게 생각해요. "이제 생각이 이렇게 돌아섰으니, 묶은 자로서, 가서 직접 풀기도 하리라." 결자해지하겠다는 겁니다. "예부터 전해지는 법을 지키면서 삶을 마치는 것이 으뜸이 아닐까 하는 생각이 드니 말이다." 뒤늦게 철들었습니다. 그러고서 크레온은 안티고네가 있는 동굴 감옥으로 찾아갑니다. 그런데 이미 안티고네가 목매달아 죽었고 아들 하이몬이 그 옆에 있다가 아버지를 보고는 칼을 빼들고 달려 나옵니다. 그러다가 아버지가 내빼니까 자기 옆구리를 찔러서 자살합니다. 그런 참극이 벌어지게 됩니다.

헤겔의 해석과
다른 독해의 가능성

이 작품에서 헤겔 식으로 말하면 얼핏 '동등한 권리를 지닌 두 원리', 즉 '가족의 법'과 '국가의 법' 내지는 '사적인 윤리'와 '공적인 법'

이 충돌하는 것처럼 보이지만 크레온의 법에 끝까지 동의하는 자는 아무도 없습니다. 크레온도 철회했으니까요. 저는 이 작품에서 크레온도 없는 텅 빈 공간에 국가의 법을 갖다놓고 안티고네의 입장과 대질한다는 것은 이치에 맞지 않는다고 생각합니다. 이 작품을 앞의 3분의 1만 읽고 덮은 경우에만 가능해요. 말하자면 그냥 빌미로 갖다 쓰는 것밖에 안 됩니다. '크레온의 입장이 이런 거고 안티고네의 입장이 이런 거다' 할 뿐이고, 그들의 입장이 어떻게 변했는지, 그 입장이 어떤 결과를 낳았는지에 대해서는 주목하지 않은 겁니다.

국가 질서를 유지하기 위한 법은 필요하지만 모든 법이 정당화되지는 않습니다. 국가의 법이라고 해서 모두 정당성을 갖지는 않지요. 만약에 정의라는 게 있다면 법이 곧 정의라고 보는 관점도 있고, 법보다 정의가 상위에 있다고 보는 관점도 있는데, 이때 정의라는 기준으로 법을 판단할 수 있습니다. 그래서 법을 심판할 수도 있어요. 나쁜 법, 타당한 법, 정당한 법, 부당한 법을 구분할 수가 있습니다. 크레온의 법령은 정의에 맞지 않습니다. 정의에 맞지 않기 때문에 크레온 자신도 철회하는 겁니다. 이 경우를 가지고 크레온의 법령을 국법으로 일반화하는 것에는 무리가 있다고 봅니다. 그러니까 크레온의 법령을 국법 일반과 동일시하면서 국법과 여러 가지 도덕이나 인륜을 대립시키는 구도를 만드는 것은 좀 무리라고 생각해요. 우리로 치면 유신헌법이나 긴급조치도 국법에 해당하기 때문에 다 정당하다고 보는 것입니다. 이런 법령에 대한 순응적 태도를 이 작품이 정당화시켜주는 것처럼 해석하기도 하는데 저는 동의하기가 어렵습니다. 긴급조치는 헌법재판소에서도 위헌 판정을 받고 그랬잖아요. 법적으로 사후 소급하는 것이지만 무효화되었고 긴급조치의 피해자들에게는 국가가 배상하게 되어 있어요. 입법되었다고 해서 다 정당한 것은 아니고 그 타당성과 정당성을 심판할 수가 있습니다.

작품에서는 심지어 크레온 자신조차도 예언자 테이레시아스에게서 그의 처사가 신들의 분노를 살 거라는 충고를 듣고는 마음이 흔들립니다. 테이레시아스는 죽은 자를 짐승의 밥이 되게 함으로써 또 죽이는 건 결코 용기 있는 행동이 아니며 저승의 신들에 대해서도 불경한 폭력이라고 충고합니다. 그래서 크레온은 자기의 고집을 꺾는 건 끔찍한 일이지만 마음을 고쳐먹습니다. 필연과 싸우다가는 파멸을 초래할 수도 있다는 생각에 뒤늦게 정신 차립니다. 그런데 문제는 너무 뒤늦게 깨달았다는 사실입니다. 그리스 비극에서는 타이밍이 중요해요. 끝이 좋으면 다 좋은 것이 아닙니다. 그건 셰익스피어에게나 적용되는 얘기지요. 이 작품에서는 깨달음만으로 불충분합니다. 제때 깨달아야 됩니다. 한 번 큰 고생을 겪긴 했지만 네가 인생에 대해서 뭔가를 알게 됐으니까 괜찮아, 하는 식으로 정당화하는 경우도 있잖아요. 그러나 그리스 비극에서는 그럴 수 없습니다. 제때 깨달아야 합니다. 너무 뒤늦으면 효과가 없어요.

안티고네

일단 전령이 와서 코로스 장에게 어떤 일이 벌어졌는지 보고합니다. 안티고네와 하이몬이 죽고 쓰러지고 했다는 것이지요. 잠시 등장하는 하이몬의 어머니 에우뤼디케도 아들의 죽음에 충격을 받아서 자살하게 됩니다. 작품의 말미는 크레온의 탄식으로 되어 있습니다. 코로스가 "보라, 여기에 왕이 직접 오셨도다"라고 하자 크레온이 "아아, 어리석은 생각의 완고함이여, 죽음을 부르는 오류여!" 하고 탄식하면서 비로소 자신의 어리석음을 자책합니다. 자기의 행동을 크레온만큼 후회하는 건 아니지만 굉장히 슬퍼하는 안티고네의 신세 한탄이 앞에서 이미 나왔습니다. 그 대목에 대응하는 게 이 크레온의 탄식입니다.

제가 이 작품에서 주목하는 것은, 서로 고집을 꺾지 않고 대립하는 크레온과 안티고네가 둘 다 오만하고, 이 문제를 남자 여자의 문제로 약간 변형시키며, 결국 둘 다 불행을 자초하고 탄식한다는 겁니다. 그러므로 애초에 이 작품을 이 둘의 대결 구도로만 분석하는 것은 재고해볼 필요가 있다고 생각합니다.

"오, 죽인 자도 죽은 자도 한 가문에 속한 것을 보는 이들이여! 아아, 나의 결정들 중에서도 불행한 결정이여! 아, 아들아, 때 이른 죽음을 택한 젊은 것아! 아이아이, 아이아이, 너는 죽어서 스러졌구나, 너 아닌 나의 어리석음 탓에!"

크레온은 자신의 어리석음 탓에 아들이 죽었다며 탄식합니다. 코로스도 "너무도 늦게야 정의를 보신 듯하군요!"라고 합니다. 하지만 너무 늦었기 때문에 구제가 안 됩니다.

"나는 비참한 상태가 되어서야 제대로 알게 되었구나! 그때, 진정 그때, 어떤 신이 내 머리로 달려들어, 온 무게를 실어 나를 내리쳤구나, 거친 길바닥으로 내동댕이쳤구나, 아아, 즐거움을 뒤엎어 짓밟아버렸구나! 아아, 아아, 인간들의 헛된 노력이여!"

이렇게 절규하는 대목이 그리스 비극의 전형적인 결말입니다. 필멸하는 인간의 비극적인 운명을 확인하게 해줍니다. 곧이어 크레온은 아내가 죽었다는 소식도 듣습니다. 엎친 데 덮친 격이 됩니다.
이로써 이 작품의 맨 마지막은 크레온의 탄식과 코로스 장의 충고로 장식됩니다.

"지금은 아무것도 기원하지 마십시오. 필멸의 인간에게 정해진 재앙을 피할 길은 없으니까요."

코로스 장이 말하는 것은 그리스식 운명론인데 크레온은 마지막 대사에서 "그대들은 부디 이 쓸모없는 인간을 밖으로 치워버릴지어

다. 오, 아들아, 나는 너를 그럴 뜻 없이 죽게 했고, 또 여인이여, 당신을 죽였소. 아아, 불행하구나!"라고 합니다. 아내의 죽음도 자기 책임이라는 겁니다. 그것을 코로스가 딱 정리를 해준 것이죠.

'안티고네의 비극'이라기보다는 '크레온의 비극'이라고 불러야 온당한 이 작품의 교훈은 무엇일까요? 코로스의 말로 정리하자면 이렇습니다. "현명함은 행복의 으뜸가는 바탕이로다." 크레온은 어리석고 오만해서 이런 비극을 자초한 걸로 되어 있습니다. 죽은 자들에 대해서도 자신이 권리가 있다고 생각해서 감히 매장도 하지 못하게 경고했고, 그래서 안티고네와 대립했지요. 게다가 여러 사람의 충고를 제때 받아들이지 못했습니다. "신들에 관해서는 아무것에도 불경스럽지 말 것이로다." 신들에게는 절대 복종해야지, 절대 대들면 안 된다고 하는 것이 이 작품의 결론입니다. 이 작품을 '윤리의 기준은 무엇인가'라는 관점에서 보는 것이 일반적인 견해이고, 헤겔 이후에 지배적인 견해입니다만, 재고해볼 필요가 있다는 것이 제 강의의 결론입니다.

윤리의 기준은 무엇인가

2강

악이란 무엇인가

볼테르, 《캉디드 혹은 낙관주의》

볼테르 Voltaire(1694~1778)

본명은 프랑수아 마리 아루에 François Marie Arouet. 프랑스 계몽주의를 대표하는 사상가이자 작가, 백과전서파의 한 사람. 전제 정치와 교회를 신랄하게 비판하고 표현의 자유와 종교적 관용을 옹호했다. 파리의 유복한 집안 출신으로 일찍이 시와 연극에 재능을 보였다. 1717년 섭정 오를레앙 공을 풍자한 시로 인해 바스티유 감옥에 투옥되었으나 1718년에는 비극 〈오이디푸스〉가 코미디 프랑세즈에서 상연되어 커다란 성공을 거두었다. 1719년 귀족 로앙 샤보에게 결투를 신청했다는 이유로 다시 투옥되었다가 영국으로 망명했다. 1734년에는 프랑스의 구체제를 비판한 《철학 편지》를 간행하지만 금지 처분을 받았고, 그 후 10여 년간 은둔하며 학문 연구와 집필 활동에 매진했다. 1759년 이후로는 스위스 국경과 가까운 페르네에 정착해 농사지으며 계몽주의자들과 함께 활동했다. 1778년에 파리로 돌아가 열렬한 환영을 받았으나 무리하게 일하는 바람에 사망했다. 대표작으로 《관용론》,《샤를 12세의 역사》,《루이 14세의 시대》,《각 국민의 풍습·정신론》등이 있다.

《캉디드 혹은 낙관주의 Candide ou l'Optimisme》(1759)

유순하고 순박한 캉디드는 베스트팔렌의 툰더텐트론크 남작의 성에서 성장하며 '세상은 최선으로 되어 있다'는 라이프니츠의 낙관론을 신봉하는 팡글로스 선생의 교육을 받는다. 그러던 어느 날 캉디드는 남작의 딸이자 그와 사촌지간인 퀴네공드를 사랑한다는 죄로 성에서 쫓겨나고 만다. 이후 세계 각지를 떠돌며 파란만장한 모험을 하게 되는데 전쟁과 대지진, 이단 심문과 화형으로 점철된, 스승의 가르침과는 상반되는 끔찍한 현실과 맞닥뜨린다. 그는 이 가혹한 여정에서 모진 고통을 겪고 본의 아니게 살인을 저지르기도 하면서 과연 이 세계는 최선의 세계인지 의구심을 품다가도 낙관적인 자세를 얼마간 유지한다. 우선 캉디드는 불가리아 군대에 끌려갔다가 탈출해 네덜란드에서 팡글로스와 다시 만난다. 그들은 대지

CANDIDE,
OU
L'OPTIMISME,
TRADUIT DE L'ALLEMAND
DE
MR. LE DOCTEUR RALPH.

MDCCLIX.

◀ 볼테르의 초상. 캉탱 드 라투르의 1736년경 작품이다.

▶ 1759년 스위스 제네바에서 출간된 《캉디드 혹은 낙관주의》의 초판본 표지. '랄프 박사M. Le Docteur Ralph'는 볼테르의 여러 필명 중 하나다.

진이 일어나 많은 사람이 죽고 황폐해진 리스본에 갔다가 종교 재판소에 넘겨져 화형에 처해질 뻔하는데, 이때 팡글로스가 교수형을 당하고 만다. 태형을 당한 캉디드는 어느 노파의 도움으로 살아나 퀴네공드와 만나지만 다시금 잃어버리고 남미의 엘도라도에 당도한다. 그러나 캉디드는 이 지상낙원에서 안온한 삶을 사는 데 만족하지 못하고 퀴네공드와 결혼하겠다는 일념으로 보물들을 챙겨서 유럽으로 떠난다. 그 와중에 사기를 당해 재산의 일부를 잃는데, 팡글로스와는 다르게 세상을 비관적으로 보는 마니교도 철학자 마르틴을 만나 동행한다. 캉디드는 우여곡절 끝에 베네치아에서 노예로 일하는 퀴네공드를 찾아내지만, 그녀의 용모는 몹시 추해져 있다. 역시 노예 신세가 되어 있던 퀴네공드의 오빠와 팡글로스와도 재회한 캉디드는 이들을 전부 해방해주고 퀴네공드와 결혼하여 모두가 함께 조그마한 소작지에 정착해 살게 된다.

《캉디드 혹은 낙관주의》(이하 《캉디드》)는 '문학 속의 철학' 강의에서 다루는 작품들 가운데 가장 부담 없이 가볍게 읽을 수 있는 작품입니다. 그런데 주제는 좀 무겁습니다. 악의 문제라는 주제는, 볼테르가 철학적 콩트라는 장르 속에서 가볍게 터치하고 있긴 하지만 실상은 좀 심각한 주제이기도 합니다. 라이프니츠의 《변신론辯神論》과도 관련해서 신이 창조한 이 세계에 악이라는 것이 왜 존재하는가, 혹은 불행이라는 것이 왜 존재하고 어떻게 해명될 수 있는가를 다룬 작품으로 《캉디드》를 읽으려고 합니다.

라이프니츠의
낙천주의를 겨냥한 철학 콩트

볼테르는 프랑스 계몽주의를 대표하는 거물입니다. 물론 앙숙이었던 루소를 비롯해서 쟁쟁한 계몽주의 철학자들이 있습니다. 《철학 이야기》의 저자 윌 듀랜트는 《볼테르의 시대》라는 책을 썼는데 분량이 천 페이지가 넘어요. 번역될 가능성이 별로 없다고 생각되는데 여하튼 굉장히 방대한 저작을 썼습니다. 듀랜트는 볼테르 당대를 '볼테르의 시대'라고 명명했습니다. 그만큼 볼테르는 당대를 대표하는 사상가, 철학자, 작가이고, 시대의 거인이라고 할 수 있습니다. 국내에는 볼테르의 철학 콩트에 해당하는 작품들이 좀 소개되어 있습니다.《관용론》 같은 철학서도 번역되어 있는데, 그가 남긴 저작의 규모에 비하면 극히 일부에 지나지 않는 것 같습니다.

볼테르의 프랑스어판 전집이 대략 70권 정도예요. 자료를 보니 편지를 4만 통이나 썼다고 합니다. 잘 이해는 안 되죠. 도대체 하루에 몇 통을 써야 되는 건지. 제가 잠깐 계산을 해봤는데 하루에 세 통씩 쓰면 1년에 1,000통 정도를 쓸 수 있어요. 그렇게 40년을 써야 4만 통이됩니다. 하루에 열 통씩 바짝 쓴다면 시간을 좀 단축할 수 있는데 하여튼 무지막지하게 씁니다. 당시에는 편지를 쓰는 것이 일상적인 문화이기도 했기에 우리가 상상하는 것 이상으로 많이 쓰긴 했습니다. 전집 70권 중에 편지가 어느 정도 분량을 차지하는지 모르겠지만 어마어마한 분량의 편지와 함께 엄청난 분량의 저작을 남긴 작가 혹은 사상가가 볼테르입니다. 당대에는 서사시, 비극 등 아주 다양한 장르에 걸쳐서 많은 작품을 쓰고 필명을 날린 볼테르의 방대한 저작 가운데 지금까지 널리 읽히고 있는 것은 사실 많진 않습니다. 철학 콩트 중에는 아마《캉디드》가 가장 유명하고 많이 읽히는 것 같아요. 다음으로《관용론》이 대표작으로 꼽히고 있습니다.《철학 편지》라든가《불온한 철학사전》 같은 책들이 국내에는 더 소개되어 있습니다.

볼테르와 루소가 앙숙 관계라고 말씀을 드렸는데, 국내에서 루소는 볼테르보다 더 환대받는 편인 것 같아요. 좀 더 현재적 의미를 갖는 철학자로 주목받는 것 같습니다. 당시에는 볼테르냐 루소냐 나눠졌는데 통상적으로 번역하면 '개혁이냐 혁명이냐'가 됩니다. 정치적 입장을 살펴보면, 볼테르는 온건한 개혁주의 노선을 지지했고 루소는 과격한 혁명을 주창했는데, 실제로 역사는 프랑스혁명으로 흘러가게 되었죠. 루소가 온건주의자였던 볼테르를 역사적으로 한 방 먹인 듯한 모양새가 됩니다. 그런 라이벌 관계는 본인들도 의식을 하고 있었고요. 루소의 자서전 《고백》을 보면 볼테르 얘기가 많이 나옵니다. 루소는 볼테르의 모든 주장에 반대합니다. 볼테르가 그렇게 말했어? 그러면 난 반대요. 이런 게 루소의 입장이에요. 자기 입장이 먼저 있는 것이 아니고 서로 상대방의 입장이 무엇이냐에 따라서 그와 반대되거나 더 극단적인 입장을 취하려 했습니다. 그런 사상가들의 사적 관계에 대한 뒷이야기는 가끔 책으로 나오는데 볼테르와 루소의 관계에 대한 책도 나옴 직하다는 생각이 듭니다.

그런데 볼테르가 《캉디드》에서 겨냥하고 있는 철학자는 루소가 아니고 라이프니츠입니다. 라이프니츠는 모나드론의 철학자로 알려져 있는데 그것이 함축하는 낙천주의에 대해 비판적인 시선을 견지합니다. 특히 염두에 두고 있는 건 라이프니츠의 《변신론》 같은 저작입니다. 의외로 국내에 번역이 되어 있습니다(《변신론—신의 선, 인간의 자유, 악의 기원에 관하여》, 이근세 옮김(아카넷, 2014)). 이 책의 핵심은 악의 옹호입니다. 신을 변호한다고 할 때는 지상에 왜 악이 존재하는가, 악이라

◀ 서로 논쟁하는 볼테르와 루소를 풍자적으로 묘사한 판화.
▶ 라이프니츠의 초상. 볼테르는 《캉디드》를 통해 라이프니츠의 낙천주의를 공박했다.

는 것은 어떻게 해명 가능한가, 이런 문제를 다뤄야 됩니다. 《캉디드》
에서는 라이프니츠주의, 라이프니츠 철학을 팡글로스 선생이라는 인
물로 대변하게끔 하고 그의 제자인 캉디드의 모험을 통해서 라이프
니츠주의를 반증하려고 합니다. 이 세계가 그냥 존재할 수 있는 최선
의 세계인가, 이상적인 세계인가. 라이프니츠의 주장에 따르면 그러
한데, 실제로 경험해보니까 이 작품의 결론 부분에 가면 그렇게 말하
기가 곤란해집니다. 이 작품은 팡글로스의 주장과 함께, 철학자의 입
장과 함께 시작하게 되는데, 중간에 그와 대립되는 다른 입장들도 제

시됩니다. 결말에 가서도 작가 볼테르는 확실하게 어떤 편을 들고 있지 않습니다. 독자가 판단하게 하면서 선택지를 제시합니다. 그런데 마지막 선택지 가운데 여전히 팡글로스의 낙관주의를 지지하기는 어려운 것 같아요. 그리고 팡글로스 자신도 말은 그렇게 하지만 믿지 않습니다. 결말에 가서는 이처럼 달라지는 태도를 보여주게 됩니다.

악이란 전염되고
감염되는 것

18세기 모험소설이어서 그런지 《캉디드》의 줄거리는 조금 복잡합니다. 등장인물들이 전 세계를 거의 일주하는 식으로 돌아다니기 때문이지요. 그리고 약간 코믹한 것은 죽었다던 인물들이 어이없을 정도로 계속 살아난다는 겁니다. 그래서 곧이곧대로 읽게끔 하지는 않습니다. 콩트라는 장르 자체가 그런데, 철학 콩트라는 것도 주안점은 철학에 있습니다. 철학적 문제를 사유해보는 겁니다. 사유의 미끼를 던져주는 겁니다. 미끼보단 밑밥 같은 겁니다. 이 작품을 읽은 다음에 이를 매개로 철학적 토론을 하는 겁니다. 따라서 우리가 소설에서 기대하는 인물이나 사건의 핍진성과는 거리가 있기도 합니다.

볼테르의 에세이 《불온한 철학사전》〔사이에 옮김(민음사, 2015)〕에서 악과 관련된 항목으로는 '악인' 정도가 있는데 볼테르가 악인에 대해 어떻게 생각하고 있는지 엿보게 해줍니다. 한 항목만 읽어보더라도 볼테르의 인간관을 어느 정도 가늠해볼 수 있습니다.

사람들은 인간의 본성은 기본적으로 사악하고, 인간은 악마의 자식으로 태어난 악인이라고 한탄한다. 하지만 잘못된 생각이다.

볼테르는 성악설에 반대하는 겁니다. 루소는 인간이 본래 선하게 태어났다고 생각하는데 거기에 동의하는 것도 아닙니다. 루소의 입장도 극단이라는 겁니다. 통상적으로 사람들은 세상에 악이 존재하고 악인이 존재하는 이유를 두고 태어날 때부터 그렇다고 합니다. 볼테르는 그런 생각에 반대합니다.

인간은 절대 사악하게 태어나지 않았다. 다만 사악해지는 것이다. 병에 걸리는 것처럼 말이다.

볼테르는 상식적이고 온건한 입장에 가깝습니다.

인간은 애초에 악하게 태어나지 않았다. 그렇다면 왜 이렇게 많은 사람들이 악이라는 전염병에 감염된 것일까?

캉디드 혹은 낙관주의

사악해지는 것을 병에 걸리는 것처럼 표현하고는 사람들이 왜 이렇게 악이라는 전염병에 취약한지 질문합니다.

볼테르의 해석에 따르면, 몇몇 선대 사람이 전염시켰기 때문이라는 겁니다. 인간은 원래 사악하지 않은데 몇몇 사람이 선동해서 악에 물들게 되었다는 거예요. "최초의 야심가가 이 땅 전체를 더럽힌 것이다." 말하자면 문화적인 밈meme에 해당하는 거죠. 유전자gene 안에 악惡의 유전자가 있는 것도 아닙니다. 물론 요즘의 뇌 과학은 좀 다르게 해석합니다. 전형적인 유전적 사이코패스가 있다고 봐요. 어떤 소인을 갖고 있고, 그게 발현되면 사이코패스가 된다고 봅니다. 볼테르는 그런 뇌 과학까지 참고할 형편은 아니었고 이런 유전자의 차원에서 선함과 악함이 결정된다고 보지 않았습니다. 다만 리처드 도킨스 같은 생물학자의 용어로 밈 같은 게 있는 거죠.

밈은 문화적인 복제자입니다. 대표적으로 사상이나 관념도 밈입니다. 이게 전파되는 겁니다. 볼테르의 사상이건 라이프니츠의 사상이건 전부 다 밈입니다. 문화적 밈이고 그것들이 계속 전승되는 겁니다. 그래서 어떤 사상을 알게 되고 그것을 자기 사상으로 취하게 되면, 어떤 밈에 감염되는 겁니다. 유전자는 우리 세포 안에 DNA로 갖고 있는 거잖아요? 그리고 유전을 통해 재생산됩니다. 생식 과정을 통해 물려주게 되는데 밈이라는 것은 생식이 아니라 문화적인 전수 과정을 통해 전파됩니다. 어떤 문화적 밈은 단종됩니다. 더 이상 아무도 그렇게 생각하거나 믿지 않으면 종식되는 겁니다. 어떤 문화적 밈은 번창합니다. 생물 진화의 과정과 얼추 비슷하다고 얘기합니다. 도킨스가 처음 밈에 대해 얘기했는데 그 이후에 좀 더 발전해서 '밈학' 같은 것도 생겼고 관련된 책도 국내에 나와 있습니다. 볼테르에 따르면, 악이라는 것을 사람들은 유전자 차원에서 설명하곤 한다는 겁니다. '왜 악인인가?'라는 물음에 유전적으로 그런 바탕을 타고났기 때문이라고 설명하곤 하는데, 볼테르는 그게 아니라 감염돼서 그렇다는 겁니다.

> 이 최초의 괴물은(이 최초의 야심가는, 즉 악을 퍼뜨린 장본인은) 모든 인간에게 내재해 있던 오만, 노략질, 사기, 잔혹성의 균을 싹트게 했을 뿐이라고 말할 수 있을 것이다.

우리가 지닌 어떤 잠재적 보인자가 발현되게끔 유도한다는 거죠. 그런 성향은 물론 있을 수 있습니다. 생물학자들이 얘기하기로는 인간이 본래 갖고 있는 유연성, 적응 가능성이 대단히 뛰어납니다. 뭔가 고정된 본성을 갖고 있지는 않아도 대단히 기회주의적입니다. 아주 유연해서 변화된 환경에 적응을 잘하게 되어 있습니다. 어떤 사상에 대해서건 변절자들이 적지 않은데, 생물학적으로 보면 자연적인 본성에 해당한다고 할 수 있습니다. 어떤 생각에 대해 확고한 신념을 갖고 있는 것이 아니에요. 조금 고문하면 바로 생각을 바꿉니다. 그게 유

캉디드 혹은 낙관주의

연성입니다. 보통은 어떤 사상을 목숨을 걸 정도로 믿거나 하지 않습니다. 이렇게 유연한 바탕을 갖고 있으니까 얼마든지 악으로 끌려갈 수도 있고 선으로 끌려갈 수도 있고 그렇다는 겁니다.

조금 다른 얘기인데 극단으로 가게 되면 행동주의 심리학Behaviorism 같은 입장이 있습니다. 유전자 결정론은 오해의 소지가 있는 말입니다. 모든 것이 다 유전자에 의해 결정된다는 입장을 지지하는 생물학자는 없어요. 유전자 결정론에 흔히 비난을 퍼붓곤 하는데 일종의 허수아비 비판입니다. 그런 입장은 이론적으로만 가능한데 실제적으로 그런 입장을 취하는 경우는 없기 때문입니다. 유전자 결정론도 실상 내용은 이런 겁니다. 우리의 유전적 성향은 우리의 어떤 행동을 제약하거나 어느 정도 규정하게 되는데, 이때 유전자하고 문화적 행동 사이에 어떤 연결 관계가 있다는 겁니다. 유전자와 문화적 행동은 무관하지 않고 다만 거리 문제가 있다는 겁니다. 어느 정도의 거리인가. 짧으면 좀 더 엄격하게 규정하게 되겠죠. 충분히 길면 어느 정도의 자율성을 보장하게 됩니다. 제가 자주 예로 드는 것은 개 끈입니다. 개들을 산책시킬 때 끈이 충분히 길면 개가 기분상으로는 자유롭다고 느낍니다. 어디든지 갈 수 있으니까. 그래도 어느 한도 안에서죠. 반대로, 끈이 짧으면 제약을 받는다고 느낍니다. 자유가 없다고 느껴요. 유전자의 지배도 그렇다는 겁니다. 유전자에 의해 결정되긴 하지만 어느 정도의 범위 안에서 융통성이 있어요. 유전자 결정론이라는 것

악이란 무엇인가

은 '끈이 있다'고 얘기하는 겁니다. 끈이 없으면 아무 관계가 없는 겁니다.

생물학자들 사이에서도 견해차가 있습니다. 하버드 대학에서 고생물학 교수로 있었던 스티븐 제이 굴드라는 걸출한 저술가가 있고 옥스퍼드 대학에서 진화생물학을 강의하는 리처드 도킨스가 있습니다. 루소와 볼테르처럼 굴드와 도킨스의 입장도 상당히 대조되어서 서로 대립합니다. 둘 다 진화생물학자이긴 하지만 진화의 패턴에 대해서도 서로 견해가 다릅니다.

도킨스는 연속적인 진화설 쪽입니다. 오랜 기간을 두고 점진적으로 아주 천천히 진화되어왔다는 게 도킨스를 비롯한 주류 생물학자들의 진화설입니다. 반면에 굴드는 독창적인 생각을 갖고 있습니다. 진화라는 것은, 거의 변화가 없다가 갑자기 비약적으로 변화하다가 다시 주춤하는 식으로, 계단식으로 진행된다는 겁니다. 이런 걸 단속평형설이라고 합니다. 굴드가 고생물학자이면서 화석을 연구하기 때문에 이런 주장을 펴게 된 것이죠. 화석을 보게 되면 중간 화석이 없어요. 연결고리들이 없습니다. 그러니까 굴드는, 도킨스나 주류 진화생물학자들의 견해가 옳다면 화석이 쭉 연쇄적으로 나와야 한다고 반박합니다. 중간 단계가 계속 있어야 한다고요. 그런데 실제 화석들을 조사해보면 중간이 없이 건너뛴다는 겁니다. 거기에 이론을 맞추려고 하니까 진화가 단기간에 급속하게 일어난다는 겁니다. 시간을 두고 일정하게 진화하는 게 아니고. 이런 입장이 단속평형설인데 오늘날 그렇게 지지되지는 않고, 도킨스나 주류 진화생물학 입장이 더 지지를 받습니다.

그런데 유전자와 관련해서도 굴드는 유전자가 우리의 문화적 행동하고는 전혀 관계가 없다고 생각해요. 굴드는 도킨스와 같이 생물학자이긴 하지만 유전자가 형태 진화에만 관여한다고 봅니다. 골격이라든가 키, 눈 색깔은 유전자로 결정되지만 성격이나 행동 패턴은 유전자와는 관계가 없다는 거죠. 이게 굴드의 입장인데, 지지되기는 조금 어려운 것 같아요. 그 이후에 나오는 진화심리학 같은 걸 보더라도, 형태뿐만 아니라 좀 더 많은 부분이 유전자의 지배를 받는 것 같습니다. 지배라는 표현이 좀 강해 보이긴 하지만 어느 정도 한계를, 가능한 범위를 지정해주는 걸로 보입니다.

유전자의 영향을 인정하는 것이 생물학적 결정론, 유전자 결정론이라고 한다면 정반대의 입장이 행동주의입니다. 볼테르의 입장도 더 극단에까지 가면 행동주의처럼 됩니다. 행동주의는 인간이 백지상태로 태어나므로 모든 것은 사후적으로 어떻게 조건화하느냐에 따라 좌우될 수 있다고 보는 겁니다. 인간을 얼마든지 악인으로도 만들 수 있고 선인으로도 만들 수 있습니다. 그렇게 태어나는 게 아닙니다. 태어나는 순간에는 백지상태일 뿐입니다. 아무것도 없어요. 그런 백지상태에서 무언가를 채워나가느냐 하는 건 훈육 과정에 달려 있습니다. 이렇게 보는 것이 행동주의 심리학입니다.

언어학에서는 행동주의 언어학 바로 다음에 나오는 게 촘스키의 언어학입니다. 촘스키는 우리 유전자 안에 언어 본능 같은 것이 있다고 얘기합니다. 행동주의 심리학에서는 그런 유전적인 본능이 전혀 없다고 가정해요. 모두가 다 사후적인 훈육 내지 조건에 달려 있다고 보는데 촘스키는 다르게 생각합니다. 1953년에 DNA의 이중나선 구조가 발견되어서 촘스키가 거기에서도 영감을 얻습니다. DNA에 언어 능력이 포함되어 있으리라는 것이죠. 이런 정도가 인간 본성에 대한 현 단계의 이해입니다.

문화적 상대성과
관용의 정신

볼테르는 사람들이 유전적인 본성을 잠재적으로는 갖고 있는데 그것을 끄집어내는 역할을 몇몇의 야심가 내지는 최초의 괴물들, 최초의 악인들이 하게 된다고 말합니다. 그러면서 설명하는 게 《캉디드》하고도 연관되는 부분인데, 볼테르적 사고방식의 바탕에 놓여 있는 것은 인류학적 사고입니다. 전 세계에 많은 민족들이 있고, 이들은 각기 다른 문화를 갖고 있습니다. 그걸 인정한 볼테르는 문화 상대주의적 시각을 지녔음을 읽을 수 있습니다. 보편주의와 맞서는 상대주의입니다. 보통 볼테르는 '보편적 지식인'이라고 불립니다. 어떤 특정 분야만 전담하지 않고 모든 분야에 걸쳐 다 참견하고 발언했다는 의미에서 '보편적 지식인'이라고 부르는데, 실상 볼테르의 주장을 살펴보면 그 핵심에 놓여 있는 것은 상대성에 대한 관용적 태도입니다. 볼테르는 전부를 아우르는 하나의 척도, 보편적인 척도가 있다고 생각하지 않았고 문화권 별로 각기 다르다고 보았습니다.

이런 입장은 나중에 인류학자 레비스트로스에 의해서 학문적으로 잘 체계화됩니다. 레비스트로스 이전에는 인류학자들이 보편적인 인류학적 발전 과정 모델을 세우려고 했는데 레비스트로스는 거기에 반대합니다. 문화적 상대성을 가장 강력하게 옹호하는 레비스트로스에 따르면, 문화는 유형학이 가능할 뿐이지 문화에 진화적 모델을 적용할 수는 없습니다. 원시적인 문화가 있고 그로부터 더 발전한 문화가 있는 게 아니고, 모든 문화는 그 자체로 나름대로의 가치를 갖고 있다는 것이지요. 데카르트의 방법론적 회의도 문화적 차이에 대한 인식에서 나옵니다. 사람들이 이 지역에서는 이런 방식으로 생각하는데 다른 지역에 가면 또 전혀 다른 식으로 생각합니다. 다른 음식을 먹고 다른 옷을 입고 다른 식으로 사고해요. 내가 갖고 있는 생각이 상대화됩니다. 절대적이라고 말할 수 없어요. 데카르트적 코기토는 기본적으로는 인류학적 코기토입니다. 볼테르도 마찬가지입니다.

악이란 무엇인가

항상 인류학적 데이터를 갖고 와요. 데이터를 갖고 오면 다 상대화되고 차이가 드러나요. 여기서는 이렇고 저기서는 저렇고 하는 차이가 있습니다. 그러면 한 가지 입장, 한 가지 믿음만을 고집할 수가 없습니다.

물론 여기에 약간 신화화된 믿음도 있습니다. 볼테르는 "중국인, 통킹 만 사람들, 라오인, 시암인, 일본인조차 100년 동안 전쟁이라는 것을 모르고 살았다"고 말합니다. 그렇다고 민족 전체가 선한 건 아니죠. 유럽은 종교전쟁 때문에 평화로운 시기가 별로 없었어요. 볼테르의 시대도 마찬가지였는데 다른 지역을 가보면 전쟁 없이 지내는 곳도 있다는 겁니다. 인간이 호전적이고 사악하게 타고났다는 입장은 지지되기 어렵다는 겁니다. "최근 10년 동안 모든 범죄의 어머니인 탐욕이 극에 달한 로마, 베네치아, 파리, 런던, 암스테르담 같은 도시에서 인간 본성을 놀라게 하는 극악무도한 범죄"를 자주 보았기 때문에 인간이 본래 사악하다는 생각을 갖기 쉬운데, 실제로는 그렇지 않을 수 있다는 것이지요. 다른 지역을 보면, 다른 민족을 보면 그렇지 않다고 합니다. 그다음에 우리가 그렇게 나쁜 본성, 악한 본성을 타고난 것은 아니라고, 반복적으로 얘기하고 있습니다.

지구에 10억의 사람이 살고 있다고 한다면 그중 5억은 여자들인데 이들은 바느질하고 아이들 먹이고 집 청소하고 이웃들과 사이좋게 지냅니다. 여자들은 사악함하고 거리가 멀어요. 2억 명은 애들이니까

캉디드 혹은 낙관주의

이들도 제외입니다. 2억 명은 노인들이니까 악한 일을 하려고 해도 기력이 없어요. 이렇게 여자와 아이와 노인을 제외하면 범죄를 저지를 수 있는 후보로는 1억 명의 건장하고 젊은 남자들만 남습니다. 그런데 그중 9,000만 명은 먹고살기 위해 엄청나게 일해야 하기 때문에 나쁜 짓을 할 시간이 없습니다. 이렇게 따져가다 보면 말이 전혀 안되는 건 아닙니다. 남은 1,000만 명이 무위도식하고 있는데 이들이 이제 유력한 후보들입니다. 힘도 있고 여가도 있어요. 나쁜 짓을 하려고 해도 그런 조건들이 다 충족되어야 합니다. 그다음에 아주 신랄한 풍자가 들어갑니다. 이들은 "겉으로는 깨끗한 삶을 살고 있는 재판관과 성직자 직업을 가진 이들"이고, "진짜 악인은 세상을 혼란에 빠뜨리는 정치인들과 이 정치인들에게 빌붙어 사는 몇천 명의 뜨내기들"이다, 이들이 주범들이고 이들이 악행을 저지르는데 우리는 마치 인간 전체가 사악한 것처럼 오해하고 있다, 이런 식의 주장을 폅니다. 그러므로 볼테르는 우리가 생각하는 것보다는 사악한 존재가 많지 않다고 봅니다. 여기서도 볼테르가 가진 온건주의적인 입장, 인간에 대해 낙관하지 않더라도 장기적으로는 개선될 여지가 있다고 보는 견해, 점진적인 개혁주의를 뒷받침하고 있는 인간관을 확인할 수가 있습니다.

문화적 상대성과 직접적으로 연관되는 것이 관용입니다. 볼테르가 관용의 철학으로 유명한데 그 배경에는 종교전쟁이 있습니다.《캉디드》의 몇몇 일화에서도 다른 종교에 대한 관용 문제가 나옵니다. 주

C'est à ce prix que vous mangez du sucre en Europe.

Candide Chapitre 19

《캉디드》19장의 삽화(장 미셸 모로, 1787). 캉디드가 하인 카캄보와 함께 엘도라도를 떠나 여행하던 중 남아메리카의 수리남에서 흑인 노예를 만나는 장면이다. 도망치려다가 잡혀서 한쪽 팔과 한쪽 다리를 잘린 노예는 "당신네 유럽인들이 설탕을 먹는 건 바로 그 덕"이라고 말한다.

캉디드 혹은 낙관주의

로 가톨릭교과 개신교, 기독교와 이슬람교의 충돌이 역사상 많이 있었죠. 유럽을 전쟁의 참화로 몰아넣은 신교와 구교 간의 전쟁에서 서로 다른 입장에 대한 관용이 필요하다고 볼테르는 강력히 주장합니다. 핵심은 타자의 차이에 대한 인정입니다. 나와 다른 생각과 신앙에 대한 관용적 태도, 그다음에 수용하는 태도가 필요하다고 봅니다. 볼테르의 공로로 많이 지적하는 게 타자에 대한 발견과 인정입니다. 볼테르가 스스로도 강조하는 거죠. 루소는 조금 달라요. 루소는 유명한 《고백》을 통해서 우리 안에 있는 내적 자아를 재발견합니다. 이렇게 두 사람이 대비가 됩니다.

우리 세계는 과연
최선의 세계인가

이 철학 콩트는 라이프니츠의 틀에 박힌 듯한 낙천주의 내지는 낙관주의를 공박하고자 합니다. 그래서 제목이 《캉디드 혹은 낙관주의》라고 되어 있습니다. 매우 유순하고 고지식한 소년 캉디드는 현실적인 인물은 아니기 때문에 우화적인 성격이 있습니다. 그는 베스트팔렌의 툰더텐트론크 남작의 성에서 성장하는데 여기가 최초의 지상낙원입니다. 쫓겨나기 전까지 캉디드는 그렇게 생각합니다. 이곳에는 다른 혈족들인 남작의 아들과 그 여동생인 퀴네공드가 있습니다. 캉디드는 남작의 조카니까 퀴네공드와는 사촌지간입니다. 그다음에 나오는 가정교사 팡글로스는 라이프니츠의 생각을 희화화된 버전으로 갖고 있는 인물입니다. 작품 초반에 "원인 없는 결과란 없으며, 우리의 세계는 가능한 모든 세계 중에서 최선의 세계"라고 하면서 남작의 성이 세계의 성 중 가장 멋진 성이고 남작 부인은 가장 좋은 남작 부인이라는 점을 입증하려고 합니다. 그리고 입증해냅니다. 그런 교육을 받아서 캉디드도 철석같이 그런 줄 믿고 있는 걸로 초반에 설정되어 있습니다. 그런데 몇 쪽 지나지 않아서 캉디드는 남작의 성에서 쫓겨나게 됩니다. 팡글로스의 생각을 충실히 따라서 캉디드는 이렇게 생각합니다.

이 세상에서 최선의 행복은 툰더텐트론크 남작으로 태어나는 것이고, 제2의 행복은 퀴네공드 양으로 태어나는 것이며, 제3의 행복은 그녀를 매일 볼 수 있는 것이고, 제4의 행복은 지방에서 가장 훌륭한, 따라서 이 세상에서 가장 훌륭한 철학자인 팡글로스 선생의 강의를 들을 수 있는 것이라고 말이다.

캉디드는 적어도 세 번째, 네 번째 행복을 갖고 있었죠. 남작이나 퀴네공드 양으로 태어나지는 않았지만 퀴네공드를 매일같이 볼 수 있고 팡글로스의 강의를 들을 수 있었으니까요.

퀴네공드는 어느 날 산책하다가 팡글로스 선생이 남작 부인의 몸종 파케트에게 실험 육체 물리 강의를 하고 있는 광경을 보게 됩니다. 희화화된 표현으로 묘사되고 있는데, 육체관계를 갖고 있는 장면을 과학적 호기심으로 주의 깊게 살펴본 후 따라 하려고 합니다. 상대는 캉디드입니다. 퀴네공드는 캉디드를 만나자 병풍 뒤에서 낮에 본 것을 실습하려고 합니다. 굉장히 성실한 학생들이죠. 배운 것은 반드시 실습해보려고 합니다. 퀴네공드가 손수건을 떨어뜨리자 캉디드가 주워주었고 그녀는 순수하게 그의 손을 잡습니다. 캉디드는 순수하게 처녀의 손에 열렬한 키스를 하고 그들의 입술이 맞닿습니다. 그들의 눈에서 불꽃이 일고 무릎이 후들거리고…… 이렇게 병풍 뒤에서 청춘 남녀가 수작 부리는 것을 남작이 지나가다가 목격하고는 캉디드를 발길로 걷어차 성에서 내쫓게 됩니다. 그리하여 캉디드가 지상낙원에서 곧장 추방당하자, 이제 그의 파란만장한 모험이 시작됩니다.

스승 팡글로스의 가르침을 받아들여 이 세상은 최선의 세계이고 세상 모든 것이 최고로 잘되어가고 있다는 것이 캉디드의 입장입니다. 그런데 캉디드는 지상낙원에서 쫓겨나자마자 불가리아 군대로 징집되어 전장으로 가서 강력한 훈육을 받게 되죠. 모든 군인에게서 서른여섯 대씩 맞는 태형을 선고받는 등 세상의 쓴맛을 바로 맛보게 됩니다. 그런 시련들이 연이어 서술되다가 불가리아하고 아시아계 민족인 아바르 족 사이에서 벌어진 전쟁이 묘사됩니다. 두 나라의 군대

Le Baron...voyant cette cause & cet effet, chassa Candide
du Château à grands coups de pied dans le derriere;

Candide Chap. 1.er

J. M. Moreau le J. inv.   787.   Dambrun Sculp

《캉디드》1장의 삽화(장 미셸 모로, 1787). 툰더텐트론크 남작이 캉디드의 엉덩이를 발길
로 차서 성에서 내쫓는 장면이다.

캉디드 혹은 낙관주의

는 굉장히 코믹한 터치로 서술되어 있어요. 실제 상황을 보면 상당히 끔찍합니다. 식민지에서의 원주민 학살이나 학대 문제도 나오고, 전쟁의 참상도 나오는데 다만 아주 코믹하게 서술되어 있습니다.

두 나라의 군대는 너무도 멋지고 민첩하고 찬란하고 질서 정연하였다. 트럼펫과 피리와 오보에와 북과 대포 소리가 어울려 멋진 지옥의 하모니를 이루었다. 먼저 양 진영에서 6천여 군사들이 대포에 맞아 쓰러졌다. 다음으로 이 최선의 세계를 오염시키던 9천 내지 1만 명의 악당들이 일제 사격을 받아 제거되었다. 또한 수천 명의 사람들이 총검에 찔려 죽었다. 총합 3만여 명의 사람들이 이렇게 죽어갔다. 이 영웅적인 학살극이 벌어지는 동안 캉디드는 철학자답게 벌벌 떨면서 꼭꼭 숨어 있었다.

전쟁이 웃을 얘기는 아닌데 너무 간단하게 제시되어 있는데다 캉디드의 행동에 대해서는 냉소적으로 묘사되고 있습니다. 그 후 캉디드는 여러 가지 사례를 경험할 때마다 팡글로스 선생의 교훈을 떠올립니다. 한 번 불행을 겪고 나서 약간 다행스러운 일을 겪게 되면, 캉디드는 순진하기 때문에 '아 역시 선생님 말이 맞아, 모든 것이 최고로 잘되어 있어' 하고 생각하는데 결과적으로는 이런 생각이 차츰차츰 무너져가는 구성입니다.

캉디드는 팡글로스 선생을 얼마 되지 않아 재회하는데, 팡글로스는 불가리아 군사들이 남작의 성으로 쳐들어와 일가족을 몰살했고 자기는 겨우 살아남았다고 얘기합니다. 캉디드가 사랑하는 퀴네공드도 죽임을 당했다고 얘기하는데 나중에 보면, 불사조처럼 거듭 살아서 돌아옵니다. 온갖 고초를 겪었음에도 불구하고 낙관주의적 태도를 견지하던 팡글로스도 마침내 변화하게 됩니다. 팡글로스는 이렇게 얘기합니다.

"그건 모두 필수 불가결한 것입니다. 개인적 불행은 공공의 이익이 되거든요."

정말 대책 없는 믿음인 거죠. 개개인이 불행하더라도 전체적으로는 공공의 이익에 부합한다, 그러니까 개인의 불행이 많으면 많을수록 모든 것이 더 좋다는 식으로 얘기합니다. 팡글로스가 아직 고생을 덜 했습니다.

대재앙을 겪은 후에도
신을 믿을 수 있는가

바로 뒤이은 5장에 리스본 대지진이 나옵니다. 이 작품에 나오는 사건들 가운데 가장 대표적인 실제 사건입니다. 이 지진과 관련해 볼테르는《리스본 재앙에 관한 시》(1756)에서 이 세계가 최선의 세계라고 하는 라이프니츠의 낙관주의에 의구심을 표합니다. 1755년 11월 1일에 발생한 리스본 대지진은 불과 5분 만에 3만 명의 희생자를 낳았습니다. 문제는 그때 희생된 3만 명 가운데는 종교인도 있었고 비종교인도 있었고 어른도 있었지만 어린아이도 있었다는 거예요. 그러니까 남녀노소 가릴 것 없이 무차별적으로 3만 명이 희생자가 된 겁니다.

이 사건 이후에 '그러면 신은 어디에 있느냐'는 의문이 생깁니다. 대지진이 신의 심판이라고 한다면 좀 가려서 해야 되잖아요. 신앙인들하고 불신자들하고 좀 가린다거나 무고한 사람들은 제외한다거나 해야 되는데 아무런 차별 없이 통째로 다 희생되었습니다. 그런 후에도 기독교적인 신에 대한 믿음을 여전히 가질 수 있느냐는 것이 볼테르의 의문입니다. 이런 의문 제기가 유럽 지성사에서 큰 의미를 갖습니다. 신앙을 갖는다는 것이, 모든 것이 다 신의 섭리라고 간주하는 태도가 리스본 대지진에 의해 상당한 도전을 받게 됩니다. 하나의 고비입니다. 이런 재앙이 일어난 후에도 당신은 신의 섭리를 믿느냐, 이렇게 의문을 표하게 되기 때문에. 그러고도 신의 섭리를 믿는다고 한다면, 이 3만 명의 희생에 어떤 의미가 있다고 보는 거죠. 이제 희생이 무의미하다거나 악의 결과라고 보는 것이 아니라 길게, 크게 보면 신의 섭리 안에, 선한 의지 안에 포함되는 것으로 해석하는 겁니다. 그

악이란 무엇인가

1755년에 일어난 리스본 대지진을 묘사한 기록 판화.

런데 볼테르는 그렇게 못하겠다는 겁니다. 여기서 떨어져 나오는 겁니다.

남녀노소 3만 명의 주민이 건물 잔해에 깔려 죽었습니다. 팡글로스가 바로 자문합니다. "이 현상의 충족 이유가 도대체 무엇이란 말인가?" 이 사건이 어떻게 정당화될 수 있단 말인가? 어떻게 이 사건에 의미를 부여할 수 있단 말인가? 이렇게 물으니까 캉디드가 울부짖으며 "이게 바로 이 세상 최후의 날이야!"라고 답합니다. 과연 신의 섭리로 설명될 수 있는 건지. 《캉디드》에서는 그냥 하나의 에피소드로 삽입되어 바로 넘어가지만 어려운 문제입니다.

캉디드 혹은 낙관주의

뒤에 가게 되면 철학자 마르틴 박사가 등장하는데(번역본에 따라 '마르탱'이라고도 합니다) 그는 마니교도라고 소개됩니다. 리스본 대지진을 어떻게 볼까요? 기독교적 입장과 마니교적 입장으로 나눠집니다. 마니교는 조로아스터교의 분파인데 배화교라고도 하지요. 마니교에서는 선신과 악신이 있습니다. 그러니까 설명하기가 좀 용이합니다. 리스본 대지진 같은 경우에는 악신의 소행으로 보면 됩니다. 선신이 늘 압도하는 것이 아니기 때문이지요. 우주라는 것은, 이 세계라는 것은, 선신과 악신의 영원한 투쟁으로 봅니다. 그렇게 보면 얼추 다 설명이 됩니다. 인간이 이해할 수 없는 사악한 행동, 아주 비극적인 재난이나 불행을 전부 다 악신의 소행으로 간주하면 되니까요.

문제는 기독교에서의 해명입니다. 세상에 존재하는 악이 신의 의지에 반하는 것이 아니라며 신을 변호하는 기독교적 변신론인데, 기독교는 유일신을 섬겨요. 이 하나의 신밖에 없다면 악이라는 것은 어디에서 기원하는가. 이게 신에게서 나와야 하잖아요? 다르게 존재할 수가 없습니다. 유일신론의 입장에서 보면 사탄조차 신의 섭리 안에 포함되잖아요? 왜냐하면 절대적인 존재자는 신밖에 없으니까요. 나머지는 다 신의 권능 아래 있어요. 사탄을 방치해두는 것도 신의 뜻이어야 합니다. 그토록 사랑하는 인간들을 못살게 구는 사탄을 제거하면 되잖아요? 그런데 사탄을 그대로 놓아둔다면 역시 신의 뜻입니다. 그건 그것대로 문제가 됩니다. 만약에 선신과 악신이 대등하게 맞서고

악이란 무엇인가

있다고 한다면 해명이 됩니다. 선신이 한계가 있기 때문에, 악신이 만만치 않기 때문에. 그러나 유일신론에서는 이게 문제가 됩니다. 해명이 잘 안 되면 무신론으로 가야 해요. 이는 바로 신을 구제할 수 있는 방법이기도 합니다. 신이 존재하지 않는다면 그 책임을 신에게 전가할 수 없습니다. 그런데 신이 존재한다면 그 책임을 다 신에게 돌려야 합니다.

해결 방식 중의 하나는 신의 섭리에 대해서 '우리는 알 수 없다'고 하는 겁니다. 신의 섭리는 존재하긴 하지만 인간의 지성으로는 이해할 수 없다는 식입니다. 이런 주장은 역시나 프랑스 작가인 알베르 카뮈의 《페스트》에서 나옵니다. 페스트도 이해할 수 없는 재난입니다. 그 작품에서 갑자기 알제리의 오랑이라는 도시에 페스트가 창궐하게 되는데, 파늘루 신부라는 사람이 신에 대한 믿음을 갖고 있어요. 맨 처음에 그는 페스트를 '신의 심판'이라고 설명합니다. 이 같은 대재앙이 일어나게 되면 지금도 반응이 비슷해요. 2011년에 일본에서 지진 나고 원전 사고 일어났을 때 일부 목사들이 그렇게 얘기했어요. 일본이 신을 안 믿어서 그런 재난이 일어났다고. 미국에서는 9·11 테러가 일어났을 때 그랬어요. 보수 기독교 목사들이 미국인들이 신을 안 믿은 것에 대한 신의 징벌이라는 식으로 주장했습니다. 왜 신이 이슬람 테러리스트의 손을 빌려서 징벌하는 건지는 모르겠지만요. 어쨌든 《페스트》의 파늘루 신부도 마찬가지입니다. 처음에는 페스트가 신의 심판이라고 생각합니다. 사람들을 모아두고 이제껏 사람들이 신을 망각했기 때문에, 제대로 된 신앙생활을 하지 않았기 때문에, 그에 대한 응징으로 페스트가 퍼지게 되었다고 주장합니다. 페스트가 처음에 조금 퍼졌을 때는 그렇게 설교했는데 페스트가 무차별적으로 확산됩니다. 무고한 어린아이들까지 페스트에 감염되어 희생됩니다. 파늘루 신부도 그다음에 어떻게 설명해야 할지 몰라서 굉장히 곤경에 처합니다. 기독교적인 변신론이 도전받는 것과 똑같습니다. 그런 상황에서 어떻게 신의 뜻이라고, 신의 섭리라고 계속 옹호할 수 있겠어요? 파늘루 신부는 신의 심판이라는 얘기를 더 이상 할 수가 없어요. 상황이 바뀐 다음에는 무신론자가 되어 신은 존재하지 않는다고 하면서 돌아서는 게 한 가지 방법인데, 파늘루 신부는 신앙을 계속 유지합니다. 신은 계속 존재한다고 믿고 인간에게 계속 역사役事한다고 믿습니다. 다만 그 뜻은 인간이 이해할 수 없을지도 모른다고 말합니다. 처음에는 신의 심판이라고, 그다음에는 신은 인간을 사랑한다고 얘기합니다. 뒤에 가서는 신은 인간이 이해할 수 없는 방식으로 사랑한다고 얘기합니다. 섭리이긴 하지만 우리가 이해할 수 없다는 거예요. 이는 자기의 무능력에 대한 고백이기도 합니다. 그 자신이 신부이긴 하지만 신의 섭리를 알 수가 없다는 거죠. 왜 신이 이런 재앙을 내리는지, 왜 무고한 아이까지 페스트에 감염되어 고통받는지 해명하지 못하게 됩니다.

페스트가 리스본 대지진과 마찬가지로 '악惡'이라고 한다면 어떻게 해명할 것인가. 지금 말씀드린 대로 기독교적 입장에서, 유일신론적 입장에서만 문제가 됩니다. 유일신론은 신이 전능한 존재로서 이 세계를 창조하고 모든 걸 관장한다고 전제하므로 이 세계에 존재하는 모든 악의 기원을 책임질 수밖에 없습니다. 그때 문제가 됩니다. 이 세계의 악에 대한 책임의 문제가 신에게 귀속되는데 이를 어떻게 해명할 것인가. 무신론으로 돌아서면 간단하긴 합니다. 신이 존재하지 않는다고, 가상에 불과하다고 생각하면 깨끗해요. 그런데 그 믿음을 계속 견지하고자 하면 좀 복잡해집니다.

리스본 대지진이 일어난 다음에 나라 안의 현자들이 대책을 강구했는데, 그래서 나오게 된 게 무엇이냐 하면 책임을 누군가에게 전가하는 겁니다. 정치인들이나 권력자들이 보통 재난에 대한 책임을 추궁받게 되잖아요? 그래서 일종의 희생양을 세웁니다. 가장 효과적인 방법이 "멋진 아우토다페auto-da-fé"라고 나오는데 이게 화형식입니다. 사람들이 대재앙을 당하고 갖게 된 분노나 원망을 특정한 몇몇 사람에게 쏠리게끔 하는 거죠. 이 대목에서 볼테르는 아주 풍자적이고 냉소적입니다. "비스카야 지방 사람 하나를 자기 대모와 결혼했다는 죄목으로" 잡아들이고, "포르투갈 사람 둘을 닭고기 먹을 때 비계를 떼고 먹었다는 죄목으로" 잡아들입니다. 그다음에 팡글로스와 캉디드도 잡혀갑니다. 명목은 다 만들어내는 거고 일단 잡아다가 죄를 덮어

씌우고 처형하는 겁니다. 팡글로스도 그렇게 잡혀서는 교수형에 처해지는데, 팡글로스마저도 어이없는 죽음을 당하게 되니까 캉디드가 탄식합니다. "세상에서 가장 위대한 철학자인 당신이 이유도 없이 교수형을 당하다니!" 그리고 퀴네공드 양도 병사들에게 칼에 찔려 배가 갈라져서 죽임을 당했다고 얘기하니까, "여인 중의 진주인 당신을 배갈라 죽이다니!" 하고 절규합니다. 우리의 세계가 최선의 세계라고 도저히 받아들일 수 없습니다. 납득이 되지 않습니다. 이런 단계에 캉디드가 도달하게 되는데 아직 시작에 불과합니다. 한참 더 파란만장한 여정을 남겨두고 있습니다.

다른 곳에서는
전혀 다른 일이 일어날 수 있다

볼테르의 이 철학 콩트는 카뮈의 《페스트》뿐만 아니라 도스토옙스키의 소설에도 영향을 많이 줍니다. 작품의 스케일만 좀 달라집니다. 콩트가 장편소설로 확장되는 거지요. 도스토옙스키의 《카라마조프 가의 형제들》도 철학적인 묵직한 문제의식을 그대로 가져오고 있어요. 그런데 《페스트》와 《카라마조프 가의 형제들》과는 달리 너무 가벼운 터치로 다루어지는 것이 《캉디드》의 약점일 수도 있습니다. 진지한 토론 주제가 되어야 하는데 설정이 너무 코믹해서 이야기의 현실성이 침식당하게 되죠. 팡글로스 선생님이 죽었다는 소식에 캉디드가 탄식하고 나서 좀 슬퍼해야 하는데, 뒤에 가면 다시 살아나니까 그 다음부터는 더 슬퍼지지도 않고 믿어지지도 않게 됩니다.

캉디드는 리스본 대지진에서 태형을 선고받지만 가까스로 살아남아 노파의 안내와 도움을 받게 됩니다. 그러다 퀴네공드까지 재회합니다. 죽은 줄 알고 있었는데 살아남아 있었던 겁니다. 이 퀴네공드가 나름대로 기구한 인생 얘기를 합니다. 이 작품에 등장하는 여성 인물들이 노파도 그렇고 말 그대로 기구한 경험들을 하지요. 사실주의 소설이라면 공감도 하고 감정이입도 할 텐데 이 작품에서는 인물들이 마치 꼭두각시 인형들처럼 묘사되어서 이들에게 공감하기가 좀 어렵습니다. 일어날 수 있는 온갖 불행을 다 겪지만 현실성이 약하기 때문에 독자들에게 실감 나게 감정이 전달되진 않습니다. 리스본에 있던 퀴네공드도 캉디드와 팡글로스 선생의 소식을 듣고 이렇게 탄식합니다.

"한 사람은 1백 번의 채찍질을 당하고, 또 한 사람은 교수형을 당하게 되다니! 그것도 나를 끔찍이 총애하는 종교 재판소장의 명령으로!"

두 사람은 희생양이 된 셈인데 퀴네공드도 생각이 좀 달라집니다.

Maniera di bruciare quelli che furono condannati dalla Inquisizione.

《캉디드》6장의 삽화(장 미셸 모로, 1787). 캉디드와 팡글로스가 대지진이 일어난 리스본에 갔다가 종교 재판에 회부되어 형벌에 처해지기 전의 모습이다.

"팡글로스 선생님은 모든 것이 최선으로 다 잘돼간다고 했는데 이게 뭐람! 정말이지 선생님은 나를 완전히 속였구나."

캉디드는 이런 경험을 여러 번 반복하죠. '이게 최선의 세계란 말인가' 회의했다가 그다음에 '역시나 세계는 최선이구나' 생각했다가 하는 식입니다. 그러다가 최선의 세계에 대한 믿음은 차츰차츰 약해지고 결말에 가서는 다른 생각을 하게 됩니다. 이는 중반부에 등장하는 철학자 마르틴하고도 연관되는 부분입니다. 퀴네공드는 어떤 노파와 동행하게 되는데, 이 노파는 자신이 굉장한 불행을 겪었다고 말합니다. 이에 퀴네공드는 불가리아 군인 두 명에게 능욕당하고 배에 칼을 두 번 맞고 성 두 채가 불타고 어머니 아버지가 목에 칼을 맞아 죽고 애인이 종교 재판에서 태형을 당했다, 나는 이렇게 더 불행한 경험을 했다는 식으로 얘기하게 됩니다. 그러자 노파가 자신은 교황 우르바누스 10세(물론 가상의 교황입니다)와, 팔레스트리나 공주의 딸인데 열네 살까지 호화로운 성에 살았다, 거기에 비해 당신네 남작의 성은 마구간 정도도 안 된다, 그렇게 시작해서 자신의 파란만장한 인생에 대해 늘어놓습니다. 마치 각자의 불행과 관련해서 경연을 벌이는 것 같아요. 누가 더 많은, 더 혹독한 고통을 겪었는가, 불행을 겪었는가 내기하는 것처럼 보입니다.

캉디드가 다시 만난 퀴네공드와 함께 아메리카로 달아났다가 거기서 다시 서로를 잃어버리고, 캉디드는 남작의 아들이자 퀴네공드의 오빠와도 아메리카에서 재회하지만 둘이 다퉈서 칼로 찔러 죽이게 됩니다. 불가리아 군사들에게 살해당했다던 퀴네공드의 오빠가 파라과이에서 예수회의 신부가 되어 있습니다. 그를 보고 캉디드는 굉장히 놀라면서 반가워합니다. 그런데 반가워하는 것도 잠깐이고 캉디드가 퀴네공드와 결혼하겠다고 하니까 퀴네공드의 오빠가 돼먹지 않은 놈이라고 그에게 욕을 해서 둘의 다툼이 벌어지고 캉디드가 칼로 신부의 배를 찔러 죽입니다. 내지는 죽였다고 생각만 합니다.

캉디드 혹은 낙관주의

물론 뒤에 가서 다 재회하게 됩니다. 그다음에 재밌는 에피소드 중 하나는 캉디드가 퀴네공드의 오빠를 죽이고 황금의 나라 엘도라도로 들어가는데 그 전에 젊은 여자 원주민 두 명과 원숭이 두 마리를 만난 이야기입니다. 벌거벗은 여자 두 명이 들판을 뛰어다니고 있는데 그 뒤로 원숭이 두 마리가 여자들의 엉덩이를 깨물면서 따라갑니다. 실은 이들이 서로 연인 사이여서 원숭이가 뒤쫓아 가며 엉덩이를 깨물고 한 것이죠. 그걸 본 캉디드가 여자들이 원숭이에게 쫓긴다고 잘못 해석하고는 소총을 쏴서 원숭이 두 마리를 한 방에 죽이고 맙니다. 그러고는 카캄보라는 하인한테 내가 저 불쌍한 여자들을 구했어, 예수회의 신부를 죽인 죄를 다 씻었다, 선행을 통해서 우리는 운이 트인 거야, 이렇게 말하는데 사실은 정반대였어요. 이 여자들이 원숭이를 껴안고 울음을 터뜨립니다. 카캄보가 그래서 주인을 야단칩니다. 저 아가씨들의 애인을 죽였다고요. 원숭이들이 애인이라는 말에 캉디드는 믿지 못하겠다는 반응입니다.

"주인님은 늘 무슨 일에나 놀라기만 하시는군요. 고장에 따라서는 원숭이들도 여자들의 사랑을 받을 수 있다는 생각을 왜 못하세요?"

이게 앞에서 말씀드렸던 인류학적인 사고, 문화적 상대성입니다. 다른 동네에서는 전혀 다른 일이 벌어질 수 있다는 겁니다. 원숭이라

악이란 무엇인가

《캉디드》16장의 삽화(장 미셸 모로, 1801). 벌거벗은 두 여자 뒤로 원숭이 두 마리가 여자들의 엉덩이를 깨물면서 따라가는 모습을 캉디드와 하인 카캄보가 목격하는 장면이다.

고 해서 같이 희롱하지 못할 이유는 없다는 거죠. "저들도 4분의 1은 인간이에요." 카캄보가 이렇게 말하지만 유전적으로는 좀 더 써줘야 합니다. 요즘 얘기로는 침팬지나 보노보 같은 유인원의 유전자가 인간과 98퍼센트가 동일하다고 하니까 유전적으로는 2퍼센트밖에 차이가 나지 않습니다. 4분의 1보다 차이가 적은 거죠. 어쨌든 볼테르가 살았던 당시에는 유인원을 두고 '4분의 1은 인간'이라고 보았나 봅니다. "제가 4분의 1 스페인 사람인 것처럼요"라고 말하는 카캄보도 혼혈인데, 그 원숭이도 인간하고 4분의 1 정도는 똑같다, 따라서 원숭이를 애인으로 두지 못할 이유가 어디 있느냐는 얘기입니다.

카캄보의 말은 볼테르가 지닌 기본적인 사고방식을 반영한 것입니다. 보통 인류학적인 발견이라고 하는 건데, 이는 여행을 통해 얻을 수가 있어요. 여담이긴 하지만, 그래서 젊은 시절에 여행을 많이 해야 된다고 생각합니다. 많이 보고 차이를 느껴야 합니다. 문화가 다르면 생각도 다르죠. 우리와 같은 것만 확인하고 어렵게 한국 식당만 찾아가고 할 거면 여행 갈 이유가 없는 거죠. 여행은 모름지기 차이를 경험하러 가는 거니까. 물론 요즘은 글로벌화되어서 지역성이 점점 지워져가고 있긴 하지만, 그럼에도 불구하고 그곳에도 사람이 살고 있다는, 하지만 우리하고 다른 음식을 먹고 다른 옷을 입고 산다는 것을 경험하는 게 여행입니다. 여행은 상대성에 대한 발견이기도 합니다. 자기 자신을 상대화하는 겁니다. 가치관을 형성하는 데 있어서 자신을 상대화하는 것이 젊은 시절에 중요한 경험이 된다고 생각합니다.

볼테르는 모든 사안에 대해 사고하고 판단할 때 관용적 태도를 전제로 합니다. 인정하고 받아들이는 거죠. 받아들이지 못하면 앞에서 나온 것과 같은 해프닝이 발생합니다. 오해가 빚어지게 됩니다. 카캄보의 말에 캉디드가 "지금 생각해보니 팡글로스 선생님이 그런 얘기를 하신 적이 있었어. 옛날에는 그런 일이 실제로 있었다고 말이야. 염소 몸에 물고기 꼬리를 가진 목신, 숫염소를 닮은 목신, 말을 닮은 사티로스 등 여러 가지 종의 혼합에 의해 생겨났다더군" 합니다. 동물과 인간의 혼합체 같은 변형이 가능할 수 있다는 거죠. 신화와 전설 속에서만 나오는 게 아니고 실제로 가능하다는 것을 그제야 깨닫습니다. 이런 식으로 캉디드는 여정을 통해서 세계를 조금씩 알아가게 됩니다.

그런 후에 유럽 식민주의자들이 '엘도라도'라고 불렀던 곳에 도착합니다. 일종의 지상낙원입니다. 그래서 캉디드는 "우리에게 전혀 알려지지 않은 이런 세상이 있다니! 이곳이 바로 모든 것이 다 잘되어가는 세상인지도 몰라" 하며 감탄합니다. 엘도라도는 말하자면 이 작품에서 두 번째 지상낙원입니다. 첫 번째는 남작의 성이었어요. 그런데 캉디드가 지상낙원에서 추방되는 걸로 이야기가 시작됩니다. 그리고 이 아메리카에서 엘도라도를 발견하고 여기가 지상낙원이라고 생

Vingt belles filles de la garde reçurent Candide et Cacambo à la descente du carrosse. (Page 31.)

《캉디드》18장의 삽화(질 보름스, 1867). 캉디드와 하인 카캄보가 엘도라도의 임금을 알현하기에 앞서 스무 명의 시녀의 안내를 받는 장면이다.

각합니다. 다른 이들에게는 지상낙원이지만 퀴네공드가 없기 때문에 캉디드에게만은 지상낙원이 되기 어렵습니다. "물론 우리가 태어난 성이 이곳보다 못한 것은 사실이야." 캉디드는 엘도라도에 오기 전까지는 남작의 성이 지상낙원이라 생각했어요. "하지만 여기는 퀴네공드 양이 없잖아." 그래서 머물 수가 없어요. 떠나야 됩니다.

악이란 무엇인가

냉소적인 세계관의
마니교도 마르틴

그다음 여정에서 만나는 인물이 철학자 마르틴입니다. 앞에서 언급했듯이 캉디드가 여러 가지 고통과 불행을 경험한 다음에 팡글로스의 낙관주의를 포기할 수밖에 없다고 생각하게 되었을 때 등장하는 인물입니다. "도덕적인 악과 자연재해에 대한 선생의 견해는 어떠한가요?"라는 캉디드의 물음에 마르틴은 자신이 마니교도라고 얘기합니다. 물론 기독교에서 보면 이단입니다. 마니교는 더 이상 세상에 존재하지 않는다고 캉디드가 말하니까, 마르틴은 내가 있지 않느냐면서 아무리 생각해도 달리 생각할 수가 없다고 얘기합니다. 역시나 비슷한 곤경에서, 자연재해를 악으로 보는 건 인간주의적 견해이긴 하지만, 여하튼 그런 악에 대응해서 이걸 어떻게 해명할까 고민하다 보니까 마니교에 빠질 수밖에 없었다고 생각해요. 캉디드와 마찬가지로 너무 많은 걸 보고 듣다 보니까 마니교도가 될 수밖에 없었다는 겁니다. 아내에게 재산을 빼앗기고 아들에게 얻어맞고 딸에게 버림받은 마르틴은 이 세계는 최선의 세계가 아니라고 주장합니다.

캉디드도 팡글로스적인 믿음에 회의를 품게 됩니다. 그 대안 중의 하나가 마르틴이 믿는 마니교입니다. 마니교적 입장은 선신과 악신이 둘 다 존재한다는 건데, 사실 현실 세계에서는 악마가 더 득세합니다. "사기꾼을 벌한 것이 하느님의 뜻이라면 다른 사람들을 익사시킨 건 악마의 짓"입니다. 이런 식으로 분할해서 설명합니다. 캉디드와 마르틴은 계속 논쟁하는데, 여기서 마르틴이 보는 세상이 묘사됩니다. 자신도 여기저기 많은 곳을 돌아다녔지만 "모든 지방에 공통점이 있는데 그 첫째는 사람들의 주 관심사가 사랑이라는 것, 둘째는 남의 험담을 한다는 것, 셋째는 어리석은 말을 한다는 것"이더라고 얘기합니다. "그럼 이 세상은 무슨 목적으로 만들어졌을까요?"라고 캉디드가 질문하니까 마르틴은 "우리의 화를 돋우기 위해서죠"라고 대답합니다. 마니교적인, 냉소적인 세계관입니다. 또 하나의 해명으로 고려해볼 수 있는 건데, 이에 대해 캉디드가 팡글로스 방식의 설명을 다시 한 번 합니다. 이처럼 캉디드는 계속 조금 왔다 갔다 하는 편입니다.

"불행하게도 교수형을 당한 어떤 지혜로운 분이 제게 가르쳐주시기를 모든 것이 최선이라고 하셨어요. 그런 나쁜 것들은 좋은 그림에 있는 그림자에 지나지 않는다고 말이죠."

개개인의 불행은 전체의 공익에 비하면 일부에 지나지 않는다, 이면에 지나지 않는다는 식으로 말하면서 캉디드는 팡글로스를 정당화하고자 했죠. 이 캉디드와 마르틴은 끝까지 동행하게 됩니다. 각기 다른 입장을 대변하면서요.

악이란 무엇인가

캉디드와 마르틴이 동행해서 여행하다가 퀴네공드와 베네치아에서 재회하게 됩니다. 퀴네공드는 어느 공작 댁의 노예가 된데다 굉장히 보기 흉한 모습으로 변해 있습니다. 캉디드가 지상낙원인 엘도라도에도 정착하지 못하고 여행을 계속하는 이유는 퀴네공드에 대한 사랑 때문인데, 추녀가 된 퀴네공드를 발견하게 된 거죠. 그 대목이 이 작품에서 꽤나 인상적입니다. 퀴네공드와 결혼하는 게 캉디드에게는 하나의 목적처럼 되어 있지만, 정작 퀴네공드와 재회하게 됐을 때 그는 더 이상 퀴네공드를 사랑하지 않습니다.

그 전에 팡글로스 선생과 재회하는 장면이 나옵니다. 팡글로스도 만만치 않은 고생담을 갖고 있지요. 그의 이야기를 듣고 캉디드가 "선생님은 교수형을 당하고 칼로 몸을 해부당하고 매타작을 당하고 갤리선에서 노까지 저으셨습니다. 그래도 아직까지 이 세상 모든 것이 최선이라고 생각하십니까?"라고 물으니까 팡글로스는 "내 생각은 항상 처음과 같아. 나는 철학자니까. 내가 한 말을 부인할 수야 없지. 라이프니츠는 결코 틀릴 수 없어"라면서 라이프니츠의 예정조화설은 이 세상에서 가장 훌륭한 이론이라고 답합니다. 그런데 더 뒤에 가면 팡글로스 자신도 그것은 이론일 뿐이라고 얘기합니다. 자기는 철학자이기 때문에 입장을 철회할 수는 없지만, 더 이상 믿지 않는다는 거죠.

캉디드는 퀴네공드와 노파를 재회하게 되는데, 퀴네공드를 다시 만나보니 "살색이 검게 타고 눈꺼풀이 뒤집히고 가슴이 축 늘어지고

Candide.....recula trois pas saifi d'horreur,
et avança enfuite par bon procédé.

Candide Chap. 29.ᵉ

J. M. Moreau le J.ᵉ inv.   1787.   Delignon Sculp.

《캉디드》29장의 삽화(장 미셸 모로, 1787). 캉디드가 추녀가 된 퀴네공드를 맞닥뜨리고는
깜짝 놀라 세 발짝 물러서는 장면이다.

악이란 무엇인가

볼이 푹 꺼지고 팔이 벌겋게 튼 추녀"로 변해 있어요. 남작의 성에서 만난 아름다운 퀴네공드와는 너무나 달라져 있습니다. 퀴네공드와 결혼하고 싶은 마음이 조금도 없었지만, 캉디드는 "남작의 오만 방자한 태도에 밸이 꼴려 결혼을 강행할 결심을" 합니다. 그러니까 캉디드는 파란만장한 여정을 거치면서 차츰차츰 낙관주의적 세계관에 대해 회의를 갖게 되는데, 이에 상응하는 게 퀴네공드에 대한 사랑입니다. 이 사랑이 좀 변합니다. 아름다운 퀴네공드가 추녀가 되니까 아무런 애정 없이, 그저 오기로 결혼하는 걸로 되어 있습니다.

"이제 우리는 우리의 밭을
갈아야 합니다"

캉디드가 퀴네공드의 오빠와 팡글로스를, 이어서 퀴네공드를 해방해주고, 그러니까 노예 신세가 되었던 이들을 전부 해방해주고 모두가 함께 조그마한 소작지에 정착하는 걸로 이 작품은 마무리 단계로 넘어갑니다. 숱한 재난을 겪은 캉디드는 애인과 결혼하여 팡글로스 선생, 철학자 마르틴, 신중한 하인 카캄보, 노파와 함께 살게 됩니다. 엘도라도를 떠나오면서 엄청난 양의 다이아몬드를 가져왔기 때문에 부유하기도 합니다. 그러니 "이제 그는 얼마나 행복할까?" 작중 화자가 그런 질문을 던집니다.

그런데 팡글로스가 있고, 마르틴이 있고, 그 사이에 캉디드가 있습니다. 팡글로스는 라이프니츠 철학으로 무장한 낙관주의자이고, 마르틴은 마니교도입니다. 라이프니츠가 대표하는 것은 라이프니츠적 변신론, 역시 기독교적 변신론입니다. 신의 존재, 신의 섭리를 정당화하는 입장입니다. 캉디드는 이 둘 사이에 있어서, 팡글로스의 제자인 동시에 철학자 마르틴의 세례도 받습니다. 여기서 캉디드의 입장이 딱 정해지지 않은 것은, 이런 구도에서 어떤 입장을 최종적으로 선택할지를 독자의 판단에 맡기려는 의도로 보입니다. 마르틴은 인간은 어디서나 불행할 수밖에 없다고 믿습니다. 팡글로스는 결과 중 항상 최선의 세계, 최선의 결과로 마무리가 된다고 생각하고요. 이런 생각은 라이프니츠가 주장한, '우주 질서는 신의 예정조화 속에 있다'고 하는 예정조화설의 생각과 일치합니다.

이 이야기의 마무리 단계에서 인물들이 서로 토론하는데, 이는 이 작품의, 철학 콩트라는 장르의 의도이기도 합니다. 독자들도 마찬가지로 작중 인물들처럼 토론해야 합니다. 책을 딱 덮고 나서 이 문제에 대해 다시 토론하는 겁니다. 마르틴은 인간은 원래 그렇게 생겨 먹은 것이라고 생각하고 캉디드는 입 다물고 있습니다. 그때 팡글로스가 자신의 삶이 끔찍한 고통으로 점철되어 있지만 기왕에 모든 것이 최선이라고 주장했으니까 그냥 그 주장을 고수하겠다고 얘기합니다.

악이란 무엇인가

지금은 전혀 그렇게 생각하지 않지만 말입니다. 사실 팡글로스도 대단히 달라졌습니다. 팡글로스가 갖고 있는 것은 그냥 형식적인 입장, 자리예요. 그 자신은 이미 떠나 있지만 그 자리만 가리키게 됩니다. 팡글로스적 낙관주의의 자세입니다.

그러고 나서 그들은 주변에 조언을 청하고자 합니다. 이 지역에서, 농가 근처에서 가장 훌륭한 철학자라는 평을 듣고 있는 이슬람 수도자를 찾아갑니다. 팡글로스, 마르틴, 캉디드라는 구도가 있는데, 이슬람 수도자가 굳이 왜 필요한가요? 다른 종교적 입장도 들어봐야 하기 때문입니다. 그래서 이슬람 수도자의 견해를 묻게 됩니다. 그를 찾아간 팡글로스가 "도사님의 조언을 듣기 위해 왔습니다. 인간이라는 이상한 동물은 도대체 왜 이 세상에 생겨났을까요?"라고 묻습니다. 그러자 도사는 "그걸 알아 뭘 하려고?"라고 퉁명스럽게 답합니다. "이 세상에는 너무도 많은 악이 있습니다"라고 캉디드가 말하자 "그게 뭐 대수인가? 황제 폐하께서 이집트로 배를 보낼 때 배 안에 사는 쥐의 안위를 신경 쓰신다던가?"라고 반문하는 식입니다. 이게 이슬람 수도자, 이슬람의 현명한 철학자라고 하는 인물의 대답입니다. 이건 뭔가요?

황제 폐하가 이집트로 배를 보낼 때 배 안에 사는 쥐들의 안위를 걱정하던가 하지는 않을 거잖아요. 다른 한편으로 이 세계의 선이라든가 악이라고 하는 것도 만약에 이 세계를 창조해낸 조물주가 있다고 한다면, 어쩌면 전혀 고려하지 않을 사소한 문제라고 볼 수도 있습니다. 거기에 대해서 팡글로스가 "어떻게 해야 하죠?"라고 묻자 "입 닥치고 가만히 있는 거지"라고 답합니다. "도사님과 함께 원인과 결과, 가능한 최선의 세상, 악의 근원, 영혼의 본질, 예정조화 같은 것에 대해 좀 논의를 해보고 싶습니다만" 하고 팡글로스가 조심스럽게 말해도 수도자는 대꾸도 하지 않습니다. 문을 탁 닫아버립니다. 입 닥치고 가만히 있으라고 했으니까 더 말할 건더기도 없잖아요?

예정조화라든가 악의 근원이라든가 하는 것은 전적으로 팡글로스가 가진 사고와 언어의 문제에서 빚어진다고 해석할 수 있습니다. 이 프레임 안에서만 문제가 됩니다. 그 바깥에서라면 아무 문제도 없어요. 좀 다른 얘기인데 서양 철학에서, 심리 철학에서 가장 중요한 문제는 심신 문제예요. 우리 마음과 몸의 관계입니다. 마음과 몸이 어떤 관계인가, 의식이 신체적인 어떤 근거나 조건을 갖는가 아니면 그로부터 분리되어 있는가, 하는 것이 매우 핵심적인 문제이고 이에 관해 여러 가지 이론들과 가설들이 있습니다. 이것이 심리 철학의 쟁점인데, 이런 문제를 가지고 동양의 현자한테 가서 물어본다고 하죠. 몸과 마음은 어떤 관계가 있습니까? 그런데 동양 쪽에서는 이런 구분 자체가 없는 거잖아요. 내지는 이 구분 자체가 부차적일 뿐 핵심적이지 않아요.

가령 동양의 기 철학에서라든가, 모든 것을 기의 응집과 흩어짐으로 본다거나 할 경우에는 문제의 구도가 전혀 다르죠. 그러니까 일종의 통약 불가능성 같은 게 있어요. 과학 철학의 용어로 어떤 이론이 서로 비교 대조가 되려면 공통의 척도가 있어야 해요. 그래야지 서로 재볼 수가 있으니까요. 그런데 통약이 불가능하다는 것은 그런 척도 자체가 없는 겁니다. 대볼 수가 없고 서로 대화할 수도 없습니다. 왜냐하면 각자 다른 언어를 쓰는 거니까. 팡글로스와 이슬람 수도자와의 대화는 그런 식으로 보입니다. 예정조화에 대해 논하고 싶다고 하니까 문을 탁 닫아버립니다. 팡글로스의 언어라든가 개념이라든가 이론은 그 구도 안에서만 의미 있는 거예요. 악의 근원이라든가 영혼의 본질도 마찬가지입니다. 이슬람 수도자에게는 전혀 의미가 없고 부차적입니다. 중요한 이슈가 아닙니다. 그런 식으로 이 둘은 서로 대립하게 됩니다.

　캉디드와 팡글로스와 마르틴은 집으로 돌아오다가 자기 집 앞에 앉아 더위를 식히고 있는 노인을 만납니다. 또 다른 현자이지요. 팡글로스는 그에게 콘스탄티노플에서 고위 대신 두 명과 이슬람 대사제가 교수형을 당했다는 소식이 전해져 왔다며 대사제의 이름이 무엇인지 물어봅니다. 이에 노인은 자신이 아는 바가 전혀 없다는 식으로 답하면서 이렇게 말합니다.

"나는 콘스탄티노플에서 일어나는 일에 대해서는 오불관언입니다. 그냥 내가 농사지은 과일이나 내다 팔 뿐이지요."

평범한 농부 노인다운 말입니다. 이 노인도 전혀 다른 생각을 갖고 있습니다. 그동안 등장한 인물들의 공통점은 다 철학자 내지는 철학자의 제자라는 점이에요. 공리공담을 좋아합니다. 번역본마다 표현이 좀 다른데, 이러쿵저러쿵 떠드는 걸, 이론 같은 걸 좋아합니다. 철학적인 한담이나 재담을 즐기는 사람들이에요. 그런데 그와는 전혀 무관한 인물이, 그런 면에는 전혀 관심 없는 인물이 이 노인입니다.

노인이 캉디드 일행을 집 안으로 초대해서 셔벗과 커피 등을 대접합니다. "노인장께서는 매우 넓고 비옥한 땅을 가지고 계시겠지요?" 하고 캉디드가 물으니까 노인이 이렇게 대답해요.

"아니오. 8헥타르밖에 안 됩니다. 내 자식들하고 함께 농사를 짓지요. 일은 권태, 방탕, 궁핍이라는 3대 악으로부터 우리를 지켜줍니다."

노인이 대표하고, 강조하는 것은 '일'입니다. 노동. 그에 비하면 팡글로스도 그렇고 마르틴도 그렇고 이 철학자들은 일종의 유한계급이죠. 한가하게 공리공담을 좋아합니다. 물론 가끔 농부 철학자도 있습니다. 농부가 철학자가 되는 건 아니고 철학자가 귀농해서 농사를 짓는 농부 철학자가 되기도 하지요. 어쨌든 노인은 농부이고 이들은 공

악이란 무엇인가

리공담을 좋아하는 철학자들이므로 강조점이 다른 겁니다. 이들은 이 세계를 거창하게 거시적으로 이해해보고자 하고 악의 기원이 어떤 것인지, 그것을 어떻게 해명할 것인지, 리스본 대지진이 일어났다고 하면 이를 어떻게 정당화할 것인지 이런 큰 문제들을 풀기 위해 머리를 싸맵니다. 그런데 농부는 자신이 농사짓는 것 외에 큰 관심이 없습니다.

집에 돌아와서는 노인의 말에 대해서 셋이 곰곰이 생각해봅니다. 팡글로스는 부귀영화란 아주 위험한 것이라고 얘기하면서 왕들의 여러 가지 사례를 잔뜩 듭니다. 그러자 캉디드가 끼어들어서 "그리고 또 우리의 밭을 갈아야 한다는 것도 압니다"라고 얘기하니 맞는다면서 "왜냐하면 태초에 인간이 에덴동산에 태어난 것은, 즉 일을 하기 위해서였으니까"라고 응수하고 성서의 창세기를 나름대로 재해석합니다. 왜 인간은 에덴동산에 태어났을까? 경작하기 위해서, 일을 하기 위해서. 다시 말해 인간은 놀기 위해서 태어나지 않았다는 겁니다. 그러니까 마르틴이 "헛된 공리공론은 집어치우고 일이나 합시다. 그것이 삶을 견뎌내는 유일한 방법입니다"라고 말합니다. 농부 노인에게 감화를 받아서 이들도 어떤 공통적인 합의에 이르게 됩니다. 그러면서 달라지기 시작해요. 이들은 나름대로의 공동생활을 하게 되는데 계획한 일을 당장 실천에 옮기면서 각자의 재능을 발휘하기 시작했고, 그러자 작은 땅에서 꽤 많은 소출이 생겼다는 겁니다.

팡글로스가 가진 라이프니츠의 생각, 모든 세계가 최선의 세계로 되어 있다는 생각을 입증해보고 반증해보는 것으로 이 이야기는 시작했습니다. 그런데 결말에 와서 도달하게 되는 지점은 이론적으로 입증하거나 반증하는 것이 아닙니다. 그 대신 결론으로 갖고 오는 것은 농부 노인의 생각입니다. 그의 인생관입니다. 그 관점에서 보니까 퀴네공드조차도 의미가 달라집니다.

퀴네공드가 무척 추해진 것은 사실이었지만 그럼에도 불구하고 빵과 케이크를 무척 잘 만들었다.

이건 뭔가요? 판단 기준이 좀 달라지는 겁니다. 그 전까지 여자를 보는 기준이, 기존의 캉디드 같은 경우에는 그냥 미모예요. 아름다운 퀴네공드가 추녀가 되었다는 정도인데, 일의 관점에서 보게 되니까 퀴네공드의 의미가 달라집니다. 빵과 케이크를 잘 만들어요. 이쪽에 재능이 있습니다. 성에서 무위도식하는 상태에서는 미모만 판단 기준이 되잖아요. 그런데 일을 기준으로 하면 퀴네공드도 훌륭한 일꾼입니다. 파케트는 수를 놓고, 노파는 속옷과 침대 덮개를 만들고 세탁하고, 지로플레 수사는 목수 일을 잘합니다. 이런 식으로 의미가 확연히 다 달라집니다.

팡글로스가 이제 때로 이렇게 얘기합니다. 그는 여전히 공리공담,

공리공론에 빠져 있는데, 거기서 완전히 벗어나지 못합니다.

"최선의 세계에서는 모든 사건들이 연계되어 있네. 만일 자네가 퀴네공드 양을 사랑한 죄로 엉덩이를 발길로 차이면서 성에서 쫓겨나지 않았더라면, 또 종교 재판을 받지 않았더라면, 또 걸어서 아메리카 대륙을 누비지 않았더라면, 또 남작을 칼로 찌르지 않았더라면, 또 엘도라도에서 가져온 양들을 모두 잃지 않았더라면 자네는 여기서 설탕에 절인 레몬과 피스타치오를 먹지 못했을 것 아닌가."

그러니까 이 이야기 전체의 시초부터 다시 더듬어 올라가서 라이프니츠적인 예정조화설로 해석하는 셈입니다. 《캉디드》가 주는 교훈의 첫 번째 버전으로, 이 팡글로스적인 해석은 모두가 다시금 예정조화설로 설명이 된다는 겁니다. 애초에 퀴네공드를 사랑한 죄로 엉덩이에 발길질을 당하지 않았더라면 현재의 이런 모습이 가능하지 않았으리라는 겁니다.

팡글로스의 말에 캉디드가 이렇게 대답합니다.

"지당하신 말씀입니다. 하지만 이제 우리는 우리의 밭을 갈아야 합니다."

'밭'을 '정원'이라고도 번역하는데, 이 작품 《캉디드》에서 가장 유명한 문구가 이 마지막 말입니다. 우리의 밭을, 정원을 갈아야 한다는 것은 캉디드 나름의 해석이자 《캉디드》가 주는 교훈의 두 번째 버전입니다. 캉디드는 팡글로스 선생의 말을 앵무새처럼 반복만 하는 제자였는데, 결말에 와서는 다른 대답을 합니다. 다른 생각을 보여줍니다.

밭을 갈아야 한다는 것은 당장 우리에게 가능한 일, 주어진 일에 충실해야 한다는 뜻으로 읽을 수가 있습니다. 정원을 가꾸려면 그날그날 해야 할 일이 있잖아요? 하루라도 게으름 피우면 제대로 작물이 자라지 않으니까 돌봐주고 신경 써줘야 됩니다. 여기서 대립되는 것은 라이프니츠의 여러 가지 설들, 공론空論입니다. '공론 대 일.' 이런 구도로 이야기를 마무리하고 있습니다.

《캉디드》에서 철학적인 면은 주로 라이프니츠주의와 관련이 있습니다. 이 작품이 애정소설적인 측면도 지닌다는 견해가 있는데, 저는 그런 면이 그렇게 중요하게 다뤄진다고 보지 않습니다. 작품의 구조로 보자면 캉디드의 퀴네공드에 대한 사랑이 이야기를 진행시키는 하나의 축이긴 합니다. 캉디드가 나중에 퀴네공드하고 결혼까지 하기 때문에 그런데, 저는 그렇다고 해서 이 작품을 애정소설이라고 볼 수 있는지 의문입니다. 부수적이라고 생각해요.

《캉디드》에서 또 하나 두드러지는 것은 종교 비판입니다. 이는 볼테르의 주된 관심사이기도 했습니다. 당시 종교인들이 권력과 유착해서 현실에 관여하는 경우가 많았는데, 이런 상황이 불만이었던 볼테르는 신을 모독하는 글도 많이 발표했기에 필화를 입기도 했습니다. 그리고 캉디드가 비관주의와 낙천주의 중에서 무엇을 택하느냐 하는 문제도 주목할 만합니다. 캉디드는 남작의 성을 잠시 지상낙원이라고 여기지만 결국 거기서 추방되면서 그런 생각은 무너지고요. 엘도라도는 낙원으로 등장하긴 하지만 퀴네공드가 없기 때문에 캉디드에게 낙원이 되기는 좀 어렵습니다. 마지막에 등장하는 작은 농가가 캉디드와 팡글로스와 마르틴이 도달하게 되는 최종 지점이자 지상낙원의 유력한 후보입니다. 이들이 의식하지 못한다고 하더라도 말입니다. 《캉디드》는 이런 문제들에 대해 명확한 답을 주지 않고 마무리되긴 하지만 암시는 한다고 생각됩니다. 볼테르는 낙관주의를 비판할 뿐이지 비관주의를 옹호하는 것은 아니기 때문입니다. 비관주의의 대표로 마르틴이 등장하는데, 볼테르는 팡글로스의 편이 아니지만 그렇다고 마르틴의 편을 들고 있지도 않습니다. 굳이 고르자면, 캉디드의 말대로 '우리는 우리의 밭(정원)을 갈아야 한다'가 이 작품의 주제입니다. 작은 농토를 경작하면서, '추론'이나 '공리공론' 또는 '이러쿵저러쿵', 그런 것들은 그만두고 일을 합시다, 일하는 것이 삶을 견딜 만하게 만드는 유일한 방법입니다. 이것을 볼테르의 메시지, 《캉디드》의 메시지로 읽을 수 있습니다.

덧붙여서 말씀드리면, 이것은 안톤 체호프라는 러시아 작가의 세계관이기도 해요. 일을 해야 한다! 재미있는 것은 체호프의 세계관인데, 염세적이면서도 낙관적입니다. 양면성을 갖고 있어요. 그래서 '옵티모 페시미스트optimo-pessimist'라고 부릅니다. 이 세계에 대해 그렇게 낙관할 것도 없고 비관할 것도 없습니다. 체호프의 작품은 코믹해요. 코믹한데도 우수가 깃들어 있습니다. 마치 비관주의와 낙관주의를 다 섞어놓은 듯한 인물들이 맨날 이야기하는 것이 '일을 합시다'입니다. 《캉디드》의 전체적인 구도와 주제를 체호프가 압축하고 있는 듯한 인상을 받습니다. 이게 그냥 우연의 일치인지 영향 관계가 있는지는 따져볼 문제이긴 하지만요.

좀 다른 사례로 코넬 웨스트라는 미국 철학자가 있습니다. 가장 유명한 흑인 철학자 중 한 명입니다. 웨스트는 체호프를 높이 평가하면서 "그리스도와 비트겐슈타인을 합쳐놓은 인물"이라고 했어요. 현대 철학에서 가장 중요한 인물이 분석철학계에서는 비트겐슈타인입니다. 그리스도는 말할 것도 없는 존재입니다. 이 두 사람을 합쳐놓은 인물이 체호프라는 겁니다. 체호프의 작품 세계가 그런 의미를 갖고 있다고 대단히 높이 평가한 거예요. 저는 볼테르가 《캉디드》에서 도달한 지점을 출발점 삼아서 더 나아간 작가가 있다면 안톤 체호프가 아닌가, 그의 작품들이 아닌가 싶습니다. 《캉디드》의 독자라면 연이어 체호프의 희곡 〈바냐 아저씨〉를 읽어보는 것도 좋겠습니다. '공론 대 일', '철학 대 일'이라는 주제를 체호프 식으로 다룬 작품이기도 합니다.

인간의 본질은 무엇인가

도스토옙스키, 《지하로부터의 수기》

도스토옙스키 | Фёдор Михайлович Достоéвский(1821~1881)

19세기 러시아 리얼리즘 문학을 대표하는 소설가. 병원의 군의관으로 일하던 아버지가 1839년 농노들에게 맞아 살해되고, 그 충격으로 간질 발작을 처음 경험하는데 이 두 사건은 그의 일생토록 커다란 영향을 미친다. 1846년 《가난한 사람들》로 등단하여 인기를 얻었으나 1849년 페트라솁스키의 금요 모임 사건으로 체포되어 사형 선고를 받았다. 사형 집행 직전에 감형되어 시베리아에서 유형 생활을 하고 나서 병사로 복무했고, 1859년 페테르부르크로 돌아와 형 미하일과 함께 잡지 《시대》와 《세기》를 차례로 창간하고 문필 활동에 몰두했다. 1866년 《도박자》와 《죄와 벌》을 완성하고 1867년 2월 속기사 안나와 두 번째로 결혼한 후 4년이 넘는 기간 동안 유럽 각국을 돌아다니며 《백치》, 《영원한 남편》, 《악령》 등을 집필했다. 도박에 끊임없이 손을 댄 탓에 금전적으로 어려움을 겪고 빚을 갚느라 과로해야 했던 그는 《카라마조프 가의 형제들》 2부를 구상하고 있던 1881년 폐동맥 파열로 숨을 거두었다.

《지하로부터의 수기 Записки из подполья》(1864)

1부 '지하'에서 마흔 살의 화자는 자신이 어떤 삶을 살아왔고 이에 대해 어떻게 생각하는지를 두서없이 늘어놓는다. 퇴직한 하급 관리인 화자는 먼 친척에게서 유산을 상속받고 직장을 그만둔 후 페테르부르크 교외에 있는 집에 틀어박혀 지낸다. 화자는 여러 가지 철학적 문제를 고찰하면서 과거의 기억 때문에 이 수기를 쓰게 되었다고 고백한다.

2부 '진눈깨비에 관하여'에서는 화자가 스물네 살 때 겪은 일들이 그려진다. 하나는 당구장에서 마주친 한 장교가 앞을 가로막은 그를 물건처럼 집어 들어 옆에다 내려놓은 후 지나간 일이다. 이 일로 치욕을 느낀 화자는 복수를 계획하고는 호시탐탐 기회를 노려, 장교에 버금가는 멋진 옷을 장만해 입고 장교와 맞부딪침으로써 만족감을 느낀다. 다른 하나는 동창들의 송별회 모임에 초대받지 않았

인간의 본질은 무엇인가

◀ 도스토옙스키의 초상 사진(1879).
▶ 1866년 페테르부르크에서 출간된《지하로부터의 수기》의 초판 표지.

음에도 빚을 내서까지 억지로 참석하지만 겉돌고 모욕을 받은 일이
다. 그는 동창들을 따라 유곽에 가지만 그들을 중간에 놓치고 리자
라는 매춘부를 우연히 만난다. 그녀의 불행한 현재와 미래에 대해
일장 설교를 퍼붓고는 눈물을 흘리는 리자에게 자신의 주소를 알려
준다. 하지만 막상 집으로 돌아오자 리자가 찾아올까 봐 걱정하고
자책한다. 그리고 하필이면 임금 체불에 항의하는 하인 아폴론과
실랑이를 벌이고 있을 때 리자가 찾아온다. 그런 모습을 들키게 되
어 수치스럽고 화가 난 화자가 자신의 진실을 털어놓자 리자는 사
랑과 연민의 감정을 느낀다. 그러나 화자는 돈을 주어 창녀로 취급
함으로써 리자를 모욕하고, 리자는 받은 돈을 그대로 두고 나감으
로써 화자를 모욕한다. 이로써 지하를 벗어날 가능성을 잃은 화자
는 수기를 써내려가다 돌연 여기서 마친다고 선언한다.

이번에 다룰 작품은 표도르 도스토옙스키의 《지하로부터의 수기》이고, 주제는 '인간의 본질은 무엇인가'입니다. 우선 도스토옙스키의 작품 세계 전체에서 이 작품이 갖는 의미를 말씀드리고, 좀 더 일반론적인 차원에서 이 작품의 주제가 갖는 사상적 내지는 철학적 의의에 대해 살펴보겠습니다.

흔히 《지하로부터의 수기》는 도스토옙스키 작품 세계 전체에 대한 하나의 입구 역할을 하는 작품으로 일컬어집니다. 특히 이 작품 이후에 쓰게 된 장편이 《죄와 벌》에서 《카라마조프 가의 형제들》까지입니다. 《죄와 벌》은 1866년에 발표되었습니다. 《지하로부터의 수기》는 바로 그 직전인 1864년에 쓰인 작품이어서 본격적인 도스토옙스키의 창작 세계로 가는 이정표에 해당합니다.

실존주의 이전의
실존주의 문학 작품

도스토옙스키의 전기에 대해 간략히 언급하고 넘어가겠습니다. 1821년생이고 1846년에 《가난한 사람들》이란 작품을 발표하면서 데뷔합니다. 활발하게 작품 활동을 하던 중 정치 서클에 가입했다가 1849년에 체포되고 재판을 받습니다. 사형선고를 받는데, 사형을 당하기 직전에 감형되어서 시베리아 유형을 가게 됩니다. 그러고는 1859년 말에 당시 수도 페테르부르크로 돌아옵니다. 감옥에 4년 있었고 하사관으로 4년간 강제 복무를 했습니다. 그 시기에 1857년 첫 번째 결혼도 합니다. 1860년경부터 작가로서 재기합니다. 유형 생활을 소재로 한《죽음의 집의 기록》이 성공을 거두고, 형 미하일과 함께 잡지 발간 사업에도 적극적으로 관여합니다. 1861년에《시대》라는 잡지를 출간했다가 강제 폐간되고 1864년에《세기》라는 잡지를 연이어 펴내는데 재정난으로 오래 못 가고 1865년에 문을 닫습니다. 그런데 그 잡지에 처음 연재했던 작품이《지하로부터의 수기》로 1864년에 발표됩니다.

이 작품이 원래 겨냥한 것은 1863년에 발표된 니콜라이 체르니솁스키의 소설《무엇을 할 것인가》입니다. 애초에 도스토옙스키는 그 소설에 대해 신랄하고 비판적인 논평을 쓰려는 의도였는데 결국에는 유례없는 형식의《지하로부터의 수기》로 나오게 되었습니다.《무엇을 할 것인가》에서 드러나는 작가의 세계관뿐만 아니라 서구식 합리주의 내지는 과학주의 혹은 유물론적 세계관 일반에 대한 비판의 의미도 갖게 됩니다.

게다가 20세기에 들어와서는 새로운 의의도 부여받습니다. 사르트르나 카뮈 같은 작가들이 대표하는 프랑스 실존주의 시대 이후에 이 작품이 재조명돼요. 니체 전문가인 월터 카우프만이 편집한《도스토

◀ 도스토옙스키의 형 미하일.
▶ 잡지《세기》(1864)의 표제지.

옙스키부터 사르트르까지의 실존주의》(1956)라는 유명한 문집에도 실려 있는 게 그 방증인데, 실존주의 이전의 실존주의 문학으로 재평가되는 것이지요. 사르트르나 카뮈가 실존주의 작가로 불리는 것은 일반적이에요. 그 연원을 거슬러 올라가 보니까 도스토옙스키가 있다는 것이고, 그의 작품들 가운데 특히《지하로부터의 수기》가 실존주의의 선구적인 작품으로 간주됩니다.

이 작품은 도스토옙스키의 전체 경력에서 보면 좀 이례적입니다. 흔히 이 작품을 평할 때 주인공인 지하 생활자의 생각을 작가 도스토

인간의 본질은 무엇인가

엡스키의 생각과 동일시하는 경향이 있는데 실상은 그렇지 않습니다. 물론 도스토옙스키의 생각이 인물에 반영되긴 하지만 도스토옙스키는 지하 생활자의 세계에서 빠져나옵니다. 도스토옙스키가 갖고 있었던 인간관이긴 해도 그의 생각과 전적으로 동일시할 수는 없고요. 어느 정도 구별해서 볼 필요가 있습니다.

《무엇을 할 것인가》와
합리적 에고이즘의 인간관

《무엇을 할 것인가》에 대한 논박으로 쓰인 《지하로부터의 수기》에는 '수정궁crystal palace'이라는 모티브가 반복적으로 나옵니다. 이 모티브는 《무엇을 할 것인가》에 나오는데, 수정궁이 가리키는 것은 원래는 만국박람회장 건물입니다. 1851년 런던에서 만국박람회가 열렸을 때 전체를 크리스털로 지은 박람회장 건물이 하이드파크에 세워졌습니다. 당시로서는 기념비적인 건축물이었을 텐데, 분해가 가능해서 박람회가 끝난 이후에는 하이드파크에서 시든엄이라는 곳으로 옮겨져 세워졌습니다. 도스토옙스키가 1860년대에 유럽 여행에서 본 크리스털 건물은 시든엄으로 옮겨진 것이었고요, 《무엇을 할 것인가》에서 체르니셉스키가 언급한 것도 시든엄으로 옮겨진 수정궁입니다. 이

▲ 수정궁은 1851년 런던에서 만국박람회가 열렸을 때 세워진 건물로, 선진적인 유럽 문명의 상징
으로 간주된다.

▼ 카미유 피사로, 〈수정궁〉(1871).

인간의 본질은 무엇인가

수정궁이 가장 선진적인 유럽 문명의 상징으로 간주되었고 작품에서는 합리적 에고이즘 및 이성주의와 과학주의의 상징으로 등장합니다.

체르니솁스키가 《무엇을 할 것인가》에서 처음 등장시킨 이 수정궁이라는 상징을 《지하로부터의 수기》에서도 주인공 화자가 여러 차례 언급합니다. 수학적 공식으로는 $2 \times 2 = 4$의 세계라거나 돌벽이니 개미굴이니 수정궁이니 하는 비유를 동원하면서 뭔가 도발하고자 합니다. 이성적이고 합리적이며 선진적인 세계에 시비를 걸고, 시비를 건다고 해서 무너뜨릴 수 없다는 걸 알고 있지만 그럼에도 불구하고, 그렇게 무너뜨릴 수 없다는 사실 때문에 더더구나 나는 절대 동의할 수 없다는 식으로 적의를 표시합니다.

이게 《무엇을 할 것인가》하고 연관이 되는데, 이 소설은 체르니솁스키가 감옥에서 썼습니다. 감옥에서 이런 작품의 집필이 허용된 것도 특이한데요, 심지어 출간까지 됐습니다. 뒷얘기로는 이걸 검열했던 검열관들이 다 시베리아 유형을 가게 됩니다. 이 작품이 1860년대 러시아의 젊은 독자들에게 아주 큰 영향을 미치게 돼요. 볼셰비키 혁명 세대인 그다음 세대에까지 영향을 미치지요. 레닌은 이 작품을 다섯 번 이상 탐독했다고 토로했습니다. 이 책에 대한 오마주로, 1902년에 간행한 정치 팸플릿의 제목을 '무엇을 할 것인가'라고 붙였습니다. 이 물음을 그대로 다시 레닌이 반복합니다. 1860년대 이후에 러시아의 진보적인 인텔리겐치아들이 가졌던 핵심적인 고민거리가 이 물음

▶ 체르니솁스키의 초상(1880년경).
▶ 소설《무엇을 할 것인가》1905년 판의 표제지.

에 압축되어 있습니다.

　그런데 도스토옙스키는 이 작품에 깔려 있는 인간관에 대단히 분
격합니다. 요즘도 우리가 목도하는 겁니다. 요즘 식으로 말하면 인간
을 '호모 이코노미쿠스'로 보는 인간관입니다. 인간이 자기 자신의 이
익을 위해서 행동한다고 보는 것이지요. 철저하게 자기 이익이 반영
되게끔, 관철되게끔 선택하고 행동한다는 것이 첫째고, 그런 이익을
계산할 수 있다는 것이 둘째입니다. 계산이 안 되면 이익에 맞게 행동
한다는 것 자체가 가능하지 않으니까요. 경제적 인간이라면 이 두 가

지를 만족해야 하는 겁니다. 경제학의 인간관도 마찬가지입니다. 그래야 경제적 행동을 합리적으로 예측할 수 있습니다. 소비자가 품질이 똑같은 상품들 중에서 가격이 더 싼, 그러니까 가격 경쟁력이 있는 상품을 구매하리라고 보는 건 너무 당연하잖아요? 그렇게 가정하고 그렇게 예측하는 겁니다. 합리적으로 소비하는 주체로서 인간을 이해하는 관점. 그런 관점이 《무엇을 할 것인가》에 드러나 있습니다. 그것을 '합리적 에고이즘'이라고 부릅니다.

《무엇을 할 것인가》는 줄거리만 보면 독자의 기대를 조금 벗어날 수도 있는데, 베라라는 여주인공이 두 번 결혼하는 얘기입니다. 체르니솁스키가 당시로서는 러시아 페미니즘의 원조 격인 사상가이기도 합니다. 실제 삶에서도 이론과 괴리를 보여주지 않았고, 페미니즘적인 문제의식을 앞서 철저하게 실천하기도 했습니다. 그래서 이제 여성을 주인공으로 등장시킵니다. 체르니솁스키는 원래 전업 작가가 아니라 비평가였으므로 자신이 이런 소설을 쓰는 것에 겸연쩍어했어요. 작품에서 그런 마음을 종종 드러내는데, '내가 못 쓰더라도 독자들이 좀 이해를 해줘야 한다'는 식의 얘기를 계속합니다. 그럼에도 불구하고 소설이라는 형식을 빌렸던 것은 보다 많은 대중에게 자기 사상을 전달하기 위해서였어요. 논문이나 비평적인 글을 통해서는 아무래도 한정된 수의 독자만을 상대할 수밖에 없으니까요. 그런 의미로 소설을 썼던 건데 주인공 베라가 처음에는 부모 세대, 구세대를 대표하는 인물로 나옵니다. 부모에 의해서 주인집 아들하고 정략적인 결혼을 하도록 강요받습니다. 그때 로푸호프라는 가정교사의 도움을 받아 극적으로 구속에서 벗어나게 됩니다. 그 도움이란 게 일종의 위장 결혼입니다. 부모의 속박에서 이 여자를 구출해내는 것이 목적인데 당시로서는 별다른 방도가 없었어요. 애정에 기반한 결혼은 아니었고, 부모의 반대를 무릅쓰고 베라를 '감옥'에서 탈출시키는 것이 순수한 목적이었습니다.

이 소설에서는 베라가 꿈을 네 번 꾸는 것이 상징적인 장치로 나옵니다. 첫 번째 꿈은 지하실에 갇혀 있다가 탈출하는 베라를 보여줍니다. 그 꿈에서 중요한 것은 누군가가 밖에서 지하실의 문을 열어줘야 한다는 겁니다. 안에서는 탈출할 수가 없어요. 이 최초의 탈출은 외부의 조력이 필요하다는 것을 뜻하는 꿈인데, 그 조력자 역할은 첫 번째 남편인 로푸호프가 맡게 됩니다. 베라는 그 후로 남편에게 계속 의존하지는 않고 적극적으로 자기 삶을 개척해나갑니다. 그런 활동 중의 하나가 봉제 공장을 설립하는 거예요. 많은 여성 조합원과 함께 공장을 조합 방식으로 운영하게 되는데 공장 직원들은 대부분 거리의 여자들입니다. 당시 직업여성들 중 상당수가 창녀였어요. 그런 여자들을 데려다가 봉제 공장에서 같이 일합니다. 조합은 공산주의적 방식으로 운영합니다. 능력만큼 일하고 필요만큼 분배받는다는 공산주의적 원칙을 베라의 봉제 공장에서는 구현하고자 합니다.

이런 이야기가 한편에서 진행되고 다른 한편으로는 베라의 사랑 이야기가 나옵니다. 로푸호프와의 결혼 생활을 얼마간 유지하고 있었던 베라가 남편의 친구인 키르사노프를 사랑하게 됩니다. 감정은 자기가 계획하고 조절하는 건 아니죠. 그런 게 가능한가요? 노력하면 가능할지 모르겠지만, 이 당시만 하더라도 감정은 자연발생적인 겁니다. 이성적인 의도와 무관하게 생겨나는 감정에 베라 자신도 당혹스러워합니다. 그래서 힘들어합니다. 이 두 남자도 힘들어합니다.

작가 체르니솁스키는 '합리적 에고이즘'이라는 사상을 갖고 있었습니다. 개개인이 각자의 이익을 위해 최선을 다할 때 전체의 이익에 부합한다는 생각입니다. 보통 우리는 사익과 공익이 충돌한다고 생각하는데, 그와는 다르게 이 두 가지가 충돌하지 않는다고 생각해요. 각자가 자기 자신의 올바른 이익을 위해 최선을 다하면 곧 전체 이익에 부합한다는 겁니다. 이게 합리적 에고이즘이에요. 이 세 사람이 각자에게 최선이 되는 어떤 행동이 가능할까 고민합니다. 그러다가 해법을 찾아요. 첫 번째 남편인 로푸호프가 자살하는 겁니다. 이 작품은 로푸호프의 자살 장면에서 시작하는데 곧바로 위장 자살이란 게 밝혀집니다. 만약에 진짜로 자살했다고 한다면 한 사람이 희생되는 거 잖아요? 두 사람의 행복을 위해 한 사람이 희생되는 건데 합리적 에고이즘에 맞지 않아요. 법적으로는 자살로 처리가 되고 아내인 베라가 염려할까 봐 로푸호프는 심부름꾼을 보내 내막을 전달해줍니다.

지하로부터의 수기

그리고 자신은 미국으로 이주해서 소설 말미에는 성공한 사업가가 되어 다시 돌아옵니다. 베라는 자기가 사랑하는 키르사노프와 두 번째 결혼을 하고 첫 번째 남편인 로푸호프는 러시아로 돌아온 후 자기 짝을 만납니다. 그리하여 두 커플이 눈썰매를 타고 신나게 질주하는 걸로 작품이 끝납니다. 그러니까 어느 누구도 불행해지지 않는 소설입니다.

도스토옙스키는 아마도 《무엇을 할 것인가》를 읽다가 집어 던졌을 겁니다. 불쾌해서 참을 수가 없었을 거예요. 이런 단순한 인간 이해에 대해서. 여하튼 체르니솁스키는 모두가 행복한 결말을 맞는, 유토피아적이라고도 생각할 수 있지만 그런 세계가 가능하다는 것을 이 소설을 통해 보여주려고 했습니다. 베라는 두 번째로 결혼하는 걸로 만족하지 않고 본인 스스로 남편과 똑같이 의사가 되고 싶어 해요. 그래서 의학 공부를 시작하고 결국 의사가 됩니다. 《무엇을 할 것인가》는 우리 식으로 얘기하면 19세기 후반 어느 러시아 여성의 자아실현을 다룬 작품입니다. 자아실현을 하는 데 사회적인 어떤 장애도 없어요. 그래서 베라의 마지막 꿈에서는 그녀가 들여다본 거울 안에 선망했던 여신이 있어요. 자기 자신이 여신으로 변모되어 있는 걸 확인하게 됩니다. 이 소설은 베라의 '여신 되기'로 끝납니다.

《무엇을 할 것인가》는 기독교를 비판한 유물론자인 독일 철학자 루트비히 포이어바흐의 영향을 받았습니다. 소설 앞부분에서 주인공들이 몰래 읽는 책으로 포이어바흐의 《기독교의 본질》이 나옵니다. 당시 금서였기 때문에 제목까지 나오진 않고 누구의 어떤 책인지 암시만 됩니다. 《기독교의 본질》에서 포이어바흐는 신 자체가 인간이 발명한 것이라고 얘기합니다. 신이 인간을 창조한 게 아니라 거꾸로 인간이 신을 만들어냈으며, 불완전한 존재인 인간이 자기 불완전성을 거꾸로 투사한 것이, 스스로 뭔가 결여되고 결핍되어 있는데 거꾸로 다 충족되고 완벽해졌을 때의 존재를 상정한 것이 신이라는 겁니다. 그런데 이런 신을 만들어놓고 예배하고 숭배하는 것이 종교에서의 인간소외라고 봅니다. 이런 소외의 극복은 언제 가능해지느냐, 인간이 신처럼 완벽해질 때에야 가능해집니다. 그런 게 가능하다고 봐요. 이 소설에서 베라가 나중에 여신이 된 자기 자신을 발견하는 것과 마찬가지입니다. 《무엇을 할 것인가》는 그렇게 낙관적인 결말을 맺습니다.

이 작품이 레닌을 비롯한 볼셰비키 혁명가들에게 큰 영향을 미쳤다고 말씀드렸지만 초점은 좀 다릅니다. 이 작품에서 조연급으로 라흐메토프라는 인물이 등장합니다. 워낙 특별한 인물이어서 러시아에 열 몇 명밖에 없어요. 그래서 소설의 주인공이 될 수 없습니다. 주인공이라고 한다면 전형성을 갖추어야 하는데 라흐메토프는 너무 특별해서요. 라흐메토프 같은 인물이 더 많아지게 되면 미래의 소설에서는 주인공이 될 수도 있어요. 그런데 지금 이 시점에서는 주인공이 되지 못해서 조연급으로 등장합니다. 로푸호프가 위장 자살한 다음에 심부름꾼으로 보내는 인물이 라흐메토프입니다. 이 라흐메토프가 레닌에게 큰 영향을 줍니다.

주인공 베라가 네 번의 꿈을 꾼다고 말씀드렸는데 그중 하나가 토양론에 대한 겁니다. 어떤 밭에서는 작물이 잘 자라요. 또 어떤 밭에서는 시들시들 말라가고 잘 자라지 않아요. 토양에 따라 다른 겁니다. 비옥한 토양에서는 잘 자라고 황폐한 토양에서는 잘 자라지 않는다고 보는 것이 환경결정론이죠. 보통 사람들은 토양론으로 설명이 됩니다. 선하게 행동하고 악하게 행동하는 것은 보통 그들의 성장 환경에 달려 있다고 봅니다.

그런데 이런 환경결정론에서 벗어나 있는 인물이 라흐메토프입니다. 특별한 인간이에요. 특별한 인간이라고 하게 되면, 인간은 경제적 토대에 의해서 결정된다고 보는 마르크스주의적 설명에서도 벗어나게 됩니다. 존재가 의식을 결정한다고 얘기할 때, 그런 명제는 인간 존재의, 철학 용어로는 의식의 피구속성을 강조하는 거죠. 이런 구속에서 벗어난 인물이 라흐메토프입니다. 철저한 극기를 보여주는, 자기를 제약하는 모든 여건에서 자유로운 인물입니다. 이 라흐메토프가 레닌을 비롯한 볼셰비키들에게 감화를 줍니다.

《무엇을 할 것인가》에는 라흐메토프의 극기를 보여주는 사례들이 여럿 나옵니다. 예컨대 한 일주일 넘도록 잠을 자지 않고 책을 읽습니

인간의 본질은 무엇인가

다. 자기가 마음을 먹으면 그렇게 할 수 있다는 겁니다. 일종의 의지주의 같은 거지요. 생리학적인 한계를 극복하는 겁니다. 심지어 자기 인내심을 시험해보기 위해서 못을 박은 철판에 담요 한 장을 깔고 누워서 잡니다. 아침에 일어나 보니까 등판이 피로 흥건해요. 그것도 자기 극복의 사례입니다. 통상은 그렇게 되진 않죠. 그러니까 러시아 전역에 그렇게 할 수 있는 사람은 몇 명 없습니다. 나중에 볼셰비키 혁명가들에게 요구되었던 게 라흐메토프적인 자질입니다. 혁명가는 특별한 인간입니다. 스탈린 같은 강철 인간이고요. 스탈린이라는 이름 자체가 강철 인간이라는 뜻이죠.

《무엇을 할 것인가》가 그다음 독자나 세대에 끼친 영향을 꼽자면 크게 두 가지가 있습니다. 한 가지는 라흐메토프와 같은 특별한 인간의 형상이고, 또 한 가지는 합리적 에고이즘입니다. 이 합리적 에고이즘이란 주제에 대해 도스토옙스키가 심히 불편해하면서 《지하로부터의 수기》에서 반박하고자 합니다. 이 작품은 주인공 화자가 끊임없이 어떤 타자의 말에 응답하는, 가상의 대화 형식으로 되어 있습니다. 이런 형식 자체는 도스토옙스키의 초기 소설에도 나옵니다.

고통 속에서도 쾌감을 얻는
새로운 인간

《지하로부터의 수기》는 대화적 소설의 한 전형입니다. 주인공 화자가 끊임없이 대화하고 논쟁합니다. 당신은 이렇게 말하겠지, 하지만 난 이런 식으로 반박하겠다는 식으로요. 이 작품에서 작가 도스토옙스키는 '최종적인 말'을 제시하지 않습니다. 좀 다른 얘기지만 도스토옙스키 자신이 최종적인 말을 안 갖고 있었던 건 아니에요. 이는 도스토옙스키의 시론時論적인 글들에서 알 수 있습니다. 도스토옙스키가 소설 말고도 '작가 일기'라는 것을 일종의 월간지 형태로 간행해서 작가 생활 후반에 꽤 인기를 모았었습니다. 작가 일기에는 소설도 들어가고 그랬어요. 거기에 실린 시론적인 글들에서는 대단히 수구적이고 완고한 목소리를 들려줍니다. 확고한 자기 입장을, 자기 최종적인 말을 갖고 있었어요. 그런데 특이하게도 이런 점이 소설에는 관철되지 않습니다. 소설에서는 종지부를 찍는 말일 텐데 그걸 소설에는 집어넣지 않았어요.

여하튼 대화적인 성격의 작품 《지하로부터의 수기》를 단순하게 요약하면 이렇습니다. 당신들은 이익을 얘기하겠지, 하지만 인간은 때로는 이익에 반하는 행동을 할 수도 있다. 그러면 합리적 에고이즘이 성립할 수가 없습니다. 두 가지 전제가 필요하다고 말씀드렸었죠. 계산 가능한 이익이 있고, 그 이익에 부합하게끔 행동한다. 이것이 합리적 에고이즘의 인간관인데 공리주의적 관점하고도 비슷합니다. 최대 다수의 최대 행복이 정의라고 얘기할 때도 마찬가지로 전제가 있어요. 이 이익이 양화 가능해야 하고, 그래서 계산 가능해야 합니다. 그런 이익에 맞게끔 행동한다면, 그 계산 가능한 이익이 최대화가 되게끔 뭔가 계획하고 실천한다면 그게 사회적 정의에 부합하는 일이 된다, 이런 관점입니다.

한편으로는 도스토옙스키가 이익에 반해서 행동한다고 해도 뭔가를 만족시켜줄 거잖아요? 뭘 만족시켜주느냐, 자기의 변덕을 만족시켜주는 겁니다. 이익이 계산 가능하다는 것은 예측 가능한 범위 안에 있다는 겁니다. 가령 물건을 사는데 이쪽에서는 똑같은 물건을 500원 하고 저쪽에서는 1,000원 해요. 그러면 당연히 500원짜리를 구입할 거라고 기대를 하겠죠. 그런데 내 행동이 예견될 수 있다는 것 자체가 나의 자유 내지는 자존심에 대한 침해로 여겨질 수 있습니다. 그래서 어깃장을 놓느라고 정반대로 행동할 수도 있어요. 말하자면 그런 겁니다. 스스로 변덕 부릴 자유를 과시하는 겁니다. 내가 당신이 예상하는 대로, 기대하는 대로 행동할 거라고 과연 생각하느냐는 겁니다. 나는 그렇게 하지 않겠다, 비록 이익을 거스른다고 하더라도. 그런 것이 도스토옙스키 식의 아이디어입니다.

좀 단순한 다른 사례를 들어봅시다. 어떤 여자에게 배우자 후보가 둘 있는데 한 사람은 잘생기고 재산도 있고 능력도 있어요. 다른 한 사람은 인물도 영 아니고 재산도 없고 키도 작아요. 누구를 선택해야 할 것인가. 이건 선택의 여지도 없는 거잖아요. 그런데 도스토옙스키적 여성은 이런 선택지 자체를 모욕으로 받아들입니다. 그래서 거기에 어깃장을 놓고 오히려 두 번째 남자를 선택합니다. 이게 뭘 확인하는 건가요? 자기의 자유를 확인하는 겁니다. 어떤 결정론, 자연스러운 결정론인데 누구나 그렇게 할 것 같은 예측 가능한 방식으로 행동하지 않겠다는 것. 왜? 나에게는 자유가 있기 때문에. 이 자유로 인해 어떤 인과적인 결정론을 벗어나는 선택을 하는 겁니다. 그럼으로써 고통받는 겁니다. 충분한 대가를 지불해야 돼요. 그런데 이 고통 속에서 또 쾌감을 얻습니다. 이게 도스토옙스키가 생각한 인간입니다.

이런 인간은 병리적인 인간이잖아요? 그래서 처음부터 "나는 아픈 인간이다"라고 시작합니다. 나는 아픈 인간이고 심술궂은 인간이고 아무래도 간이 안 좋은 것 같다, 이런 식으로 시작합니다. 이게 도스토옙스키가 이 작품에서 보여주는 인간에 대한 도발적이고도 새로운 이해입니다.

인간의 본질은 무엇인가

현실보다는
관념과 몽상 속에서 살다

《지하로부터의 수기》에서 주인공은 이름 없이 그냥 '나'라고 나오는데 보통 '지하 생활자'라고 부릅니다. '지하인'이라고도 부르고요.

이 작품은 1, 2부로 나뉘어 있습니다. 1부는 마흔 살이 된 화자의 얘기고, 2부는 화자가 스물네 살 때의 얘기입니다. 1부의 시간적 배경은 대략 1860년대 초반입니다. 2부의 시간적 배경은 그로부터 16년 전이니까 1840년대 중반 정도가 됩니다. 1840년대 중반은 도스토옙스키가 데뷔작을 쓰면서 러시아 문단에 등단하던 때입니다. 《지하로부터의 수기》의 주인공은 퇴직한 하급 관리인데 먼 친척으로부터 6,000루블을 유산으로 상속받고 직장을 그만둔 후 페테르부르크 교외에 있는 자기 방구석에 그냥 틀어박혀 지내게 됩니다. 젊은 시절에도 그랬듯이 가끔씩 사회와 대면합니다. 누군가를 만나는 것은 이례적인 일인데, 집에만 틀어박혀 있다가 도저히 못 참겠다 싶을 때 한 번씩 나가서 잠깐 만나고 돌아오는 식입니다. 그래서 지하실은 실제 공간이라기보다는 비유적인 공간입니다.

페테르부르크는 기후가 건강에 해로운데다 사는 데 돈도 많이 드는데도 불구하고, 그 정도 유산을 받았으면 좀 더 쾌적한 곳에 가서 일생을 보낼 수도 있지만 주인공은 의도적으로 페테르부르크를 떠나지 않습니다. 왜 안 떠나는 건가요? 자기한테 해롭기 때문에 안 떠나는 겁니다. 해롭고 돈도 많이 드니까 떠나겠지, 다들 이렇게 생각할 거잖아요? 그러니까 안 떠납니다. 2부의 배경이 되는 1840년대에 도스토옙스키가 활동한 시기는 1846년부터 1849년까지입니다. 1848년에 발표한 〈백야〉에 공상가 주인공이 나옵니다. 이게 도스토옙스키 등장인물의 한 전형입니다. 장편소설로 오게 되면 등장인물이 어떤 사상이나 이념으로 무장하는데, 가령 《죄와 벌》의 라스콜리니코프, 《악령》의 스타브로긴, 《카라마조프 가의 형제들》의 이반 카라마조프 같은 인물들입니다. 이런 인물들은 대개 어떤 특정한 관념 또는 사상을 갖고 있고 이를 체화하고 있습니다. 그 원조 격인 인물이 〈백야〉의 주인공인데, 그는 사상이라기보다는 공상을 갖고 있습니다. 이런 공상이 후기 소설에서는 관념으로 대체가 되는 셈입니다. 그런데 공통점은 관념 혹은 몽상이 현실보다 크다는 겁니다. 그래서 현실을 살지 않고 공상 속에서 살아요.

〈백야〉뿐만 아니라 《지하로부터의 수기》에서도 공상 속에 사는 인물이 나오므로 도스토옙스키를 낭만적 리얼리즘 작가라고 평가하기도 합니다. 그의 소설은 리얼리즘의 틀 안에 들어가지 않아요. 그걸로 잘 이해가 안 됩니다. 이런 점을 도스토옙스키 자신도 조금 의식해서 '영혼의 리얼리즘'이라는 표현을 썼어요. 리얼리즘은 통상적인 정의에 따르면 '사실주의' 혹은 '현실주의'라고도 번역하는데 뭐가 사실적이고 뭐가 현실적인 건가요? 보통은 시간 감각 가지고 얘기합니다.

저는 이런 점을 게오르크 루카치 같은 이론가가 제일 잘 정식화했다고 생각합니다. 이 세계의 본질이 소설에서는 시간과 함께 주어진다고 하는 것. 다르게 얘기하면 이 세계의 본질을 시간의 흐름 속에서 파악하는 겁니다. 왜 그렇게 파악해야 하느냐면 시간의 흐름 속에서 본질이 변화하기 때문입니다. 시간이 경과하는데 변하지 않고 그대로 있다면 시간이라는 변수를 고려할 필요가 없어요. 제거해버리면 됩니다. 그런데 중요한 것은 시간 속에서 변화한다는 점입니다. 보통 시간 단위는 세대 단위로 20년 내지 30년입니다. 그러면 대충 다 파악이 됩니다.

그런데 도스토옙스키 소설에서는 시간이 다 압축되어 있습니다. 《카라마조프 가의 형제들》은 분량이 그렇게 방대한 소설인데 작품 속 주요 사건은 사흘 동안 일어납니다. 사흘 동안 다 읽지도 못하겠어요. 사흘 동안 일어난 일들이 소설에 다 들어가 있는 겁니다. 《죄와 벌》은 일주일 정도의 시간을 다룹니다. 그러니까 도스토옙스키는 시간을 중요하게 생각하지 않았어요. 그건 자기 체험 때문이기도 합니다. 사형선고를 받고 사형수로서 처형 직전까지 갔었지요. 사형수의 마지막 5분을 경험했습니다. 이 마지막 5분이 팽창합니다. 심리적 시간과 물리적 시간은 좀 다르죠. 심리적 시간이 연장되기도 하는 것처럼, 도스토옙스키적 시간이 정말 그렇습니다. 객관적인 시간이라고 하는 것은 별로 의미를 갖지 않습니다.

안락과 행복을
의심하라

<hr>

작품의 배경이 되는 시기이기도 한 1840년대부터 60년대까지는, 도스토옙스키 창작에서도 가장 중요했던 시기입니다. 그는 1840년대에 작가로 데뷔하고 당대 최고 비평가였던 벨린스키로부터 열렬한 환대를 받습니다. 하지만 이 환대는 정말 오래가지 않습니다. 첫 작품인 《가난한 사람들》이 1846년 1월에 발표되고 〈분신〉이 2월에 발표됩니다. 두 작품의 출간 간격이 20일 정도밖에 되지 않아요. 《가난한 사람들》이 워낙 환영을 받았기 때문에 도스토옙스키가 두 번째 소설을 빨리 발표했던 겁니다. 그런데 전혀 예기치 않은 반응을 접하게 됩니다. 다들 〈분신〉에 실망감을 피력한 거지요. 그러면서 벨린스키와의 관계가 좀 소원해집니다. 벨린스키는 1848년에 세상을 떠나기 때문에 도스토옙스키의 변모를 미처 보지 못합니다.

그 후 도스토옙스키는 앞서 말씀드렸듯이 페트라솁스키를 주축으로 하는 정치 서클에 가담한 것이 문제가 되어서 유형 생활까지 하게됩니다. 그때 도스토옙스키가 던진 질문이 자유에 대한 질문입니다. "죄수들에게 돈보다 더 중요한 것이 무엇이겠는가?" 이 자유라고 하는 것. 도스토옙스키가 원래도 비사교적이었는데 체포되어 수감된 후부터 단 한 순간도 혼자 있지 못하게 됩니다. 당시 그로서는 가장 감당하기 힘든 일이었다고 해요. 자유와 자유의지에 대한 지하 생활자의 어떤 숭배가 있는데, 절대 가치화하는 면이 있는데, 그런 배경을 갖고 있습니다. 이와 반대되는 게 나중에《카라마조프 가의 형제들》의 '대심문관' 편에도 나옵니다. 너에게 행복을 주겠다, 이 행복과 대척점에 있는 게 자유라는 겁니다. 자유를 대가로 지불하고 행복을 얻는 겁니다. 요즘도 이런 경우는 많은 것 같아요. 내게 제발 행복을 다오, 대신에 요즘은 내게 일자리를 다오, 그러면 자유는 얼마든지 주겠다, 뭐 이런 것 같아요. 여전히 이런 점이 문제가 된다고 하면 도스토옙스키의 구도에서 크게 벗어나지 않습니다.

유형 생활을 겪으며 자유의 가치를 절감한 도스토옙스키는 이제 '수정궁'을 거부합니다. 수정궁은 안락한 유토피아인데 요즘으로 치면 타워 팰리스 같은 이미지일 것 같아요. 이런 수정궁의 대척점에 있는 게 고통이죠. 자유는 항상 고통과 연관됩니다. 행복은 안락과 연관되고요. 일본 작가 모리오카 마사히로가 쓴 책의 제목이기도 한 '무통無痛 문명'이 인류의 지향점인지도 모르겠어요. 점점 고통을 제거하려는 쪽으로 가려고 합니다. 물론 고통이 달가운 건 아니죠. 분만할 때도 수술한 다음에 무통 주사 맞잖아요? 고통을 견딜 수 없기 때문에 가급적 다 없애려고 합니다. 안락사도 마찬가지죠. 죽음의 고통을 거부하려고, 부정하려고 하기 때문에, 말 그대로 안락하게 죽고자 합니다. 이런 게 어떤 방향성이라고 한다면, 도스토옙스키는 계속 문제될

러시아 네르친스크 유형소의 죄수들.

수 있습니다. 끈덕지게 달라붙어서 등에처럼 괴롭힐 것입니다. 안락에 대해서, 행복에 대해서 의심하라고 계속 닦달할 겁니다. 수정궁에 대한 도스토옙스키의 비판이 그런 맥락과 의미를 갖고 있습니다.

도스토옙스키가 1862년 유럽 여행을 다녀온 이후에 기억을 떠올려가며 집필해서 1863년에 발표한 〈여름 인상에 관한 겨울 메모〉에 《지하로부터의 수기》의 주제가 미리 암시됩니다. 이익에 관한 내용을 다룬 이 작품에서 도스토옙스키가 뭘 공격하고자 했는가? 바로 합리주의자들, 공리주의자들, 공상적 사회주의자들입니다. 공상적 사회주의는 1840년대에 도스토옙스키가 매혹됐던 사상이기도 합니다. 젊은 시절에 그 자신이 정치 서클에서 활동할 때, 프랑스의 샤를 푸리에 같은 공상적 사회주의자의 문건들을 다 같이 즐겨 읽곤 했습니다. 그러나 이제 이들을 공격합니다. 그다음에 《무엇을 할 것인가》에 표현된 이상들을 날카로운 패러디를 통해 조롱하려 합니다. 체르니셉스키가 《무엇을 할 것인가》에서 보여준 도덕적, 합리적 에고이즘 철학과 인간 본성에 대한 단순화를 비웃고자 합니다. 그래서 이 작품의 주인공들에 반대하여 반反주인공을 내세우게 됩니다. 《무엇을 할 것인가》의 라흐메토프는 앞에서도 말씀드렸지만 새로운 인간은 아니고 특별한 인간입니다. 여기서 새로운 타입의 인간이 주인공 베라나 베라의 첫 번째 남편 로푸호프입니다. 주요 인물들이 새로운 인간이고, 미래의 주인공은 라흐메토프 같은 인물입니다. 이들에 맞서는 반주인공이 《지하로부터의 수기》의 주인공입니다.

이 작품은 여러모로 반反플롯을 갖고 있기도 합니다. 플롯이라는 게 없어요. 여느 주인공 같지 않은 안티 히어로가 등장하고 안티 플롯적인 줄거리로 되어 있습니다. 플롯은 아리스토텔레스가 《시학》에서 내린 정의에 따르면 처음-중간-끝을 갖는 겁니다. 그런데 이 작품에는 처음-중간-끝이 없어요. 그냥 장광설의 연속입니다. 작품 말미에서도 작가가 이야기를 돌연 중단시키고 있어요. "이래 놓고서도 이 역설가의 '수기'는 여기서 끝나지 않는다. 그는 결국 참지를 못해 계속하여 더 써나갔다. 하지만 우리 생각에도 여기서 그만 마쳐도 될 것 같다"라는 말로 끝납니다. 그러니까 끝날 때가 돼서 끝난 게 아니고 그냥 작가가 중단시킨 겁니다. 원래 이야기는 플롯도 없이 계속되는 걸로 되어 있습니다. 왜냐하면 플롯도 어떤 이성의 기획이기 때문입니다. 플롯 자체도 이 세계의 현실을 어떤 적당한 규모로 끊어내는 겁니다. 어떤 질서를 부여하는 겁니다. 그래서 이해할 만한, 이해 가능한 어떤 것으로 만드는 겁니다. 그것이 플롯이라면 도스토옙스키는 플롯도 거부합니다. 내지는 이렇게 부정합니다.

자유롭고 변덕스럽고
배은망덕한 인간

사실 《지하로부터의 수기》의 서두에 작가의 말이 덧붙여져 있습니다. 이 수기의 저자도 이 수기 자체도 지어낸 것이고, 이런 인물은 지어낸 것이긴 하지만 존재할 수 있을뿐더러 심지어 존재할 수밖에 없다는 것을 내보이고 싶었다고 얘기합니다. 작가와 인물을 분리시키는 거죠. 이 말이 만약에 빠져 있었다면, 이 작품에서 얘기하는 바가 오인될 수 있었을 것 같아요. 그러니까 도스토옙스키 당신이 얘기하고자 하는 바가 곧 지하 생활자의 얘기가 아닌가 하는 식으로 이해됐을 법한데 도스토옙스키는 거리를 두려 합니다.

인간의 본질은 무엇인가

실제로 도스토옙스키가 《지하로부터의 수기》를 쓰고 나서 시간이 한참 흐른 후 이 작품의 핵심 사상이 이미 극복된 견해이고 자신은 훨씬 더 밝고 타협적인 성향의 글을 쓸 수 있다고 밝히기도 했습니다. 자기 작품에 대해서 작가 스스로도 이미 떠나왔다고 얘기합니다. 그래서 주의할 것 중의 하나는 이 작품 속 사상을 도스토옙스키 사상과 동일시하는 겁니다. 도스토옙스키 사상의 일부인 것은 맞지만 전부라고 판단해서는 안 되지요.

체르니솁스키가 《무엇을 할 것인가》에서 보여주는 인간이 정상적인 인간이라고 한다면 그게 테제이고, 도스토옙스키는 안티테제적인 인간을 이 작품에서 그리고자 합니다. 그러니까 강한 자의식을 갖고 있기에 병든 인간을, 너무 많이 의식하는 존재이기에 강렬하게 인식하는 인간을 안티테제로 내세웁니다. 그것이 변증법적으로 지양된 인간, 진테제적Synthese인 인간을 그다음 단계에서 도스토옙스키가 그려내야 됩니다. 이 작품은 일종의 안티테제적인 단계에 해당합니다. 앞에서 플롯도 반플롯적이고 인물도 반주인공적이라고 말씀드렸는데, 도스토옙스키에게는 단계적인 의미가 있습니다. 정正에 대한 반反에 해당하는 작품 세계이고 새로운 합合에 해당하는 작품 세계는 도스토옙스키의 과제로 남습니다. 그 과제를 반복적으로 수용해나갔던 게 그의 장편소설들입니다.

지하 생활자는 '2×2=4'로 상징되는 합법칙적인 세계에 계속 시비를 겁니다. 원래 자연과학적인 세계관이란 17세기 과학혁명의 유산이기도 합니다. 물리학, 동역학을 통해 합법칙적인 세계 질서를 이해할 수 있다는 것을 뉴턴 물리학이나 역학이 보여주죠. 이 자연과학적인 세계관을 다른 분야에도, 그리고 인간에 대한 이해에도 적용하고자 합니다. 그런 시도가 점점 확장되는데, 요즘 이루어지고 있는 인지 과학적 기획이란 그런 겁니다. 인간의 사고라든가 의식 현상이 어떻게 이루어지는지, 대뇌의 메커니즘을 들여다보고자 하는 대뇌 지도 작성 프로젝트 같은 것이 진행되고 있어요. 그 메커니즘을 알게 되면 치료는 물론이고 조정이나 조작도 가능해지겠죠. 뇌를 장악하고 지배하고 조정하는 겁니다. 합리적으로 이해한다는 것의 이면에는 그런 어두운 면도 있습니다.

반면에 도스토옙스키가 맞서면서 제시하는 인간이란 말 그대로 X입니다. 2×2=5의 세계는 합법칙적인 세계를 무력화하는 세계, 완전히 무의미하게 만드는 세계입니다. 합법칙적인 세계에서의 인간이라고 한다면, 특정한 자극에 대해 특정한 반응을 보일 거라고 기대할 수 있는 인간이죠. 자기 자신의 이익을 위해서 행동하는 호모 이코노미쿠스는 충분히 계량화 가능하고 예측 가능합니다. 그렇게 모델화가 가능하므로 경제 계획이나 복지 정책 같은 것을 수립할 수 있습니다. 만약에 지하 생활자 같은 인간을 모델로 한다면 그런 계획 자체가 불가능합니다. 고통 속에서도 쾌감을 느낀다고 하는 인간들을 데리고

인간의 본질은 무엇인가

유토피아를 만들 수가 없습니다.

  좀 다른 얘기지만 소비에트 사회주의가 들어선 이후에 가장 불편해한 작가가 도스토옙스키입니다. 사회주의 계획과 도스토옙스키가, 도스토옙스키적 인간이 양립하기 어려워요. 그래서 사회주의 문학에서는 상당 기간 동안 도스토옙스키는 부정적으로만 언급됩니다. 도스토옙스키적인 인간 이해로는 사회주의를 할 수 없기 때문입니다.

  현실 사회주의 기획은 체르니솁스키적인 인간 이해의 연장선상에서 이루어지게 됩니다. 그런 사회주의 기획이 실패했다면 원점으로 다시 돌아가서 재평가해볼 필요가 있죠. 원점으로 돌아가면 두 갈래 길이 있었던 셈입니다. 체르니솁스키와 레닌의 길이 하나 있고, '가지 않은 길'로서 도스토옙스키의 길이 하나 있습니다. 후자는 인간을 좀 더 복잡하게 이해하는 겁니다. 인간에 대한 단순화된 모델과 복잡화된 모델이 있었는데, 단순화된 모델을 가지고 사회주의를 한 번 실험해봤어요. 인간을 그냥 개미 정도로, 아주 단순하게 본 겁니다. 그런데 그 기획이 실패했다고 한다면, 다른 하나 남아 있는 것, 선택의 여지가 있는 것은 도스토옙스키적인 인간입니다. 이런 복잡화된 인간을 모델로 해서 좋은 사회라는 기획이 어떻게 가능한지, 이런 인간 모델과 공존하는 좋은 사회 기획이 과연 가능한지 생각해볼 문제입니다.

  인류가 지향하는 지상의 모든 목적은 오직 목적 달성을 위한 이 끊임없는 과정에, 달리 말해 삶 자체에 있는 것이지, 어차피 2×2=4가 될 수밖에 없는 목적 자체에, 즉 공식에 있는 것이 아닐지도 모른다. 2×2=4는 이미 삶이 아니라, 여러분, 죽음의 시작이 아닌가.

지하 생활자는 이런 식의 주장을 합니다. "2×2=4가 훌륭한 녀석이라는 점에는 나도 동의하지만, 이것저것 다 칭찬할 바엔 2×2=5도 이따금씩은 정말 귀여운 녀석이 아닌가"라는 식으로, 약간 조롱조로 이야기하고 있고요. "무릇 고통은 의심이요 부정인데, 의심할 수 있는 공간이라면 그게 무슨 수정궁인가?" 의심과 고통은 수정궁하고 대립적입니다. "그래도 나는 인간이 이따금씩은 진짜 고통, 즉 파괴와 혼돈을 거부하지 않으리라고 확신한다. 고통이야말로 실상 의식의 유일한 원인이니까." 의식의 원천이 고통이라는 것은 도스토옙스키의 의식론이기도 한데, 틀린 말은 아닙니다. 우리가 무엇인가를 의식하는 것은 어떤 고통과 대면했을 때이기 때문에.

가령 위염을 앓게 되면 위에 대해, 이가 아프면 이에 대해 생각하게 됩니다. 우리가 한국어에서 '앎'과 '앓음'이 연관성이 있다는 식으로도 얘기합니다. 어떤 병증하고 의식은 밀접한 관계가 있어요. 우리가 아주 안락할 때는 이런 고통으로부터 붕 떠 있는 상태입니다. 그럴 때 의식은 그냥 막연하게 존재합니다. 그러나 우리가 명징하게 의식할 때는, 뭔가 뾰족한 것에 찔린 것처럼 인식할 때는 고통과 함께합니다. 이걸 좀 일반화해서 말하자면, '나'라는 자의식은 언제 생겨나는가. 내가 어떤 고통의 주체일 때 나라는 자의식은 그냥 막연하게 추상적으로 존재하는 것이 아니라 아주 확실하게 구체적으로 존재합니다. 고통만큼 확실한 경험이 없어요.

도스토옙스키가 여기서 고통이 의식의 유일한 원인이라고 얘기하는 것 자체는 과장이 아닙니다. 그리고 나라는 자의식이 자랑거리라고 한다면, 내세울 만한 것이라면, 그걸 가능하게 하는 고통도 중요한 의미를 가질 수밖에 없습니다. 그래서 치통 속에서도 쾌감을 느낄 수밖에 없습니다. 치통이 나로 하여금 의식하게 하고 나의 존재를 보증해주기 때문입니다. 만약에 그 고통이 아니라면 나라는 의식도 좀 둔감해지고 좀 흐릿해지겠죠. 고통은 이 의식을 아주 분명하고 명료하게끔 해줍니다.

프랑스 사회학자 장 보드리야르가 1970년 발표한 《소비의 사회》라는 유명한 책이 있습니다. 우리는 소비 사회로 진입한 것을 1990년대로 보는데 유럽 쪽에서는 우리보다 조금 앞질러서 1970년대쯤에 소비 사회로 진입합니다. 그런데 《소비의 사회》에서 제사題詞로 인용하고 있는 것이 《지하로부터의 수기》의 한 대목입니다.

자, 인간에게 모든 지상의 행복을 퍼부어 머리까지 그 행복 속에 푹 잠기도록, 오직 거품만이 그 행복의 수면 위로 끓어오르도록 하라. 그에게 어마어마한

지하로부터의 수기

경제적 만족을 주어, 잠이나 자고 당밀 과자나 먹고 세계사의 영속을 놓고 골머리를 앓는 것 말고는 할 일이 숫제 아무것도 남아 있지 않도록 해보라.

즉, 인간을 그냥 행복 속에 잠기도록 해주라는 겁니다. 모든 걸 다 만족스럽게 충족시켜줘 보라는 겁니다. 부족한 게 아무것도 없도록. "이런 상황에서도 그는 여러분 앞에 인간입네 할 것이고 이런 상황에서도 오직 배은망덕한 습성 때문에, 오직 비꼬지 않으면 안 되는 습성 때문에 추잡한 짓을 저지르고 말 것이다." 이게 인간이라는 겁니다.

이 대목은 공상적 사회주의와 사회주의 유토피아 일반에 대한 비판인 동시에, 자본주의 유토피아에 대한 비판이기도 합니다. 우리가 물질적인 것을 비롯해 모든 것이 다 충족되어 있는 세계를 목표로 한다고 하면, 우리를 그냥 행복 속에 잠기도록 해준다고 하는 거니까요. 그럼에도 불구하고 배은망덕한 습성을 버리지 못한다는 겁니다. 심지어 당밀 과자마저 희생할 각오로 말입니다. 당밀 과자가 이 당시에는 가장 맛있는 거였나 봐요. "당밀 과자마저 희생할 각오로 일부러 가장 파멸적인 허튼짓을, 가장 비경제적인 터무니없는 짓을 저지르고 싶어 할 텐데", 그러니까 인간은 어처구니없는 터무니없는 짓을 저지르고 싶어 합니다. 왜? "그 목적이란 오로지 이 모든 긍정적인 분별에 자신의 파괴적이고 환상적인 요소를 뒤섞어 넣는 것이다." 목적이란 걸 달리 말하면, 인간에게는 자기 파괴적인 욕구, 자살 욕구가 있다는 겁니다. 인간에게는 자기 인생을 망치고자 하는 불가해한 욕망 같은 게 있습니다. 정신분석에서 얘기하는 죽음 충동이 이에 해당한다고 생각해요.

인간은 특이하게도 이런 데 끌려요. 자기 삶을 합리적으로, 건설적으로 잘 꾸려가고 계획하려 하지만 한편으로는 망치고 싶어 합니다. "자신의 이런 환상적인 몽상들, 자신의 가장 속물적인 바보짓을 꼭 부여잡고 싶어 할 것이란 말이다." 왜 그러느냐, "인간이란 어쨌거나 인간이지 피아노 건반은 아니라는 것을" 입증하기 위해서. "결국 일람표를 벗어나선 아무것도 욕망할 수 없는 지경에 이를 위험이 있다는 것을 자기 자신에게 확증시키기 위해서 말이다." 이런 식으로 얘기하고 있는데 이게 도스토옙스키가 이 작품에서 보여주고자 하는 인간형입니다.

온 세상에다 저주를 퍼부을 텐데, 이렇게 할 수 있는 건 오직 인간뿐이니까 (이것이야말로 인간을 다른 동물과 근본적으로 구별시켜주는 특권이니까). 아마 그는 이 저주 하나만으로도 자신의 목적을 달성한 셈이니, 즉 자신이 피아노 건반이 아니라 인간이라는 확신에 도달할 것이다!

피아노 건반이라는 표현도 자주 나오고 있는데 이건 뭔가요? 그냥 두드리면 땅 소리가 나는, 다르게 말하면 기계적인 존재입니다. 반면

도스토옙스키의 서재.

에 인간은 그렇지 않고 변덕스럽습니다. 자유로운 존재이기 때문입니다. 자유와 변덕, 배은망덕을 거의 같은 의미로 씁니다. 그런 것이 인간이므로 예측 가능하지 않습니다. 피아노 건반 같은 인간이라면 예측 가능하고 계산 가능합니다. 하지만 자유롭고 변덕스럽고 배은망덕한 인간들이라면 그런 것들이 가능하지 않습니다. 그런 의미에서 이제 2×2=4가 삶이 아니라 죽음이라고 보는 거고요.

인간의 본질은 무엇인가

인간은 자기 이익에 반하여
행동할 수도 있는 부조리한 존재

그 문제에 대해 시야를 확장해서 다시 생각해보겠습니다. 이 소설은 1, 2부로 나뉘어 있는데 사실 잘 짜인 구성은 아닙니다. 주인공이 스물네 살 때 겪은 이야기를 담은 2부는 세 가지 에피소드로 구성되어 있습니다. 하나는 장교 에피소드인데 당구장에서 한 장교가 주인공을 마치 하나의 사물처럼, 가구처럼 취급해요. "그는 내 어깨를 거머쥐고 말없이 나를 원래 서 있던 자리에서 다른 곳으로 옮겨놓은 뒤 정작 자신은 그걸 알아채지도 못한 양 그냥 지나가 버렸다." 지나가는 데 방해가 되니까 어깨를 거머쥐고 옆으로 약간 이동시켜놓고 지나간 겁니다. 그런데 주인공이 왜 분격한 건가요? 자기를 인간이 아니라 사물로 대했다고 생각했기 때문입니다. 마치 거기에 의자 같은 장애물이 있었던 것처럼 자기를 옮겨놓고 지나갔다고 보는 것이지요.

그러면 내가 사물이 아니고, 이 장교와 마찬가지로 대등한 인간이라는 것을 보여줘야 됩니다. 그래서 이제 대결을 궁리하게 됩니다. 그 방식을 여러모로 궁리하다가 지하 생활자가 짜낸 것은 길거리에서 장교를 만나도 피하지 않고 한번 맞부딪혀 보는 겁니다. 그러기 위해서는 준비가 필요해요. 정신분석에서 보자면 타자 앞에서 자기 존재를 입증하려는 것이므로 복장에 신경을 써야 합니다. 후줄근한 복장으로 부딪히게 되면 대등한 존재로 인정받을 수 없으니까 큰돈을 들여서 여느 장교들처럼 멋진 깃을 단 새 옷을 장만합니다. 그다음에 거리에서 마주칠 기회를 엿보다가 여러 번 실패해요. 그러다가 드디어 한번 맞부딪치게 됩니다. "갑자기 나의 적수로부터 세 발짝 떨어진 곳에서 뜻밖에도 결단을 내리고 눈을 질끈 감았는데 우리 어깨가 서로 탁 부딪힌 것이다!" 내용만 보면, 당당하게 가서 부딪힌 것도 아니고 매번 피하다가 마지막 순간에 눈을 질끈 감고 툭 부딪히고 지나간 겁니다. 주인공은 좀 아프긴 했지만 소기의 목적을 달성했고 한 발짝도 양보하지 않음으로써 자기 자신을 그와 사회적으로 대등한 지위에 세웠다며 뿌듯한 만족감을 느낍니다.

아무리 자기만족에 불과하다 할지라도 인간에게는 인정 욕망이 있음을 이 에피소드는 보여줍니다. 경제적인 실익이 있거나 하지는 않음에도 이 욕망이 어느 무엇보다 앞선다는 겁니다. 무모하게 자기 인정 욕구를 충족시키기 위해서 엉뚱한 데 돈과 시간을 쓴 겁니다. 그럼에도 이 지하 생활자에게는 인정 욕망을 만족시키는 게 중요하다는 겁니다. 여기서 보여주는 건 '인간이 무엇에 의해서 좌우되는 존재인가', '이익인가 아니면 다른 것인가'이며, 이에 대한 답은 '욕망'입니다.

송별회 장면도 마찬가지입니다. 주인공은 동창들과의 송별회에 끼어들었다가 실컷 조롱거리가 됩니다. 온갖 수모를 다 당합니다. 환영

받지 못함에도 애써 합석하고 빚을 내기까지 하면서 끝까지 동행하려 합니다. 왜 이런 무모한 행동을 하나요? 이것도 불가해한 욕망 때문입니다. 동창들을 실컷 비웃고 조롱하면서도 한편으로는 그들로부터 업신여김을 받습니다. 이익의 관점에서 보자면 굉장히 어리석은 행동입니다. 돈 낭비하고 시간 낭비하고 게다가 모욕까지 받으니까요. 그럼에도 불구하고 그들과 같이하고자 합니다. 그리고 동창들이 송별회 모임 끝나고 유곽으로 놀러 가는데 악착같이 따라갑니다. 그런데 그들의 행방을 못 찾고 이 유곽에서 리자라는 처녀를 만나게 됩니다. 리자한테 가서 장광설을 늘어놓습니다. 엉뚱한 데 가서 복수를 하게 된 거지요.

중간에 주인공이 움찔하는 순간이 있는데, 리자가 "당신은 왠지 …… 꼭 책을 따라 하는 것 같아요" 하고 받아치는 대목입니다. 그때 지하 생활자가 진땀을 흘리는데요, 그럼에도 불구하고 꿋꿋하게 이 불쌍한 리자의 현재와 미래의 삶에 대해, 인생에 대해 구구절절하게 이야기합니다. 리자를 몹시 불쌍하고 가련하고 타락한 존재로 만드는 거예요. 리자로 하여금 그런 자기 자신의 모습을 들여다보게 합니다. 이 장광설을 듣고 있던 리자가 마지막에 대학생에게서 받은 편지를 슬쩍 보여줍니다. 그 편지는 뭘 뜻하는 건가요? 일종의 연애편지인데 별 내용을 담고 있지는 않지만 자기를 그렇게 대등한 존재로서 봐주는 사람도 있다는 것을 뜻합니다. 이것이 리자의 자존심입니다.

돈을 받고 몸을 파는 처지긴 하지만 자기에게도 그런 인연이 있다는 것을 지하 생활자에게 보여주고자 합니다.

지하 생활자가 일장 설교를 늘어놓는 것은, 동창들에게 당한 수모를 자기보다 사회적 약자인 리자에게 갚아준 것에, 상상적 복수에 불과합니다. 그리고 실수로 리자한테 주소를 알려줍니다. 찾아오라고 하고서는 집에 돌아오자마자 막상 찾아올까 봐 걱정하고 자책하게 됩니다. 심지어 자꾸 신경이 쓰이니까 자기가 직접 찾아갈까 하는 생각도 합니다. "이따금씩은 직접 그녀를 찾아가 '그녀한테 모든 걸 얘기하고' 나를 찾아오지 말라고 부탁해볼까." 이것도 정말 코미디죠. "하지만 이런 생각이 들면 당장 내부에서 지독한 악의가 치밀어 올랐는데, 그 정도가 얼마나 심했는지 리자가 갑자기 내 곁에 있었다면 이 '썩을 년'을 반쯤 짓이겨놓고 실컷 모욕하고 침을 뱉어주고 사정없이 두들겨 팬 다음에 쫓아내 버렸을 것이다!" 급기야 증오감까지 갖게 됩니다. 자기를 정말 힘들게 하는 겁니다. 찾아올 거라는 걱정 때문에 너무 스트레스를 받아서 이런 생각까지 합니다.

그런데 가장 곤혹스러운 순간에 리자가 찾아옵니다. 임금이 밀렸다고 태업을 하는 하인 아폴론과 실랑이를 벌이는데, 아폴론도 자존심을 세우느라 돈을 더 달라고 얘기하지 않습니다. 그때 리자가 찾아와서는 이 지하 생활자가 요전 날에 자기한테 일장 설교를 했던 잘난 위인이 아니라 실제로는 리자보다도 더 딱한 처지에 있는 사람이란

인간의 본질은 무엇인가

걸 알게 됩니다.

이 작품 2부의 제사로 니콜라이 알렉세예비치 네크라소프의 시가 인용되는데, 그 마지막 행은 이렇습니다. "자유롭게 내 집에 들어오라, 어엿한 안주인이여!" 《무엇을 할 것인가》를 언급할 때도 위장 결혼에 대해 말씀드렸지만, 창녀들을 구제해주는 것이 당시 인텔리겐치아들의 문화이기도 했어요. 지하 생활자와 리자의 관계는 이 시에서의 관계와 정반대입니다. 안주인으로 오라고 했지만 정말 찾아오니까 지하 생활자가 아주 곤혹스러워할 뿐만 아니라 리자 앞에서 결국에는 자기의 모든 것을 다 털어놓습니다. 털어놓으면서 울부짖습니다. 그리고 그날의 진상에 대해 이야기해줍니다. 그때의 나에게는 권력이, 놀이가, 너의 눈물이, 히스테리가, 굴욕이 필요했다, 이렇게 사정을 몽땅 까발려놓습니다.

그의 이야기를 다 듣고 나서 리자가 보여준 태도는 지하 생활자의 예상과 조금 다릅니다.

그녀는 이 모든 얘기를 듣고서, 진심으로 누굴 사랑하는 여자가 늘 제일 먼저 이해하게 될 그것을 이해했다. 바로, 나야말로 불행한 인간이라는 사실 말이다.

리자는 지하 생활자가 자기를 구원해주리라고 기대하고 찾아왔는데, 오히려 자기보다 더 불쌍한 인간이라는 것을 대번에 파악하게 됩니다. 그다음의 전개는 전형적으로 러시아식입니다. 리자가 지하 생활자에게로 달려와서 그의 목을 껴안고 울음을 터뜨립니다. "나도 그만 참지 못하고 그렇게 흐느꼈는데, 지금껏 나에게는 절대 없었던 일이다……." 도스토옙스키 소설에 자주 등장하는 장면이긴 합니다. 리자가 굉장히 불쌍한 인간인 이 지하 생활자에게 사랑과 연민의 감정을 느끼고 그와 고통을 함께 나누고자 하는 겁니다. 그래서 껴안는 겁니다.

이제 지하 생활자는 "그녀야말로 영웅이고 나는 꼭 나흘 전 그날 밤 내 앞에서의 그녀처럼 짓뭉개지고 짓눌린 피조물에 불과하다는 사실"을 알게 됩니다. 그러니까 처지가 완전히 역전됐다고 생각하게 됩니다.

이런 상황이 됐을 때 지하 생활자에게는 두 가지 가능성이 있습니다. 한 가지는 두 사람이 어떤 사회적 연대를 구축하여 연인 관계가 되거나 하는 것입니다. 서로의 고통에 대해 연민을 갖고 서로 위로해주는, 고통을 서로 나누는 공감의 공동체가 되는 거지요. 그런데 그 순간 이 지하 생활자는 리자와는 정반대의 감정을 느낍니다.

그때 갑자기 내 마음속에서는 또 다른 감정이 불붙어 확 타올랐다, 지배욕과 소유욕이란 감정이…….

인간의 본질은 무엇인가

지하 생활자는 대등한 인간관계가 가능하지 않고 항상 소유와 지배의 인간관계만 가능합니다. 타자와의 동등한 인격적 관계 혹은 사랑의 관계가 가능하지 않고 자신이 누군가의 위에 있거나 아니면 누군가를 지배하거나, 거꾸로 누구한테 지배당하거나 하는 관계만 가능해요. 말하자면 주인과 하인의 관계만 가능합니다. 아폴론하고 티격태격하는 것처럼 리자와의 관계도 대등하지 않아요. 지난번에는 자기가 리자를 눌렀어요. 그런데 이번에는 자기가 리자한테 눌렸어요. 그러니까 이걸 또 뒤집어엎으려 합니다. 대등한 관계는 상상하지 못합니다.

내 눈은 정열로 불타올랐고, 나는 그녀의 손을 꽉 쥐었다. 그 순간, 나는 그녀를 얼마나 증오했던가, 그러면서도 또 그녀에게 얼마나 많이 끌렸던가! 두 감정이 서로 더 불을 지폈다. 이것은 거의 복수와 같았다⋯⋯!

이 장면을 영화로 찍는다면 지하 생활자가 리자의 두 손을 꼭 쥐는 겁니다. 그리고 눈에선 불꽃이 튀어요. 그걸 리자가 잘못 해석합니다.

그녀의 얼굴에는 처음엔 의혹 같은 것이, 심지어 공포 같은 것이 나타났지만, 그나마도 한순간에 지나지 않았다. 그녀는 환희에 차서 나를 열렬히 껴안았다.

지하 생활자는 소유욕 때문에 눈이 빛난 건데 리자는 그것을 사랑의 신호로 오해합니다. 그래서 둘이 열렬하게 껴안습니다.

결국 리자가 깨닫게 됩니다. "그녀는 나의 정열의 격발이 다름 아닌 복수였음을, 그녀에겐 새로운 굴욕이었음을" 깨닫게 돼요. 낭패인 거죠. 그걸 한 번 더 확인시켜주듯이 지하 생활자가 리자의 손에 지폐를 찔러줍니다. 리자를 창녀로 대우함으로써 다시금 격하시키는 겁니다. 자기가 수모를 좀 당했기 때문에 그에 대한 복수로 다시금 리자를 창녀로 전락시키고 모욕을 줍니다. 그런데 리자가 떠난 자리를 보니까 꼬깃꼬깃한 지폐가 남아 있어요. 지하 생활자는 한 번 더 모욕을 당합니다. 그래서 리자를 악착같이 쫓아가 돈을 다시 찔러주려고 합니다. 하지만 실패로 끝납니다.

리자와의 이 마지막 에피소드에서 보여주는 것은 다른 가능성입니다. 이 지하 생활자가 지하실에서 빠져나갈 수 있는 다른 가능성. 말하자면 사랑 혹은 인간적인 연민이라든가 공감으로, 그렇게 정서적인 연대를 구축하는 겁니다. 이 한 가지 가능성이 지하 생활자가 갖고 있는 복수심이나 소유욕 때문에 좌절됩니다.

그러고 보면 이 작품에서 지하 생활자는 작가 도스토옙스키의 대변자이긴 합니다. 많은 부분에서 그렇습니다. 체르니솁스키적인, 합리적 에고이즘의 견해와 사상을 비판하는 장면에서 지하 생활자는 작가의 대변자 역할을 합니다. 하지만 그게 궁극적인 것은 아니고 단

《지하로부터의 수기》의 삽화.

지하로부터의 수기

지 안티테제적인 단계만 보여줍니다. 진테제적 단계로 이행하는 것은 사랑을 통해 가능할 텐데 이 작품에서는 그 단계까지는 도달하지 못합니다. 그래서 이 주인공 지하 생활자는 계속 써나가도록 남겨두고 작가는 빠져나오는 겁니다.

이 작품을 통해 도스토옙스키는 인간의 본질과 관련해서 무엇을 말하려고 한 건가요? 과학적 법칙이나 논리로는 설명할 수 없는 어떤 비합리적인 면, 부조리한 면을 지닌 존재라는 것입니다. 달리 말하면 인간은 자기 이익에 반하여 행동할 수도 있는 존재라는 것입니다. 이성은 거기에 비하면 일부분에 지나지 않습니다. 이건 니체적, 프로이트적 인간관과도 상통합니다. 이성은 그 밑에 존재하는 훨씬 더 거대한 의지나 욕망에 얹혀 있을 뿐, 결코 인간을 대표할 수 없고 인간을 특징지어주지도 않는다는 것이지요. 도스토옙스키의 생각을 요약하면 인간은 어떤 과학적 설명으로도 충분하지 않고 그것을 넘어선다는 것입니다. 왜냐하면 인간은 의식하는 존재이기 때문입니다. 결정론적인 설명을, 인과적 설명을 벗어난다는 의미이기도 합니다. 이는 자기 파괴적인 불가해한 열정과 관계가 있습니다. 인간은 자기 이익에 반해서 행동하는 존재이기 때문에, 배은망덕하게 행동하는 존재이기 때문에 그렇습니다.

인간의 본질은 무엇인가

4강

인생의 의미란 무엇인가

톨스토이,《이반 일리치의 죽음》

톨스토이 | Лев Николáевич Толстóй(1828~1910)

러시아의 작가이자 사상가. 귀족 집안에서 태어나 일찍이 부모님을 여의는 아픔을 겪었다. 카잔 대학을 3학년 때 중퇴하고 상속받은 영지 야스나야 폴랴나로 귀향했다가 카프카스에 가서 입대하여 크림전쟁에 참전했다. 1852년 잡지《동시대인》에 발표한《유년 시절》로 인기를 얻자《소년 시절》과《청년 시절》을 내놓았고, 야스나야 폴랴나로 돌아와서는 농부의 아이들을 위한 학교를 세워 교육에 힘썼다. 1862년 소피아와 결혼한 후 집필한 대작 장편소설《전쟁과 평화》,《안나 카레니나》로 커다란 명성을 얻는다. 정신적 위기를 겪고 소설가로서의 자신을 부정하며 설교가의 길로 들어선 이후로는 인생과 죽음의 의미를 묻는《참회록》, 중편소설《이반 일리치의 죽음》,《크로이체르 소나타》, 장편소설《부활》등을 발표했다. 아내와 갈등을 빚다 1910년 10월 말에 가출했고 11월 초에 시골 역사에서 죽음을 맞이했다.

《이반 일리치의 죽음 Смерть Ивана Ильича》(1886)

도입부에서는 판사 이반 일리치의 죽음 이후의 상황이 그려진다. 동료 판사들은 인사이동과 보직 변경에, 아내는 연금에, 친구 표트르 이바노비치는 문상을 하고 나서 카드놀이 모임에 낄 수 있는지에 관심이 쏠려 있다. 어느 누구도 깊이 애도하거나 하지 않는다. 이 장면 이후로는 이반 일리치의 삶이 연대기적으로 서술된다. 유복한 집안에서 태어난 그는 법률학교를 나와 판사로서 성공적인 커리어를 쌓아가던 중, 남들 보기에 외모도 집안도 괜찮은 여자와 결혼한다. 그러나 임신한 이후로 불만을 터뜨리고 사사건건 트집을 잡는 아내와 불화하면서 결혼 생활에 환멸을 느끼고는 관직에서의 성공과 명예에만 관심을 쏟게 된다. 동료와의 승진 경쟁에서 누락되자 이반 일리치는 새로운 보직을 얻기 위해 청탁 여행을 떠나고 이때 일이 잘 풀려 예상 밖의 승진을 한다. 예전보다 연봉도 많이 받는 직책을 맡게 되어 기분이 우쭐해진 그는 이사한 집에서 커튼을 달

◀ 톨스토이의 초상 사진.
▶ 《이반 일리치의 죽음》1895년 판의 표제지.

려고 사다리를 오르다가 그만 떨어져서 낙상을 입게 된다.

처음에는 대수롭지 않게 생각했으나 통증이 점점 심해지기 시작하고 이에 따라 가족을 대하는 그의 태도도 신경질적으로 변해간다. 아내의 권고로 의사를 찾아가지만 의사는 병의 뚜렷한 원인과 해결책을 제시해주지는 못하고 무성의한 태도로 일관한다. 이반 일리치는 죽음에 대한 화제를 피하고 거짓을 일삼는 아내와 딸을 미워하는 한편, 충실한 하인 게라심과 아들에게서만 위안을 얻는다. 병이 점점 심해져서 고통이 가중되자 죽음이 가까워졌음을 인식한 이반 일리치는 자신의 삶을 되돌아보고 스스로 잘못 살아왔다고 깨닫게 된다. 인생의 마지막 날, 죽음에 이르는 길고 고통스러운 과정을 겪던 그는 자기 삶을 모두 부정하고 숨을 거둠으로써 죽음에 대한 공포와 통증에서 해방된다.

이반 일리치의 죽음

이번에는 톨스토이의 《이반 일리치의 죽음》에 대해 살펴보겠습니다. 인생의 의미와 관련해서 이 작품이 던지는 메시지가 무엇이고 이 메시지를 어떻게 볼 수 있을지 생각해보려 합니다.

아무래도 작가 톨스토이와 그가 이 작품을 쓰게 된 배경에 대해 먼저 말씀드려야 할 것 같습니다. 《이반 일리치의 죽음》은 톨스토이가 1882년에 집필하기 시작해서 1886년에 발표한 작품입니다. 톨스토이 창작 세계를 보통 두 시기로 나눠서 봅니다. 《안나 카레니나》가 발표된 1878년을 전후해서 전기 톨스토이, 후기 톨스토이로 나누는데 《이반 일리치의 죽음》은 《안나 카레니나》 이후 처음 발표된 소설입니다. 그 전에 소설은 아니지만 《참회록》(1882)이 발표됩니다. 《이반 일리치의 죽음》은 《참회록》의 소설 버전이라고 말씀드릴 수 있고 그렇게 평가됩니다.

예술가로서의 삶을 부정하고
사상가를 자처하다

《안나 카레니나》를 마무리할 무렵 톨스토이가 정신적 위기를 경험한다고 흔히 알려져 있어요. 그런 위기를 반영한 책이 《참회록》과 《이반 일리치의 죽음》입니다. 그래서 이 두 작품은 세트로 묶일 수 있지요. 실제로 《참회록》도 《이반 일리치의 죽음》과 마찬가지로 작가 자신의 삶에 대한 철저한 반성과 성찰을 담고 있어요. 《이반 일리치의 죽음》에서 주인공은 자기 삶을 철저히 부정합니다. 이반 일리치가 자기 삶을 부정하고 죽음을 맞이하는 것으로 그리면서, 한편 톨스토이는 정신적 위기 이후에 예술가로서의 삶을 철저히 부정하고 설교자 내지는 사상가로 더 나아갑니다. 이전에 그런 면이 없었던 건 아니지만 작가적 삶과 병행해왔었거든요. 그런데 《안나 카레니나》 이후에는 다른 삶을 포기합니다. 그래서 문학 작품은 좀 드물게 썼습니다. 《이반 일리치의 죽음》만 하더라도 《안나 카레니나》가 발표된 이후 8년 만에 나왔으니까 그만큼 소설 창작에는 관심과 열의가 줄어들었음을 알 수 있습니다.

후기 톨스토이는 예술 전반에 대해 철저히 부정하는 태도로 나아가기 때문에 《전쟁과 평화》라든가 《안나 카레니나》라는 걸작 소설의 작가라는 타이틀이 그에게는 큰 의미가 없었습니다. 그런 방대한 소설을 쓴다는 것도 별로 의미가 없다고 생각했습니다. 당시 러시아에서 절대 다수를 차지하고 있던 농민들이 대부분 문맹이었어요. 19세기 중반만 하더라도 전체 국민의 95퍼센트가 문맹이었으니까 단 5퍼센트의 독자에게 읽혔던 것이 러시아 문학입니다. 그런 상황에서 《전쟁과 평화》라든가 《안나 카레니나》 같은 방대한 분량의 소설이 농민 대중에게는 읽히기가 어려운 거죠. 톨스토이는 소수를 위한 문학이라는 점에 일단 부정적인 태도를 갖게 됩니다. 그래서 후기 톨스토이의 작품들은 분량이 대체로 짧습니다. 《이반 일리치의 죽음》도 중편 정도의 분량인데 분량이 이 정도인 또 다른 유명한 작품이 《크로이체르 소나타》입니다. 결혼 생활과 성을 주제로 한 이 소설은 역시나 후기 톨스토이의 과격한 생각을 담고 있습니다.

결혼에 대한 부정적인 시각이 담긴
《안나 카레니나》

《이반 일리치의 죽음》이 《참회록》과 쌍이 되는 작품이라고 말씀드렸는데, 이미 《안나 카레니나》에 어떤 전조 같은 게 나타납니다. 《전쟁과 평화》와 《안나 카레니나》는 보통 톨스토이의 소설가 시기를 대표하는 작품으로 같이 묶이곤 합니다만, 저는 그 사이에도 차이와 단절이 있다고 생각해요. 일단 《전쟁과 평화》만 하더라도 주인공 나타샤 로스토바의 형상에서 알 수가 있듯이 궁극적인 주제 중의 하나는 삶과 생명력에 대한 예찬입니다. 《안나 카레니나》에서는 그런 것을 읽기가 어렵습니다. 총 8부로 이루어진 소설인데, 7부에서 주인공인 안나가 자살하고, 8부에서는 레빈이 삶의 의미에 대한 어떤 물음과 관련해 한 가지 깨달음을 얻는 걸로 마무리가 되고 있습니다. 그런데

《안나 카레니나》의 삽화(미하일 브루벨, 1878). 안나 카레니나가
아들과 재회하는 장면이다.

그 깨달음이란 것이 이 작품에서는 심지어 아내하고도 공유될 수 없
는 걸로 마지막에 얘기가 됩니다.

블라디미르 나보코프가 《러시아 문학 강의》에서 톨스토이를 러시
아 최고의 작가라고 평가해요. 그러면서 《안나 카레니나》를 자세히
검토하고는 톨스토이가 레빈과 키티 커플을 가장 이상적인 모델로
그리고 있다고 평가합니다. 제가 보기에 레빈과 키티 커플은 이상적

인 커플이 아니라, 이상적일 뻔한 커플입니다. 톨스토이 자신을 모델로 하고 있는데, 1862년에 결혼하고 나서 신혼 때의 모습 정도입니다. 신혼 시절의 톨스토이 부부가 행복한 커플의 전형이었어요. 그러다가 1870년대 중반쯤《안나 카레니나》를 집필하던 시기에는 부부 사이에 불화가 잦아집니다. 이미 이 무렵에 톨스토이는 결혼 생활에 대한 어떤 기대나 낙관도 갖고 있지 않았고, 그런 회의적인 시각이 이미《안나 카레니나》안에 들어와 있어요. 그러니까 어떤 불길한 전조를 좀 남겨놓은 채 이 작품은 마무리가 됩니다.

레빈과 키티를 결코 이상적인 커플이라고 볼 수 없는 이유는 소통의 문제 때문입니다. 톨스토이 부부는 서로 온전히 소통할 수 없다는 한계를 1870년대 중반이 되면 경험하는데 그 전조를 레빈과 키티 커플에서 읽을 수가 있습니다. 톨스토이 부부의 유명한 사진 중의 하나가 말년의 모습을 찍은 것입니다. 흰 수염이 덥수룩하게 난 톨스토이가 정면을 심각한 표정으로 응시하고 있는데, 아내 소피아는 그런 남편을 사랑스러운 눈으로 바라보고 있는 사진이지요. 서로 시선이 마주치지 않고 복장도 다릅니다. 톨스토이는 검소하게 농부들과 마찬가지로 먹고 자고 하려고 했습니다. 반면에 상류층 귀부인의 옷을 입은 소피아에게서는 어떤 품격 같은 게 느껴집니다. 그 자체로는 문제가 없어요. 다만 남편이 톨스토이라는 게 문제입니다. 톨스토이는 미소 짓는 사진도 거의 없습니다. 심각하고 진지하고 엄격한 표정의 사

1910년의 **톨스토이 부부**.

이반 일리치의 죽음

진들만 남겼는데, 대략 1870년대 중반 이후의 톨스토이가 줄곧 그런 모습이었다고 생각됩니다.

《안나 카레니나》에서도 그런 징후가 나타난다고 말씀드렸지요. 《안나 카레니나》에서 유일하게 장 제목이 붙어 있는 것이 '죽음'이라는 장입니다. 레빈의 형 니콜라이의 죽음이 나오는데, 죽음이라는 문제 자체를 굉장히 무겁게 다루고 있습니다. 이 죽음이라는 주제는 톨스토이 창작 초기부터 핵심적인 주제로 쭉 이어져 오다가《이반 일리치의 죽음》에 와서는 전면적인 주제로 등장합니다.

《참회록》 속에 그려지는
죽음에 대한 태도

《참회록》에서 톨스토이는 인생의 의미와 진리에 대해 탐구합니다. 어릴 때부터 강박적이라 할 정도로 인생의 의미와 진리에 대한 질문이 톨스토이 생애 전체를 관통하는데《참회록》에서도 그 질문과 대면합니다. 그런데 이런 질문을 낳은 계기이기도 한, 인간이 언젠가는 반드시 죽을 수밖에 없다는 필멸성에 대한 자각, 죽음에 대한 공포가 톨스토이에게 크게 다가오게 됩니다.

톨스토이는《전쟁과 평화》를 쓴 직후인 마흔한 살 때 죽음에 대한 강박적 공포를 경험합니다. 이 공포 때문에 거의 아무것도 할 수 없는, 공황장애와 비슷한 증상을 경험해요. 《참회록》에는 동양의 우화라고 소개되는 게 있는데, 불교 경전에 나오는 우화입니다. 나그네가 길을 가다가 맹수에게 쫓기게 되어 막 도망치다가 우물에 발을 헛디뎌서 빠집니다. 나뭇가지에 대롱대롱 매달림으로써 간신히 목숨은 건져요. 우물 바깥에는 맹수가 으르렁거리고 있고 밑을 내려다보니 용이 입을 쩍 벌리고 있는 상황입니다. 잠시 목숨은 건졌다고 해도 활로가 없는 거죠. 나가도 죽고 매달려 있다가 힘 빠져도 죽고. 절체절명의 상황인데, 톨스토이는 이것이 인생이라고 생각합니다. 압축되어 있긴 하지만 우리가 매달려 있는 시간이 조금 긴 것뿐입니다. 평균 수명으로 하면 요즘은 한 80년 매달려 있는 셈입니다.

어쨌든 죽을 수밖에 없다고 하는 필멸성이 톨스토이의 핵심 문제의식입니다. 그런데 우화에서는 나그네가 그런 순간에조차도 이 나뭇가지에 걸린 벌통에서 흘러내리는 꿀을 핥아 먹으면서 잠시 자기 상황 자체를 망각합니다. 죽음을 잠시 잊어버리는 셈인데, 이 죽음이라는 인생의 진리를 잠시 잊게 해주는 것이 기만입니다. 꿀이 바로 기만을 상징합니다. 기만은 죽음을 직시하지 못하게 방해합니다.

톨스토이는 인생에 두 가지 기만이 있다고 생각합니다. 하나는 예술이고, 다른 하나는 가정입니다. 후기 톨스토이의 핵심 사상이라면, 이 두 가지에 대한 부정이라고 할 수 있을 것 같습니다. 종교, 교육,

1997년 개봉한 미국 영화 〈안나 카레니나〉의 포스터. 버나
드 로즈가 감독하고 소피 마르소가 주인공 안나 역을 맡았다.
《참회록》에 나오는 일화가 레빈의 꿈으로 초반에 등장한다.

국가 등 여러 가지 영역에 생각이 뻗어나가게 되지만 출발점은 이 두
가지에 대한 부정입니다. 예술에 대한 부정과 가정에 대한 부정. 이것
이 후기 톨스토이, 대단히 과격하고 급진적인 톨스토이입니다.

　예술에 대한 부정은 즉각적으로 이루어집니다. 시간이 좀 걸리긴
하지만 가정에 대한 부정도 이루어집니다. 《참회록》이 1882년에 나왔

인생의 의미란 무엇인가

는데 결과적으로 톨스토이가 1910년에 가출해서 죽게 되니까요. 28년 만에 가출에 성공한 셈인데, 그사이에 몇 번 시도는 합니다. 아내가 출산했다는 소식을 듣고 다시 불려오고 하면서 성공하지 못하다가 여든둘에야 비로소 성공합니다. 10월 말에 가출해서 11월 초에 시골 역사에서 죽음을 맞이합니다. 그래서 여하튼 조금 지체되긴 했지만 가정을 부정한 톨스토이가 자기 사상을 스스로 실천한 거죠. 톨스토이는 결과적으로 이상과 실천이 불일치한 삶을 살지는 않았습니다.

인생의 진리가 죽음이라면 우리는 죽음 앞에서 어떻게 대응해야 할까요? 톨스토이는 네 가지 태도로 정리합니다. 첫 번째는 무지입니다. 죽음이 인생의 진리라는 사실 자체를 알지 못하는 경우이지요. 무지한 남자들과 대부분의 여성들이 그렇다고 톨스토이가 적어놓았습니다. 두 번째는 쾌락주의입니다. 나그네가 꿀에 도취된 이야기를 통해서도 알 수가 있지만 쾌락에 빠져서 죽음의 공포로부터 잠시 벗어나는 겁니다. 세 번째는 자살입니다. 이것은 강자의 방식이라고 톨스토이가 얘기합니다. 일단 죽을 수밖에 없다면 어떻게 죽을 것인가라는 게 문제가 됩니다. 자의에 의해서 죽을 것인가 타의에 의해서 죽을 것인가. 타의에 의해서 죽는다는 것은 자기가 원하지 않는데 죽임을 당하는 것입니다. 내가 원하지 않는데 죽을 수밖에 없다고 한다면 내 의지에 반하는 죽음이니까 자연사도 타의에 의한 죽음입니다. 강자는 타의에 의해서라기보다는 스스로의 선택에 의해서, 의지에 따라서 죽고자 합니다. 이게 자살입니다. 네 번째는 약자의 방식인데, 자살이 바람직한 방식이라는 데까지는 동의하지만 그럴 만한 용기가 부족한 경우입니다. 대개 연명하면서 사고사하거나 자연사할 때까지 자살을 계속 유예하는 거죠.

톨스토이로서는 선택할 수 있는 게 자살밖에 없습니다. 톨스토이가 《참회록》을 쓸 즈음에는 자살 공포에 시달리기도 했습니다. 그래서 주변에 노끈 같은 것들을 다 치워놓고 그랬어요. 충동적으로 자살하게 될까 봐 좋아하던 사냥도 그만두었습니다. 총 들고 다니다가 욱해서 자살할지도 모르니까요. 그럴 정도로 죽음과 자살에 대한 두려움에 시달렸습니다. 《참회록》에서 네 가지를 얘기해놓았지만 이성적인 선택지는 자살밖에 없었어요. 그런데 톨스토이는 앎에 대한 욕구가 굉장히 강했어요. 그래서 혹시 다섯 번째 선택지가 있을까 봐 염려했습니다. 자기가 생각해낼 수 있는 것은 네 가지밖에 없는데 지주이자 귀족으로서 자신의 한계일 수도 있으니까 다른 선택지가 있나 싶어서 농민들을 관찰하게 됩니다. 그리고 농민들에게서 이 네 가지를 벗어나는 사례들을 접하게 됩니다. 죽을 수밖에 없다는 걸 알고 있지만 거기에 대해서 두려워하지 않는 농부들을 만납니다. 어떤 배경이 있나 봤더니 이들이 신앙을 갖고 있어요. 물론 기독교 신앙입니다. 러시아정교 신앙인데, 기독교 신앙에서는 죽음 이후에 다 사멸하는 게 아니고 천국에서 영원한 삶을 산다고 믿습니다. 내세를 믿고, 영혼의 부활을 믿으니까 죽음이 최후가 아닙니다. 당연히 죽음에 대한 공포도 심각하진 않겠죠.

어쨌든 농민들은 신앙을 가진 덕분에 죽음에 대한 공포와 두려움에서 좀 벗어나 있습니다. 이걸 보고 톨스토이가 이 신앙을 최종적인 정답으로 내세우려 합니다. 그런 과정이 이성적으로는 그렇게 수월하진 않았다는 데 톨스토이의 딜레마가 있습니다. 톨스토이는 대단한 이성주의자 내지는 합리주의자입니다. 톨스토이가 믿는 기독교 신앙이라는 것도 굉장히 제한적이에요. 그리스도의 산상수훈山上垂訓을 비롯한 몇 가지 대목, 십계명에서 일부 정도를 기독교적인 가르침으로 수용합니다. 나머지는 검토해서 이성적으로 납득이 가지 않는 건 다 배제합니다. 가장 대표적으로 '기적'은 이성이 수용할 수가 없어요. '부활'도 배제합니다.

톨스토이의 대표작은 《부활》이라고 알려져 있지만, 실상을 들여다보면 톨스토이는 기독교에서의 부활을 수용하지 않습니다. 톨스토이는 말 그대로의 부활을, 죽은 자가 다시 살아나는 것을 받아들이지 않습니다. 그리스도가 장사한 지 사흘 만에 부활했다든지 나사로가 부활했다든지 하는 기적을 인정하지 않습니다. 무덤에 묻힌 지 며칠 된 나사로가 "나사로야, 나오너라"고 하니까 벌떡 일어나서 다시 살아났다는 이야기를 톨스토이는 터무니없다고 생각합니다. 그러니까 통상적인 기독교인은 아닌 거죠. 톨스토이는 나중에 《부활》에서 러시아정

야스나야 폴랴나의 집필실에 앉아 있는 **톨스토이**(1908). 러시아 사진작가 세르게이 프로쿠딘 고르스키의 작품이다.

교를 비판한 것이 문제가 되어 1901년에 러시아정교회로부터 파문당하는데, 충분히 그럴 만합니다. 톨스토이는 위대한 작가이지만 러시아정교도는 아니라는 게 러시아정교회의 판단이었습니다.

인생의 의미란 무엇인가

톨스토이가 바라본
종교 · 도덕 · 윤리

톨스토이는 신앙인이 되고 싶어 했던 이성주의자 내지는 합리주의자입니다. 그런데 이성과 신앙 사이에는 보통 비약이 있습니다. 물론 이 간격을 해소하거나 제거해보려는 시도도 있습니다. 신앙을 과학적으로 설명하고자 했던 경우입니다. 가령 성경에 나오는 에덴동산이 어디 있었는지 찾아보고 입증하려고도 했어요. 19세기 중반에 제기된 유력한 설 중의 하나는 에덴동산이 북극에 있었다는 설이었어요. 그런데 북극점에 탐험대가 도달하면서 그 환상이 깨지게 됩니다. 가보니까 얼음만 있고 아무것도 없었거든요. 그럼에도 창세기를 비롯한 성경 이야기들의 근거를 찾아보려는 시도들은 계속 이어집니다. 목적은 이성과 신앙 사이의 간극을 해소하고 화해시켜보려는 것입니다.

이 문제는 톨스토이에게도 딜레마였습니다. 신앙을 자기 문제의 해결책이라고 생각은 했지만 그의 이성은 온전한 신앙인이 되는 데 걸림돌이 됩니다. 톨스토이 신앙의 또 한 가지 특징은 기독교 교리하고도 어긋난다는 겁니다. 신은 우리 마음 안에 있다고, 우리 각자가 신이라고 톨스토이는 생각합니다. 기독교에서의 생각과는 많이 다른 거죠. 오히려 불교하고 상통하는 면이 있습니다. 불교에서는 각자가 부처의 마음을 갖고 있는 거잖아요? 부처가 되는 건 자기 안의 불성을 실현하는 겁니다. 톨스토이는 제도로서의 종교나 사제 계급에 대해 비판적인 무교회주의의 입장을 취했습니다. 일본의 종교 지도자 우치무라 간조가 주창한 무교회주의는, 하느님의 말씀은 오직 성경을 통해서만, 인류의 구원은 율법의 행위로가 아니라 오직 신앙으로만 얻을 수 있다는 입장입니다. 사제와 같은 중개자가 필요 없다고 생각해요. 우리 안에 신성을 갖고 있기 때문에. 신성이란 별다른 것이 아닙니다. 윤리적인 앎과 의지를 자기 안에 갖고 있다고 한다면, 그게 신성입니다. 가령 칸트가 말한 '우리 가슴속의 도덕률'이 톨스토이가 보는 신입니다. 달리 말하면, 우리가 이기적인 마음에서 벗어나 남을 위해 사는 것이 가능한 것은 우리 안의 신 때문이라고 생각합니다.

톨스토이는 가끔 자기가 신이 아닌 것 같아서 우울해하곤 했습니다. 이타적으로 행동하는 대신에 이기적인 욕구에 따라 행동하려 할 때 스스로 실망한 겁니다.

죽음에 이르는
다섯 단계

《이반 일리치의 죽음》은 사망학 내지는 죽음학의 관점에서도 중요하게 다뤄지는 작품입니다. 호스피스 교육 교재로도 쓰인다고 합니

농부의 아이들과 만난 **톨스토이**.

다. 왜냐하면 말기 암 환자처럼 죽음을 앞둔 환자들의 감정과 심리 상태를 정확하게 보여주고 있기 때문입니다.

죽음학의 주요 교재 가운데 하나가 엘리자베스 퀴블러 로스라는 미국 의학자의 《죽음과 죽어감》(1969)입니다. 저자는 이 책에서 죽음의 다섯 단계론을 제시해서 유명해졌습니다. 많은 환자들과 인터뷰를 함으로써 환자들의 죽음에 대한 인식부터 죽음에 이르는 과정을 면밀히 관찰할 수 있었던 퀴블러 로스는 그렇게 해서 모은 데이터를 바탕으로 죽음을 앞둔 사람들이 겪는 다섯 단계를 얘기합니다. 첫 번째 단계가 부정과 고립입니다. 보통 말기 암 통보를 받았다고 한다면 일단 부정하게 됩니다. 뭔가 오류가 있다고 생각해요. 이렇듯 믿을 수가 없어서 대개는 다른 병원에 가서 다시 검사해보고 그럽니다. 실제로 오진도 많으니까 그럴 수 있습니다. 두 번째 단계는 분노입니다. '내가 왜 죽어야 해?' 하면서 부정에서 분노로 나아가게 됩니다. 세 번째 단계가 타협 혹은 거래라고 부릅니다. 일단 조금 준비를 하는 겁니다. 자기 자신하고, 또 죽음하고도 어느 정도, '내가 왜?'라고 했다가 절반은 수용하는 겁니다. 네 번째 단계는 우울입니다. 우울한 상태에 빠지게 되는 거죠. 마지막 단계가 수용입니다. 임종 직전의 마지막 단계에, 가령 고해성사를 한다든가 자기 신변을 정리하는 등 사후의 삶을 준비하는 겁니다.

보통 다섯 단계인데 물론 모든 사람이 일률적으로 다섯 단계를 모두, 차례대로 거친다는 건 아닙니다. 다섯 단계 중에 서너 단계만 거친다든가 사람들마다 차이는 있을 수 있어요. 《이반 일리치의 죽음》이 전형적으로 다섯 단계를 보여준다고 얘기하는 논문들도 나와 있는데, 정확하게 대응하지는 않지만 얼추 맞아떨어지긴 합니다. 가만히 보면 이반 일리치가 원인 불명이긴 하지만 죽음에 이르는 병을 자각하고 나서 주변으로부터 고립되는 단계가 있고 그래서 화를 내는 단계, 원망하는 단계, 가족, 특히 아내를 증오하는 단계도 있습니다. 그다음에 타협하는 단계도 있고요. 순서는 바뀔 수도 있습니다. 우울의 단계에 푹 빠졌다가 맨 마지막에 죽음을 수용하는 단계가 나오든

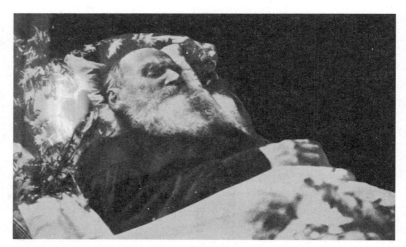
임종 이후의 톨스토이. 꽃으로 장식된 침상에 누워 있다.

지 하는 것처럼요. 혹은 이 작품에서는 특이하게 자기 과거의 삶을 전
면적으로 부정하는 형태로 나타납니다. 그러면서 죽음에 대한 두려
움과 공포에서 해방되는 모습을 마지막에 보여주게 됩니다.

　여하튼 그런 점에서도 《이반 일리치의 죽음》은 퀴블러 로스가 제
시한 죽음의 다섯 단계론과 비교되곤 합니다. 그렇다는 것은 톨스토
이가 죽음에 이르는 단계를 정확하게 묘사하고 있다는 뜻도 됩니다.
이반 일리치라는 주인공을 통해서 죽음 앞에 선 인간이 죽음을 어떻
게 의식하고 경험하게 되는지, 그리고 어떻게 죽어가는지를 나름대로
잘 보여주고 있다고 생각됩니다.

이반 일리치의
삶
∞∞

이 작품은 분량이 길진 않은데 작품에서 이야기되는 순서는 뒤바뀌어 있어요. 맨 첫 장에서는 이반 일리치 죽음 이후를 다룹니다. 연대기적 순서에 따르자면 맨 뒤에 와야 할 장이 맨 앞 장에 배치된 겁니다. 2장부터는 이반 일리치의 생애를 연대기적으로 서술하고 있습니다. 1장에서 보여주는 것은 주변의 반응이죠. 가장 절친했던 친구들, 지인들, 가족의 반응을 보여줍니다. 장례식 때 가장 친한 친구인 표트르 이바노비치가 찾아오는데 그의 관심사는 딴 데 가 있습니다. 하지만 이반 일리치와 가장 친했기 때문에 와보지 않을 수도 없어요. 조문을 해야 하는데 어떻게 해서든지 빠져나가고자 합니다. 1장 마지막에는 카드놀이 모임에 계속 가려고 하고, 결국 늦지 않게 거기 도착해서 그 모임에 끼는 걸로 나옵니다. 1장은 그렇게 마무리가 됩니다. 그러니까 이반 일리치의 죽음이라는 사건이 주변 인물들에게는 아무런 영향도 끼치지 못합니다. 죽음에 대한 의식이나 자각 같은 것을 갖게 한다거나 어떤 삶을 살 것인가 성찰해보는 계기를 마련한다거나 하지 않습니다. 아내만 하더라도 주요 관심사는 남편의 사망 이후에 정부로부터 연금을 어떻게 하면 더 받을 수 있느냐는 문제에 집중되어 있어요. 돈 문제에 대한 관심이죠. 가장 친한 친구는 카드놀이에,

아내는 연금에 관심이 가 있습니다. 그 결과만 놓고 보자면 이반 일리치가 잘 살았다고 볼 수는 없죠. 죽은 다음에 그를 기억한다거나 애도한다거나 하는 장면을 이 작품에서는 제대로 찾아보기 어렵습니다.

2장부터는 이반 일리치의 생애가 연대기식으로 서술되어 있습니다. 나름대로 유복한 귀족 집안에서 3남 중 둘째로 태어난 그는 적당히 머리가 좋고 대학을 나오고 우리로 치면 사법고시 같은 데 합격해서 법률가의 길로 들어서게 됩니다. 이렇듯 공적인 경력상에서 좋은 평을 받다가 적당한 나이에 적당한 여자를 만나서 결혼하는 걸로 묘사됩니다. 그리고 승승장구하는 걸로 나옵니다. 이반 일리치는 우리로 치면 지방법원 판사 내지는 고등법원 판사 정도까지 승진해가는 인물입니다. 특별한 악인은 아니지만 특별히 선한 인간도 아니었고 아내와 사이가 좀 안 좋긴 하지만 남들 보기에는 멀쩡한 인간입니다. 다른 사람들 눈에는 행복한 인생입니다.

결혼에 대한 내용이 자주 나오는데 톨스토이가 이 시기에 이르면 가정을 철저히 부정한다고 말씀드렸었죠. 결혼에 대해 가장 부정적입니다. 이 작품에서도 이반 일리치와 아내의 관계가 아주 안 좋은 걸로 그려집니다. 이반 일리치가 법률학교를 졸업하고 관계에 진출했을 때, 업무상 좋은 평가를 받고 예심판사 자리를 제안받아서 근무하게 됩니다. 맡은 일을 잘 수행해서 계속 승진하는데 그러다가 적당한 때에 사교계를 드나들면서 결혼할 아내 프라스코비아 표도로브나를

이반 일리치의 죽음

만나게 됩니다. "훌륭한 귀족 가문의 아가씨로 미모가 빼어나고 많진 않지만 재산도 좀 있었다. 이반 일리치로서는 좀 더 화려한 결혼 상대를 찾아볼 수도 있었지만 그녀도 꽤 괜찮은 편"이었지요. 남들한테 내보이기에 아내가 외모나 재산으로 처지지 않는다는 것이 이반 일리치에게는 중요합니다. 이 정도 아내면 남들 보기에 괜찮다고 하는 것. 게다가 결혼은 고위층 사람들이 옳다고 하는 일, 꼭 해야만 한다고 보는 일입니다. 요즘도 다 마찬가지입니다. 고위 관직에 오르기 위해서는 적당히 결혼해서 가족이 있어야 합니다. 독신이면 감점이에요. 무슨 문제가 있나 여겨지게 되잖아요. 러시아 사회에서도 그런 기준을 갖고 있었던 거죠.

그래서 결혼을 했는데 문제는 결혼에 대한 환상이 임신 전까지만 유지된다는 겁니다. 신혼 시절이 임신 전까지였던 거죠. 아기를 갖게 되자마자 예기치 않은 아내의 불만과 맞닥뜨리게 됩니다. 톨스토이는 이반 일리치보다는 행복했던 기간이 좀 더 길었어요. 자신보다 이반 일리치에게 엄격한 기준을 적용하는 것 같습니다. "이반 일리치가 보기에 아내는 아무런 이유도 없이 삶의 유쾌함과 품격을 '제멋대로' 파괴하기 시작했다." 아내는 사사건건 트집을 잡고 그를 불유쾌하게 합니다. 그런 탓에 행복한 결혼에 대한 기대가 꺾입니다. 그럴수록 이반 일리치는 가정보다도 자기 직무 쪽으로 관심을 옮겨가게 됩니다. 가정의 분쟁이나 불화와 거리를 두려고 합니다. "그는 더욱더

일에 빠져들었고 명예욕도 예전보다 훨씬 강해졌다." 결혼 생활에 대해서도 원칙을 세우게 됩니다. 가정에서도 아내가 해줄 수 있는 딱 세 가지, 따뜻한 식사, 집안 관리, 잠자리만 기대를 합니다. 기대하는 게 없으면 특별히 불만 갖지 않아도 되죠. 가정이 모든 행복의 원천이라거나 하는 헛된 생각을 갖게 되면 가정생활이 악몽이 될 수가 있는데, 세 가지만 딱 기대하니까요. 일단 아내가 밥은 먹여주고 잠자리도 제공해주고 아이들이나 하인들 관리도 해주니까 그냥 해볼 만한 걸로 생각합니다. 모든 관심은 관직에서의 승진과 명예에 쏠리게 됩니다.

남편에 대한 아내의 불만이 깊어질 무렵에 동료와의 승진 경쟁에서 누락되는 일이 발생하고, 이를 시정하고자 이반 일리치가 수도 페테르부르크에 자신의 새로운 보직을 얻기 위한 청탁 여행을 떠납니다. 이때 일이 잘 풀려서 의외의 승진을 하고 예전보다 연봉도 많이 올라간 직책을 얻게 되죠. 만사가 다 순조롭게 진행되고 승진도 하고 새 집으로 이사하고 이사한 집을 새로이 단장하느라 커튼도 달고 벽지 도배도 다시 합니다. 너무 기분이 좋아져서 우쭐해하던 이반 일리치는 사다리를 타고 올라갔다가 그만 떨어지는 바람에 낙상을 입게 됩니다. 자기가 워낙 민첩해서 별로 안 다쳤다고 여겼는데 나중에 보니까 그게 죽음으로 가는 출발점이었다고 이반 일리치는 생각합니다.

삶을 부정함으로써
죽음의 공포에서 벗어나다

앞에서 이반 일리치가 죽음에 이르는 과정 자체는 교재로 사용될 만큼 자세하고 충실하게 묘사되어 있다고 했지만, 정확하게 어떤 병으로 죽게 되는지는 의학적으로는 조금 모호합니다. 맹장에 뭐가 생겼다는 둥 신장에 문제가 생겼다는 둥 병의 원인을 두고 갈팡질팡하면서 의사들도 병명을 정확히 얘기하지 못합니다. 현대 의학의 관점에서 봤을 때도 인과성이 불분명합니다. 낙상 때문에 죽음에 이르는 병에 걸린다거나 하는 일은 드물어요. 저로서는 의학적으로 더 잘 설명되는 쪽이었으면 더 낫지 않았을까 싶긴 해요. 아니면 그냥 우연의 일치 정도로 해두는 거죠. 낙상하고는 전혀 관계없이 병에 걸렸어야지, 발병해서 급속하게 악화되는 걸로 이해할 수 있습니다. 이 낙상은 상징적인 의미만을 갖는 사건이라고 보는 거죠. 이반 일리치가 낙상을 시발점이라고 여기지만 이는 주관적인 생각일 뿐이고, 의학적으로 인과성을 입증하기는 어렵습니다. 어쨌거나 다른 가족들은 다 건강한데 이반 일리치 혼자만 병에 걸린 상태로 서서히 고립되게 됩니다.

조금씩 병의 징후를 느끼게 된 이반 일리치가 의사를 찾아가지만 의사는 법정에서 판결을 내리듯이 마치 관료와 같은 태도로 일관합니다. 그래서 이반 일리치로서는 익숙한 절차가 시작됩니다. 차례를 기다렸다가 만나게 된 근엄한 표정의 의사는 여기저기 진찰을 해보고 뻔한 질문을 던지고 '우리가 알아서 할 거다' 이런 식으로 답하면서 관료적이고 무성의한 태도를 보여줍니다. 이반 일리치가 법정에서 보여주던 모습 그대로입니다. 정작 자신이 환자가 되어 이런 경험을 겪게 된 거죠. 톨스토이가 모든 제도에 대해서 부정적이었다고 말씀드렸는데 법원에 대해서도, 병원에 대해서도, 교회에 대해서도 마음에 들어 하는 것이 하나도 없습니다. 이런 부정적인 시각이 여기서도 그려집니다. 병원에 가지만 어떤 적절한 해결책이라든가 치료법을 접하지 못하고 점점 통증이 심해지게 되지요. 시간이 좀 지나면서 단순히 맹장이나 신장에 이상이 생겼다는 문제가 아니고 사느냐 죽느냐의 문제라는 것을 알게 됩니다.

처음으로 죽음에 대한 자각이 이루어지는 건데, 그다음에는 점점 그에 대한 확신을 갖게 됩니다. 죽음에 이르는 병에 걸렸다고 확신하면서 어찌하여 이렇게 되었는지, 문제의 시발점이 어디에 있었는지 검토하게 됩니다. '커튼을 달려다 떨어져서 옆구리를 좀 부딪쳤지, 그때 통증이 좀 있었는데……' 그때부터 병이 악화되기 시작했다고 이반 일리치는 생각합니다. 앞에서 말씀드렸지만 의학적으로 인과관계를 정확하게 설명하기 어렵고요. 그 후에 특히 아내에 대해서 불만과 증오를 한층 더 강하게 느끼게 됩니다. 그러고는 절망감을 갖게 되는데, 유명한 삼단논법을 여기서 언급합니다. '모든 인간은 죽는다, 카이사르는 인간이다, 고로 카이사르는 죽는다', 이런 삼단논법이죠. 이반 일리치는 '하지만 나는 카이사르가 아니지 않은가' 생각합니다. 이 삼단논법에서 '카이사르'는 모든 인간을 대신합니다. 그런데 이반 일리치는 삼단논법이 특정한 고유명사인 '카이사르'에만 해당된다고 본 거예요. 다르게 얘기하면, 논리적으로 자기 죽음을 납득하거나 수용할 수 없다는 겁니다. 합리적인 논리와 실존의 직접적인 체험 사이에는 어떤 간극이 있습니다. 이반 일리치도 마찬가지로 자기 죽음을 받아들일 수 없다고 생각합니다.

이런 태도를 보이는 이반 일리치와 대비되는 인물이 젊은 하인 게라심입니다. 톨스토이 작품이 지닌 특징 중의 하나인데, 《전쟁과 평화》에서도 그렇고 농민 현자들이 곧잘 등장합니다. 게라심은 이반 일리치보다 훨씬 더 성숙한 태도를 보입니다. 1장에서도 나오는 게라심은 죽음에 대해서 "다 하느님 뜻이지요. 모두 가야 할 길입지요"라고 얘기해요. 이반 일리치와는 다르게 죽음에 대해 개방된 태도를 보입니다. 이반 일리치가 게라심으로 하여금 자신의 병시중을 들도록 하는데, 처음에는 여러 가지 배설물 치우는 일을 전담케 합니다. 그러다가 자신의 두 다리를 게라심의 어깨에 얹고 하체를 들어 올리게 되면 통증이 경감돼서 그런 자세로 한참 있게 합니다. 그러다가 한번은 게라심한테 그만 가보라고 말하니까 그가 이렇게 대답합니다. "우린 모두 언젠가는 죽습니다요. 그러니 수고를 좀 못 할 이유가 뭐가 있겠습니까?" 이처럼 톨스토이는 이반 일리치와 게라심의 태도를 대비시키고자 했습니다. 이반 일리치는 마지막 단계쯤 가서야 이런 깨달음에 도달하게 됩니다. 게라심은 아직 젊지만 진작에 이런 태도를 갖고 있었으므로 죽음에 대해서 수용적이에요. 이반 일리치만큼 두려워하지 않습니다.

이반 일리치의 병세가 차츰 악화되는 과정에서 그를 가장 고통스럽게 하는 것은 거짓이라고 합니다. 거짓, 허위, 기만. 톨스토이가 가장 혐오하는 것들입니다.

> 이반 일리치를 가장 힘들게 했던 것 중 하나는 거짓이었다. 그가 죽어가는 것이 아니라 병이 들었을 뿐이고 안정을 취하고 치료만 잘한다면 곧 아주 좋아질 것이라고 모두들 빤한 거짓말을 해댔다.

가족이나 문병 온 사람들이 늘어놓은 '곧 좋아지실 겁니다'라는 식의 빤한 거짓말을 이반 일리치가 참을 수 없었다는 겁니다. 그런 거짓말을 들을 때마다 "이제 그만 거짓말은 집어치워. 내가 죽어간다는 건 당신들이나 나나 다 알고 있는 사실이잖아. 그러니까 제발 이제 최소한 거짓말을 하지 말란 말이야" 하고 입 밖으로 내지는 않고 속으로만 절규합니다. 여기서 '거짓'이라는 말이 처음으로 나와요. 거짓에 대한 혐오가 처음 나오는데 이 작품은 이런 혐오가 전면화되기까지의 과정을 다룹니다. 여기서는 '당신은 곧 치유될 거다' 식의 위로하는 거짓말인데 이런 수준에 그치지 않고 이반 일리치의 삶 전체가 거짓이었다는 식으로 더 확장되고, 이에 대한 문제의식과 그 사실을 인정하는 데까지 이르는 여정으로 되어 있습니다.

이반 일리치가 이런 거짓을 아직 수용하지 못한 경우에 어떤 일이 벌어질까요? 일단은 소리 내어 울고 싶어 합니다.

누군가 다정하게 어루만지며 같이 울어주기를 바랐다. 하지만 법원 동료인 셰베끄 판사가 찾아오자 울며 동정을 구하는 대신 이반 일리치는 심각하고 엄하게 깊은 생각에 잠긴 표정을 지었다. 그리고 타성적으로 대법원 판결의 의미에 대해 자신의 견해를 표하고는 거듭 자신의 견해를 고집했다.

원래 본심하고 좀 다른 행동을 보이는 거죠. 기만이고 거짓입니다. "그 주변의, 그리고 그 자신의 이런 거짓말이 이반 일리치의 생의 마지막 순간들을 해치는 가장 무서운 독이었다." 그는 기만과 거짓에서 아직 빠져나오지 못하고 있습니다. 이제 곧 이반 일리치가 몇 단계를 거치게 되는데 그 초기 단계에서 거짓에 대한 혐오까지 갖게 돼요. 그런데 알고 보니까 그 혐오의 대상은 더 넓습니다. 더 전면적인 것으로, 그의 삶 전체까지 확장됩니다. 좀 심하다고 할 수도 있지만 여하튼 톨스토이 기준으로는 그렇습니다.

그다음 단계의 깨달음은 이제 중간 단계 정도 됩니다.

모두들 떠나자 이반 일리치는 훨씬 편안해진 느낌이었다. 거짓말들이 사라졌기 때문이다. 하지만 그들과 함께 거짓말은 사라졌지만 통증은 그대로 남아 있었다.

통증이 왜 남아 있냐면 자기 안의 거짓, 거짓말은 그대로 남아 있기 때문이에요. 이 작품에서는 거짓이 죽음에 이르는 통증과 같이 가는 것으로, 거짓을 부인할 경우에 통증에서 벗어나지 못하는 것으로 그려집니다. 통증으로 괴로워하다 보니까 아편 같은 것도 진통제로 투여받습니다. 나중에 이반 일리치가 죽음의 고통에서 완전히 벗어나는 장면이 있는데 아편의 진통 효과 때문이 아닐까 싶기도 합니다. 작품에서는 두 가지 가능성이 다 있기는 해요.

뒤이어 이반 일리치가 게라심이 물러나기를 기다렸다가 더 이상 참지 못하고 엉엉 울기 시작하는 장면이 나옵니다. 자기감정에 좀 더 솔직해진 모습이지요. "한없는 무력감과 끔찍한 고독이, 사람들과 하느님의 냉혹함이, 그리고 하느님의 부재가 너무나 원망스러웠다." 신을 원망하게 된 거예요. 분노가 약간 변형된 걸로 볼 수 있는데 "도대체 왜 제게 이런 고통을 주시나요? 왜 저를 이렇게까지 고통스럽게 만드는 겁니까?" 하며 원망합니다. "대답을 기다리지 않고 울었다. 대답은 없을 것이고 있을 수도 없다는 것에 더욱 눈물이 났다." 이런 내적 대화를 경험하게 됩니다. 보통 영혼의 목소리 내지는 자기 안의 양심인데, 톨스토이 식으로는 자기 안의 신이기도 합니다. 소크라테스의 대화편에서는 '다이몬'이라는 전령과의 대화죠. 신의 전령과 소크라테스가 대화를 주고받는 걸로 나옵니다. 그게 좀 진화된 것이 '다이몬' 혹은 낭만주의 시대의 '데몬'인데 우리 안에 있는 목소리 혹은 양심의 목소리이기도 합니다. 그런 목소리가 무엇이 필요하냐고 묻자 이렇게 답합니다. "무엇이 필요하냐고? 더 이상 고통받지 않는 것, 그리고 사는 것." 이에 어떻게 사는 거냐고 묻자 "전에 살던 것처럼 그렇게 사는 것이지, 기쁘고 즐겁게"라고 얘기합니다. 그리고 전에 어떻게 살았는지 돌이켜보게 됩니다. 과거를 재검토하게 되는 거지요.

이건 소크라테스의 핵심적인 가르침하고 정확하게 일치합니다. 소크라테스도 성찰하지 않는 삶은 의미가 없다고 했습니다. 이반 일리치는 자기가 살아온 삶에 대해 성찰하지 않았어요. 캐묻지 않았습니다. 내가 이렇게 사는 게 잘 사는 건가 제대로 사는 건가 묻지 않았어요. 그리고 바람직한 삶의 기준이 다른 데 있었어요. 다른 사람들의 기준에 맞춰서 그들이 옳다고 하는 걸 선택하곤 했습니다. 결혼도 사교계에서의 행동 방식도 그런 식이었어요. 그런데 처음으로 자기 삶에 대한 검토 내지는 성찰로 나아가게 됩니다.

그래서 이제 다시 돌이켜봅니다. '어떻게 살아왔느냐'라고 자기 내

인생의 의미란 무엇인가

면의 목소리가 물으니까, 자신이 나름 즐겁게 살아왔다고 생각해요. 그런데 하나씩 따져보니까 별로 즐거웠던 삶이 아니에요. 이제까지 살아온 삶을 다시 반복해서 살고 싶으냐고 묻자 선뜻 그렇다고 말할 수가 없어요. 어린 시절은 잠깐 행복했어요.

어린 시절에는 다시 돌아간다 해도 정말로 행복할 수 있는 그 무언가가 있었다. 하지만 그런 즐거움을 느낄 수 있는 그런 사람은 이미 존재하지 않았다. 어린 시절은 그가 아니라 전혀 다른 사람의 추억인 것 같았다.

어린 시절이 지나간 다음에는 그냥 구역질 나는 순간들만 있었다고 얘기해요. 모든 게 다 의심스럽습니다. 기뻤던 일이라고 생각했는데 다시 검토해보니까 덧없고 의심스러운 것으로 기억이 됩니다. 좋았던 기억들이 점점 남아 있지 않게 돼요.
결혼을 생각하니까 더욱 끔찍합니다.

너무나 절망적이고 환멸뿐이었다. 아내의 입 냄새, 애욕과 위선! 그리고 죽은 것만 같은 공직 생활과 돈 걱정들, 그렇게 1년이 가고 2년이 가고 10년이 가고 20년이 갔다. 언제나 똑같은 생활이었다. 하루를 살면 하루 더 죽어가는 그런 삶이었다.

이반 일리치의 죽음

이전에 살았던 것처럼 계속 더 살고 싶다고 생각했는데 검토해보니까 막상 살고 싶은 삶이 아닙니다. 이반 일리치가 놀랍니다. 자기 삶을 한 번도 검토해보지 않았기 때문에 새롭게 발견하게 됩니다.

왜 이렇게 된 것이지? 그럴 리가 없다. 삶이 이렇게 무의미하고 역겨운 것일 수는 없는 것이다.

자기 나름대로는 무난하게 살아왔다고 생각했는데 따져보니까 너무나 무의미하고 역겨운 삶이었어요. 삶이 그렇다면 왜 이렇게 죽어야 하고, 죽으면서 왜 이렇게까지 고통스러워해야 한단 말인가.

투르게네프의 소설 《첫사랑》의 마지막 부분에도 이런 대목이 나옵니다. 평생을 고생만 하고 행복이라고는 경험하지 못한 노파가 죽어가는데, 그런 노파도 죽음에 이르러서는 죽음을 두려워합니다. 그리고 신에게 용서를 구합니다. 죽음을 부정적으로 바라보고 두려워하는 것이 투르게네프의 시각이라면 톨스토이는 다릅니다. 만약에 이반 일리치의 삶이 그렇게 무의미하고 역겨운 것이었다면 죽음은 그 삶에서 해방되는 거잖아요? 그래서 톨스토이는 죽음이 부정적 의미를 가질 이유가 없다고 생각합니다. 이반 일리치는 자기 삶을 되돌아보면서 이런 발견을 하고 경악합니다. 그러면서 문득 이렇게 생각합니다. "어쩌면 내가 잘못 살아온 건 아닐까?" 이게 이제 죽음의 두 번째 단계입니다. 첫 번째 단계는 기만에 대한 거부, 기만에 대한 부정인데, 두 번째 단계에는 그것이 일반화, 전면화됩니다. 자신이 잘못 살아온 건 아닐까 하는 생각이 문득 들었지만 일단 부정합니다. 받아들이지 못합니다.

결국 자신이 제대로 살지 못했기 때문이라는 생각이 자꾸만 찾아들었지만 그는 즉시 자신의 삶은 올바르고 정당했다고 강변하며 그 이상한 생각을 머릿속에서 털어내버렸다.

자기가 잘못 살아왔다는 것을 절대 인정할 수 없다는 태도를 계속 고집하다가 최후 단계에서 그런 사실을 수용하게 됩니다.
마지막 장에서 이반 일리치는 사흘 밤낮 동안 비명을 지르며 신음하는데, 마치 검은 자루 속에서 몸부림치고 있는 것으로 묘사됩니다.

구원의 방도가 없다는 것을 알면서도 그는 사형수가 사형 집행인의 손아귀를 빠져나가려고 발버둥치는 것처럼 필사적으로 저항했다. 그는 있는 힘을 다해 맞서 싸웠지만 그토록 두려운 죽음의 순간은 점점 더 가까이 다가오고 있음을 매 순간 느끼지 않을 수 없었다.

그리고 검은 구멍 속으로 빨려 들어갑니다. 갇혀서 빠져나오지 못하고 신음하는데 그러다가 어떤 강한 힘에 떠밀리면서 구멍 속으로 굴러떨어집니다. 그 구멍 끝에서 무언가가 환하게 빛납니다. 어떤 빛을, 탈출구를 보게 됩니다. "그래, 모든 것이 잘못되었었다" 하고 인정하는 순간입니다. 삶을 검토하면서 내가 잘못 살아온 것은 아닐까 의혹을 갖게 되는데 처음에 부정하다가 인정하고, 인정하는 동시에 빛을 보게 됩니다.

　이 작품에 대한 평론들을 살펴보면, 이반 일리치가 이렇게 빨리 빛을 보는 건 좀 불만스럽다, 오랜 시간을 두고 조금씩 빛으로 나아가야지 갑자기 한순간의 깨달음으로 빛을 보고, 구제받고 하는 건 좀 동의하기 어렵다는 견해도 있긴 합니다. 톨스토이에게는 여하튼 모든 것이 잘못되었다고 인정하는 것이 가장 중요한 전환점입니다. "하지만 괜찮아. 어쩌면 아직, 아직 '그걸' 할 수 있어. 그런데 '그게' 도대체 뭐지?" 이렇게 독백하는데 여기서 '그것'이라는 대명사를 쓰고 있어요. 다른 번역본에는 '올바른 일'이라고 의역되어 있기도 합니다. 원문에는 그냥 대명사 '그것'이라고만 되어 있습니다. '그것'이 무엇인지 자문하지만 여기에 대해서는 답을 얻지 못합니다.

　이반 일리치는 구멍 속으로 굴러떨어졌고 빛을 보았다. 동시에 그는 그의 삶이 모두 제대로 된 것이 아니지만 그러나 아직은 그걸 바로잡을 수 있다는 사실을 깨달았다.

인생의 의미란 무엇인가

이건 짧은 순간입니다. 지금껏 살아온 한평생을 다 부정하고 남은 시간은, 이 작품에서 보자면 깨달음에서 임종에 이르는 짧은 시간입니다. 그 정도의 시간만 허용됩니다. 이 과정을 의식 속에서 경험하는 동안에 가족들이 이반 일리치의 임종을 지키게 됩니다. 그런데 그 마지막 순간에 모든 것이 환해지면서 이반 일리치가 그를 괴롭히고 있던 모든 것으로부터 해방되는 모습이 두세 페이지밖에 되지 않는 분량 안에 그려집니다.

가족들이 모두 안쓰럽게 여겨지고 모두의 마음이 아프지 않도록 해주고 싶었다. 이 모든 고통으로부터 자신도 벗어나고 가족들도 다 벗어나게 해주어야 했다.

그리고 통증에서 해방됩니다.

이렇게 임종에 이르러 이반 일리치가 해방된 것은 자기 삶을 모두 부정한 데 있어요. 모든 것이 잘못되었다고 얘기하니까 죽음에 대한 공포로부터도, 통증으로부터도 해방됩니다. 심지어 죽음으로부터도 벗어나는데 "죽음은 어디 있지?" 하고 묻게 됩니다. 이에 죽음 대신 빛을 본 그는 한순간이긴 하지만 어떤 기쁨을 발견하게 됩니다. "지켜보는 사람들에게는 그가 그러고도 두 시간이나 더 괴로워하고 있는 것으로 보였다." 약간 시차가 있습니다. 이반 일리치의 내부 시점

이반 일리치의 죽음

톨스토이의 장례 행렬.

에서는 이미 죽음의 고통에서 벗어났어요. 하지만 다른 사람들이 보기에는 계속 고통받고 있는 것처럼 보입니다. 그래서 임종했다고 누군가가 말하게 되는데 이반 일리치는 그 말을 듣고도 이렇게 생각합니다. "끝난 건 죽음이야. 이제 더 이상 죽음은 존재하지 않아." 그리고 숨을 거두는 것으로 특이하게 마무리가 됩니다.

이반 일리치의 죽음은 1장에서 이미 확인됩니다. 부고 기사를 읽은 주변 인물들이 "이반 일리치가 사망했다는군요" 하면서 후임자나 인사이동 같은 거나 생각하고 있는 장면들이 나오지요. 작품 말미에서 이반 일리치는, 그의 내적 경험으로는 죽음에서 벗어납니다. 왜냐하면 자기를, 에고ego를 다 부정했기 때문입니다. 제목은 '이반 일리치의 죽음'인데 이반 일리치라는 에고를 부정하니까 막상 죽는 사람이 없는 셈이잖아요? 내지는 이반 일리치가 아니라 익명화된 누군가가 죽은 게 됩니다. 다 부정했기 때문에 죽음은 없다는 식이 됩니다. 빠져나오는 겁니다. 그래서 이반 일리치가 죽고 뭔가가 빠져나와서 그는 죽음의 공포로부터도, 고통으로부터도 벗어나는 걸로 그려집니다. 이것이 톨스토이가 생각한 죽음의 공포로부터 해방되는 과정입니다. 어느 누구보다도 죽음에 대한 공포에 시달렸던 톨스토이는 이 작품을 통해서 자기부정, 자기 삶에 대한 완전한 부정으로 그런 공포나 고통으로부터 벗어날 수 있는 하나의 해법을 제시한 셈입니다.

어떻게 해야
의미 있는 인생을 살 수 있을까

이반 일리치에게 죽음은 모든 것의 종말을 뜻하므로 그는 말할 수 없는 공포를 느낍니다. 다른 한편으로 이 죽음이 공포스러운 것은 이제까지 살아온 삶을 모두 부정하고 무효화하는 것이기 때문입니다. 그런데 그 스스로가 죽기 전에 삶을 무효화한다면, 부정한다면 죽음이 할 게 없잖아요? 삶을 무효화하는 게 죽음인데 이반 일리치 자신이 먼저 삶을 무효화했어요. 따라서 더 이상 죽음을 두려워하지 않게 됩니다.

톨스토이가 항상 문제 삼았던 게 이기주의입니다. 남을 위해 살아야 한다고 생각해요. 이게 톨스토이의 인생관입니다. 그래서 톨스토이 소설에서 뭔가 깨달은 인물들은 전부 다 그렇게 얘기합니다. 톨스토이는 농민들을 계몽한다거나 학교를 세우고 여러 가지 교육 사업을 벌이면서 남을 위한 삶을 살고자 했습니다. 자기 자신을 위한 삶이 아닌 남을 위한 삶을 살면서 이기주의와 맞서고자 했어요. 다른 한편으로는 자기 안에 강한 에고를 갖고 있었기 때문에 이 에고에서 벗어나고자 했습니다.

이 에고는 톨스토이 작품에서 사실은 둘로 나뉘어 있어요. 《이반 일리치의 죽음》 이후에 쓰인 《부활》 같은 작품에서 얘기되는데, 동물적 자아와 정신적 자아로 나뉩니다. 동물적 자아는 물론 육체적 자아와 거의 같은 의미로 써도 됩니다. 여기서 이기적이라고 하는 건 동물적 자아입니다. 동물적 자아와 정신적 자아 사이의 투쟁에서 정신적 자아가 동물적 자아를 완전히 통제하고 승리하는 것, 동물적 자아가 가진 욕구나 파멸적인 욕망으로부터 벗어나는 것, 이것이 톨스토이가 지향했던 삶입니다. 자아에 대한 부정은 동물적 자아에 대한 부정으로 나아갑니다. 동물적 삶이라든가 물질적 충족만을 추구하는 삶이라는 건, 달리 말하면 이기적인 삶, 동물적 자아의 삶입니다. 이런

인생의 의미란 무엇인가

이기주의를 극복해야만 진정한 삶을 살 수 있다고 톨스토이는 생각했어요. 앞에서 잠깐 말씀드렸지만 게라심 같은 하인이 모델입니다. 게라심이야말로 이 작품에서 이타적인 삶을 보여주는 대표적인 인물입니다. 이반 일리치나 그 주변의 어느 누구도 그런 수준에 도달해 있지 못한 걸로 그려집니다.

동물적 자아를 부정한 이후에야 비로소 육체적 고통과 죽음의 공포에서 해방됩니다. 그리고 그때 비로소 인생은 허무하지 않게 됩니다. 어떤 의미를 갖게 됩니다. 톨스토이가 보기에는 그렇습니다. 만약에 이반 일리치가 이 순간 갱생의 삶을 살아가게 된다면, 그게 부활입니다. 이후에 《부활》에서는 주인공 네흘류도프 공작의 정신적 갱생을 부활이라고 부릅니다. 그저 죽었다 살아났다고 해서 부활이 아닙니다. 네흘류도프는 그 이전의 모든 삶을 자기가 부정해요. 이반 일리치의 경우와 절차적으로 똑같습니다. 이반 일리치는 죽지만, 만약 이후에 그에게 삶의 시간이 조금 더 허용되었다고 하면 그게 이제 갱생의 삶, 부활의 삶입니다.

톨스토이는 예술 감염론이라는 걸 얘기합니다. 작가나 예술가가 가진 감정이나 사상이 작품이란 매체를 통해서 독자나 관객 같은 수용자한테 전달된다는 겁니다. 작가가 가진 감정이 독자에게 옮겨지는 것, 어떤 사상이 옮겨지는 것, 그래서 같이 감염되는 것. 같이 환자가 되는 거죠. 톨스토이즘이라는 어떤 아이디어가 있다고 한다면 독

순례자의 모습을 한 톨스토이.

인생의 의미란 무엇인가

자를 톨스토이즘의 신봉자로 만드는 것이 예술 감염론입니다.

톨스토이에게 좋은 예술과 나쁜 예술은 그런 기준에 따라 나뉩니다. 에고이즘에서 벗어나게 해주는 것, 개체적 이기주의에서 벗어나 전체에 합일되도록 해주는 것, 공동체에 합류하도록 해주는 것이 좋은 예술이라고 봅니다. 공동체에서 분리시키는 것, 떨어져 나가게 하는 것, 다르게 말하면 고립된 자아로 남게 하는 것은 나쁜 예술이라고 봐요. 물론 나쁜 예술도 감염력이 클 수 있습니다. 톨스토이가 생각하기에 좋은 예술은 공동체주의 의식이나 정서를 작품을 통해 길러주는 것입니다. 대표적인 사례가 민중 예술입니다. 우리 식으로 보면 노동요 같은 것이죠. 이게 톨스토이가 생각하기에 순박하지만 좋은 예술입니다. 나쁜 예술, 타락한 예술은 셰익스피어의 드라마나 베토벤의 음악 같은 것들입니다. 반대로 후기 톨스토이 문학은 그런 순박한 문학을 지향하게 됩니다.

부정 본능과
메멘토 모리 사이

톨스토이가 접했더라면 반가워했을 법한 아이디어를 담은 《부정 본능》[아지트 바르키·대니 브라워 지음, 노태복 옮김(부키, 2015)]이라는 책이 있습니다. 이 책에는 하나의 가설적인 주장, 긴 주장이 펼쳐지는데 과학적으로 엄밀하게 검증된 내용은 아닙니다. '인간이라는 영장류는 독특하게도 부정 본능을 진화시켜왔다'는 겁니다. 현실을 부정하는 본능을 진화시켜왔다는 건데, 현실은 뭐냐 하면 죽음이고 필멸성입니다. 죽음과 필멸성에 대해 의심한다는 점에서 인간은 독보적인 생물종이라는 거예요. 의심을 하게 된 것은 마음을 진화시켰기 때문입니다. 마음의 진화 때문에 죽음과 필멸성에 대해 의심하게 된 겁니다. 마음의 진화에는 몇 단계가 있는데, '마음의 이론'이라고 합니다.

'마음의 이론' 첫 단계는 자기 인식의 단계, 거울에 비친 나를 보고 나로 의식하는 단계입니다. 보통 다른 동물들은 모르죠. 침팬지도 거울을 보여주면 웬 원숭이가 있나 하고 손으로 툭툭 치다 도망가고 합니다. 자기 인식을 갖고 있다면 거울로 다가가서 머리도 조금 넘겨보고 얼굴 표정도 짓고 하잖아요? 그런데 거기까지 가진 않아요. 인간의 경우에는 일단 그런 자기 인식이라는 첫 단계를 거치게 됩니다. 두번째 단계는 다른 개체도 마음을 갖고 있다는 것을 초보적으로 파악하는 단계입니다. 나만이 아니라 타인도 마음을 갖고 있다고 이해하는 거예요. 이 두 번째 단계가 안 되면 사이코패스가 됩니다. 자기만유일하게 마음을 갖고 있다고 생각하는 거니까요. 세 번째 단계는 다른 개체의 독립적인 마음을 완전히 이해하는 단계이고, 네 번째 단계는 많은 개인들로 이뤄진 확장된 마음을 이해하는 단계입니다. 자기가 만나는 사람이 나와 똑같은 마음을 갖고 있다고 생각하는 것이 세 번째 단계이고, 자기가 직접 접촉하지 않은 사람들도 마음을 갖고 있다고 생각하는 것이 네 번째 단계입니다. 예컨대 책을 읽으면서 저자의 마음이나 책 속에 거론된 인물들의 마음을 이해한다거나 하는 것이 네 번째 단계입니다. 이렇게 마음이 진화되어왔어요.

그런데 타인의 마음을 이해할 수 있게 되면서 연상 효과, 연쇄적인 효과로 타인의 죽음도 나의 죽음으로 받아들이게 됩니다. 내지는 나의 죽음을 조금 앞당겨서 경험하게 됩니다. 그래서 가까운 가족이나 지인이 죽거나 하면 상실감과 무력감에 빠지게 되죠. 그 죽음이 나의 삶도 무의미하게 만들기 때문에 그렇습니다. 그 사람도 죽었는데 어차피 나도 언젠가 죽게 된다고 생각하면 김이 빠지는 거죠. 삶의 의욕을 잃어버립니다. 좀 정밀하게 설명되지는 않았는데 저자들의 주장에 따르면 생식 욕구마저 꺾이게 됩니다. '애는 낳아서 뭐 하겠어' 하는 마음이 드는 거죠. 아니, 거꾸로도 가능해요. 죽을 날이 얼마 안 남았기 때문에 악착같이 '어떻게든 하나라도 더 낳아야 된다'는 식으로 반응할 수도 있습니다. 하지만 일단은 죽음과 필멸성에 대한 인식이 생존 의욕을 반감시킨다고 생각합니다.

그러니까 이 단계까지 도달하게 되면 죽음 의식 때문에 큰 문제가 생깁니다. 그래서 이걸 부정하는 본능이, 일종의 방어 기제가 동시에 진화되어왔다는 것이 저자들의 가설적인 주장입니다. '부정 본능'은

이반 일리치의 죽음

"의식하면 참을 수 없는 사고, 감정 또는 사실들을 인정하지 않음으로써 불안을 누그러뜨리려는 무의식적 방어 기제"입니다. 이것이 진화되어왔다는 겁니다. 가설이긴 하지만 말이 되는 게, 이런 방어 기제가 있기 때문에 《이반 일리치의 죽음》 같은 작품을 읽고 우리가 아무렇지 않을 수 있습니다. 이반 일리치가 죽은 거지, 나랑은 상관없다고 생각하는 거죠. 문제는 이런 방어 기제가 제대로 작동하지 않을 경우, 고장 나거나 할 경우입니다.

톨스토이가 그랬던 걸로 보입니다. 톨스토이가 《전쟁과 평화》를 쓰고 나서 죽음에 대한 극심한 공포에 빠졌던 것은 이 부정 본능이 제대로 작동하지 않았기 때문입니다. 죽음 앞에 전면적으로 노출된 거죠. 사실 우리가 바로 오늘 저승사자를 본다거나 죽음에 직면했다거나 하면 공포감을 안 가질 수가 없잖아요? 미래의 사건인데 오늘 앞당겨서 경험을 하는 겁니다. 이건 사실 중국 고사에 나오는 '기우杞憂' 같은 거죠. 하늘이 무너질까 봐 걱정하는 것과 같은 겁니다. 죽음은 미래에 일어날 사건이기 때문에 지금 당장 걱정할 필요도 없고 걱정한다고 해서 나아지는 것도 없습니다. 그런데 이 방어 기제가, 현실 부정 기제가 작동하지 않으면 그런 공포감에 노출된다는 겁니다. 그런 차원에서도 이 죽음의 문제를 생각할 수가 있습니다.

《부정 본능》에 인용된 고대 인도의 서사시 〈마하바라타〉에 나오는 이야기를 보면, 죽은 형제들을 살리기 위해 정령의 질문에 맞는 대답

인생의 의미란 무엇인가

을 내놓아야 하는 맏형 유디슈티라의 말이 인상적입니다. "무엇이 가장 놀라운 일인가?"라는 정령의 질문에 유디슈티라는 "매일 사람들이 죽는데, (…) 우리는 살아가고 일하고 놀고 앞날을 계획하는 등 마치 불멸의 존재인 것처럼 여깁니다. 이보다 더 놀라운 일이 어디 있겠습니까?"라고 답합니다. 이 말이 틀리진 않죠. 인간은 필멸하는 존재이고 하이데거의 말대로 '죽음을 향한 존재'입니다. 죽음을 앞당겨서 경험하는 존재라는 뜻인데 대부분의 경우에는 그런 사실을 의식하고 살아가지 않지요. 마치 죽음이 나와 무관한 것처럼 살아갑니다.

이에 대해 톨스토이는 문제를 제기합니다. '메멘토 모리'의 가장 대표적인 작품으로 알려진 《이반 일리치의 죽음》은 게라심의 말대로 '우리는 모두 언젠가는 죽는다'는 사실을 다시금 확인하게 해줍니다. 공정하게 말하자면 이런 부정 본능과 메멘토 모리 사이에 우리가 있는 게 아닌가 생각합니다. 인생의 의미라는 것도 죽음 앞에서의 의미입니다. 우리가 유한한 존재이기 때문에 인생의 의미를 찾으려고 하는 건데, 부정 본능이 제대로 작동하면 조금 거리를 둘 수 있게 되는 거죠.

그렇다고 부정 본능이 언제나 긍정적인 건 아닙니다. 톨스토이의 초기작 〈습격〉을 보면 체첸의 캅카스 지역에서 부족민들하고 러시아 군대가 교전을 하는 이야기가 나옵니다. 여기에 등장하는 젊은 신참 장교는 혈기방장해서 처음 작전 나간다고 하니까 굉장히 흥분해 있어요. 소설에서나 보던 전투를 처음 경험해본다며 들떠서 나가는데 경험 있는 지휘관은 이 풋내기를 조금 걱정합니다. 아니나 다를까 교전 중에 총탄을 맞고 제일 먼저 죽습니다. 현실을 너무 부정해서, 죽는다는 것에 겁이 없어서 거꾸로 너무 일찍 무의미한 죽음을 맞게 됩니다. 그러니까 현실 부정이라는 게 적당히 작동해야 합니다. 부정 본능이 없어도 죽음에 대한 공포에 너무 심하게 노출되므로 안 되고 너무 강하게 작동해도 안 됩니다.

인생의 의미에 대한 질문도 궁극적인, 가장 핵심적인 질문이라고 생각되지는 않습니다. 다만 그런 질문을 하지 않는 것도 문제이고, 적당한 균형 같은 게 필요하지 않은가 생각합니다. 그런 생각의 계기로 삼을 만한 작품이 《이반 일리치의 죽음》입니다.

예술이란 무엇인가

제임스 조이스, 《젊은 예술가의 초상》

제임스 조이스 James Augustine Joyce(1882~1941)

모더니즘 문학을 이끈 아일랜드의 소설가. '의식의 흐름'이라는 수법으로 인간의 복잡한 심리를 묘사하여 20세기 심리소설의 형성에 영향을 미쳤다. 아일랜드 더블린 교외에서 태어나 엄격한 예수회 교육을 받으며 성장했다. 1898년 더블린의 유니버시티 칼리지에 입학했고 재학 중에 노르웨이 극작가 입센의 신작에 대한 평론 〈입센의 새 드라마〉를 발표하여 입센에게서 호평을 받았다. 1903년 학교를 졸업한 후 처음으로 파리를 방문했고 1904년 훗날 아내가 되는 노라 바너클과 만났다. 1905년 이탈리아 트리에스테 베를리츠 학교에서 영어 교사로, 이듬해 로마에서 은행 직원으로 일했다. 1907년 시집 《실내악》을 출판한 데 이어 1914년 단편소설집 《더블린 사람들》, 1916년 장편소설 《젊은 예술가의 초상》을 발표했다. 1918년에는 런던에서 희곡 〈망명자들〉을 발표했고 1920년에는 에즈라 파운드의 추천으로 파리로 이주했다. 1922년 실비아 비치의 원조를 받아 '셰익스피어 앤 컴퍼니'에서 장편소설 《율리시스》를 발표했다. 1927년에는 시집 《1페니짜리 시편》을, 1939년에는 《진행 중인 작품》으로 불리다가 16년에 걸쳐 완성한 장편소설 《피네건의 경야》를 런던과 뉴욕에서 출간했다. 천공성 십이지장 궤양의 악화로 1941년 취리히에서 숨을 거두었다.

《젊은 예술가의 초상 A Portrait of the Artist as a Young Man》(1916)

그리스 신화 속 다이달로스를 연상시키는 이름의 주인공 스티븐 디덜러스. 그의 유년 시절부터 시작해 성장 과정에서 겪은 몇몇 일들이 묘사된다. 고급 사립학교 클롱고우즈 우드 학교에서 스티븐은 친구들과 선생님들로부터 부당한 박해를 당한다. 어느 날 안경이 깨져서 자습을 할 수 없었던 그에게 학습 담임이 농땡이를 부렸다는 이유로 체벌을 가한다. 자신의 사정을 고려하지 않은 부당한 처사라고 생각한 스티븐은 교장 선생님한테 직접 찾아가 항의하는데, 이는 친구들에게 영웅적인 행동으로 비치고 그 자신도 만족스러워한다. 크리스

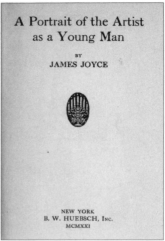

◀ 제임스 조이스의 초상 사진(1915).
▶ 1916년 출간된 《젊은 예술가의 초상》의 초판 표지.

마스 만찬 때 벌어진 논쟁 장면에서는 아일랜드 독립 운동 지도자 파넬의 불륜을 둘러싼 정치적·종교적 갈등의 양상이 드러난다.

스티븐의 부친이 파산한 해 여름, 비싼 학교를 다닐 수 없게 된 스티븐은 벨비디어라는 학교에 입학해서 우수한 성적을 거두지만 신앙에 조금씩 회의를 품게 된다. 작문 시험에서 좋은 성적을 거둔 덕분에 받은 장학금으로 사창가에서 첫 성 경험을 하고, 이 일로 엄청난 죄책감을 느끼고는 신실한 태도를 보이게 된다. 신심회 회장을 맡는 한편 교장 선생님에게서 성직자가 되어보지 않겠느냐는 권유까지 받는다. 피정 기간 동안 들은 최후의 심판과 지옥에 대한 설교에 큰 충격을 받고는, 결국 순결을 잃은 경험을 신부에게 찾아가 고백한다. 성직자의 길을 걷지 않겠느냐는 권유를 재차 받지만 거절하고 예술가의 길을 걷기로 결심한다. 그러던 어느 날 바닷가에서 예술가로서 호명받고 예술가로서 탄생한 스티븐은 대학생이 된 이후를 그린 5장에서 자신의 예술론을 펼쳐 보인다.

젊은 예술가의 초상

이번 시간에는 제임스 조이스의 《젊은 예술가의 초상》을 가지고 '예술이란 무엇인가'라는 문제를 생각해보겠습니다. '문학 속의 철학' 강의이므로 미학서가 아니라 소설을 매개로 예술에 대해 논하고자 하는데, 이런 연결이 아주 억지스러운 건 아닙니다. 이 작품에서는 주인공 스티븐 디덜러스의 예술론이 자세하게 서술되어 있으니까요. 디덜러스의 예술론은 조이스의 예술론으로도 읽을 수 있는데, 작품 자체만으로도 분석 거리가 되긴 하지만 작가 조이스 혹은 주인공 디덜러스가 얘기하는 예술론이 어떤 것인지 검토하는 데 비중을 두겠습니다.

20세기 전반 영문학의 대표 작가
조이스의 자전소설

《젊은 예술가의 초상》은 5장으로 구성되어 있는데, 마지막 5장이 군더더기라는 견해도 있습니다. 일단은 교양소설이나 예술가소설 범주에 속하는 작품입니다. 그런데 교양소설과 예술가소설의 원어가 독일어 빌둥스로만Bildungsroman, 쿤스틀러로만Kunstlerroman인 데서도 알 수 있듯이, 이 소설 장르의 본산은 독일입니다. 다른 나라 문학에서 교양소설이 빈약해 보이는 건 전혀 이상한 일이 아닙니다. 독일산 교양소설에 정확하게 대응하는 소설이 영문학에도 많지 않습니다.

얼추 비슷해 보이는 작품들이 있긴 하지만, 그런 경우에도 형성소설, 교육소설, 성장소설 등으로 부릅니다. 우리가 제일 많이 쓰는 용어는 성장소설인 것 같아요. 성장기 주인공이 등장하는 소설이라는 의미에서 아주 폭넓은 범위의 작품에 적용할 수 있습니다.

《젊은 예술가의 초상》은 제임스 조이스의 자전소설이라고 해도 무방합니다. 조이스가 아일랜드를 떠나 프랑스로, 말하자면 예술가적 망명을 선택하게 되는 과정을 다룬 작품이자 예술가로서 출사표로 내놓은 작품으로도 읽을 수 있습니다. 이 작품보다 《더블린 사람들》이라는 단편집이 먼저 나왔는데 자전적인 소설로서 순서상 더 앞서는 작품은 《젊은 예술가의 초상》입니다. 주인공 스티븐 디덜러스가 프랑스로 떠나기 직전까지의 일을 다루고 있는데, 그가 조국을 떠나서 쓰게 되는 작품이 《더블린 사람들》이니까요.

좀 다른 얘기이긴 한데, 조이스는 난해한 작가로 손꼽히지만 한편으로는 고마운 작가이기도 합니다. 명성에 비해 작품이 많지 않아서죠. 장편으로는 《젊은 예술가의 초상》, 《율리시스》, 《피네건의 경야》, 이렇게 세 편이 주요 작품이에요. 단편집인 《더블린 사람들》까지 이 네 권을 주요 작품으로 봅니다. 물론 희곡이나 비평, 시집도 있긴 하지만 주요 작품은 그 정도입니다. 국내에도 제임스 조이스 전집이 출간되어 있는데, 두툼한 책으로 두 권입니다(《제임스 조이스 전집 1·2》, 김종건 옮김(어문학사, 2013)).

스티븐은 어떻게 해서
예술가의 길을 걷게 되었는가

주인공의 이름인 스티븐 디덜러스는 조금 희화화된 이름입니다. 디덜러스는 그리스 신화에 나오는 다이달로스를 연상시키는데, 오비디우스의 《변신 이야기》에 나오는 구절 "그리고 그는 그의 마음을 미지의 기술에 바쳤다"가 이 작품의 제사이기도 하죠. 다이달로스가 미궁에서 빠져나오기 위해 날개를 만들어서 탈출하게 되는데 그 기술을 '미지의 기술'이라고 부르고 있습니다. 다이달로스가 스티븐 디덜러스의 본보기인 동시에 작가 조이스에게도 모델이 되는 거죠.

유년 시절에 대한 기억부터 의식의 흐름 기법으로 서술하면서 한편으로는 특정한 어린 시절의 여러 가지 장면을 몽타주하고 있습니다. 첫 대목부터 유명한데 이렇습니다.

옛날에, 좋았던 시절에, 음매 소가 길을 따라 내려왔는데, 길을 따라 내려오던 이 음매 소는 베이비 터쿠라는 이름의 예쁜 소년을 만났더란다…….

아버지가 그런 식의 이야기를 꾸며서 어린 스티븐한테 들려줍니다. "그는 베이비 터쿠였어." 그리고 "오, 들장미 피네/그 작고 푸른 풀밭에" 하며 노래를 부릅니다. 이 아이는 "들장미 피네"와 "푸른 풀밭에"

앤서니 반다이크, 〈다이달로스와 이카로스〉(1615~1625). 백랍으로 만든 날개를 달고 크레타 미궁을 탈출하려는 아들 이카로스에게 다이달로스가 태양에 너무 가까이 날면 백랍이 녹아 추락할 수 있으니 조심하라고 당부한다. 그러나 이카로스는 바다에 떨어져 죽고 다이달로스는 다시금 만든 날개로 날아서 탈출하는 데 성공한다.

로 나뉘어 있는 노랫말을 섞어서 "푸운 장미꼬 피고(푸른 장미 피었다)"라고 부릅니다. 열린책들 판 번역에는 "그가 즐겨 부르는 노래였다"라고 되어 있는데 원래는 좀 더 강한 표현이어야 합니다. "his song"이므로 '그의 노래였다'라고 해야 되고, 그게 중요한 의미를 갖습니다. 푸른 장미는 현실에서는 존재하지 않죠. 작품에서도 실제로 그렇게 얘기하고 있습니다.

작은 풀밭에 핀 들장미에 관한 노래가 생각났다. 그러나 풀밭처럼 푸른 장미는 없다. 하지만 세상 어느 곳엔가는 있을지도 모른다.

많이 거론되는 것이, 조이스에게 있어 예술이란 무엇인가, 그가 평생 추구했던 것은 무엇인가입니다. 푸른 장미는 인공적으로만 만들어낼 수 있을 뿐, 현실 세계에는 존재하지 않습니다. 그래서 예술가적인 탐색의 과정 자체를 하나의 어구로 압축해서 '푸른 장미를 찾아서'라고 표현하기도 합니다.

아버지의 동화를 듣고 찰스 아저씨와 아줌마의 가르침을 받으며 유년을 보낸 주인공은 고급 사립학교 클롱고우즈 우드 학교를 다니게 됩니다. 나중에 아버지가 파산하는 바람에 이 사립학교를 그만두고 벨비디어 학교로 옮겨가게 되죠. 처음 다녔던 학교에서의 경험담이 1장에 나옵니다. 친구들과 선생님들로부터 부당한 박해를 당하는데, 1장에서 가장 중요한 에피소드는 끝부분에 있습니다. 학습 담임이 자습 시간에 농땡이 부렸다는 이유로 스티븐의 손바닥을 때리는 체벌을 가합니다. 그때 스티븐은 안경이 깨져서 자습을 할 수 없었는

다섯 살 때의 제임스 조이스. 1887년 조이스 일가는 더블
린의 남쪽 해안 마을로 이사했고 이사한 집에 대한 묘사가
《젊은 예술가의 초상》의 초반에 나온다.

데 그런 사정을 고려하지 않고 체벌을 가한 것이 부당하다고 생각하
고는 교장 선생님한테 직접 찾아가서 항의합니다. 그게 다른 학생들
한테는 영웅적인 행동으로 비치고 스스로도 만족스러워합니다. 이게
스티븐 디덜러스 인생 1막에서 가장 영웅적인 행동으로 제시됩니다.
아마도 작가 조이스의 유년기 에피소드 가운데 가장 자랑할 만한 에
피소드였을 듯싶어요.

　배경으로 당시 아일랜드의 분위기가 그려집니다. 크리스마스 만찬

에서의 토론, 논쟁 장면에서 찰스 파넬이라는 아일랜드 독립 운동 지도자가 언급되죠. 그가 자기 부하의 아내 캐서린 오셰이와 동거했던 사실이 폭로되는데, 이 폭로는 영국의 정치 공작이었다고 알려져 있어요. 당시에는 이혼이 쉽지 않아서 동거하는 경우가 많았습니다. 파넬의 경우도 마찬가지였는데, 막상 스캔들이 폭로되자 아일랜드 여론이 양분됩니다. 지지자들은 옹호했지만 다수의 가톨릭 신자들은 파넬을 부도덕하다고 비난합니다. 결과적으로 영국의 정치 공작이 성공한 셈입니다. 친파넬파와 반파넬파로 편을 갈라 아일랜드 독립 운동의 대오를 분열시킨 거니까요. 이 작품을 보면 남자들은 대체로 친파넬파, 여자들은 반파넬파입니다. 스티븐의 어머니는 중립을 지킨 걸로 되어 있지만, 암묵적으로는 파넬에 반대했습니다. 조이스의 집안 분위기가 그랬던 것으로 알려져 있어요. 파넬은 조이스에게는 영웅이었고요. 파넬을 실각시키고 죽음으로 내몬 아일랜드인들에 대해 스티븐이 심한 반감을 갖게 됩니다.

2장에서는 스티븐의 부친이 파산한 어느 해 여름부터 이야기가 시작됩니다. 더 이상 비싼 학교를 다닐 수 없어서 옮길 학교를 알아보다가 벨비디어라는 학교에 입학합니다. 스티븐은 공부를 썩 잘해서 학업 성적이 우수하지만 종교적 신앙에 대해 회의를 조금씩 품게 되지요. 조지 고든 바이런과 앨프리드 테니슨 중 누가 19세기 대표 시인인가 하는 논쟁이 벌어졌는데, 스티븐은 바이런 편을 듭니다. 반면에 다

아일랜드 독립 운동의 지도자 파넬(1881년경).

른 친구들은 가톨릭 시인이었던 테니슨 편을 들고요. 바이런은 19세기 전반기 영국 낭만주의에서 가장 대표적인 반항의 아이콘이기도 했죠.

바이런은 1824년에 죽는데, 이때 영국뿐만 아니라 다른 나라에도 많은 영향을 끼칩니다. 대표적으로 1820년대 초반쯤에 러시아 시인들에게 압도적인 영향을 줍니다. 당시로서는 대단히 불온하고 위험한 시인 바이런은 체제에 반항하고자 했던 많은 시인, 작가나 지식인들에게 롤모델이었습니다. 스티븐도 바이런을 추종하고요. 그래서 심지

젊은 예술가의 초상

19세기 영국을 대표하는 두 시인, 바이런과 테니슨.

어는 얻어맞기까지 합니다. 한국에서는 상상하기 어려운 장면이지요. 너 시인 누구 좋아해? 바이런이야? 그렇다고 답하면 때려주고. 좋아 하는 시인이 누구냐를 놓고 서로 편이 갈라지고 주먹다짐까지 하고. 아일랜드에서는 그런 풍경이 벌어졌습니다.

2장 후반부에 스티븐은 작문 시험에서 아주 좋은 성적을 거둬서 꽤 큰 금액의 장학금을 받습니다. 집에서 한턱 내고도 돈이 남아서 엉뚱 한 데 쓰게 되지요. 사창가에 가서 돈을 쓰는데 이건 조이스의 실제 경험이기도 합니다. 조이스도 열여섯 살 때 사창가에 가서 순결을 잃었고 스티븐이 그 경험을 그대로 보여줍니다. 2장의 마지막 장면은 이 작품에서 가장 중요하고 충격적인 경험으로 그려지고 있습니다.

그가 고대하고 있던 밀회에 대한 부드러운 예감이 그의 마음을 건드렸다. 그 때 그가 품었던 희망과 지금 사이에 놓인 끔찍한 현실에도 불구하고, 그가 그 때 상상했던 것처럼 나약함과 소심함과 무경험이 그에게서 떨어져 나갈 신성 한 만남이었다.

경험이 없기 때문에 대단한 걸 기대하지만 막상 가보면 예상 밖이 죠. 스티븐은 어느 젊은 여자의 팔에 이끌려 사창가의 방에 들어가서 는 서툴게 처음으로 성 경험을 하게 되는데 이런 식으로 묘사됩니다.

그는 그녀의 진지하고 차분한 얼굴이 그에게로 향한 것을 보고, 그녀의 가슴 이 따뜻하고도 차분하게 오르내리는 것을 느끼며, 갑자기 히스테릭하게 울음 을 터뜨렸다. 환희와 안도의 눈물이 그의 기쁨 어린 눈에서 빛났고 그의 입술 은 말을 하지 못하면서도 저절로 벌어졌다.

나름대로 동경해왔지만 실제로는 충격적인 경험을 하고는 3장에서 이 순결을 잃은 경험에 대해 상당한 죄책감을 느낍니다. 그래서 더 신 실한 태도를 보이는 바람에 코믹하게도 학생 신심회 회장을 맡게 됩니다. 심지어 교장 선생님으로부터는 나중에 성직자가 될 생각이 없느냐는 권유까지도 받습니다. 3장은 분량이 꽤나 길어서 일반 독자들은 조금 읽기 버거운데, 가톨릭에서의 피정 기간 동안 펼쳐지는 강론, 설교 내용으로 되어 있습니다. 최후의 심판과 지옥에 대한 설교가 굉장히 길게 나오지요. 지옥에서 어떤 일이 벌어지는지 궁금한 독자가 아니라면 지겹다고 느껴질 만한 내용입니다. 이 자체로 의의를 평가하는 연구자들도 있긴 한데, 지옥도라면 단테의 《신곡》에서도 충분히 읽어볼 수가 있으니까요. 그런데 한편으로 현실성은 있습니다. 스티븐 디덜러스의 심정으로 들어야 하는 강론이기 때문에, 독자에게라기보다 스티븐 디덜러스에게 하는 설교이기 때문에, 그리고 그가 설교를 듣고 충격을 받는 게 포인트이기 때문에 길게 묘사되어 있습니다.

3장 끝에 가서 스티븐은 교회 신부를 찾아갑니다. 강론을 하도 열중해서 듣다 보니까 지옥의 모습도 환영 속에서 보게 된 거예요. 들판에서 인간의 얼굴과 뿔 달린 이마를 하고, 회색빛 염소처럼 생긴 짐승의 모습을 한 악마를 보게 됩니다. 그래서 정신적으로 더 버티지 못하고 고통에서 벗어나기 위해 고해성사를 합니다. 신부님을 찾아가서 '불결한 죄'를 저질렀다고 고백합니다. 몇 살이냐는 물음에 열여섯 살이라고 대답하니 사제가 말을 잇지 못합니다. 그런 죄를 저지르기엔 아직 어리다는 거죠. 여하튼 이렇게 죄를 고백하고 나니 마음이 좀 가

벼워집니다.

4장에서는 앞에서도 말씀드렸지만 교장 선생님이 스티븐에게 성직자가 될 생각이 없느냐고 권유합니다. 네가 부르심을 받았다고 느껴본 적이 없느냐고 물어보지요. 교회의 표현으로는 '성소聖召'라고 합니다. '성직에의 부름'이라는 뜻인데, 아마도 자기가 원한다고 성직자가 되는 건 아니고 어떤 부름의 형태로 그럴 기회가 오는 것 같습니다. 교장은 "네 영혼 안에서, 사제가 되고 싶다는 욕구를 느낀 적이 있느냐는 거다"라고 하면서 너는 자질이 좀 있어 보이니까 성직자가 되어보는 건 어떻겠느냐고 의중을 떠봅니다. 스티븐이 잠시 생각합니다. 예수회 사제 스티븐 디덜러스. 그러다가 마음을 바꿔 먹습니다. 이 대목도 중요한 전환점입니다.

> 그의 영혼은 거기서 그것(사제의 권유)을 듣고 맞이하지 않았고, 그는 이제 그가 받았던 권유가 이미 부질없는 형식적인 이야기로 전락했음을 알았다. (…) 사제의 호소에 담긴 지혜는 그의 골수까지 와 닿지 않았다. 그는 다른 사람과는 별도로 자신만의 지혜를 배우고 세상의 올가미 사이를 방황하면서 다른 사람의 지혜를 배울 운명이었다.

나중에는 '세속 사제'라는 표현도 씁니다. 조이스가 보기에 '성직자 사제'는 매우 제한된 삶의 범위 안에 갇혀 있어요. 성스러운 세계와 세속적인 세계가 양분되어 있다고 한다면 성직자는 성스러운 세계에 갇혀 있어요. 반면에 예술가는 양쪽을 다 포괄하므로 활동 범위가 좀 더 넓습니다. 성스러운 세계와 세속적인 세계를 모두 경험해보겠다는 것이 스티븐의 생각이고 조이스의 생각이었습니다.

> 세상의 올가미는 곧 죄의 길이었다. 그는 타락할 것이다. 그는 아직 타락하지 않았지만 그는 조용히, 한순간에 타락할 것이다. 타락하지 않는 것은 너무 어려워, 너무 어려워.

세속적인 세계까지 다 경험하고 세속 세계에서 성직자가 추구하는 것과 같은 것을 추구하겠다는 게 스티븐 또는 조이스의 생각입니다. 진실 혹은 진리가 있다고 하면 이 성직자의 삶에서 찾을 수 있는 것은 종교적 진리일 텐데, 스티븐은 좀 더 넓은 삶의 영역에서 예술 창작을 통해 이런 진리에 도달하고자 합니다. 이는 조이스의 예술관이기도 합니다.

그다음에 이어지는 4장 후반부는 이 작품에서 중요한 대목입니다. 스티븐이 성직자가 되어보지 않겠느냐는 권유를 받고 성직자의 길과 예술가의 길을 저울질해보다가 예술가의 길을 선택합니다. 앞에서 성직의 부름을 받은 적이 있느냐는 질문을 들었다면 4장 후반부에서는 예술가로서 부름을 받게 됩니다. 이 대목이 이 작품의 하이라이트입

1902년 아일랜드 더블린의 유니버시티 칼리지 교수들과 학생들. 세 번째 줄 왼쪽에서 두 번째 인물이 제임스 조이스이다.

니다. 햇살이 잔잔하게 비치는 바닷가 어디선가 어떤 목소리가 들려옵니다. "어이, 스테파노스!" "그 디덜러스가 온다!" "이리 와, 디덜러스! 부스 스테파누메노스! 부스 스테파네포로스!" 이렇게 자신을 부르는 소리를 듣습니다. 예술가로서의 호명이기도 합니다. 스티븐 디덜러스를 '스테파노스 다이달로스'라고 부르게 되는데, "이제는 이전과는 달리 그의 이상한 이름이 하나의 예언처럼 보였다"라고 하면서 전설적인 장인인 다이달로스와 동일시합니다. 물론 이 희한한 이름에 대해 그 자신도 의식은 갖고 있었죠. 그런데 이 장면에서 비로소 다이

젊은 예술가의 초상

달로스라는 장인의 이름과 일체화됩니다.

> 그는 희미한 파도 소리를 듣는 듯했고 날개 달린 형체가 파도 위로 날아 천천
> 히 허공으로 날아오르는 모습이 보이는 듯했다. (…) 그의 심장이 떨렸다. 그
> 의 숨이 가빠지고 마치 태양을 향해 솟구치는 것처럼 그의 사지에 맹렬한 기
> 운이 퍼져 나갔다.

스티븐이 예술가 디덜러스로 탄생하는 장면입니다.

이렇듯 특별한 호명에 의해 예술가 이전과 이후가 확연히 구분됩
니다. 어떤 창조적 에너지로 스티븐이 채워지는데, 이 대목을 영화로
만든다면 특수효과 넣어서 에너지가 막 충전되고 변신하는 듯한 모
습으로 그려야 할 거예요. 낭만주의에서는 예언자 시인에 관한 테마
가 있어요. 가령, 러시아 낭만주의 시인 푸시킨이 지은 〈예언자〉라는
시가 있습니다. 황야에 갔다가 쓰러져 누워 있는데 대천사 세라핌이
나타나서는 심장을 바꿔 끼워요. 원래 심장을 뜯어내고 새로운 심장
을 넣어 개조하는 거죠. 그다음에 '일어나라 예언자여, 가서 세상에서
노래하라' 하고 얘기합니다. 그냥 어느 날 시인이 되고, 예언자가 되
는 게 아니고 정체성을 변화시키는 과정을 겪게 됩니다. 우리 식으로
말하자면 '접신接神'이라고 하나요? 거부하면 한바탕 앓고, 그러다가
받아들이면 무당이 되는 거잖아요. 우리는 그렇게 시인이 되는 전통

은 없는 것 같고 무당이 될 때 그런 경험을 겪는데, 이 작품에서 스티븐 디덜러스가 시인이 되는 경험 자체가 정확하게 그렇습니다.

의무와 절망으로 가득한 세계의 따분하고 추잡한 부름이 아니라, 활기 없는 제단의 봉사로 그를 부르는 비인간적인 목소리가 아니라, 삶이 자신의 영혼을 부르는 소리였다.

그리고 그 부름에 응답합니다.

그의 영혼은 수의를 벗어버리고 소년 시절의 무덤에서 솟아올랐다. 그렇다! 그렇다! 그렇다! 그는 영혼의 자유와 힘으로부터 당당하게, 그의 이름과 같은 이름을 가진 위대한 장인(다이달로스)처럼 새롭게 날아오르는, 아름답고 만질 수 없고 소멸할 수도 없는 생명체를 창조해낼 것이다.

이렇게 예술가로서 다시 태어났으니 창조적 역량을 한번 시험해봐야 하잖아요? 예술가로서의 힘이 다 충전되었는지 한번 시험해보는 장면이 이어집니다. 그도 이제는 영혼의 자유와 힘을 밑천으로 하나의 살아 있는 것, 아름답고 신비한 불멸의 새 생명체를 오만하게 창조해보리라고 마음먹게 됩니다.

이제 시험하는 장면이 나옵니다. 개울가에 서 있는 한 소녀와 마주치는데 이 소녀는 아무 죄가 없어요. 그냥 거기 있는 소녀입니다. 특별히 어떤 역할을 맡기 위해 등장하는 것이 아니라 그냥 시험 대상으로 나옵니다. 이 소녀에 대한 묘사에서 예술가적 창조력이 발휘되어 있습니다.

한 소녀가 그의 앞쪽 개울 한가운데 혼자 가만히 서서 바다를 응시하고 있었다. 그녀는 마치 마법에 의해 이상하고 아름다운 바닷새의 모습으로 둔갑한 존재처럼 보였다.

이 마법이 예술가적 상상력입니다. 상상력에 의해 변화합니다.

그녀의 길고 가느다란 맨다리는 학의 다리처럼 섬세했고 (…) 좀 더 풍만하고 부드러운 상아색인 그녀의 허벅지는 거의 엉덩이까지 드러나 있었고, 속옷의 하얀 가장자리 장식은 부드러운 흰 솜털 깃 같았다. (…) 그녀의 가슴은 마치 새의 가슴처럼 부드럽고 조그맣고, 검은 깃털의 비둘기 가슴처럼 조그맣고 부드러웠다. 그러나 그녀의 긴 금발머리는 소녀다웠다. 소녀다운 그녀의 얼굴에서, 인간의 아름다움이 가지는 경이로움이 느껴졌다.

이 소녀는 가만히 바다를 응시하고 있다가 스티븐과 눈이 마주칩니다. 그녀는 시선이 마주친 게 조금 어색했는지 개울물을 발로 휘젓습니다. "부드럽게 물을 휘젓는 희미한 소리가, 낮고 희미하고 속삭이듯이, 마치 잠결의 종소리처럼 희미하게, 처음으로 침묵을 깨뜨렸다. 찰싹 출렁, 찰싹 출렁." 그냥 발로 장난하는 거거든요? 그런데 스티븐의 영혼이 이제 기쁨에 터집니다. 이 소설에서 가장 아름답고 핵심적인 이 대목은 3장에 나온 지겨운 설교에 대한 나름의 보상처럼 느껴집니다. 예술가로서 영혼의 자유와 힘을 발견한 스티븐이 자신의 역량을 처음으로 체험하는 대목이지요. 바다를 응시하고 있던 소녀가 아름다운 바닷새의 모습으로 보이고 발로 개울물을 휘저으며 찰랑거리게 하는데, 스티븐이 내뱉는 "오, 이런!", "오, 이럴 수가!", "오, 하느님!", "하늘에 계신 하느님!", 이렇게 여러 가지로 번역이 되는 경탄이 이 장면에서 하이라이트입니다.

그는 갑자기 그녀로부터 돌아서서 해변을 가로질러 가기 시작했다. 두 볼이 화끈거렸다. 몸도 불타고 있었다. 사지는 떨렸다.

개울가의 소녀는 스티븐의 예술가적 역량이 어떠한지를 보여주기 위해 잠깐 출연한 것 이상의 의미는 없습니다. 조금 특이한 점은 스티븐이 그 소녀한테 갈 줄 알았는데 정반대 방향으로 뛰어간다는 거예요. 자기가 놀라운 창조적인 에너지를 갖게 된 것에 마구 흥분해서 주체하지를 못합니다. 얼굴도 화끈 달아오른 채 막 뛰어가는 겁니다.

젊은 예술가의 초상

그는 모래밭 저 멀리로, 바다를 향해 미친 듯이 노래를 부르며, 그를 향해 외쳐 부르던 삶의 도래를 맞이하기 위해 외치며 계속 걸어갔다.

그녀의 이미지가 그의 영혼으로 영원히 들어왔고, 어떤 말로도 그가 느끼는 황홀경의 거룩한 침묵을 깨뜨릴 수 없었다. 그녀의 눈은 그를 불렀고 그의 영혼은 그 부름에 날뛰었다.

그다음에 어떤 결의를 얘기합니다.

살고, 실수하고, 타락하고, 승리하고, 삶으로부터 삶을 재창조하는 것이다!

여기에 '실수하고, 타락하고'가 포함되었다는 점이 중요합니다. 성직자는 그렇게 할 수가 없죠. 보통은 '내가 앞으로 살면서 그리스도의 어떤 계명 아래서 충실하게 살아가겠다'고 결심하는데, 여기 세속 사제는, 예술가는 조금 다른 결의를 합니다. "야성의 천사가, 인간의 젊음과 아름다움을 가진 천사가" 그에게 나타나 "황홀의 순간에, 모든 과오와 영광의 길로 이르는 문들을 그에게 열어젖혀 보여준" 겁니다. 영광의 길뿐만 아니라 과오의 길도 보여줍니다. 예술가는 필수적으로 다 경험해봐야 하는 겁니다. 과오, 실수, 타락을 다 경험함으로써 진리를 향해 가는 겁니다. 이것이 일반적인 성직자의 길과 예술가의 길이 갖는 차이점이고, 그런 점을 4장에서 보여줍니다. 사실 예술가로서의 탄생 자체가 이 작품의 핵심이라고 한다면, 4장에서 그걸 다 보여주는 걸로 끝납니다.

5장은 그래서 약간 군더더기 같은 면이 있습니다. 구성상 5장이 과연 필요한지에 대해 의문을 표하는 경우가 있다고 앞에서 말씀드렸는데, 5장은 대학생이 된 스티븐의 모습을 보여줍니다. 이번 강의의 주제와 관련해서는 5장이 중요해요. 여기서 예술론이 나오기 때문입니다. 4장에서 스티븐이 예술가로서 호명 받고 예술가로서 탄생했다면 5장에서는 스티븐의 예술론이 펼쳐집니다. 조이스가 이 대목이 필요하다고 본 것이죠. 좀 더 구체적으로 말하면 예술가의 길, 망명자의 길이기도 한데, 저는 조이스 문학이 실제로도 그렇고 이론적으로 그렇고 망명 문학의 표본이라고 생각합니다. 여기서의 망명은 조국 아일랜드로부터의 망명이기도 하고 가톨릭으로부터, 윤리적인 속박으로부터의 망명이기도 합니다. 성찬 예배에 참석하라는 어머니의 요구를 스티븐이 거부하고 떠나게 됩니다. 그에게 강제된 여러 가지 속박을 전부 다 밀치고 떠나는 것이지요.

5장 마지막 대목은 일기 형식으로 되어 있습니다. 예술론과 관련해서 자기 친구들과 대화를 나누지만 마지막 단계인 프랑스로의 출발을 얼마 남겨두지 않은 시점부터는 스티븐이 혼자만의 세상으로 들어갑니다. 그 형식적인 대응물이 일기인 셈이지요.

5장에서 예술론 다음에 나오는 건 스티븐의 시입니다. 예술론에 대해서는 좀 자세히 봐야 되지만 '예술'이란 이 소설에서는 '문학'입니다. 문학의 여러 갈래에 대해 논하는데 서정적 형식, 서사적 형식, 극적 형식 이렇게 세 가지 형식이 있다고 해요. 단순히 유형적으로 얘기하는 게 아니고 조금 낮은 단계에서 고급 단계로 올라갑니다. 가장 낮은 서정적 단계에서 시작해 서사적 단계, 마지막으로는 극적 단계로 이행해가야 해요. 이 작품의 5장에서 스티븐이 시를 쓰는 걸로 나옵니다. 실제로 조이스가 시집을 내요. 그다음에 소설로 가고, 그러고는 극문학으로 가야 됩니다. 만약에 이 작품에서의 예술론을 충실히 따르면 조이스는 극작가가 되어야 해요. 산문 작가로 멈출 게 아니라 시집도 내고 소설도 내고 희곡으로 넘어가야 합니다. 희곡이 여기서 얘기하는 가장 완성된 형식이기 때문입니다.

일단 5장에서는 스티븐이 시를 쓰는 걸로 나옵니다. 초급 예술가입니다. 곧 서정적 형식에서 다음 단계인 서사적 형식으로 이행해갈 겁니다. 이 작품을 쓴 이후 시점에 《더블린 사람들》, 《젊은 예술가의 초상》을 씀으로써 그다음 단계로 넘어간 모습을 보여주게 돼요. 아일랜드가 한창 민족주의 열풍에 휩싸여 있을 때, 스티븐은 조이스 자신이 그랬듯이 비난을 무릅쓰고 거기에 동조하지 않습니다. 아일랜드에 대한 유명한 비판이 나오는데, 자기 친구한테 얘기하는 중에 아일랜드가 무엇인가에 대해서 스티븐이 "제 새끼를 잡아먹는 늙은 암퇘지"라고 비난하는 대목이 있죠. 그는 "어둠과 비밀과 외로움 속에서 깨어나" 자의식을 되찾는 "박쥐 같은 영혼"을 가진 아일랜드 여성들에 대해서도 환멸을 느끼면서 미련 없이 떠납니다.

이 작품의 특징 중 하나는, 보통 시인(예술가)의 탄생 과정에 관례적으로 등장하는 뮤즈가 빠져 있다는 거예요. 그를 시인의 길로 이끄는 여성적 형상이 등장하지 않고 중요한 의미를 갖지 않습니다. 그건 조이스가 뮤즈를 좀 나중에 파리에서 만나게 되기 때문입니다. 1904년, 조이스가 스물두 살 때 호텔 종업원인 노라 바너클과 만나 데이트 신청을 해서 첫 번째 데이트를 한 날이 6월 16일입니다. 《율리시스》의 배경이 되는 그 하루가 6월 16일로 되어 있죠. 바너클과 처음 데이트한 날을 기념하기 위해 그렇게 설정한 거라고 많이들 언급합니다. 《젊은 예술가의 초상》은 그 이전 단계의 이야기이기 때문에 특이하게도 여성 인물의 비중이 아주 작습니다.

스티븐은 부활절 성찬을 받으라는 모친의 요구를 거부함으로써 종교와도 결별하게 됩니다. 그래서 정치와 종교와 가정을 다 떨쳐버립니다. 그의 예술가적 신념은 토마스 아퀴나스 철학에 근거하는데, 이에 대해 자세하게 얘기하고 있습니다. 친구와 대화하다가 아퀴나스의 예술에 대한 세 가지 정의를 소개하면서 길게 얘기하는데, 이것은 조이스 자신의 예술론으로 읽을 수 있습니다.

5장 끝부분으로, 일기의 마지막 대목이기도 한 부분은 이렇습니다.

젊은 예술가의 초상

더블린의 색빌 스트리트. 1900년경에 촬영된 채색 사진이다.

삶이여, 오라, 나는 이제 백만 번씩이라도 경험의 현실과 만나러, 내 영혼의
대장간에서 아직 창조되지 않은 내 종족의 의식을 벼려내러 간다.

자기 자신에게 사명을 부여하면서 "내 종족의 의식을 벼려내러 간
다"라고 한 것이 특이합니다. '종족의 의식'은 우리말로는 '민족의 양
심'이라고 번역하기도 해요. 종족과 민족을 어떻게 볼 것인가 하는 것
은 해석상의 논란, 쟁점이 되는 부분이기도 합니다. 여하튼 자기 자신
의 뭔가가 아니라 종족의 의식 혹은 민족의 양심을 벼려내기 위해 떠

예술이란 무엇인가

난다고 얘기합니다. 이 작품이 제임스 조이스라는 예술가의 출사표로 읽힐 수 있는 건 이 대목이 있기 때문이기도 합니다.

마지막에 이르러서는 어떤 축복을 기원하고 있기도 합니다.

> 고대의 아버지여, 고대의 장인이여, 지금도 앞으로도 나를 도와주소서.

이처럼 다이달로스에게 기원하면서 작품이 마무리됩니다. 이 대목은 더더군다나 출사표와 같은 의미가 있습니다. 원래 서사시는 장대한 창작의 여정으로 들어서기 전에 축복을 기원하는 걸로 보통 시작합니다. 호메로스의 서사시부터 그런 전통이 이어져 왔습니다. 이 작품은 얼추 그런 형식을 따르고 있습니다. 본격적인 이야기는 이 이후에 쓰여야 합니다. 말 그대로 출사표입니다. 예술가의 탄생 보고서이기도 합니다. 조이스 자신이 스티븐 디덜러스라는 주인공을 통해서 어떻게 예술가로 탄생했는지, 그리고 무엇을 예술이라 생각했는지, 어떤 결의를 가지고 예술가의 길로 접어들게 됐는지 그 자초지종을 보고하는 작품으로도 이 소설을 읽을 수가 있습니다.

심미적·정적 아름다움을 추구하는
스티븐의 예술론

사실 《젊은 예술가의 초상》은 예술 작품을 본격적으로 창조하기 이전의 단계를 그리고 있어요. 이 소설은 작품이라기보다는 예술가의 탄생기이니까요. 이 소설과 함께 예술가 조이스가 탄생했고, 그가 앞으로 예술 작품을 써나갈 겁니다. 아일랜드 민족의 양심을, 종족의 의식을 벼려내러 간다고 했을 때 의식했던 첫 번째 작품은 《더블린 사람들》로 보입니다. 이 작품 말미에 내보인 포부에 걸맞은 《율리시스》 같은 작품들을 조이스는 뒤이어 써나가게 될 것입니다.

예술론 앞부분에 디덜러스가 아일랜드를 비판하는 대목이 나옵니다. 민족주의자 친구들로부터 냉소주의자라고 비난을 받으니까 이에 반발하면서 왜 민족주의에 동의할 수 없는지 밝힙니다. 주된 이유 중의 하나는 독립 운동 지도자 파넬을 헐뜯고 배신했다는 것입니다. 그래서 "난 너희들이 먼저 망했으면 좋겠어"라고까지 극언합니다.

"한 사람의 영혼이 이 나라(아일랜드)에 태어나면 그물을 던져서 그 영혼을 날지 못하게 해. 넌 민족성, 언어, 종교에 대해 이야기해. 나는 그 그물들을 넘어서 날아가려고 할 거고."

민족성이라든가 언어라든가 종교 같은 그물로 영혼을 옥죈다고 비판하는 스티븐은 이렇게 얘기합니다. "아일랜드는 제 새끼를 잡아먹는 늙은 암퇘지야." 이게 결정적인 발언입니다. 아일랜드에 대해 많이 인용하는 대목인데, 그래서 아일랜드 독자들에게 조이스는 불편한 작가이기도 합니다.

이제 조이스의 예술론을 검토해보기로 하지요. 5장에 나오는 예술론에는 전기적인 배경이 있습니다. 조이스가 1902년 스무 살 때 처음으로 파리에 갔다가 아일랜드로 돌아오고, 이듬해인 1903년에 다시 파리에 가게 됩니다. 가자마자 〈예술가의 초상〉이라는 미학 노트 내지는 미학 에세이를 썼는데 그 내용의 상당 부분이 이 작품에 남아 있다고 해요. 그 내용만 따로 발표하려고 했지만 거절당해 무산되자 이 작품에 포함시킨 걸로 보입니다. 자전적인 소설 〈스티븐 히어로〉를 집필하다가 엎고 전혀 다른 스타일로 다시 쓰게 된 게 《젊은 예술가의 초상》입니다. 제임스 조이스 전공자들에게는 연구할 거리이기도 해요. 애초에 미학 에세이를 썼다가 발표를 거절당하자 〈스티븐 히어로〉라는 전통적인 리얼리즘 소설로 고쳐 썼고, 이걸 다시 엎고 1907년에 가서야 《젊은 예술가의 초상》으로 개작한 겁니다.

통상 문학사의 흐름을 보면, 리얼리즘에서 모더니즘으로의 이행이 일어나게 되는데 제임스 조이스의 〈스티븐 히어로〉가 《젊은 예술가의 초상》으로 변화하는 과정 자체가 리얼리즘에서 모더니즘으로의 이행이기도 합니다. 중요하고도 흥미로운 부분이지요. 문학사에서 중요한 변화인데 한 작가의 작품 세계에서 그런 변화가 일어난다는 게 흥미로운 일이에요. 이 작품에서 미학론이 상당히 길게, 어떤 면에서는 장황하다 싶게 등장하는 배경이기도 합니다. 사실 이 작품은 예술가로서의 출사표로 읽을 수 있기 때문에 이런 대목이 길게 나오는 것도 양해가 됩니다. 조이스는 《젊은 예술가의 초상》을 완결적인 예술작품으로 썼다기보다는 말 그대로 보고서 내지는 출사표로 쓴 걸로 보입니다.

5장의 예술론에서 일단 예술에 대한 정의부터 살펴보겠습니다. '예술이 표현하고자 하는 아름다움이란 정적이고 반육체적이고 정신적인 아름다움이다.' 작가 조이스의 예술관이기도 한 스티븐 디덜러스의 예술관은 토마스 아퀴나스와 플라톤에게까지 연원이 가 닿습니다. '부적절한 미학적 수단으로 자극되는 욕망과 혐오는 미학적인 감정이 아니다. 왜냐하면 그것은 동적인 것이기 때문이다. 예술가가 표현하는 아름다움은 우리에게 동적인 감정이나 육체적인 감흥을 일으킬 수가 없다.' 스티븐의 정의에 따르면 선정적인 문학은 다 예술 미달입니다. 우리를 흥분시키면 안 되기 때문이지요.

예술가가 표현한 아름다움은 (…) 미적인 정지, 관념적인 연민 혹은 관념적인 공포, 내가 아름다움의 리듬이라 부르는 것에 의해서 생겨나고 지속되고 마

◀ 1904년 스물두 살 때의 제임스 조이스. 미학 에세이 〈예술가의 초상〉을 집필하지만 잡지 게재를 거부당하자 자전적인 소설 〈스티븐 히어로〉로 개작하던 시기의 모습이다.
▶ 1931년 7월 4일 결혼식 날 등기소로 향하는 제임스 조이스와 노라 바너클. 1904년 처음 만난 두 사람은 이날 런던에서 정식으로 결혼했다.

침내 용해되는 그런 정지 상태를 일깨우고, 혹은 일깨워야 하고, 유도하고, 혹은 유도해야 해.

스티븐은 이런 식으로 얘기하면서 '리듬'이라는 표현을 씁니다. 요컨대 스티븐은 '욕망과 감정을 흥분시키는 예술은 잡스러운 예술이다. 반면에 심미적인 감동은 지극히 정적이다'라고 생각합니다. 조이스 소설이 감각적이고 육체적이라기보다는 대단히 지적이고 정적이죠. '리듬'의 정의는 일반적으로 생각하는 리듬하고 다른데, 스티븐은 미적인 전체 가운데 부분과 부분, 혹은 전체와 부분, 혹은 부분의 총합인 미적 전체 사이에 일차적이고 형식적인 미적 관계를 리듬이라고 부릅니다.

그러면서 아퀴나스가 생각하는 미의 세 가지 구성소에 대해 얘기합니다. 첫 번째는 온전함, 라틴어로는 인테그리타스integritas. 두 번째가 조화, 콘소난티아consonantia. 세 번째가 광채, 클라리타스claritas. 미의 세 가지 구성소에서 앞의 두 가지는 특별하지 않습니다. 많은 예술론에서 얘기하기 때문이죠. 스티븐은 온전함에 대해 "시간적이든 공간적이든 미적인 이미지는 그 이외의 무한한 시공간의 배경에서 스스로 경계를 짓고 자족적인 것으로 선명하게 인식되는 거야"라고 설명합니다. 이게 일반적인 미학 이론에서 얘기하는 예술의 경계성입니다. 예술은 예술이 아닌 것으로부터 따로 분리되어 나와야 합니다. 세계는 시간적으로나 공간적으로나 연속적인 건데 어떤 작품이 예술작품이 되기 위해서는 세계로부터 분리되어야 합니다. 경계를 가져야 합니다. 가장 단순하게는 미술관에 전시된 작품들을 보면 됩니다. 액자에 의해 구획되어 있잖아요? 작품과 작품 바깥이 경계에 의해서 구분되어 있습니다. 그런 경계성을 가져야 한다는 겁니다. 이게 첫 번째 조건입니다.

두 번째 구성소가 조화, 콘소나티아입니다. 스티븐의 설명에 의하면 "복잡하고 다중적이며 다양하며 다층적이고 나눌 수 있고 떼어낼 수 있는, 부분으로 만들어진 것으로, 부분과 그 합의 결과로, 조화로운 것으로서 인식"합니다. 예술 작품을 구성하는 각 부분들이 있는데 그 부분들이 조화로운 관계에 놓여 있어야 된다는 겁니다. 작품에서 얘기하는 유기적인 통일성입니다. 부분적으로 구성되어 있는데 그것들 간의 어떤 조화로운 관계가 구축되어야 한다는 것이죠. 이것도 일반적인 예술론입니다.

물론 이것이 예술에 대한 테제라고 한다면 안티테제도 있습니다. 반反예술이라고도 불릴 수 있습니다. 경계성과 유기적 통일성을 의도적으로 파괴하려는 시도도 있습니다. 예술 작품들 가운데는 미완성을 지향한 것들도 있어요. 고의로 작품을 완결 짓지 않습니다. 그러면 이런 요구에는 미달해요. 온전함과 조화를 충족시키지 않는 건데, 말하자면 마이너스 예술이죠. 그럼으로써 오히려 예술성을 주장하기도 합니다. 전제는 이런 것들이 통념적으로 예술이라고 수용되어야 한다는 것입니다. 그래야만 예술에 대한 안티테제적인 시도도 네거티브하게, 음화적으로 예술적인 성격을 가질 수가 있습니다. 아무튼 온전함과 조화는 특별한 규정은 아니고 일반적으로 수용될 수 있는 겁니다.

좀 특이한 건 광채입니다. 정의가 흥미로운데 스티븐도 좀 모호하다고 얘기하긴 합니다. "아퀴나스는 부정확해 보이는 용어를 사용하거든. 이것 때문에 좀 골치가 아팠어." 조이스가 예술론을 정립하려고 아퀴나스를 연구했는데 자기도 좀 머리가 아팠다는 겁니다.

"이 말을 보면 그가 상징주의나 관념론, 즉 아름다움의 최고 특징을 다른 세계로부터 오는 빛으로 여기는, 물질이란 관념의 그림자일 뿐이고 실재의 상징에 불과하다는 생각을 염두에 둔 것이 아닌가 생각하게 되거든. 내 생각에 그가 의미하는 바는 클라리타스라는 것이 어떤 것에서든 신의 목적을 예술적으로 발견하고 재현하는 것, 혹은 미적인 이미지를 보편적인 것으로 만들 수 있는, 그 원래의 조건을 넘어서서 빛나게 할 수 있는 보편화의 힘이라는 거야."

아퀴나스의 주장에 대한 조이스적 해석입니다. 광채란 무엇인가? 보편화의 힘이다. 광채라는 것을 어떻게 해석할 것인가라고 할 때, 원래 아퀴나스가 신의 목적을 예술적으로 발견하는 것, 신의 목적을 재현하는 것을 광채라고 불렀는데 그걸 조이스가 변형시켜서 어떤 보편화의 힘을 클라리타스라고 부릅니다. 이걸 원천적인 의미로 거슬러 올라가서 하나의 사물로 인식하고 분석하게끔 해주는 것은, 좀 어렵게 얘기하고 있는데 퀴디타스Quidditas라고 표현하고 있습니다. 영어로는 '왓니스whatness', 그러니까 '무엇임'이라고 번역이 됩니다. 어떤 사물을 사물이게끔 해주는 본성을 드러내 준다는 겁니다. 플라톤이 얘기하는 이데아의 정의와 똑같아요. 구체적인 현상 너머에 있는, 실체와 본질에 해당하는 것. 이데아라는 건 다르게 부르면 왓니스에 해당합니다. 사물은 구체적으로 무엇 무엇으로 존재하는데, 가령 삼각형만 하더라도 구체적으로 존재하는 것은 굉장히 많고 다양한데 그 본질에 해당하는 '삼각형임'이 있다는 겁니다. 구체적이고 개별적인 것 너머에 있는 어떤 보편적인 것이 광채입니다.

"이 최고의 특징은 미적인 이미지가 처음으로 예술가의 상상력에 생겨났을 때 느껴지는 것이지. 그 신비로운 순간의 정신을 셸리는 아름답게도 꺼져가는 석탄에 비유했어. 아름다움이 지닌 최고의 특징, 미적인 이미지의 선명한 광채를 그 온전함에 사로잡히고 그 조화에 매혹된 정신으로 선명하게 인식하는 순간이 바로 미적 쾌락의 선명하고도 조용한 정지 상태, 이탈리아의 생리학자인 뤼지 갈바니가 심장의 황홀이라는, 셸리와 맞먹는 아름다운 구절로 표현한 그 심장의 조건과 비슷한 영혼의 상태가 되는 거지."

구체적이고 개별적인 대상에서 왓니스를 직시하고 표현해내는 것을 예술이라고 부르는 겁니다. 그건 플라톤의 이데아론에서 보면 인식의 진정한 대상입니다. 플라톤의 인식론에 따르면 존재에는 세 가지 상태가 있습니다. 첫 번째는 항구적이고 불변적인 것입니다. 실재하는 것, 참으로 존재하는 것입니다. 두 번째에 해당하는 게 현상인데 가변적인 것을 가리킵니다. 세 번째는 부재하는 것입니다. 존재의 세 가지 양태가 있고 인식이 각각에 대해 대응합니다. 부재에 대한 대응은 무지입니다. 가변적인 것에 대한 대응은 의견이라고 하고, 실재에 대한 대응은 인식이라고 부릅니다. 참된 인식이라고 하는 것은 실재에 대한 앎이라고 얘기합니다. 희랍어에서 에피스테메episteme는 참된 인식이라는 뜻입니다. 독사doxa는 의견이라는 뜻인데, 억견臆見이라고도 합니다. 가변적이기 때문에 항상 복수적으로 존재하지요. 그래서 플라톤은 철학적 인식만이 철인의 인식이요, 실재에 대응한다고 생각합니다. 이런 생각은 철인 통치를 주장하는 근거가 됩니다. 철인은 참된 실재에 대한 인식을 갖고 있으므로 그가 통치해야 된다는 게 철인 통치론의 바탕입니다.

예술은 진리를
체현할 수 있다

조이스의 예술론에서 의미 있는 건 예술가가 광채를 예술 작품을 통해서 보여줄 수 있다는 것입니다. 감각적인 형상물인 예술 작품을 통해서 왓니스에 도달할 수 있다고 하는 것입니다. 예술이 인식에 도달할 수 있다는 것이죠. 왓니스가 플라톤의 용어이긴 하지만 원래 플라톤은 그렇게 생각하지 않았어요. 이데아적인 실재의 세계가 있다

Caricature of James Joyce by CESAR ABIN

세자르 아뱅이 그린 조이스의 캐리커처(1932).

젊은 예술가의 초상

고 한다면, 현실 세계는 하나의 복사본이고, 예술은 실재의 복사본에 불과한 현상계를 재연한 것이기 때문에 두 번 복사한 걸로, 그래서 두 단계나 실재에서 떨어져 있는 걸로 보는 거죠. 그래서 예술을 기각합니다. 플라톤이 《국가》에서 시인 추방론을 얘기하는 배경이기도 한데, 조이스는 플라톤의 용어를 그대로 가져오되, 예술이 플라톤이 얘기하는 철학적 인식과 대등한 역할을 할 수 있다고 주장합니다. 그러면 꽤 해볼 만한 겁니다. 철학에 비해서 별로 꿀리지 않아요. 예술이 대등하게 인식적이고 인지적인 내용을 갖는다고 주장하는 거니까요. 물론 이건 논란이 될 만한 쟁점입니다. 미가, 예술이 인지적 내용을 갖는가 하는 문제죠. 예술은 이성과 연관되지 않고 어떤 정서나 감정을 다루고 표현하고 어떤 정서를 촉발하는 걸로 많이 이해하기 때문에 인지 혹은 인식과 관련될 수 있는가는 커다란 쟁점입니다.

특히나 근대 예술론은 진·선·미를 분리시키죠. 세 가치 영역을 분리시켜서 예술은 미에만 한정된 걸로 봅니다. 예술의 존재 목적이 미를 창조하는 것이라고 할 때 그 미는 진·선과 구분되는 가치 영역입니다. 그래서 예술은 진·선을 목적으로 하지 않아도 돼요. 선에 대한 욕구를 불러일으킨다든가 참된 인식을 제공한다든가 하는 것은 예술에게는 부차적일 뿐 필수적이지 않아요. 그러지 않아도 미를 창조하는 것만으로도 예술이 성립할 수 있어요. 그리고 미라는 건, 감각 혹은 감성에 호소하는 겁니다. (미학이라는 말이 어원적으로는 감성학이죠.)

예술이란 무엇인가

그걸로 충분하다고 생각해요. 심미적인 쾌를 유발하는 것, 보면 기분 좋고 즐거운 것으로 충분하다는 겁니다. 가령 음악을 듣는데 기분이 좋아졌어요. 음악을 하나의 예술이라고 부릅니다. 그런데 음악이 도덕적인 선이라든가 참된 인식과 어떻게 연관되는가? 이건 말하기가 곤란하죠. 곤란하더라도 예술로서 인정될 수가 있습니다. 왜? 미라는 요구 조건을 충족시키고 있기 때문에. 근대에 예술은 그렇게 정당화되어왔어요.

여기서 조이스는 거창하게도 예술 작품이 이런 인식을, 클라리타스라는 걸 보여줄 수 있고 포함할 수 있다고 얘기합니다. 그러한 점을 검토하는 겁니다. 그 미의 의식의 내용은 무엇인가, 미적 인식이 어떤 내용을 가질 수 있는가, 질문할 수 있는데 디덜러스는 생물학적인 설명을 부정합니다.

그런데 요즘에는 미의식의 생물학적인 근거나 기반이 있는지 따져보는 진화 미학이라는 게 있어서 관련 서적도 번역되어 있습니다. 말하자면 다윈주의 미학입니다. '다윈주의'가 앞머리에 붙은 이름의 새로운 분야들이 있어요. 그중 다윈주의 문학은 스토리텔링에 대한 건데 주로 '인간의 마음을 움직이는 핵심적인 플롯 스무 가지'니 하는 식으로 얘기합니다. 왜 무한한 플롯이 아니라 유한한 몇몇의 플롯이 특별한 지위를 갖고 발전해왔는가를 검토해보는 겁니다. 어떤 생물학적 이익과 관계되는지 따져보는 겁니다.

젊은 예술가의 초상

다원주의 미학도 다원주의 문학과 마찬가지인데, 미가 실상 칸트 미학에서 얘기하듯이 무사심적이지 않다는 거죠. 칸트 미학에 대한 비판은 이미 제기되어왔어요. 미가 정치적인 이해로부터, 관심으로부터 분리되어 있지 않다고 보는 게 한쪽의 비판인데 마르크스적인 비판이 이에 해당됩니다. 또 다른 하나는 생물학 쪽에서의 비판입니다. 미라는 것이 생물학적 이익과 무관하지 않다는 것이죠. 어린아이들, 유치원도 아닌 어린이집의 두세 살짜리 아이들도 예쁜 선생님과 못생긴 선생님을 가립니다. 미를 의식하는 것이 거의 본능적이라는 겁니다. 사후적으로 주입된 정보에 의한 문화적인 판단이 아니라 본능적인 판단이라는 거죠. 다원주의 미학은 어떤 이익을 가졌기에 진화적 본성으로 살아남을 수 있었을까 따져보는 겁니다.

이 작품에서 디딜러스는 물론 이 문제를 그리 자세하게 다루고 있지는 않습니다. 그렇지만 어느 정도의 보편성은 인정합니다. 가령 매력적인 신체 비율을 얘기하는데 미학적으로 아름다운 비율과 생물학적으로 우수한 출산 능력을 가진 비율은 약간 차이가 있어요. 정확하게 맞아떨어지지는 않습니다. 미적으로 아름다운 여성의 엉덩이 대허리 비율은 10대 7이라고 합니다. 출산하기 적합한 비율은 10대 8이라고 해요. 그러니까 비율이 10대 7이면 허리가 너무 가늘어서 임신과 출산에 별로 좋지 않은데 사람들이 미적으로는 그쪽을 좀 더 선호한다는 겁니다. 일종의 '초정상 자극'이죠. 그렇더라도 일반적으로 선호되는 이유는 생물학적인 생식 능력과 연관 있기 때문이라는 것이 진화 미학 쪽의 설명입니다.

생물학적인 설명은 부정하지만, 디덜러스는 예술의 인식적 기능은 인정합니다. 그런 면에서는 밀란 쿤데라의 소설론과 연결되는 면이 있어요. 쿤데라는 소설적 인식이 있다고 보고, 이를 강조합니다. 소설적 인식을 소설적 앎이라고도 합니다. 근대 이후의 앎이라는 것은 두 가지 분야가 특권적인 지분을 갖고 있습니다. 과학과 철학입니다. 과학은 인식의 대표 주자입니다. 17세기 과학혁명 이후에 비약적으로 발전해온 과학은 상당히 수준 높은 인식의 기준을 마련하게 됩니다. 그 이전의 중세 과학은 연금술이나 하고 있었기 때문에 대단하달 게 없었어요. 그런데 뉴턴 역학 이후에는 확연히 달라집니다. 지금도 앎이 무엇인가 할 때 표준 역할을 합니다. 철학적 인식은 플라톤 때부터 계속 주장하는 겁니다. 과학과 철학이 티격태격하기도 하지만 철학은 나름대로 앎에 대한 지분을 갖고 있습니다. 철학이 무엇 때문에 정당화되는 건가요? 철학을 전공한다고 하면 목에 힘 주는 경우가 있어요. '제가 철학 전공입니다' 얘기할 때 쭈뼛쭈뼛 얘기하는 게 아니고 꽤 으스대면서 얘기합니다. 왜 그런가요? 철학이 참된 인식과 관련된다는 자부심이 있기 때문이지요. 과학도 그런 자부심을 좀 갖고 있어요. 그러면서 예술을 조금 깔봅니다. 예술은 정서, 기분하고 관계된 거라는 거죠. 문학도 예술의 한 갈래로서 언어 예술이라고 정의합니다. 예술의 한 갈래라고 하면 통념적으로 인식과는 분리되기 때문에, 인식적 내용을 갖지 않는 걸로 치부됩니다. 문학을 예술의 한 갈래로 보는 것이 예술에 대한 일반적인, 근대적인 이해입니다.

예술이 인식적 내용을 갖는다고 얘기하면 증명의 부담이 있어요. 기본 전제는 그렇지 않다는 쪽에 가 있기 때문이지요. 쿤데라는 소설이 앎을 제공한다고 얘기합니다. 심지어 과학이나 철학이 제공하지 못하는 앎을 제공한다고 얘기합니다. 그러면 문학은 과학이나 철학과 대등하게 맞설 수가 있습니다. 만약에 문학이 앎과 관련이 없다고 하면, 말 그대로 엔터테인먼트예요. 그냥 재미있으면 됩니다. 장르 문학에 해당하는 작품들이 대개 그런 면이 있습니다. 읽어보고 재미있다, 재미없다고만 평가해요. 읽다가 재미없으면 던져버리고. 그런데 재미없더라도 인식이나 앎을 갖고 있다고 한다면 좀 열심히 읽어야 됩니다. 과학책, 물리학책이 재미없어도 왜 참아가면서 열심히 읽는 건가요? 인식이나 앎과 관련이 있기 때문입니다. 대상 세계, 자연 세계에 대한 앎을 제공해준다고 하니까 머리 아프지만 열심히 읽고 공식도 외우는 거죠. 그런데 문학은 그렇게 안 읽잖아요? 읽다가도 재미가 없으면 언제든지 집어던질 용의들이 있습니다. 그런데 인식을 갖고 있다면 진지하게 읽어야 합니다.

'예술이란 무엇인가'에 대해 많은 정의들이 있지만 철학자이자 미술비평가 아서 단토가 내린 정의가 아주 간명하기 때문에 참고해볼 만합니다. 첫 번째는 '어바웃About성', '무엇 무엇에 관하여성'을 가져야 한다는 것이고, 두 번째는 어떤 의미를 구현해야 한다는 것입니다. '구현된 의미embodied meaning'라는 말을 쓰는데 이것이 예술의 두 가지 조건입니다. 단토가 얘기하는 예술은 주로 미술을 가리킵니다. 단토는 앤디 워홀의 작업에 충격을 받아서 워홀의 작품을 매개로《예술의 종말 이후》같은 논저들을 썼습니다. 워홀의 유명한 작품 중에 〈브릴로 박스〉가 있어요. 실제 제품과 똑같은 모양으로 제작한 세제 박스를 전시장에서 전시한 거예요. 다만 실제 세제 박스는 원래 종이로 만들어졌는데 워홀은 합판으로 만들었기에 재질이 다릅니다. 중요한 점은 눈으로 식별 가능하지 않다는 것입니다. 현학적으로 말하자면 '지각적 식별 불가능성'입니다. 워홀의 〈브릴로 박스〉는 예술 작품이고 세제 박스는 작품이 아니에요. 물론 요새 상품 미학 쪽에서는 그것도 다른 기준으로 예술이라고 부르긴 하지만 단토는 그걸 구분합니다. 그냥 눈으로 봤을 때는 식별이 가능하지 않아요. 똑같은데 왜 실제 세제 박스는 예술 작품이 아닌가? 왜냐하면 그것은 그 자체이기 때문입니다. 워홀의 작품은 그 실제 세제 박스에 대한 박스로서 '어바웃성'을 갖고 있어요. 그런 차이가 있다는 겁니다. '무엇 무엇에 관하여성'은 그런 성질을 가리킵니다.

그다음으로 중요한 것은 이제 '구현된 의미'라는 겁니다. 단토가 미술 작품을 사례로 들긴 하지만, 만약 미술 작품이 의미를 갖고 있다고 한다면 문학 작품은 더더군다나 그렇죠. 문학 작품은 미술 작품보다 더 강하게 의미를 가질 수가 있습니다. 물론 음악은 좀 다릅니다. 음악은 미술보다 더 추상적이기 때문에 음악이 그 자체로 어떤 인식적 내용을 갖느냐 하는 것은 별개의 문제로 다뤄야 합니다. 가령 '음악으로 내가 프랑스혁명사를 들려줄게' 하는 것이 가능한지 생각해봅시다. 애매하잖아요? 프랑스혁명을 다룬 그림은 있어요. 들라크루아의 〈민중을 이끄는 자유의 여신〉이라든가 자유·평등·박애를 상징하는 삼색기 같은, 프랑스혁명과 관련된 이미지는 쉽게 떠올릴 수가 있습니다. 그런데 음악은 좀 어려울 것 같잖아요? 이와는 달리 문학은 훨씬 자세하게 다룰 수 있어요. 가령 프랑스혁명을 다룬 여러 소설들을 떠올릴 수가 있습니다.

미술 작품이 구현된 의미를 갖는다고 하면 문학이 이런 의미를 갖는다는 것은 자동적으로 설명될 수가 있습니다. 단토는 예술이라는 것은 어떤 의미를 구현해야 하고 이 점이 중요하다고 얘기합니다. 예술은 무사심적이고 인식적 내용을 갖지 않는다고 보는 근대 미학의 통념, 일반적인 견해하고 좀 다른 결론입니다. 만약 그렇다고 한다면 《젊은 예술가의 초상》에서 조이스나 디덜러스는 예술이 어떤 광채(클라리타스)와 보편화의 힘을 갖고 있다고 하면서 예술 작품이 가진 '왓니스'를 포착할 수 있다는 거잖아요? 그러니까 예술 작품이 이렇게 진리 담지적이고, 다르게 얘기하면 진리를 체현하고 있다는 관점하고

제임스 조이스와 실비아 비치. 조이스는 비치가 운영하는 파리의 '셰익스피어 앤 컴퍼니'에서 《율리시스》를 1922년 2월 2일에 출간한다.

통할 수가 있습니다.

　《젊은 예술가의 초상》을 통해 예술가로서의 출발점에 서게 된 조이스는 이 작품 이후에 실제로 살고 실수하고 타락하고 승리하고, 삶으로부터 삶을 재창조하게 됩니다. 그 대표적인 성과가 《율리시스》입니다.

깨달음이란 무엇인가

헤르만 헤세, 《싯다르타》

헤르만 헤세 Hermann Hesse(1877~1962)

독일 출신의 스위스 작가이자 화가. 1877년 독일 남부의 소도시 칼프에서 선교사 집안의 장남으로 태어났다. 1891년 마울브론 신학교에 입학하지만 이듬해 그만두고 자살을 기도하는 등 정신적인 혼란을 겪었다. 그 후 시계 공장 견습공, 서점 직원으로 일하면서 안정을 되찾았고 1899년 처녀 시집《낭만적인 노래들》을 발표한 이래, 1904년 첫 장편소설《페터 카멘친트》를 출간하여 문단의 주목을 받았다. 학교에 적응하지 못한 자신의 경험을 반영한《수레바퀴 아래서》, 음악가의 내면을 탐구한《게르트루트》를 발표하여 입지를 다졌고 1911년 아시아 여행을 하고 이듬해 스위스에 정착해《로스할데》,《크눌프》등을 썼다. 1차 세계대전 중에 반전 활동을 활발히 벌였던 헤세는 아버지의 죽음, 아내와 아들의 병으로 극심한 신경쇠약을 겪고 정신분석 치료를 받았다. 그 경험을 바탕으로 집필해 '에밀 싱클레어'라는 가명으로 발표한《데미안》은 유럽 전역에서 베스트셀러가 되었다. 이후《싯다르타》,《황야의 이리》,《나르치스와 골드문트》,《유리알 유희》등의 소설을 발표하는 한편 시와 그림 작업도 병행했다. 1946년에 노벨 문학상과 괴테상을 받았고 1962년 스위스 몬타뇰라에서 뇌출혈로 사망했다.

《싯다르타 Siddhartha》(1922)

바라문 집안에서 태어난 싯다르타는 장차 바라문의 왕으로 추대될 촉망받는 청년이다. 그는 깨달음을 얻고자 친구 고빈다와 고행의 길을 떠나 사문들과 함께 지내지만 채워지지 않는 정신적 갈증을 느끼다가 고타마를 만난다. 고타마의 설법을 듣고 매료된 고빈다는 그의 제자로 남기로 하지만, 싯다르타는 고타마의 행동과 실천은 좋은 본보기라고 생각함에도 그의 말과 가르침은 받아들이지 않는다. 해탈하려면 스스로 깨달아야 한다고 생각하고는 다시 길을 떠나 방황하게 된 것이다. 그 와중에 만난 뱃사공 바주데바는 싯다르타를 세속 세계로 데려다준다. 거기서 여인 카말라와 만나 사

◀ 헤르만 헤세의 초상 사진.
▶ 1922년 출간된《싯다르타》의 초판 표지.

랑의 환희와 성적인 만족을 느끼고 카마스와미라는 상인의 도우미
로서 장사꾼 역할을 하며 물질적인 부를 누린다. 이렇게 세속의 온
갖 쾌락을 경험하지만 궁극적인 진리는 결코 얻을 수 없음을 절감
하고 또다시 허무를 느낀 그는 세속에서 빠져나온다. 그때 강가에
서 강물의 '옴' 하는 소리 속에서 생의 불멸성 혹은 단일성에 대한
깨달음을 얻고 뱃사공 바주데바와 재회한다. 그러던 어느 날 고타
마의 입멸이 임박했다는 소식을 들은 카말라가 고타마에게 가던 길
에 강가에서 뱀에게 물려 죽고 아들을 싯다르타에게 남긴다. 아버
지 싯다르타의 관심을 지겹다고 생각한 아들은 그의 곁을 떠나 도
망치고, 아들을 끝내 찾지 못한 싯다르타는 아들에 대한 집착에서
벗어나야 된다는 걸 깨닫고 내면에서 지혜를 키워간다. 바주데바를
대신하여 뱃사공이 된 싯다르타는 친구 고빈다와 우연히 만나는데,
싯다르타의 미소가 세존 고타마가 지었던 미소와 똑같다는 걸 알게
된 고빈다는 허리를 굽혀 큰 절을 올린다.

이번 시간에는 '깨달음이란 무엇인가'라는 주제로 헤르만 헤세의 《싯다르타》에 관해 이야기하겠습니다.

헤르만 헤세는 국내에 아주 널리 알려진 독일 작가들 중 한 명입니다. 일단 영어권에서는 《싯다르타》가 헤르만 헤세를 대표하는 작품으로 꼽혀요. 우리는 '헤르만 헤세' 하면 《데미안》을 먼저 떠올리게 되는데 구미 독자들은 《싯다르타》를 떠올린다는 겁니다. 《싯다르타》에 바로 이어지는 《황야의 이리》가 그다음으로 가장 많이 읽히고요.

헤세의 창작 세계를 대략 세 단계로 구분하는데 중간 단계에 해당하는 《데미안》이 1919년, 《싯다르타》가 1922년, 《황야의 이리》가 1927년에 발표되었습니다. 그리고 1930년대 이후 작품들이 세 번째 단계에 해당한다고 봅니다. 《나르치스와 골드문트》가 1930년에 출간되었고 마지막 대작이 1931~1942년에 집필되고 1943년 발표된 《유리알 유희》입니다.

국내에서는 초기작인 《수레바퀴 아래서》나 《데미안》이 많이 읽히고, 후기에 해당하는 1930년대 이후 작품들은 상대적으로 덜 주목받는 것 같습니다. 《나르치스와 골드문트》는 '지와 사랑'이라는 제목으로 일찍이 좀 읽히긴 했는데, 최근에 와서는 《데미안》이 더 탐독되고 있다는 인상을 받습니다.

깨달음이란 무엇인가

《싯다르타》는
불교 소설인가?

〰〰〰〰〰〰〰〰〰

　헤세의 창작사에서 보자면 저는 《데미안》과 《싯다르타》, 《황야의 이리》가 연속적으로 이어진다고 생각하는데 《싯다르타》가 중요한 변화 혹은 차이를 보여주고 있어요. 이 작품 전체에서, 특히 마지막 장 '고빈다'에서 싯다르타와 고빈다의 대화 장면을 통해 지식과 지혜의 문제를 다루고 있습니다. 저는 그것과 함께 혹은 그것보다 더 중요한 의미를 갖는 것은 시간의 문제라고 생각해요. 모든 시간의 동시성에 대한 깨달음이 이야기되는데 이 부분은 불교에서 그렇게 중요하게 부각되는 것 같지 않습니다.

　미리 말씀드리자면 이 작품에 대한 가장 흔한 오해가 힌두교 내지는 불교 철학을 소설화한 것이라고 보는 거예요. 실제로는 그렇지 않습니다. 만약에 그런 작품이라면 안 읽어도 되는 거잖아요? 힌두교까지는 잘 모르더라도 우리가 상식적으로 알고 있는 불교적 인식이나 세계관을 그대로 소설로 옮긴 거라고 한다면 이 소설은 그냥 군더더기의 의미만 갖습니다. 하지만 헤세는 그보다는 좀 더 많은 야심을 갖고 이 작품을 썼고요. 그런 야심을 이 작품에서 고타마 싯다르타 외에 또 다른 싯다르타가 등장한다는 점을 통해서도 알 수가 있습니다. 이름이 같은 두 명의 싯다르타가 등장하는 거죠. 고타마 싯다르타에 의해서 대변되는 혹은 대표되는 불교적 인식, 불교 철학이라는 게 한쪽에 있다고 한다면, 그와 맞서고 있는 게 이 작품의 주인공 싯다르타의 깨달음입니다.

만약에 불교적인 인식과 철학을 그대로 소설화하려고 했다고 하면 그냥 고타마 싯다르타의 전기를 쓰면 됩니다. 물론 그의 전기에 대해서는 알려진 바가 거의 없어요. 제가 자료를 찾아보니까 전설만 있을 뿐, 예수의 생애보다도 더 알려진 게 없습니다. 생몰 연도에 대해서도 대략 기원전 5세기경이라고 보는데 기원전 4세기경이라고도 하는 등 이견이 분분하고 확증하기도 어려운 것 같습니다. 생애에 관해서도 성경에서 예수의 생애에 대해 기록하고 있는 것보다도 훨씬 더 불분명하고 모호한 전설들만 남아 있습니다. 게다가 그마저도 한 개인이라기보다는 어떤 유형에 대한 전설들로 되어 있고요. 그 행적에 관해서도 마찬가지입니다. 행적이 고타마 싯다르타의 가르침하고도 연관이 되는데 고타마는 개인이라는 것, 자아라는 것을 부정하고 포기하잖아요? 그게 핵심적인 가르침인데. 만약에 어떤 고유한 개인의 전기가 가능하다고 한다면 반불교적입니다. 그 자체가 난센스예요. 특정한 생몰 연도를 갖는 한 개인의 전기가 구성될 수 있는가? 만약에 그렇다고 한다면 그것이 고타마의 생애는 아닐 겁니다. 고타마는 그 자체를 부정했기 때문이지요. 여하튼 그래서 우리가 고타마의 생애에 대해 알 수 있는 건 거의 없지만 몇 가지 가르침은 전승되고 있습

깨달음이란 무엇인가

니다. 그리고 그 가르침들에 근거해서 헤세도 이 작품에 스스로 무언가를 깨달은 이후에 자기의 깨달음을 설파하는, 전도하는 단계의 고타마를 등장시키고는 있습니다. 나아가 그와 대별되는 싯다르타라는 또 다른 인물을 등장시켜서 이 작품의 또 다른 주제, 문제의식을 드러내고자 합니다. 그래서 《싯다르타》가 힌두교나 불교 철학을 소설화한 작품이라고 보는 것이 가장 흔한 오해이긴 하지만 주의해서 읽을 필요가 있다고 생각해요.

헤세가 《싯다르타》를 쓰게 된 데는 가족과 관련된 배경이 있어요. 아버지가 인도와 중국의 사상을 소개하는 학자였던데다 외가 쪽에서는 인도 선교사를 지내서 인도의 종교와 신화, 철학에 관한 많은 서적들을 일찍이 헤세가 접할 수 있었고 그 자신도 관심이 많았다고 해요. 인도를 직접 가려고 했던 적이 있지만 병으로 스리랑카까지만 가는 데 그쳤습니다. 헤세는 중국에도 상당한 관심을 두었는데, 나중에 쓴 것을 보면 인도보다는 중국에 좀 더 관심이 있었던 듯해요. 그 당시 아시아를 대표하는 인도와 중국에 헤세만큼 많은 관심을 가진 서구 작가가 드물었으므로 헤세는 서양 쪽에서 보자면 대단히 이채로운 관심사와 이력을 가진 작가입니다. 거꾸로 동양 쪽에서 보자면 상당히 친숙하게 느껴지는 작가이기도 합니다. 우리나라에서뿐만 아니라 일본에서도 헤세는 친숙한 작가입니다.

그럼에도 헤세는 아시아와 관련해서 종교보다는 사상과 심리에 대

1899년의 헤세 일가. 중앙에 서 있는 안경 쓴 청년이 헤르만 헤세이다.

해 관심이 있었어요. 그중에서도 종교나 교리 속의 양극성이나 단일성 사상에 큰 관심을 보였습니다. 사실 헤세는 다양한 사상과 철학의 영향을 받았고 그것들을 다 흡수하고 자기화하려 하고 극복하려 했기 때문에, 몇몇 사상만 가지고 영향 관계를 말하기는 어렵다고 생각합니다. 서양 철학에서만 하더라도 니체의 영향을 많이 받는데, 그 밖에 스피노자의 영향도 있고 가톨릭이나 개신교 등 온갖 종교의 영향과 흔적이 다 발견됩니다. 동양 쪽의 영향도 마찬가지고요. 하여튼 온갖 종류의 사상, 철학, 종교가 다 종합되고 뒤섞이는 양상을 헤세의 작품에서 찾아볼 수 있습니다. 또 다르게 보면 다 뒤섞여 있으므로 특

깨달음이란 무엇인가

정 사상이나 철학, 종교에 한정해서 이해하기 어려운 점도 있어요. 제가 관심을 두었던 건 니체와의 관계인데, 이 관계도 《데미안》 정도가 정점이었던 것 같아요. 이 작품에서 니체의 영향을 좀 많이 받았구나 싶더니 그다음에는 또 달라집니다. 《황야의 이리》에서는 니체와 어느 정도 거리를 둡니다. 말년의 작품 《유리알 유희》에서는 니체를 대상화하고 객관화해서 자기 생각과 거리를 두는 걸로 되어 있습니다. 그런 점이 헤세의 특징이기도 합니다.

헤세가 평생 중요하게 다룬 개인의 문제 내지는 개인화의 문제는 카를 구스타프 융의 정신분석으로부터도 영향을 많이 받았습니다. 융의 영향으로 이 문제에 관심을 갖게 되었다기보다는 이미 관심을 갖고 있다가 융의 지원을 받았던 걸로 생각됩니다. 니체의 경우도 마찬가지인데, 그래서 말하자면 니체와 헤세는 사제 관계라기보다는 일종의 동지적 관계라고 해야 될까요? 아무튼 헤세에게서 특정한 어떤 사상이나 종교의 영향을 발견할 수 있지만 일방적인 관계는 아닙니다.

헤세가 동양 고전 가운데 노자의 《도덕경道德經》으로부터도 많은 영향을 받았다고 얘기됩니다. 특히 이 작품 《싯다르타》에서 강의 진리를 설파하는 뱃사공 바주데바가 나오고, 싯다르타도 마지막에 뱃사공이 됩니다. 이 물의 사상, 물의 철학이 노자에게서 영향을 받았다는 분석들이 있습니다. 헤세가 동양의 저작들에 친숙했기 때문에 그런 영향 관계가 있다고 얘기되곤 합니다.

이 작품은 1, 2부로 나뉘어 있는데 전체 12장이고 4장씩 끊어서 세 단계 정도로 보통 구분합니다. 그래서 첫 단계로, 1부에서 깨달음이라는 게 처음 나오고 1부의 마지막 장 제목도 '깨달음'이라고 되어 있어요. 여기에서부터 고타마와의 차별점을 읽을 수 있습니다. 만약에 이 작품이 불교 소설이 되려면 고타마와의 만남, 그리고 거기에 이어지는 깨달음이 있어야 할 거예요. 하지만 이 작품에서는 고타마와의 조우가 상당히 빨리 나오고, 그 장의 결론은 '나는 고타마와 생각이 다르다'는 겁니다. 그리하여 친구였던 고빈다는 고타마의 제자로 남고 싯다르타는 떠나는 설정으로 되어 있습니다. 굉장한 파격이죠. 그것만으로도 이 작품을 과연 불교 소설이라고 볼 수 있는가 하는 의문을 품게 합니다.

그리고 고빈다와의 재회가 마지막 장에 나오는데, 이 둘은 자연과학에서 나오는 대조 실험군과 비슷하죠. 고타마의 뒤를 따랐던 고빈다와 고타마의 곁을 떠났던 싯다르타가 노년에 다시 만나서 누가 과연 깨달음에 도달했는지를 견줘봅니다. 누가 이길까요? 싯다르타가 이깁니다. 그래서 고빈다가 싯다르타에게 큰절을 올리는 것으로 작품이 끝나게 됩니다. 이렇게 끝나면 불교 소설이라고 할 수 없죠. 만약 불교 소설이라면 고빈다가 승리해야 하잖아요? 고빈다가 고타마의 제자가 되어서 충실히 그의 뒤를 따르려고 했는데, 고타마를 떠나서 전혀 다른 길을 걸었던 싯다르타가 오히려 고타마와 같은 수준에 도달한다고 되어 있습니다.

만약에 싯다르타가 작가 헤세의 분신이라고 한다면 이 작품의 야심은 어떤 것일까요? 고타마가 이른 깨달음의 수준에 헤세가 도달했다는 겁니다. '내가 이 정도야' 하고 보여주는 거잖아요? 대놓고 얘기하진 않지만 자기 과시적인 의미도 있다고 생각합니다. 싯다르타의 깨달음이라면 작가 헤세의 깨달음이기도 하잖아요? 그리고 깨달음의 수준을 보여줍니다. 친구인 고빈다가 싯다르타에게 경배하는 것은, 달리 보면 헤세의 자기 자신에 대한 자부심을 의미하지 않나, 저는 그렇게도 해석합니다.

이렇게 보는 것이 과장은 아닌 게《유리알 유희》에 나오는 유리알 명인도 헤세 자신이잖아요?《유리알 유희》에서도 유리알 명인의 전임자가 있어요. 바로 토마스 만(1875~1955)입니다. 헤세가 자기 급으로 인정하는 동시대 작가이지요.《유리알 유희》에서는 이제 전임자가 죽고 자기가 그 자리에 등극합니다. 토마스 만이 헤세에게서《유리알 유희》를 선물로 받았는데 어떤 느낌이었을지 모르겠어요. 작품에서 죽는 걸로 되어 있기 때문에. 뒤이어 후계자 요제프 크네히트가 명인이 됩니다. 그가 헤세의 분신적인 인물입니다. 헤르만 헤세가 그런 정도의 자부심을 이미 갖고 있는 작가라는 겁니다. 그러므로 이 작품에서 싯다르타가 고타마 수준이라고 얘기해도 특별히 이상한 건 아니

제자들을 가르치는 붓다. 5세기경 굽타왕조 시대의 작품으로
인도 사르나트 고고학 박물관에 소장되어 있다.

에요. 원래 혜세의 모습이 그렇습니다.

　이 작품은 제목만 봐서는 고타마 싯다르타, 즉 붓다의 행적을 다룬
소설로 읽기가 쉬운데 뭔가 변형시키고 있다는 거죠. 앞에서 우리가
전설들을 통해서만 붓다의 생애를 접해볼 수 있다고 말씀드렸는데
그래서 상당 기간 동안, 19세기에는 특히, 부처를 허구적 인물로, 가
공인물로 생각했다고 합니다. 그런데 오늘날에는 정확하게는 특정할
수가 없고 여러 가지 개인적이고 성격적인 특성도 전혀 알 수 없지만

실제로 존재했다는 사실 자체는 인정되는 듯합니다.

석가모니를 소설에 고타마로 등장시키고 있다는 것이 가장 중요한 점이자 특징인데, 이 작품에서 주인공 싯다르타는 부처가 아니고 이름만 싯다르타인 거죠. 싯다르타의 아들도 싯다르타라고 나오긴 합니다. 종국적으로는 부처가 되지도 않아요. '부처를 어떻게 볼 것인가'라는 문제인 것 같은데 맨 마지막에 친구 고빈다가 볼 때는 둘이 같은 급으로 나옵니다. 싯다르타나 고타마나 똑같은 미소를 갖고 있어요. 그렇지만 생각이 다릅니다. 달리 얘기하면 불교의 깨달음에 대한, 고타마에 대한 싯다르타의 도전을 그립니다. 물론 최대한 존중을 표하면서도 의견 차이를 분명히 하고 있습니다. 그래서 이런 설정이 필요했던 거죠.

부처를 부정하고
넘어서다

소설의 앞부분 내용을 보면, 바라문(브라만)의 아들인 싯다르타가 고행의 길에 나서서 사문들과 함께 지내지만 만족할 만한 깨달음은 얻지 못합니다. 그러다가 1부 3장에서 싯다르타는 부처가 나타났다고 해서 찾아가게 됩니다. "마치 어떤 한 신이 가리켜주기라도 한 것처럼 곧바로 그를 알아보았다." 딱 보니까 깨달은 자입니다. 깨달은 자가 저기 있어요. 그리고 부처를 보자마자 "어느 누구도 이분만큼 존경한 적이 없었으며, 어느 누구도 이분만큼 사랑해본 적이 없었다"고 생각합니다. 자기가 가장 존경하고 사랑하는 인물이 부처라는 거예요. 고타마는 이제 단골 레퍼토리 강연을 합니다. 불교에서 깨달음에 이르는 여덟 가지 길인 팔정도八正道에 대해, 영원불변하는 성스러운 네 가지 진리인 사제四諦에 대해 강연을 합니다. 이런 가르침에 이제 압도되어서 부처의 뒤를 따른다거나 하면 흔한 이야기가 되어버리겠죠. 이 작품에서 싯다르타는 좀 다른 면을 보여주게 됩니다. 어려운 자리였을 텐데 부처와 독대하고 단독 질의를 합니다. 싯다르타는 부처에게 당신의 가르침은 경탄스럽지만 의문스러운 점이 있다고 하면서 이야기를 시작합니다. 부처가 두 가지 가르침을 말하는데 각각 분리해서 볼 때는 굉장히 아름다운 가르침이라고 생각해요. 그런데 둘이 양립이 안 된다는 겁니다. 소위 어불성설이죠. 말이 안 된다는 거예요. 싯다르타가 예를 갖춰서 얘기하고 있긴 하지만 곧이곧대로 번역하자면, '부처가 한 입으로 두말한다'는 겁니다. 두 가지가 서로 양립할 수 없으니까 말이 안 된다는 거죠.

어떤 가르침이냐면 하나는 이제 온 세상이 하나의 사슬로 이어져 있다, 영원한 사슬로 묶여 있다는 가르침입니다. 또 다른 하나는 해탈의 가르침이에요.

"당신께서 가르치신 동일한 설법에 따르자면, 이 만물의 단일성과 모순 없는 시종일관함이, 그럼에도 불구하고, 한 군데에서 중단되어 있으며, 한 조그마한 틈새를 통하여 이 단일성의 세계 속으로, 어떤 낯선 것이, 어떤 새로운 것이, 그러니까 일찍이 존재한 적이 없었으며, 밝혀질 수도 증명될 수도 없는 어떤 것이 흘러 들어오고 있습니다. 그것은 바로 이 세상의 극복, 즉 해탈에 관한 당신의 가르침입니다."

어떤 틈새가 있는데, 그 틈새가 해탈에 관한 가르침입니다. 다르게는 윤회에 대한 가르침이라든가 모든 것이 단일하고 하나로 연결되어 있다고 보는 가르침입니다. 해탈이라는 것은 그렇게 연결되어 있던 게 끊어진 것, 거기에 어떤 틈새가 있어서 그쪽으로 뭔가가 비집고 들어오는 것입니다. 이 조그마한 틈새가 있기에 영원하고 단일한 세계 법칙의 전체 구조가 파괴되고 폐기되는 셈인데 이게 말이 되는 거냐고 싯다르타가 부처에게 질문합니다.

상당히 센 질문이고, 짐작하기에는 헤세가 불교에 품었던 의문처럼 보입니다. 이에 고타마가 답을 안 합니다. 여기서는 소설 속 한 인물로 성격화되어 있는 부처가 답을 하지 않고 질문 자체가 뭔가 시비에 빠져 있다고 간주합니다. 나중에 보면 언어에 대한 불신 같은 것을 갖고 있어요. 그런 분별지分別智 때문에, 언어 때문에 벌어지는 시비 다툼에 불과하다, 질문 자체로는 말이 되는 것처럼 보이지만 그건 언어가 갖고 있는 어떤 함정 때문이지, 원래 가르침이라는 건 말로 표현될 수가 없는데 말로 표현하다 보니까 그렇게 나눠지고 모순되는 것처럼 보이는 거다, 이런 식으로 대답합니다. 어떻게 보면 어물쩍 넘어가는 걸로, 회피하는 걸로 보입니다.

고타마를 석가세존으로 우상화하지 않고 작품 속에 등장하는 한 인물로 볼 경우에는 흠이 있어요. 그러니까 싯다르타도 고타마의 답을 듣고 이렇게 말합니다. "세존이시여, 저에게 노여워하지 마시기를 바랍니다." 점잖게 얘기하긴 했지만 지금 말 때문에 벌어지는 시비 다툼을 경계해야 된다고 얘기하니까 아마 이 말투 자체가 싯다르타가 보기에는 화를 내는 것처럼 보였나 봅니다. 싯다르타는 노여워하지 말아달라고 부처에게 얘기한 다음에 이렇게 말합니다. "한 순간도 저는 당신에게 의심을 품은 적이 없었습니다." 당신이 부처님이라는 것을, 당신이 깨달은 자라고 하는 것을 믿어 의심치 않지만 당신은 당신이 깨달은 시간에 도대체 무슨 일이 일어났는가를 말로는 전달해주실 수 없다고 하는 것, 말해주실 수도 없다고 하는 것이 싯다르타의 생각입니다.

나중에 이런 태도는 끝까지 견지됩니다. 싯다르타가 고타마를 깨달은 자로 인정하고 존경하고 사랑하긴 하지만, 그의 말과 가르침을 받아들이지는 않습니다. 다만 그의 행함은 받아들여요. 그의 행동과 실천은 좋은 본보기라고 생각해요. 하지만 가르침은 수용하지 않습

깨달음이란 무엇인가

니다. 이런 점은 마지막에 고빈다와의 대화에서도 나옵니다.

"세존께서 몸소 겪으셨던 것에 관한 비밀, 즉 수십만 명 가운데 혼자만 체험하셨던 그 비밀이 그 가르침 속에는 들어 있지 않다는 말입니다. 바로 이 점이, 제가 가르침을 들었을 때 생각하였고 깨달았던 점입니다."

부처의 가르침을 듣긴 했는데 이런 비밀이 빠져 있다는 겁니다. 그것은 공유될 수 없다는 겁니다. 가장 중요한 핵심은 깨달음의 순간인데, 깨달음의 내용은 중요하지 않다고 봐요. 깨달음의 순간, 깨달음이 어떻게 가능했는지가 싯다르타가 궁금해하는 내용인데 그것은 말로 표현될 수 없다는 것이죠. 부처의 옆에 붙어 있어 봐야 소용이 없습니다. 그래서 떠나게 됩니다.

"세존이시여, 제가 만약 당신의 제자들 가운데 하나라면, 만약 그렇다면 저는 당신의 가르침을, 당신을 본받는 일을, 당신에 대한 저의 사랑을, 그리고 승려들의 교단을 저의 자아로 만들어, 저의 자아가 오로지 겉모습으로만, 오로지 거짓으로만 안식에 이르거나 해탈을 얻을 뿐, 실제로는 저의 자아가 계속 살아남고 커지는 일이 일어나지나 않을까 두렵습니다."

이렇게 자신의 솔직한 심정을 토로한 다음에 떠나려고 합니다. 그러니까 세존이 응답합니다. "친구분, 그대는 재치 있게 말을 할 줄 아는군요. 그러나 너무 지나치게 똑똑하지 않도록 경계하시오!" 부처에게서 기대할 수 있는 답변하고는 거리가 있는 것 같아요.

이 작품에서 예상보다 빨리 나오는 고타마와 싯다르타의 만남인데, 말하자면 서로 겨루는 걸로 되어 있습니다. 싯다르타는 부처를 충분히 존경한다고 얘기하긴 했지만 부처의 가르침이 가진 여러 결함과 문제점을 정확하게 지적합니다. 그리고 고타마는 이 지적을 특별히 부인하는 것 같지는 않습니다. 다만 말에 대해, 이런 분별이나 재치에 대해 경계하라는 주의만 줍니다. 그러면서 빠져나오는데 싯다르타가 이렇게 생각합니다. "그 사람 앞에 서면 시선을 떨구지 않을 수 없는 유일한 인간을 보았어." 시선을 떨구게 되는, 저절로 고개가 숙여지는, 자기 생에서 유일한 인간이 고타마입니다. 그렇지만 그의 가르침도 나를 유혹하지는 못했다, 만족스럽지 않다는 겁니다. 따라서 존경할 만한 유일한 인간이고, 자기가 귀담아들을 만한 유일한 가르침인데, 이조차도 나를 유혹하지는 못했으니까 떠나겠다는 겁니다. 싯다르타가 보여주는 자부심입니다.

"그분은 나한테서 무언가를 빼앗아갔지만, 빼앗아간 것 이상을 나에게 선사해주셨어." 빼앗아간 건 친구입니다. 친구 고빈다는 원래 싯다르타의 단짝이었는데 고타마의 제자로 남습니다. "그 친구는 예전에는 나를 믿었지만 지금은 그분을 믿으며, 예전에는 나의 그림자였지만 지금은 고타마의 그림자가 되어버렸다. 하지만 그분은 나에게 싯다르타를, 나 자신을 선사해주셨다." 그리고 바로 깨달음으로 이어지게 됩니다. 불교의 주요한 가르침이 '자아에 대한 집착을 버리는 것'인데, 헤세는 다릅니다. 자아, 개인이 가장 중요해요. 이것이 최대의 수수께끼입니다. '자아가 무엇인가' 하는 것은 헤르만 헤세가 전 작품을 통틀어서 유일하게 포기하지 않는 핵심적인 관심입니다.

그런데 헤세는 자아라는 것 자체가 환각이라고 보지 않아요. 헤세가 기독교의 영향도 받았고 불교의 영향도 받았다고 하지만 양쪽에서 다 욕먹습니다. 기독교에서도 욕먹고 불교에서도 욕먹습니다. 개인, 자아에 대한 집착 때문입니다. 그리고 자아라는 걸 거의 신격화해요. 사실 기독교에서도 자기 숭배에 대해서 경고하죠. 기독교에서는 '예수 따르미'라고 불러요. 그리스도를, 그리스도의 삶을 모방하는 것은 자기 삶을 통해서 뒤따르는 것이지 자기 개성을 앞세우거나 하는 것이 아닙니다. 그런데 헤세에게는 자신의 개성이 더 중요한 가치예요. 자기 자신이 되어가는 여정이 《데미안》의 결론이고 주제잖아요? 헤세 자신이 《데미안》 서문에서도 분명하게 밝혀놓고 있는데 《싯다르타》에서도 그런 문제의식을 계속 견지합니다.

1부의 마지막 장 '깨달음'에서 이렇게 정리합니다.

그는 도를 닦는 수행 과정 도중 자신에게 나타났던 마지막 스승, 최고의 스승이자 가장 현명한 스승, 즉 가장 성스러운 부처의 곁도 떠났으며, 그 부처와 결별하지 않으면 안 되었으며, 그의 가르침을 받아들일 수가 없었다.

　물론 역설적으로 이것이 부처의 진정한 가르침이라고 볼 수도 있어요. 그러니까 임제臨濟 선사가 "부처를 만나면 부처를 죽여라"라고 얘기했듯이 고타마를 만나면 고타마를 죽여야 됩니다. 내지는 넘어서야 됩니다. 고타마의 따르미가 되는 건 부처의 가르침이 아니에요. 부처를 부정하고 넘어서는 이가 오히려 더 충실한 제자일 수 있습니다. 여하튼 상식적인 선에서 보자면 싯다르타는 고타마와는 다른 길을 선택하게 됩니다.

　그리고 고타마는 자아를 부정하라고 하는데 그런 점에서는 영국 경험론 철학과 비슷합니다. 경험론에서 자아라는 것은 어떤 감각적 경험의 묶음이고 다발일 뿐, 실재라고 보진 않습니다. 대륙의 합리론과 구별되는 점인데 그런 점에서는 불교와 상통하는 부분이 있습니다. 좀 다른 얘기이긴 하지만, 심지어 최근에는 뇌 과학 쪽에서도 자아의 실체성에 대해 부정하는 연구 결과들이 나오고 있어서 불교 쪽 학자들이 반가워합니다. 뇌 과학하고 불교하고 약간 연결고리를 갖고 있어요. 현대적인 뇌 과학이 지지하는 불교적인 인식을 다루는 책들도 나와 있습니다.

　어쨌든 대별해보자면 자아라는 것이 환상에 불과하고 자아에 대한

깨달음이란 무엇인가

집착에서 벗어나야 된다고 주장하는 게 불교라면, 이 작품에서 싯다르타는 조금 다른 생각을 갖고 있습니다. 그래서 서두에서도 말씀드렸지만 이 작품이 불교 철학을 소설화한 거라는 보는 것은 오도된 견해입니다. 그렇게 나와 있어요.

> 이 세상의 어떤 것도 나의 자아만큼, (…) 내가 싯다르타라고 하는 이 수수께끼만큼 나를 그토록 많은 생각에 몰두하게 한 것은 없었다.

그러니까 '싯다르타'라는 걸 버리는 게 아닙니다. 버리고 부정하고 포기하는 게 아니고 싯다르타가 되는 것입니다. 자기를 완성해나가고 자기 자신에 대해 알게 되는 것입니다. 그러다 보니까 융의 관점도 많은 참고가 됩니다. 융은 우리 자아의 이면에 우리가 알지 못하는 또 다른 자아가 있다고 얘기합니다. 남성에 내재되어 있는 여성성으로서 아니마도 있고 여성에 내재되어 있는 남성성으로서 아니무스도 있고, 또 그림자라고도 비유되는 부분들이 있다는 겁니다. 자아에 대해서 알고 있다고 한다면 나에게 숨겨져 있는 부분, 가려져 있는 부분까지도 알아야 하는 겁니다. 그런 면에서 헤세가 융의 정신분석에도 많은 관심을 갖게 됩니다. 그런데 융은 자아라는 게 없다고 하지 않아요. 없다는 게 아니고 뭔가가 있는데 그 이면도 있고 이중성도 있다는 겁니다. 《싯다르타》를 발표하고 5년 만에 출간된 《황야의 이리》는 이중성뿐만이 아니라 다중성에 대해 다룹니다. 우리 자아 안에는 수천 개의 '나'가 있다고도 하면서 시야를 확장시켜나갑니다.

'깨달음' 장에서 싯다르타는 그때까지 "내가 나 자신에 대하여 아무것도 모르고 있다는 것"을 문득 떠올립니다. 그는 사문의 수행자들과 함께 금식하고 명상하는 걸 통해서 자기를 계속 비우려고, '멸아' 하려고 합니다. 그런데 그 단계를 벗어나요. 그것도 만족스럽지 않고 고타마의 가르침도 만족스럽지 않습니다. 이제 관심사가 좀 달라졌기 때문입니다. 싯다르타는 자기 자신에 대해서 알고자 합니다. 그건 다른 누가 대신 알아줄 수 있는 게 아니에요. 각자의 몫으로 주어지게 됩니다. 지금까지 나에 대해서 정확히 모르고 있었어요. 나를 두려워하고 나로부터 도망치려 했기 때문인데, 그에 대한 반성으로 이제는 자기 자신에게 집중하려고 합니다. 이것이 1부의 결론입니다. 그래서 나는 나 자신에게서 배울 것이라고 마음먹습니다. 어느 누구한테도 배울 수가 없어요. 고타마에게서도 배울 수가 없습니다. 대단한 자기 숭배이기도 하죠. 헤세 문학의 주제는 자기를 벗어난 적이 없어요. 나 자신의 제자가 되는 것, 나 자신의 비밀을 알아내는 것이 과제입니다. 그리고 자기 탐구의 지속적인 여정이 싯다르타의 여정인 동시에 헤세의 여정입니다. 이런 깨달음과 함께 미몽에서 깨어나 다시 태어났다는 이야기로 1부가 마무리됩니다.

깨달음이란 무엇인가

세속 세계에서 빠져나와
깨달음에 도달하다

이제 2부로 넘어가게 됩니다. 세속 세계에서의 경험이 나오는 2부는 두 부분으로 나뉘어 있습니다. 하나는 육체적 욕망의 경험이고, 다른 하나는 세속적이고 물질적인 부의 경험입니다. 보통 인간의 가장 대표적인 욕망으로 성적인 만족과 물질적인 부의 추구를 꼽지요. 싯다르타는 이 둘을 모두 경험해보는 걸로, 끝까지 가보는 걸로 설정되어 있습니다. 그것이 얼마나 무의미하고 무가치한지를 알기 위해서는 직접 경험해봐야 합니다. 통과해야 합니다. 그러고 나서야 원래의 물음으로 다시 돌아오게 됩니다.

이 부분에서 융의 정신분석학의 영향이 두드러지는 편입니다. 융 정신분석학에서도 핵심적인 것은 개인화이기 때문에 그렇습니다. 그래서 싯다르타는 고타마의 가르침에 안주하지 않고 결국 떠나게 됩니다. 그리고 싯다르타라는 수수께끼와 대면하고 그것을 푸는 것을 자기의 과제로 삼게 됩니다. 그다음 단계에서 얘기되는 것이 세속 세계에서의 경험입니다. 여기서는 뱃사공인 바주데바를 만납니다. 뱃사공은 싯다르타가 강을 건너게 해주고 다시금 돌아오게 하는 역할로 두 번에 걸쳐서 등장하게 되지요. 처음에는 싯다르타를 세속 세계로 데려다주는 역할을 합니다. 그렇게 해서 싯다르타는 카말라라는 일종의 직업여성과 만나게 됩니다. 이 대목은 소설로 얘기되고 있지만 우화에 가까워요. 어떤 전형적인 혹은 상징적인 이야기로 읽을 수가 있습니다. 싯다르타는 카마스와미라는 상인의 도우미로서 장사꾼 역할도 해보게 됩니다. 그래서 온갖 쾌락을 다 경험하게끔 합니다.

헤세 작품에서 전반적으로 나타나는 특징이 자아의 양극성을 겪고 실제로 체험을 한다는 것입니다. 두 가지를 다 반복해봐야 합니다. 《데미안》의 설정은 그렇게 되어 있죠. 원래 싱클레어의 자전적인 이야기로 되어 있는데, 데미안이라고 타자화되어 있지만 나중에 데미안이 자기 안에 있는 또 다른 자아라는 걸 알게 되고 두 자아가 통합되는 것으로 작품은 마무리됩니다. 아브락사스도 마찬가지인데 선과 악이라는 양면성을 갖고 있는 신이죠. 선신과 악신이 하나로 통합되어 있는 신이 아브락사스입니다. 헤세의 종교라는 게 있다면 아브락사스교입니다. 기독교와도 좀 다른 거죠. 기독교에서 볼 때는 이단입니다.

원래 이 작품에서 싯다르타가 자부했던 세 가지 특기가 기다림, 금식, 명상인데, 20여 년간 환락의 세계에 빠져서 이 특기들을 다 잊어버립니다. 그러다 문득 깨닫게 됩니다. 자기 자신의 이런 모습에 화들짝 놀랍니다. 머리가 희끗해진 중년이 되어서야 자신의 모습을 반성합니다. "꿈에서 후닥닥 깨어나면서 그는 깊은 비애감에 온통 사로잡혀 있음을 느꼈다." 무가치하고도 무의미하게 인생을 살아왔구나 하는 생각을 불현듯 하게 되고 그런 삶과 단호하게 결별합니다.

싯다르타는 이 유희가 끝났다는 것을, 자기가 이 유희를 더 이상 계속할 수 없
으리라는 것을 알게 되었다. 온몸에 소름이 쫙 돋았다. 그는 자신의 내면에 있
던 어떤 것이 죽어버리고 없다는 것을 느꼈다.

상당한 위기의식을 느낀 싯다르타는 이제까지의 생활을 바로 청산
하게 됩니다.

"싯다르타는 자신의 정원을 떠났으며, 그 도시를 떠났으며, 그 후
다시는 되돌아오지 않았다." 이 경험이라는 것은 무의미하고 무가치
하다는 것을 깨닫게 하는 계기가 되는 정도의 의미만 있습니다. 그런
데 그 단계를 거칠 필요가 있다고 보는 견해도 있고, 어차피 무의미하
고 무가치하니까 건너뛰는 게 더 바람직하다는 견해도 있습니다. 러
시아 문학 강의 때 주로 구분해서 말씀드리곤 하는데 이런 무의미한
경험이 일종의 우회로로 필요하다는 게 도스토옙스키적인 견해이고,
무가치하기 때문에 우회할 필요 없이 바로 올바른 선의 길로 직행해
야 한다는 게 톨스토이적인 견해입니다. 두 작가의 생각이 이렇게 나
눠지지만 그냥 단순하게 구분해도 둘로 나눠질 수가 있습니다. 전자
가 변증법적인 인식이자 태도인데 선이라는 건 그 안에 악이라고 하
는 부정적인 계기를 포함합니다. 그렇게 보는 견해가 있지만, 형식논

리적인 견해에서는 선과 악은 분명하게 구분됩니다. 각기 다른 길이기 때문에 선의 길과 악의 길은 서로 중첩될 수가 없고 정확하게 구분됩니다. 저는 중요한 어떤 세계관에 있어서의 차이라고 생각합니다.

어느 쪽이 옳다 그르다 하는 건 아니지만 문학은 전자 쪽입니다. 《젊은 예술가의 초상》에서 나타나는 조이스의 생각도 그런 거였죠. '세속의 사제'는 교회의 사제와 달라서 선과 악의 양면을 다 보는 겁니다. 성과 속의 세계를 다 아우르고 경험하는 것이 세속 세계의 사제입니다. 교회의 사제는 악을 다 배제한 선의 세계, 절반의 세계에만 살면서 절반의 경험만 해요. 이를 통해서도 알 수 있지만 문학이나 예술이라는 것은 일종의 변증법적인 세계관이나 인식을 바탕에 깔고 있다고 생각됩니다. 톨스토이가 그런 점을 부정할 때 문학에서 떠납니다. 문학은 더 이상 자기에게 필요한 도구가 되지 못하니까요. 싯다르타가 그렇게 떠났는데 그 순간 연인이었던 카말라는 임신하게 됩니다. 그리고 카말라도 나이가 들어서 나중에 고타마의 길을 따르려고 합니다. 출산해서 아들을 데리고 가다가 뱀에 물려 숨지는데, 그러면서 아버지 싯다르타에게 아들 싯다르타를 떠넘기게 됩니다.

이 작품에서는 두 번째 중요한 변형으로 보이는 게 아들 싯다르타의 등장입니다. 고타마에게 자식이 있었다는 언급은 거의 등장하지 않습니다. 이 작품에서 싯다르타는 아들 때문에 굉장히 고심합니다. 설정으로 보면 깨달음을 얻기 바로 직전 단계가 아들 때문에 속 썩는 겁니다. 그것만 보면 우리한테 시사하는 바가 상당히 있습니다. 아들과의 관계만 잘 극복하게 되면 해탈이라는 거니까요. 《싯다르타》에서는 자식이 가장 고난도의 장애물인데 이를 잘 해결하면 해탈에 이르게 되는 거예요. 그 고비만 넘기니까 모든 걸 깨닫게 됩니다. 싯다르타에게 가장 어려운 문제가 자식 문제였다는 설정은, 실제 붓다의 전기하고는 무관하게 이 작품에서 헤세가 특별하게 집어넣은 겁니다.

싯다르타가 세속 세계에서 빠져나오며 강가에서 다시금 깨달음을 얻습니다. 강물의 '옴' 하는 소리 속에서 생의 불멸성 혹은 단일성에 대한 깨달음을 얻게 됩니다. 또 하나 중요한 깨달음이 뱃사공 바주데바가 신처럼 보인다는 거예요. 그리고 동시에 싯다르타 자신도 바주데바처럼 되어 있어요. 셋이 거의 동일시됩니다. 뱃사공 바주데바=신=싯다르타, 이렇게 설정되어 있습니다. 두 가지 깨달음 중 하나는 생명의 단일성에 대한 것인데, 이건 불교에서의 깨달음이기도 합니다. 동시에 모든 시간의 동일성이라는 것은, 제가 아는 한도에서는 불교의 가르침은 아니고 헤세 또는 이 작품에서 싯다르타가 보여주는 깨달음입니다. 특별한 의미를 갖고 있어요.

뱃사공과 만나는 장면 중간에 고빈다가 한 번 나옵니다. 고빈다의 역할은 일종의 대조적인 실험군이라고 말씀드렸었죠. 싯다르타가 어디쯤 가고 있는 건지, 어느 정도 수준에 도달했는지 자신과 견줘보기 위해 중간 점검차 나옵니다. 젊은 시절에 한 번 만나고, 고타마와 만

낮을 때는 헤어지게 되고, 중년이 되어서 다시 한 번 만나고, 노년이 되었을 때 또다시 만나게 됩니다. 중년에 만났을 때 처음에는 서로 못 알아봅니다. 그러다가 싯다르타가 "잘 지내게나, 고빈다" 하니까 고빈다는 "어떻게 나의 이름을 아십니까?"라고 묻고는 이내 "자네 싯다르타로군!" 하고 반가워하게 됩니다. 서로 기쁘다고 말하면서도 차이점에 대해 얘기합니다. 그동안 어떻게 살아왔는지에 관해 조금 대화를 나눈 다음에 고빈다가 싯다르타에게 "자네는 어디로 가는 길인가?"라고 묻습니다. 이에 싯다르타는 "나도 자네와 마찬가지 처지라네. 나는 발길 닿는 대로 정처 없이 떠돌아다니고 있네. 나는 단지 도를 향해 나아가는 도중에 있을 뿐이네"라고 답합니다. 이 중간 점검에서 고빈다나 싯다르타나 깨달음의 경지에 아직 도달하지는 못한 상태입니다. 하지만 앞에서 싯다르타가 고타마와는 다른 생각을 갖고 있었다는 것은 다시 한 번 확인해줍니다. 이 내용은 '강가에서'라는 여덟 번째 장에 나옵니다. 앞에서 이 작품이 세 단계 정도로 구분된다고 말씀드렸는데, 이로써 두 번째 단계가 끝나게 됩니다. 두 번째 단계의 마지막도 고빈다와의 재회 장면이고, 세 번째 단계의 마지막도 고빈다와의 재회 장면입니다. 마지막 재회 장면에서는 싯다르타가 깨달음에 도달해 있고, 고빈다는 그런 싯다르타에게 존경을 표하며 절하는 것으로 이 작품은 마무리됩니다.

깨달음이란 무엇인가

강물의 가르침
—시간이란 존재하지 않는다

헤세가《싯다르타》2부 4장 '강가에서'까지 쓴 다음에 한동안 더 진척을 시키지 못했다고 합니다. 그사이에《우파니샤드》번역본들, 불교의 팔리어 텍스트들, 일부 경전들의 번역본들, 특히 노자의《도덕경》을 좀 참고한 다음에 이어서 써나갈 수 있었다고 해요. 헤세는 슈테판 츠바이크한테 보낸 편지에서 "나의 성인이 인도의 옷을 입고 있지만 그의 지혜는 고타마보다는 노자에 더 가깝습니다. 우리 불쌍한 독일에서도 이제 노자가 유행입니다"라고 밝혔습니다. 그런데 자기는 진작부터 노자에 대해 알고 있었고 그의 사상을 적극적으로 수용해서 이런 대목을 썼다는 식의 고백을 했어요. 이런 사실을 근거로, 노자와 뱃사공 에피소드를 연관 지어서 많이들 얘기합니다.

물론 노자의《도덕경》이라는 텍스트의 한 가지 수용 방식입니다.《도덕경》도 굉장히 수수께끼 같은 텍스트여서 다양한 방식으로 해석되고 있어요. 그냥 참고로 한 가지만 말씀드리면, 노자가 공자보다 손위라고 하는 견해가 있죠. 사마천의《사기史記》를 보면, '공자가 노자를 찾아가서 예를 물었다'는 대목이 나옵니다. 마치 노자가 공자의 선배인 것처럼 나오고 있잖아요? 이건 완전히 허구적인 내용이므로 사마천의 말을 믿으면 안 됩니다. 사마천의《사기》가 노자의 생애에 대해서 가장 간략하게 기술하고 있는데다 가장 앞서는 문헌이어서 많이 참고하긴 하지만, 수 세기 뒤의 기록으로서 부정확하다는 점이 지적됩니다. 당시 한나라 궁중에서 특히 한나라 초의 통치 사상이었던 황노黃老 사상에 대한 숭배 같은 게 있었기에, 노자는 일단 치켜세웠어야 했어요. 그런 분위기 속에서 노자가 공자보다 앞선다는 설정이 나온 겁니다. 사실상 《논어論語》보다 《도덕경》이 앞설 수가 없습니다. 왜냐하면 《도덕경》에 유가 비판이 나오고 있기 때문에 전후 관계상 그렇게 될 수가 없어요. 이런 사실을 지금 굳이 말씀드리는 건 여전히 사마천에 의존해서 공자보다 노자가 앞선다고 태연히 설명해놓는 경우가 많기 때문이에요.

어쨌든 《도덕경》에서 주요하게 다뤄지는 이미지들 중 하나가 물입니다. "상선약수上善若水"라는 구절도 있죠. '가장 높은 선은 물과 같다'는 것이 노자 사상인데 그걸 헤세가 조금 변주하고 있어요. 모든 깨달음의 근원에 물의 흐름, 강물의 흐름이 있는 것으로 말입니다. 강물의 흐름을 보면서 뱃사공 바주데바가 깨달음을 얻고 그 깨달음이 싯다르타에게도 전수됩니다. "이 강물을 사랑하라! 그 강물 곁에 머물러라! 강물로부터 배우라!" 뱃사공은 이런 목소리를 듣고 깨달음을 얻습니다. 싯다르타는 자기를 세속 세계에 처음 데려다줬던 뱃사공과 같은 뱃사공을 다시금 만나게 됩니다. 그 뱃사공 바주데바가 싯다르타를 알아보고 자기가 바주데바라고 소개를 합니다. 내가 강으로부터 배웠는데, 당신도 강으로부터 배울 수 있게 될 거다, 강은 모든 것을 알고 있고 우리는 강으로부터 모든 것을 배울 수가 있다, 이렇게 바주데바가 싯다르타에게 얘기합니다.

그리고 강의 핵심적인 가르침은 '뱃사공' 장에 등장하고, '옴' 장으로 이어집니다. 그다음에 나오는 마지막 '고빈다' 장에서 싯다르타와 고빈다의 재회 장면으로 최종 단계가 구성됩니다. 그런데 강물의 가르침이라는 것을 한마디로 압축하면, 시간이란 존재하지 않는다는 비밀입니다. 좀 다르게 말하면 시간의 동시성이기도 합니다. 시간의 동시성이라는 것 자체가 시간의 부정입니다. 왜냐하면 시간이 언제 존재하느냐면 어떤 방향성을 가질 때죠. 그래서 '시간의 화살'이라는 비유를 씁니다. 시간이 어떤 한 가지 방향으로 지나간다는 겁니다. 현재 시점을 기준으로 해서 지나간 시간이 있고 아직 도래할 시간이 있다고 보는 것이 시간에 관한 가장 일반적인 이미지입니다. 그런데 시간의 동시성이라는 것은 과거, 현재, 미래가 구분되어 있지 않고 이것들이 모두 동시적이라는 것입니다. 말 그대로 반反시간입니다. 시간에 대한 부정이기도 합니다. 시간은 존재하지 않는다는 겁니다. "강에는 현재만이 있을 뿐, 과거라는 그림자도, 미래라는 그림자도 없"고 그것을 배웠을 때 싯다르타는 싯다르타 자신의 인생을 다시 바라보게 되었다는 겁니다.

싯다르타는 아들 때문에 한바탕 애를 먹은 다음에야 비로소 가르침의 본격적인 의미에, 깨달음에 도달하게 됩니다. 그리고 자신이 무엇을 깨달았는지 그 내용은 마지막으로 고빈다와 재회한 자리에서 얘기해주게 됩니다. '뱃사공' 장에서는 싯다르타가 점점 뱃사공을 닮아간다는 이야기가 나옵니다. 뱃사공 바주데바와 동일시되는 거예요. 그런데 뱃사공 바주데바가 신적인 인물로 그려집니다.《싯다르타》에서는 깨달은 자가 두 사람이 나오지요. 전반부에는 고타마가, 후반부에는 바주데바가 있습니다. 그리고 싯다르타 자신도 뱃사공이 되고 바주데바를 닮아가고 바주데바와 동일시됩니다. 싯다르타 또한 깨달은 자가 되는 것이지요.

깨달음에 이르는 데 마지막 고비에 해당하는 것이 아들 싯다르타의 등장입니다. 고타마의 입멸이 임박했다는 소식을 들은 카말라가 고타마에게 가던 길에 강가에서 뱀에게 물려 죽고 아들을 싯다르타에게 남깁니다. 이 아들과의 이야기가 '아들' 장에 본격적으로 서술되는데 이 대목이 좀 재미있기도 합니다. 아버지 싯다르타가 아들을 사랑한다고 하지만 아들 싯다르타는 사랑받느니 차라리 학대받는 게 더 낫다고 생각해요. 아버지가 애정 어린 관심으로 자신을 애지중지 보살펴준다고 하지만 아들 입장에서 보면 그게 다 구속이고 속박입니다. "이 아버지라는 사람이 소년에게는 지겨운 존재였다. 아들이 볼 때 이 아버지라는 사람은 정말 지겹기 짝이 없는 존재였다." 아버지가 못되게 군 게 아닙니다. 맨날 아들을 보고 밥은 먹었는지 잠은 잘

싯다르타는 뱃사공 바주데바를 통해 강물의 가르침을 받는다.

잤는지 물어본다든가 했을 뿐인데 정말 지겹다는 겁니다. 그래서 아
버지 곁을 떠나고 싶어 합니다. 아버지 싯다르타가 도망간 아들을 뒤
쫓아 가보지만 소용없다는 것을 알게 됩니다. 싯다르타가 깨달음에
도달하기 바로 직전에 겪는 마지막 경험입니다. 아들을 끝내 찾지 못
하고, 아들에 대한 집착에서 벗어나야 된다는 걸 깨닫게 되지요.

　비참한 심정이 되어 그는 땅바닥에 털썩 주저앉았다. 그는 자기의 마음속에

무엇인가가 죽어가고 있음을 느꼈으며, 공허함을 느꼈으며, 아무리 눈을 씻고 보아도, 이제 더 이상 아무런 기쁨도, 목적도 보이지 않았다.

마지막 고비인 이 단계까지 겪은 다음에 비로소 강물의 깨달음으로 넘어가게 됩니다. 옴의 깨달음입니다. 이제 싯다르타의 내면에서 서서히 지혜가, 깨달음이 성장하게 됩니다.

그리고 앞에서도 살펴봤듯이 싯다르타는 바주데바가 바로 신 자체라는 것을 느끼게 됩니다. 바주데바는 벌써 오래전부터 그런 존재였는데 깨닫지 못하다가 비로소 바주데바가 신과 같은 존재라는 것을 알게 된 거예요. 싯다르타도 바주데바와 같은 수준에 도달하게 되니까 바주데바가 이제 다 됐다고 하며 떠납니다. "친애하는 친구여, 나는 이 순간을 기다려왔었어요" 하면서 자신은 오랫동안 뱃사공 바주데바로 살아왔는데 이제는 그것으로 충분하고 나는 떠나겠다, 잘 있어요 하고 떠납니다. 후계자인 싯다르타에게 배턴 패스를 하는 셈이죠. 깨달은 자 바주데바는 후계자로 싯다르타를 남겨두고 "나는 그 단일성 안으로 들어갑니다" 하면서 숲으로 다시 들어가게 됩니다.

그렇게 바주데바를 대신하여 뱃사공이 된 싯다르타가 친구인 고빈다와 우연히 만납니다. 이때는 노년이기 때문에 서로 결산을 해봐야 합니다. 누구의 길이 더 나은 선택이었는지 결론을 지어야 합니다. 처음에 고빈다는 싯다르타에 대해서 특이한 친구라고 생각하며 의구심

깨달음이란 무엇인가

을 갖고 있어요. 하지만 그의 얘기를 전해 듣다가 조금씩 생각이 바뀌게 됩니다. 말하자면 고빈다를 상대로 한 싯다르타의 레슨이라고도 할 수 있는데, 첫 번째 레슨에 해당하는 게 지식과 지혜의 문제입니다.

헤세의 고유한 깨달음과
인식을 투영한 작품

헤세의 작품이 대중에게 어필하는 요소의 핵심은 지혜 추구인데 보통 그 지혜는 지식하고는 좀 다르다고 지적합니다. 흔히 지혜와 지식을 '동양의 지혜 대 서양의 지식'으로 구분하잖아요. 이때 지식은 인식을 가리킵니다. 참된 어떤 실재에 대한 인식을 희랍어로 에피스테메epistme라고 불렀고 이 에피스테메는 미셸 푸코 철학의 용어이기도 합니다. 그런데 희랍에서도 좀 다르죠. 아리스토텔레스는 에피스테메가 이론지라고 한다면 프로네시스pronesis라는 실천지를 강조하기도 했기 때문입니다. 이 실천지는 또 다르게 해석하자면 지혜로도 이해가 됩니다. 경험적인 지혜입니다. 경험적인 앎. 이론적인 지식이라는 것은 단순히 말하자면 학교 공부 잘하는 겁니다. 학교 공부는 잘하지만 아는 게 별로 없는 사람도 있는 거죠. 반면에 실제적인 앎을 갖고 있는 경우도 있습니다. 서양에서도 이걸 구분하니까, 동양의 지혜가 서양에는 없다고 단순하게 말할 수는 없습니다.

또 다르게는 베르그송 철학만 하더라도 그렇습니다. 이건 물론 서양식 형이상학의 역사에서 아주 예외적인 경우라고도 할 수 있지만 베르그송은 분석과 직관을 구분합니다. 분석이라는 것은 전체를 부분으로 쪼개서 부분의 총합으로 이해하는 겁니다. 전체를 바로 이해할 수 없기 때문에 작은 단위들의 결합으로 이해하고자 합니다. 그런게 분석적 인식이라면, 직관은 전체를 전체로서 인식하는 겁니다. 서양에서는 과학적 인식의 경우에도 그렇고 분석이 우세했고 직관이 평가절하되었습니다. 베르그송의 형이상학은 직관을 다시 복원하고자 합니다. 서양 형이상학의 역사를 조금 대범하게 나누면 플라톤부터 베르그송까지로 볼 수 있습니다. 베르그송하고 통하는 게 《과정과 실재》라는 주저를 갖고 있는 화이트헤드 같은 철학자입니다. 베르그송이나 화이트헤드 같은 사람은 지식이 아니라 지혜 쪽에 속합니다. 직관이라는 게 분석에 비해서 그동안 평가절하되어왔지만 이제 정당하게 재평가되어야 한다고 생각합니다. 이건 서양 대 비서양으로 나눌 사안이 아니고 서양 철학 내부에 또 다른 전통이 있는 겁니다. 그래서 지식과 지혜를 너무 단순하게 동양과 서양의 차이로 연결 짓는건 무리라고 생각합니다.

서양의 정신 대 동양의 마음이라고 나누기도 하는데 이것도 너무

단순한 구분입니다. 왜냐하면 '마음'도 번역된 말이기 때문입니다. 동양의 심心이라고 얘기하지만 마음과 정확하게 대응하진 않아요. 좀 다른 사례인데 나쓰메 소세키의 대표작으로 《마음こころ》이라는 소설이 있죠. 특이하게도 이 작품의 영어 번역본 제목은 '코코로Kokoro'입니다. 일본어 그대로 쓰고 있어요. 번역이 안 되는 말이라고 보는 겁니다. 지식과 지혜라는 이분법은 편의상 그렇게 볼 수 있을지 모르겠지만 주의해서 이해해야 한다고 생각합니다.

싯다르타가 고빈다한테 이렇게 얘기합니다.

"해탈과 미덕이라는 것도, 윤회와 열반이라는 것도 순전한 말에 지나지 않기 때문이야, 고빈다. 우리가 열반이라고 부르는 것, 그런 것은 존재하지 않아. 다만 열반이라는 단어만이 존재할 뿐이지."

이게 싯다르타의 깨달음입니다. 그러니까 열반에 도달하는 것이 아니고 열반이란 없다는 깨달음에 도달한 것이지요. 그다음에도 계속 불교적인 깨달음을 그대로 얘기합니다.

《싯다르타》가 다루는 자아의 문제, 자아로부터 벗어나야 된다고 하는 문제는 '모든 생명의 단일성'이라는 주제와 연관되기는 합니다. 그런데 이건 이 작품만의 고유한 주제는 아니고 불교 일반에서 하는 얘기입니다. 이 작품에서 싯다르타가 도달하게 된 독특한 깨달음은 시간의 동시성과 관련된 겁니다. 헤세의 깨달음을 보여주는 가장 중요한 대목으로 시간의 의미를 들 수가 있어요. 시간이 과거에서 현재를 거쳐 미래로 흐른다는 게 시간에 대한 일반적이고 통념적인 이해인데 헤세는 그걸 전혀 다르게 해석합니다. 시간을 아예 부정하거나 시간의 동시성 내지는 무시간성을 이야기합니다. 그 부분에 대해 좀 살펴보겠습니다.

시간의 동시성을 이야기하기 전에 싯다르타는 지식은 전달할 수 있지만 지혜는 전달할 수 없다는 식으로 구분하고 있어요. 지식은 말로 표현될 수 있지만 지혜는 말로 전하거나 가르칠 수 없다는 거예요. 언어의 가장 중요한 특징 중의 하나가 분절성입니다. 어떤 단위로 나누고 그걸 조합해서 재구성하는 것이 언어적 질서입니다. 가령 어떤 걸 보고 묘사하는 경우를 생각해보면 됩니다. 우리의 지각이나 인식은 그냥 전체적으로 한순간에 이루어지는데 말로 기술하려고 하면 시간적 질서 속에 재편하고 배치해야 합니다.

그다음으로 중요한 깨달음은 시간에 대한 깨달음인데 작품에서는 이렇게 얘기합니다.

"이 세계 자체, 우리 주위에 있으며 우리 내면에도 현존하는 것 그 자체는 결코 일면적인 것이 아니네. (…) 그런데도 그렇게 보이는 까닭은 우리가 시간을 실제로 존재하는 것으로 착각하고 있기 때문이네. 시간은 실제로 존재하

깨달음이란 무엇인가

는 것이 아니네, 고빈다, 나는 이것을 몇 번이나 거듭하여 체험하였네. 그리고 시간이 실제로 존재하지 않는 것이라면, 현세와 영원 사이에, 번뇌와 행복 사이에, 선과 악 사이에 가로놓여 있는 것처럼 보이는 간격이라는 것도 하나의 착각인 셈이지."

시간이 실제로 존재하지 않는다는 깨달음이 굉장히 큰 차이를 가져오게 됩니다. 시간이라는 변수를 다 제거하게 되면, 이 세계는 결코 불완전한 것도 아니고 완성을 향해 서서히 나아가는 도중에 있는 것도 아니게 되겠죠? 그러니까 시간이 존재하지 않는다고 하면, 되어감 becoming이라고 하는 어떤 과정 자체를 그냥 환상에 불과한 걸로 기각하게 됩니다. 동시적으로 존재하는 것이기 때문입니다. 이런 깨달음이 갖는 의미는 앞에서 《데미안》하고 비교된다고 말씀드렸지요. 《데미안》을 1919년에 발표한 후 집필에 착수하여 1922년에 발표한 작품이 《싯다르타》예요. 《데미안》은 흔히 자기가 되어가는 여정을 그린 소설이라고 하지요. 피스토리우스라는 오르간 연주자가 "밖에 지나가는 사람들이 다 사람으로 보이느냐?"고 묻습니다. 왜냐하면 겉으로는 사람일지 모르지만 자기로 되어가는 과정에 있기 때문입니다. 어떤 사람은 개미 단계에 있을 수 있고 또 어떤 사람은 개구리 단계에 있을 수 있다는 겁니다.

그런데 《싯다르타》에 와서는 시간적 계기들을 다 부정하게 됩니다. 과거, 현재, 미래가 동시적으로 다 존재한다고 보는 겁니다. 이건 《데미안》에서와는 정반대의 생각이에요. 완전히 달라집니다. 이 세계는 매 순간순간 완성된 상태에 있으며, 시간이 존재하지 않는다고 한다면 미완성에서 완성으로 가는 게 아니고 이미 완성된 상태에 있는 것이지요. 싯다르타는 "온갖 죄업은 이미 그 자체 내에 자비를 지니고 있으며, 작은 어린애들은 모두 자기 내면에 이미 백발의 노인을 지니고" 있다고 하지요. 그러니까 어린애가 노인이 되는 게 아니고 어린애 안에 노인이 다 들어가 있는 겁니다. 젖먹이도 자기 안에 죽음을 지니고 있어요.

극작가 사뮈엘 베케트는 좀 다른 맥락에서 생각합니다. 그의 경우에는 시간이 압축돼요. 삶이 의미 없다고 한다면 삶의 시간이 압축될 수 있습니다. 〈고도를 기다리며〉에서 보면, 산모가 무덤에서 아이를 낳는다고 묘사합니다. 방금 낳은 아기가 무덤으로 떨어지게 됩니다. 좀 섬뜩한 묘사이긴 해요. 지금 산고를 겪고 있는데 옆에서 인부들이 무덤을 파고 있어요. 베케트는 인생을 그렇게 이해합니다. 대단히 염세적이죠. 그런데 헤세는 염세적인 건 아닌데 시간이란 걸 제거해버리니까 모든 것이 동시적으로 존재하게 됩니다. 깨달은 이후와 이전 상태가 따로 있는 게 아니라 그냥 다 동시적입니다. 죽어가는 사람도 내면에 영원한 생명을 지니고 있다는 식이어서 결과적으로는 삶과 죽음도 차이가 없이 다 똑같습니다. 죄악과 신성함이 다 똑같아요.

깨달음이란 무엇인가

지혜와 어리석음이 다 똑같아 보입니다. 왜냐하면 어리석은 자가 깨달아서 지혜로워지는 게 아니고 지혜로움과 어리석음이 모두 동시적으로 존재하기 때문입니다. 이게 싯다르타의 깨달음이고 이 작품에서 가장 중요한 핵심적인 주제라고 생각합니다.

그러면서 싯다르타는 돌멩이를 예로 듭니다. 이 대목은 《데미안》을 떠올리게 해주지요.

> "이 돌멩이는 단지 한 개의 돌멩이일 뿐 아무런 가치가 없는 것이며, 그것은 마야의 세계에 속하는 것이다. 그러나 그것은 어쩌면 순환적인 변화를 거치는 가운데 인간이 될 수도 있고 정신이 될 수도 있을 것이다. 이런 연유로 나는 그것에도 가치를 부여해주는 바이다."

예전에는 이렇게 생각했을 수도 있었으리라는 겁니다. 돌멩이 자체로는 의미가 없지만 돌멩이가 나중에 어떤 순환적인 변화를 거쳐서 인간이나 정신이 될 수도 있기 때문에 존중해야 한다고 보는 겁니다. 그런데 지금 《싯다르타》에서 달라진 세계관, 혹은 시간 인식에 따르면, "이 돌멩이는 돌멩이다. 그것은 또한 짐승이기도 하며, 그것은 또한 신이기도 하며, 그것은 또한 부처이기도 하다"는 겁니다. 왜냐하면 동시적으로 존재하기 때문에 그렇습니다.

"내가 그것을 존중하고 사랑하는 까닭은 그것이 장차 언젠가는 이런 것 또는 저런 것이 될 수도 있기 때문이 아니라, 그것이 이미 오래전부터 그리고 항상 모든 것이기 때문이다."

《데미안》과는 상당히 다른 세계 인식입니다. 파격적일 만큼 다른 세계관입니다. 흥미로운 게 《데미안》에서 이 작품까지 불과 3년밖에 차이 나지 않는다는 거예요. 그런데 이렇게 달라져 있습니다. 그래서 《싯다르타》는 흔히 《데미안》과 연속적으로 이어지는 작품으로 평가되지만 사실은 반대되는 세계관을 보여주는 작품입니다. 이런 깨달음을 얘기하니까 그 연장선상에서 윤회라든가 열반이라는 것도 존재할 수가 없습니다. 오히려 다 동시적으로 존재하는 겁니다.

시간의 문제가 두 번째 레슨에 해당한다면, 마지막 단계인 세 번째 레슨 중의 하나는 '사상이라든가 말을 별로 중요시하지 않고 사물을 더 중요시한다'는 겁니다. 그다음에 사랑을 얘기합니다. 고타마 석가세존께서는 사랑에 대해서는 얘기하지 않았다, 자비심과 인내심, 용서를 얘기했을 뿐 사랑은 얘기하지 않았다고 고빈다가 말하는데, 싯다르타가 해석한 고타마입니다. 그래서 싯다르타는 맞다, 사랑이라는 것을 직접 얘기하지 않았다고 말합니다. 사랑은 부처의 주요한 가르침에 들어가지는 않지만, 부처는 실천을 통해서 사랑을 보여줬다는 겁니다. 고타마가 말하지 않은 가르침이지만, 그것이 싯다르타가 이해하는 고타마의 가르침입니다.

"우리가 이렇게 말다툼을 하는 이유는, 내가 사랑에 관하여 한 말들이 고타마
가 하신 말씀들과 모순이 된다는 것을, 아무튼 겉으로 보기에는 모순이 된다
는 것을 내가 부인할 수는 없기 때문이지. 바로 이러한 이유 때문에 나는 말들
을 그토록 불신하는 거야."

말을 하지 않았다고 해서 보여주지 않은 건 아닙니다. 오히려 직접
적인 실천을 통해서는 사랑을 보여줬다고 생각해요. "나는 내가 고타
마와 의견이 같다는 것을 알고 있어. 그분이 어떻게 사랑을 모르실 수
있겠는가." 다만 그분의 말씀과 행동에 간극이 있다는 겁니다. "나는
그분의 위대성이 그분의 말씀, 그분의 사상에 있는 것이 아니라 오로
지 그분의 행위, 그분의 삶에 있다고 생각해." 여기까지가 고빈다를
상대로 한 싯다르타의 레슨입니다. 거의 일방적이에요. 둘이 이제 자
웅을 겨뤄봐야 되잖아요? 앞에서도 싯다르타와 고빈다가 일종의 대
조적인 실험군 역할을 한다고 말씀드렸지요. 이런 레슨을 다 들은 고
빈다는 "이 싯다르타라는 친구는 참 별난 괴짜야, 그는 기괴한 사상
들을 드러내 말하고 있으며, 그의 가르침은 바보스럽게 들린단 말이
야" 하고 생각합니다. 그런데 그 생각과 느낌에 괴리가 있습니다. 의
식적으로는 싯다르타의 가르침을 부정하고 부인하려고 합니다. 하지

만 고타마가 열반에 드신 이후로 한 번도 어떤 사람을 보고 성인이라는 느낌을 받은 적이 없는데 싯다르타라는 친구는 이상하게 그런 느낌을 준다고 생각합니다.

싯다르타가 이런 고빈다의 마음을 눈치챘는지 고빈다로 하여금 직접 깨달음을 경험하게끔 합니다. "나의 이마에 입을 맞춰봐!"라고 말합니다. 고빈다가 싯다르타에게 가까이 가서 이마에 입술을 대니까 그사이에 모든 것이 한순간에 흘러가게 됩니다. 앞에서 말씀드린 시간의 동시성이라는 것을 직접 경험하게 됩니다. 요즘이라면 이런 장면은 영상으로 형상화하는 게 효과적일 것 같아요. 《싯다르타》가 영화로 만들어진 적도 있어요. 미국 출신의 콘래드 룩스 감독이 인도 배우들을 기용해 만든 영화 〈싯다르타〉가 1972년에 개봉된 바 있는데 대중적으로 만든 건 아니고요. 요즘이라면 이 장면을 특수효과를 넣어서 처리할 수 있을 것 같아요. 이마에 입술을 댔는데 갑자기 모든 것들이 스쳐 지나가는 거예요. 우리가 임종 시에 생애가 주마등처럼 스쳐 지나간다고 얘기하는데, 말하자면 그 경우에도 시간이 부재한 거죠. 시간이 흘러왔다고 생각하지만 실제로는 한순간으로 응축된 것으로 볼 수도 있습니다.

곁들여 말씀드리자면, 물리학에서는 시간에 대한 좀 다른 견해가 있습니다. 보통 세계를 가역적인 세계와 비가역적인 세계로 나눕니다. 가역적 세계라는 건 다시 반복이 가능한 세계, 재생이나 재연이

가능한 세계이지요. 비가역적인 세계는 그러는 것이 불가능한 세계입니다. 대개 열역학 제2법칙에 해당하는 세계입니다. 어떤 방향성이 있어요. 가령 물을 엎지르면 다시 담을 수가 없어요. 반면에 어떤 세계는 주기성을 갖고 똑같이 반복되어서 시간의 경과를 특정하기가 어려워요. 어떤 화학 반응 같은 걸 볼 때 어느 상태가 어느 단계에 해당하는 건지 특정할 수가 없어요. 왜냐하면 한 상태가 계속 반복되기 때문이지요. 그런 세계가 가역적인 세계입니다. 가역적인 세계에서는 시간의 방향이 없어요. 시간이 존재하지 않습니다. 시간이라는 변수를 제거해도 설명이 가능합니다. 반면에 비가역적인 세계에서는 시간이 중요해요.

삶이라는 건 비가역적인 세계처럼 보입니다. 우리는 시간이 경과한다고 느껴요. 우리가 성장하고 늙고 병들고 그다음에 죽고 하니까, 일련의 과정을 겪는 것처럼 보입니다. 그런데 시간이라는 건 그런 변화를 설명하기 위해 만들어낸 가공의 개념 혹은 범주라고 이해하기도 합니다. 돌멩이라면 시간의 흐름에 대한 느낌이 다를 거예요. 물론 몇만 년의 스케일로 다루게 되면 돌멩이도 가루가 될 테니까 변화가 있다고 하겠지만, 그 느낌은 아주 다르겠죠. 우리는 우리가 변화하고 있으니까 거기에 시간이라는 변수를 투입해서 이해하고자 합니다. 하지만 사물적 관점에서 보면 많이 다를 수가 있다는 겁니다. 그래서 시간이 존재하지 않는다고 보는 관점 자체가 아주 얼토당토않은 건 아닙

영화 〈싯다르타〉의 포스터와 스틸 컷.

니다. 나름대로 일리가 있고 근거가 있습니다.

그렇게 해서 고빈다가 싯다르타의 이마에서 온갖 형상들이 스쳐 지나가는 것을 본 다음에 싯다르타의 미소에 대해 경외감을 갖게 됩니다.

싯다르타의 이 미소야말로 자신이 수백 번이나 외경심을 품고 우러러보았던 바로 그 부처 고타마의 미소와 하나도 다르지 않고 영락없이 똑같은 미소라는 것을 알게 되었다.

앞에서는 뱃사공 바주데바가 신이었고, 싯다르타도 그런 바주데바와 동일시되면서 신의 레벨로 격상됐었죠. 싯다르타가 고빈다와 재회한 장면에서는 싯다르타가 곧 고타마가 됩니다. 앞에서도 말씀드렸듯이 이런 정도면 작품 쓸 만합니다. 싯다르타가 곧 헤세인 셈이잖아요? 왜냐하면 그는 헤세가 도달한 깨달음을 구현한 인물이니까요. 깨달음의 레벨에 있어서 헤세는 은연중에 자기가 고타마에 견줄 만하다고 생각합니다. 심지어는 더 나아간 거예요. 이 작품에서는 고타마를 비판까지 하고 있으니까요. 고타마를 존중하긴 하지만 고타마의 가르침에 대해서는 동의하지 않는다는 겁니다. 다만 고타마의 삶과 행동은 자기하고 상통하는 바가 있다고 생각해요. 그래서 이 싯다르타의 잔잔한 미소가 세존 고타마가 지었던 미소와 아주 똑같다는 걸 고빈다가 알게 된 다음에 허리를 굽혀 큰 절을 올리게 됩니다.

영문을 알 수 없는 눈물이 그의 늙은 뺨을 타고 흘러내렸으며, 그의 가슴속에서는 진정에서 우러나온 가장 열렬한 사랑의 감정, 가장 겸허한 존경의 감정이 마치 불꽃처럼 활활 타올랐다.

싯다르타

존경하는 마음이 우러나와 경배하게 되었다는 거예요.

그는 꼼짝 않고 앉아 있는 싯다르타에게 머리가 땅에 닿을 정도로 허리를 굽혀 절을 올렸다.

이게 작품의 결말입니다.

그러니까 이 작품은, 가장 흔한 오해라고 말씀드렸지만, 고타마의 깨달음을 다시 반복하는 작품이 전혀 아니고, 오히려 고타마, 석가세존을 비판하는 내용을 담고 있습니다. 물론 고타마를 존중하고 존경하지만 이 작품에서는 그와는 다른 길을 간 싯다르타를, 싯다르타의 생애를 다루고 있고 고타마와는 다른 가르침을 제시하고 있기도 합니다. 니체와의 비교도 가능합니다.

니체는 《차라투스트라는 이렇게 말했다》에서 "어린아이가 되어라" 하고 얘기하죠. 인간은 낙타에서 사자로, 사자에서 어린아이로 변화하는 세 가지 변화 단계를 밟는다고 합니다. 여기서 낙타는 수동적인 인간을 뜻합니다. 다른 사람의 명령에 따르는 자, 나는 무엇무엇을 해야 한다고 생각하는 자, 무엇무엇을 해야 하기 때문에 수동적으로 의무를 수행하는 자입니다. 하고 싶지 않지만 해야만 하기 때문에 한다는 것이 낙타와 같은 삶의 태도입니다. 사자는 자기가 원하기 때문에 합니다. 굉장히 적극적이고 능동적이지요. 이렇듯 낙타와 사자

깨달음이란 무엇인가

는 삶에 대한 태도가 매우 다릅니다. 낙타가 되기보단 사자가 되어야 한다는 거고, 더 나아가 사자가 되기보단 어린아이가 되어야 한다는 겁니다. 어린아이는 무엇무엇을 원한다는 의식을 넘어서 그 자체를, 모든 것을 유희의 대상으로 삼습니다.

삶 자체를 유희의 대상으로 삼는 태도가 어린아이 같은 태도인데 이 어린아이 개념이 긍정적으로 사용되는 부분도 있긴 하지만 《싯다르타》에서는 전반적으로 부정적인 의미로 쓰입니다. 2부에서 세속 세계에서의 환락에 빠진 삶을 묘사한 장의 제목이 '어린애 같은 사람들 곁에서'라고 되어 있어요. 헤세가 니체적인 가르침을 수용한다기보다는 넘어서고 있는 거라고 생각합니다. 헤세가 많은 영향을 적극적으로 수용하는 동시에 그걸 다 넘어서려고 합니다. 니체의 경우에도 마찬가지입니다. 니체의 영향을 받긴 하지만 《데미안》 정도에 그치고 있는 것 아닌가, 그다음 작품인 《싯다르타》에서는 바로 넘어서는 것 아닌가 생각합니다.

요컨대 《싯다르타》는 부처의 일생과 싯다르타의 일생이 어떻게 다른지 보여주면서 헤세의 고유한 깨달음과 인식을 투영하고 있는 작품으로 읽을 수가 있습니다. 그리고 결정적인 차이점이라고 한다면 고타마와 싯다르타의 차이점, 혹은 불교와 불교적인 세계관과의 차이점인데 헤세의 경우에는 개인화라는 것을 결코 부정하지 않았고, 이게 가장 중요한 가치였다고 하는 것이죠. 다만 개인화 내지는 '자아라는 것이 무엇인가'에 대한 답은 조금씩 달라집니다. 《데미안》에서의 답이 다르고 《싯다르타》에서의 답이 다르고 《황야의 이리》에서의 답이 또 달라집니다. 그런 식으로 변화해가고 있긴 하지만 끊임없이 자아란 무엇인가 질문하고 자아에 대해 탐구하고자 했던 태도는 일관된다고 생각합니다. 그래서 '깨달음이란 무엇인가'라는 주제로 《싯다르타》에 대해 말씀드렸는데 고타마의 깨달음과 싯다르타의 깨달음, 헤세가 제시하는 깨달음이 서로 다르다고 하는 정도로 정리할 수 있을 것 같습니다.

성이란 무엇인가 (1)

데이비드 허버트 로렌스, 《사랑에 빠진 여인들》

데이비드 허버트 로렌스 David Herbert Lawrence(1885~1930)

20세기 전반기의 영문학을 대표하는 소설가이자 시인, 비평가. 영국 중부 노팅엄셔 주의 탄광 지대인 이스트우드에서 태어났다. 노팅엄 대학 시절에 습작을 하다가 1908년 교사 자격을 취득해 런던 남부의 초등학교에서 교편을 잡았다. 1909년 《잉글리시 리뷰》지에 시와 단편을 기고하면서 등단했고 대학 시절에 쓴 첫 장편소설인 《흰 공작》을 1911년에 발표했다. 1912년 스승의 아내였던 프리다 위클리와 사랑에 빠져 독일, 이탈리아에서 도피 생활을 하다가 1914년 프리다가 이혼하면서 정식으로 결혼했다. 1913년에는 첫 시집 《사랑의 시》와 자전적 장편소설 《아들과 연인》을 발표했다. 1914년 단편집 《프로이센 장교》, 1915년 장편소설 《무지개》에 이어 1920년 《사랑에 빠진 여인들》을 출간하는데 연이은 외설 시비로 우여곡절을 겪었다. 이후 소설 《아론의 지팡이》, 《캥거루》, 《날개 돋친 뱀》, 연구서 《미국 고전 문학 연구》, 《정신분석과 무의식》, 《무의식의 환상곡》, 여행기 《바다와 사르데냐》 등을 발표했다. 1925년 폐결핵 진단을 받은 후 사르데냐 지방에 정착해 요양하며 쓴 《채털리 부인의 연인》은 외설 시비에 휘말려 그의 사후 30년이 지나서야 영국에서 출판되었다. 프랑스 남부의 방스에서 요양하다가 병세가 악화되어 1930년 3월 사망했다.

《사랑에 빠진 여인들》 Women in Love(1920)

자매지간인 어슐라와 구드룬이 연애와 결혼에 관해 대화를 나누는 장면으로 이 소설은 시작된다. 동생인 구드룬은 런던에서 조각가로 활동하다 고향에 잠시 와서, 언니 어슐라가 교사로 일하는 중등학교에서 미술 교사로 근무하는 중이다. 어슐라는 장학관인 버킨과, 구드룬은 탄광 재벌의 아들인 제럴드와 짝이 되어 사랑을 나누지만 서로 갈등을 빚게 된다. 어슐라와 버킨은 의견 충돌을 많이 일으키고 자주 다툰다. 어슐라는 버킨의 감정을 확인하고 싶어서 자신을 사랑하느냐고 계속 질문하는데 버킨은 사랑이라는 말이 너

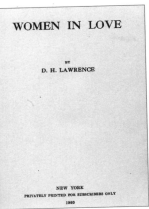

◀ 데이비드 허버트 로렌스의 초상 사진.
▶ 1920년 미국 뉴욕에서 출간된《사랑에 빠진 여인들》초판본 표제지.

무 닳아빠졌다고 생각해 대답을 회피한다. 크게 싸우고 난 뒤 사소한 계기로 서로의 사랑을 확인한 두 사람은 결혼을 하는 행복한 결말을 맞는다. 제럴드는 자신이 주최한 파티에서 여동생 다이아나가 익사하는 아픔을 겪은 데 이어 아버지까지 여의고 상실감을 느끼지만 구드룬과의 관계를 통해 위안을 얻는다. 그러나 완벽한 만족감을 느끼는 제럴드와는 반대로 구드룬은 자기가 파괴된다고 느끼며 고통스러워한다. 이 두 사람의 관계는 어슐라와 버킨의 신혼여행에 동행해서 간, 스키장이 있는 휴양지에서 뢰르케라는 독일 조각가를 만나면서부터 급격하게 악화된다. 구드룬의 관심이 뢰르케한테 옮겨 가자 제럴드는 이를 질투하고 신체적인 다툼까지 벌인다. 그러다가 제럴드가 결국 눈길을 걸어 들어가서 자살에 가까운 죽음을 맞는다. 구드룬은 제럴드의 죽음에도 눈물 한 방울 흘리지 않고 냉담한 반응을 보이는 반면 버킨은 극도의 상실감을 느끼고 슬퍼한다. 그의 격한 반응에 어슐라가 "난 당신에게 충분하지가 않은가요?"라고 묻자 버킨은 여자에 관한 한 당신으로 충분하지만 자신은 남자와의 영원한 결합도 원했다고 답한다.

이제 '성이란 무엇인가'라는 주제로 데이비드 허버트 로렌스의《사랑에 빠진 여인들》이라는 작품을 읽어보려고 합니다. '문학 속의 철학'이라는 강의가 다양한 주제를 다룰 수 있지만, 맨 마지막으로는 성의 문제를 다뤄야 한다고 생각합니다. 철학과 가장 먼 거리에 있는 주제가 성의 문제이기 때문입니다.

서양 이성주의 철학의 출발점이라 할 플라톤도《향연》이라는 대화편에서 사랑이라는 정념의 문제를 다루고 있어요. 거기서 소크라테스혹은 플라톤이 사랑을 유명한 사다리론으로 얘기하죠. 소크라테스가직접적으로 사랑에 관해 가르치거나 설교하지 않고 자신이 디오티마라는 여사제로부터 배운 걸 전달하는 구도로 되어 있습니다. 여러 겹의 액자를 가진 형식인 만큼《향연》은 플라톤의 대화편 가운데 형식이 가장 독특합니다. 저는 그 핵심에 있는 디오티마의 사랑에 대한 가르침이 남성인 소크라테스의 직접적인 말을 통해서가 아니라 간접적으로 전달되는 방식을 취하고 있기 때문에 이런 복잡한 형식을 필요로 하지 않았을까 생각합니다.

사랑의 사다리론의 주장은 우리가 가장 감각적이고 육체적인 사랑의 단계에서 이를 넘어선 초超감성적인 단계까지 사다리처럼 올라가야 한다는 것입니다. 출발점은 아주 구체적이고 개별적인 대상에 대한 사랑입니다. 가령 아름다운 이성에 대한 사랑은 이성의 육체적인 매력, 외적인 매력에 빠지는 걸로 시작합니다. 그것이 조금씩 지양되

성이란 무엇인가 (1)

다가 아름다움 일반에 대한 사랑으로 승화되어야 합니다. 그래서 마지막에는 이데아적인 아름다움에 대한 사랑의 단계에까지 도달해야 합니다. 이것이 사랑의 사다리론입니다.

이 구도에서도 알 수가 있는데 감각적이고 육체적인 사랑, 또는 쾌락은 사랑에 있어서 가장 낮은 단계입니다. 출발점으로 의미를 갖고 있긴 하지만 더 높은 수준의 사랑에 의해서 지양되어야 합니다. 사다리의 꼭대기는 이성적인 사랑이에요. 그러니까 육체적인 성은 서양 형이상학의 시각에서 볼 때 이성하고는 가장 먼 거리에, 대척점에 있습니다. 철학적 주제로 어떤 문제를 다루고자 할 때 가장 마지막에 다뤄질 만한 것이 철학과는 가장 먼 거리에 있는, 다르게 얘기하면 이성적으로 해명하거나 극복하기 가장 어려운 대상이어야 한다고 생각되는데, 그게 성입니다.

서양에서는 성에 대한 두 가지 대극적인 관점이 있습니다. 우리가 잘 알고 있듯이 플라톤과 프로이트의 관점입니다. 사랑에 관해서는 플라톤과 프로이트의 이해가 기본이면서, 대척점에 있다고 생각됩니다. 철학 대 정신분석학의 구도로 생각해도 됩니다. 만약에 철학과 정신분석학이 서로 맞선다면 무엇을 가지고 맞설 수 있는가? 사랑에 관한 혹은 욕망에 관한 이해의 차이, 시각의 차이에서 맞선다고 생각합니다. 철학과 정신분석학이 별로 사이좋은 관계가 아닙니다.

자크 라캉 같은 정신분석학자는 정신분석을 통해서 철학을 '해소'

하려고 했어요. 그런 면에서 비트겐슈타인과 라캉을 비교하는 연구서들도 있습니다. 물론 비트겐슈타인은 철학적 전통 안에서 작업하려 했지만 기존의 철학을 해소하려고 했어요. '통에 빠진 파리'에 비유하기도 하잖아요? 마치 통 속에 빠진 파리처럼, 대답 없는 어떤 헛된 질문에 빠진 채 빠져나오지 못하고 있어요. 비트겐슈타인은 그렇게 갇혀 있는 철학을 뚜껑을 열어서 해방시키고자 했습니다. 문제의 해결이 아니라 해소라는 방식을 통해서. 반면에 철학은 정신분석에 저항하려 합니다. 이 구도에서 가장 대표적인 인물이 자크 데리다 같은 철학자와 라캉 같은 정신분석학자입니다. 둘 사이의 대결 구도가 있는데 이는 대표주자들 사이의 대립이기도 합니다. 개인으로서 맞서는 게 아니라 철학적 사유와 정신분석 이론을 각각 대표해서 맞선다고 볼 수 있습니다. 여하튼 공통적으로 사랑 혹은 사랑의 정념 혹은 욕망, 더 구체적으로는 성욕이라는 문제를 두고 철학과 정신분석이 정확하게 맞서는 장면을 우리가 볼 수 있습니다.

결혼은 또 다른
문제의 시작

거기에 문학이 끼어드는데 또 다른 위치에서 발언권과 지분을 가지고 들어오게 됩니다. '문학 속의 성'이라고 할 때 생각해볼 만한 대표적인 작가로는 누가 있을까요? 데이비드 허버트 로렌스가 아마도 가장 대표적일 것 같고 사실은 러시아 작가 톨스토이도 주요한 참조 대상입니다. 성에 관한 톨스토이적 관점과 문제의식을 로렌스가 계승하고 있기 때문이기도 합니다. 로렌스가 도스토옙스키와 톨스토이에 대해 평해놓은 게 있는데 도스토옙스키에 대해서는 주로 비판합니다. 《카라마조프 가의 형제들》에 관해서도 로렌스가 흥미로운 견해를 밝혔습니다. 그는 작품의 핵심이 '대심문관' 편이고, 이반 카라마조프가 작품의 주인공이라고 보았어요. 심지어 이반을 작가 도스토옙스키와 맞세우고, 작가가 이반을 광기로 내모는 것은 부당한 처사라고 비판합니다. 반면에 로렌스는 톨스토이를 작가로서 높이 평가했지만 톨스토이의 부정적인 성애관에 대해서는 동의하지 않았습니다. 뭔가 다른 대안을 보여주고자 했습니다.

한편으로, 영문학의 계보에서는 로렌스가 '위대한 전통'을 일단락 짓는 작가로 평가됩니다. 프랭크 레이먼드 리비스 같은 비평가에 따르면 19세기 영소설은 1810년대에 활동한 제인 오스틴부터 본격적으로 시작합니다. 오스틴으로 시작해서 로렌스로 끝납니다. 리비스는 영문학의 위대한 작가 다섯 명으로 제인 오스틴, 여성 작가 조지 엘리엇, 헨리 제임스, 조지프 콘래드와 함께 로렌스를 꼽습니다. 이 다섯 명이 영소설의 위대한 계보, 전통을 구성한다고 봅니다. 로렌스에 대

사랑에 빠진 여인들

한 평가는 영문학 내부의 평가와 세계 문학적 차원의 평가가 모두 가능한데 어쨌든 20세기 전반기의 영문학을 대표하는 작가로 자리매김되는 것 같습니다.

제인 오스틴이 쓴 소설들 대부분은 '어떻게 결혼할까' 하는 주제를 다룹니다. 주인공이 결혼하면서 소설이 끝납니다. 그러면 모든 문제가 해결되는 것처럼 됩니다. 정작 작가인 오스틴은 두 번 청혼을 받긴 했지만 모두 성사되지 않아서 평생 독신으로 지냈습니다. 특이한 점은, 막상 결혼식은 중요하게 다루지 않는다는 것입니다. 통상적인 소설과는 조금 다르지요. 결혼하는 것이 소설의 결말이라고 한다면 통상 결혼식 장면에서 끝나기를 기대하잖아요? 오스틴은 특이하게도 결혼식은 별다른 의미가 없는 것으로 치부하고, 두 사람이 서로의 사랑을 확인하고 결혼이 확정되면 거기서 소설을 끝냅니다. 반면에 로렌스의 소설에서는 결혼으로 문제가 종결되지 않습니다. 결혼은 또 다른 문제의 시작입니다. 왜 결혼 이후에도 문제가 계속되느냐? 성의 문제를 다루게 되기 때문입니다.

로렌스는 보통 《채털리 부인의 연인》으로 많이 읽히고 유명해졌습니다. 마지막 작품이자 로렌스의 성애관을 집약하는 의미를 지닌 작품입니다. 그렇지만 통상 로렌스의 대표작으로는 그보다 앞서 쓰인 작품들이 꼽힙니다. 비교적 초기작들로, 1910년대에 쓴 작품들입니다. 로렌스는 주요 작품을 대부분 1차 세계대전까지 20대 후반에서 30대 초반 나이에 다 씁니다. 그러고 난 후 로렌스가 죽었어도 사실 별문제는 없었어요. 영문학사에서 이름을 남기기에는 충분한 자격 조건을 갖추게 됩니다. 초기 대표작인 《아들과 연인》부터 《무지개》를 거쳐 《사랑에 빠진 여인들》에 이르는 세 작품입니다.

로렌스는 훗날 아내가 될 프리다를 만나면서 이 작품들을 쓰게 됩니다. 이 프리다와의 관계가 작품을 이해하는 데 중요한 의미가 있어요. 《무지개》나 《사랑에 빠진 여인들》에 나오는 어슐라의 모델을 프리다로 보기도 합니다. 실제 작중 인물의 모델이기도 하고 집필의 배후이기도 하므로 프리다라는 인물에 대해서 살펴보는 게 좋을 것 같습니다.

로렌스의 운명을 쥔 두 여자,
어머니 리디아와 아내 프리다

로렌스와 프리다의 관계는 아주 유명합니다. 이 커플의 전기도 있고, 이 커플의 관계를 다룬 책도 있고, 프리다만 다룬 책도 있습니다. 20세기에 가장 유명한 작가의 아내를 꼽자면 프리다뿐만 아니라 제임스 조이스의 아내 노라, 조금 덜 알려졌을 수 있는데 나보코프의 아내 베라 등이 있습니다. 그중에서도 가장 적극적이었던 인물이 프리

로렌스와 프리다. 1923년 멕시코 차팔라에서 여름휴가를 보냈을 때의 사진이다.

다 같아요. 노라와 베라가 주로 내조자의 역할을 했다면, 프리다는 단지 내조하는 데 머물지 않았어요. 나중에 프리다가 회고록을 쓰기도 했는데 거기서 자기가 로렌스를 얼마나 좌지우지했었는지 밝히고 있습니다. 이에 대한 로렌스의 항변을 들을 수 없기 때문에 믿거나 말거나이기는 해요. 양측 주장을 다 들어봐야 하니까요. 어쨌든 프리다는 《채털리 부인의 연인》,《아들과 연인》의 몇몇 장을 자신이 써줬다고까지 얘기하고 있어요. 당사자 대질 심문이 필요한 부분이긴 한데 프리다의 주장은 그렇습니다.

프리다가 직접적으로 고백하기를 그녀는 로렌스가 천재 작가라는

성이란 무엇인가 (1)

걸 대번에 알았다고 합니다. 그래서 마지막까지 헤어지지 않습니다. 이 부부가 극적으로 만났고 열렬한 사랑에 빠지긴 했지만 대개 그렇듯이 사이가 틀어지거든요. 애증 관계가 되는데도 불구하고 끝까지 부부의 관계를 끊지는 않았어요. 전기 작가들이 가장 의아해하는 부분이기도 합니다. 이 부부가 대체 왜 헤어지지 않았는지. 전기 작가들의 대체적인 결론은 그겁니다. 여러 가지로 감정의 골이 깊어졌음에도 불구하고 프리다가 남편 로렌스를 천재라고 인정해주었기 때문이라는 겁니다. 로렌스는 역사에 남을 천재 작가예요. 줄을 잘 서야 되잖아요? 그래서 실제로 프리다가 로렌스와 함께 나름대로 불멸의 이름으로 남게 됩니다. 로렌스라는 작가가 기억되는 한 프리다도 항상 옆에 붙어 있을 겁니다.

333쪽의 사진 속 얼굴을 봐도 짐작할 수가 있는데 로렌스는 병약했어요. 반대로 프리다는 굉장히 강한 성욕을 가진, 심지어는 색정광이라고도 불리는 여성이었습니다. 로렌스는 아내를 감당할 만한 남자가 못되었지요. 그래서 로렌스는 작품을 씁니다.

둘 사이의 인연도 문학사에 유명한 스캔들로 남아 있습니다. 제가 아는 범위에서는 영문학사상 양대 스캔들이 있어요. 로렌스와 프리다의 스캔들이 일어나기 딱 100년 전인 19세기 초반에 퍼시 비시 셸리와 메리 셸리의 스캔들이 있었어요. 퍼시 비시 셸리가 유부남이었고 메리가 아직 10대 소녀였는데 둘이 만나 사랑에 빠져서 사랑의 도피 행각을 벌이게 됩니다. 그러다 퍼시 비시 셸리의 아내가 자살을 해요. 자살한 다음에 둘이 결혼합니다. 우여곡절 끝에 결혼하는 데 성공했지만 그렇게 행복하진 않았습니다. 메리 셸리는 여러 번 사산을 했고요. 마지막에는 남편하고도 사이가 좀 멀어지게 됩니다. 사이가 더 나빠지기 전에 퍼시 비시 셸리가 여행 도중 바다에 빠져 익사하는 바람에 그 정도에서 마무리가 됩니다. 그게 19세기 초반의 가장 유명한 스캔들이라고 한다면 20세기 초반의 가장 유명한 스캔들은 로렌스와 프리다의 스캔들입니다.

로렌스의 아버지 아서는 탄광 광부였고 어머니 리디아는 학교 교사였습니다. 아버지는 하층 계급이었고 어머니는 몰락한 중산층이었지요. 통상적으로는 결혼을 할 수 없는 커플인데 로렌스의 어머니가 남편이 광부인 것을 몰랐던 게 아닌가라는 얘기도 있습니다. 광부가 뭔지를 잘 몰랐거나 혹은 광부인 것에 별로 개의치 않았던 걸로 보입니다. 둘이 크리스마스 파티 때 만났는데 로렌스의 아버지가 허우대가 멀쩡하고 춤을 아주 잘 췄어요. 춤추는 모습을 보고 어머니가 반하게 됩니다. 그럼 대개 실패하게 되죠. 로렌스의 어머니도 마찬가지입니다. 결혼한 다음에야 후회하게 됩니다. 그래서 모든 애정을 아들들에게 쏟아붓습니다. 원래는 둘째 아들 어니스트한테 쏟아붓는데 이 아들이 일찍 죽어요. 그 바람에 셋째인 데이비드 허버트 로렌스한테 두 몫의 애정을 쏟아붓게 됩니다. 이런 상황이 로렌스의 성장 과정에서 대단히 큰 의미가 있습니다. 형이 죽고 자신도 병약해서 어머니의 과보호를 받으며 성장합니다. 그런 내용들이《아들과 연인》에 그대로 나와 있습니다. 거의 자전적인 성장소설인데 어머니와의 아주 깊고 끈끈한 애착 관계가 로렌스의 성격에 기본 바탕이 되었음을 보여줍니다.

문제는 로렌스가 머리가 조금 큰 다음에 일어납니다. 어렸을 때는 어머니 편에서 아버지를 바라보기 때문에 아버지를 몹시 증오합니다. 심지어는 죽었으면 좋겠다고 생각해요.《아들과 연인》에도 이런 장면이 나옵니다. 그러나 성장해가면서 아버지를 이해하게 됩니다. 아버지가 어머니와 그렇게 사이가 안 좋았지만, 그래서 어릴 적에 아버지를 증오하기까지 했지만, 아버지를 이해하고 아버지에게 공감하게 됩니다. 이것이 로렌스의 좀 미묘한 부분입니다. 그러는 동시에 어머니와는 얼마간 거리를 두게 돼요. 어머니와 근본적인 애착 관계로 묶여 있다가 그로부터 조금씩 벗어나게 됩니다. 어머니로부터의 독립이기도 합니다.《아들과 연인》도 그런 여정을 보여주는 작품으로 읽을 수 있습니다.

그런데 어머니를 뒤이어 마치 배턴 패스라도 하듯이 만나게 된 여자가 어머니 뺨치는 혹은 어머니를 더 능가하는 프리다였어요. 이 두 여자의 품 안에 놓여 있던 것이 작가 로렌스의 삶입니다. 그리고 로렌스가 두 여자로부터 자기의 독자성을 지키려고 했던, 자기 자신을 발견하고자 했던 고투의 과정이 로렌스의 문학이라고도 읽을 수 있습니다.

로렌스에 대한 여성 독자나 비평가들의 평가는 정확하게 양분됩니다. 좋아하는 독자와 비평가가 있고 대단히 혐오하는 독자와 비평가가 있습니다. 케이트 밀렛이라는 페미니즘 비평가가 《성 정치학》(1969)에서 로렌스를 아주 신랄하게 비판합니다. 프랑스의 비평가 시몬 드 보부아르도 《제2의 성》(1949)에서 로렌스를 비판했어요. 남성적 쇼비니즘의 대표적인 작가들, 마초주의의 원조 격이 될 만한 작가들의 한 명으로 로렌스를 지목합니다. 그래서 악명이 높습니다.

한편으로는 특이하게도 정반대로 로렌스를 좋아하는 여성 독자와 비평가도 있습니다. 왜 이런 사태가 빚어지는 걸까요? 로렌스가 두 가지 면을 다 갖고 있어서 그렇습니다. 로렌스가 대단히 여성적이에요. 왜냐하면 두 여성의 품에서 벗어나지 못했기 때문입니다. 평생 사투했다는 건 평생 못 벗어났다는 뜻도 됩니다. 반면에 로렌스는 일종의 남성 해방 투쟁을 벌이는 듯한 모습도 보여요. 그 과정에서 남성 우월적이거나 여성 비하적인 태도를 취하기도 합니다. 그래서 로렌스를 평가하는 시각이 완전히 대별됩니다. 남성주의적인 면에 주목하게 되면 여성 차별론자이고 상종할 작가가 아니게 됩니다. 그런데 내막을 들여다보면 꼭 그렇지만도 않다고 생각합니다.

철학자 니체의 경우와 비슷해요. 니체도 대단히 여성 차별적인 발언들을 많이 해놨어요. 그런데 그럴 만한 배경이 있어요. 니체도 여자들 틈바구니에서 성장했기에 여성의 품 내지는 여성적인 세계에서 벗어나려고 고투를 벌이게 됩니다. 유명한 말이 있죠. "여자에게 가려고 하느냐, 채찍을 잊지 말라." 이 말로 악명이 높은데, 니체의 유명한 사진을 보면 자신이 채찍을 들기는커녕 여자한테 쥐여주고 있어요. 때려달라는 거죠. 채찍의 용도가 다릅니다. 로렌스도 니체와 유사하다는 느낌이 듭니다. 남성 우월주의적인 태도를 취하긴 하지만, 한편으로는 로렌스의 처지에서 보자면 강한 여성들로부터 어떻게 해서든지 자기 정체성을 확보하기 위한 나름대로 절박한 태도로 보입니다. 그러니까 어머니에 이어서 로렌스의 운명을 쥔 여자가 아내 프리다입니다.

"나는 등 뒤에 여자가 없으면
작품을 못 쓴다"

프리다는 1912년 로렌스를 처음 만났을 때 이미 결혼한 상태였고 세 아이의 엄마였어요. 프리다가 로렌스보다 여섯 살 연상입니다. 당시 남편은 어니스트 위클리라는 문헌학자였는데 로렌스의 스승이기도 했어요. 로렌스가 야간 대학에 다닐 때 위클리 교수의 수업을 들었다고 합니다. 1912년에 교사 일을 하던 로렌스가 독일 쪽에서 교사 일자리를 얻고자 알아보기 위해 위클리 교수한테 편지를 씁니다. 조

왼쪽부터 채찍을 든 루 살로메, 수레를 끄는 파울 레와 니체. 1882년 스위스 루체른의 쥘 보네 아틀리에에서 촬영한 사진이다.

성이란 무엇인가 (1)

언 좀 구하러 만나 뵙고 싶다고 해서, 약속한 날짜에 찾아오게 됩니다. 그날 어니스트 위클리 교수가 '오늘 대단한 천재가 찾아올 거야' 이런 식으로 아내한테 얘기합니다. 농담이었어요. 괜히 해본 소리였어요. 그런데 아내 프리다는 긴가민가하면서 곧이곧대로 들었던 것 같아요. 뭔가 굉장한 청년이 찾아오는 걸로 생각했던 듯합니다. 어니스트 교수는 자녀가 셋이나 있긴 했지만 전형적인 서생이어서 가정에 소홀했어요. 로렌스가 찾아왔을 때에도 한창 집필하고 있던 책이 있었어요. 자신은 서재에 틀어박혀서 책 써야 되니까 아내 프리다에게 접견을 해달라고 얘기합니다. 그리하여 프리다와 로렌스가 남편이 없는 상태에서 대화를 나누다가 서로 반하게 됩니다.

로렌스는 '바로 이 여자다' 생각해요. 로렌스가 그 전에 두 명의 여자와 사귀다가 약혼도 한 적이 있는데 파혼하고 정리한 상태였어요. 그러다가 프리다와 만나게 됩니다. 프리다에게 반할 만한 이유도 있었어요. 프리다는 독일 귀족 출신으로, 폰 리히트호펜이라는 남작의 딸입니다. 프리다와 언니 엘스가 유명해서《폰 리히트호펜 자매》라는 책도 나와 있습니다. 로렌스와 만나지 않았더라도 나름대로 이름을 날릴 뻔한 여성입니다. 귀족 출신이 뭐가 다르냐, 어떤 의미가 있느냐 하면 크게 두 가지입니다. 첫 번째는 기품과 품위가 있었어요. 두 번째는 대단히 고집이 세고 자유분방했어요. 성장 과정에서도 그랬고 사회적 관습에 전혀 얽매이지 않았어요. 자매가 둘 다 그랬습니다.

사랑에 빠진 여인들

그런데 결혼은 왜 그렇게 일찍 했느냐. 프리다가 스무 살에 결혼했는데 남편 어니스트 교수의 학식 때문이었습니다. 이처럼 지성에 반해서 결혼을 할 수도 있지만 대개 실패합니다. 어니스트 위클리는 프리다보다 열네 살 연상이니까 당시 30대 중반의 학자로, 당연히 학식이 풍부해 보였겠죠. 프리다는 그 점에 반해서 결혼을 하게 됩니다. 그러니까 춤추는 거 보고 결혼해도 안 되고 학식만 보고 결혼해도 안 됩니다. 다 따져봐야 되는 겁니다. 결혼해보니까 기대와 많이 달랐어요. 그래서 결혼 전에도 그랬지만 결혼 이후에도 프리다 위클리가 뭇 남자들과 관계를 갖습니다. 로렌스를 만나기 전에 이미 마음의 준비는 다 되어 있던 여성입니다.

그중 유명한 스캔들은 정신분석가 오토 그로스와의 관계입니다. 오토 그로스는 프로이트의 초기 수제자들 중의 한 명인데 약물 중독으로 일찍 죽는 바람에 이름이 좀 잊힌 감이 있어요. 정신분석학의 뒷이야기를 다룬 〈데인저러스 메소드〉라는 영화가 있는데, 이 영화에 프로이트, 융과 함께 오토 그로스도 나옵니다. 이 사람이 당시 가장 대표적인 성 해방론자입니다. 그래서 예상할 수가 있지만 많은 여자들하고 관계를 가졌어요. 그중 유부녀들도 상당수였는데, 프리다 자매가 오토 그로스와 공통의 연인이었어요. 언니가 오토 그로스의 아이를 임신까지 했어요. 이 일을 계기로 언니가 여동생에게 오토 그로스는 사귀면 안 되는 남자라고 하면서 관계를 말립니다. 그리하여 한

성이란 무엇인가 (1)

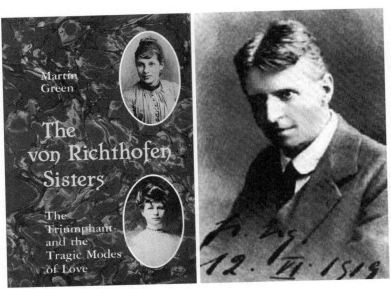

◀ 영국 작가 마르틴 그린이 쓴 《폰 리히트호펜 자매》(1974)의 표지.
▶ 프리다 자매와 공통의 연인이었던 정신분석가 오토 그로스.

번 진정시키게 됩니다. 그러니까 프리다는 나름 전력이 있어요. 여차
하면 언제든 남편을 버릴 용의가 있었던 여자입니다.

　그런 상황에서 프리다가 로렌스를 만나 대화를 나누게 됩니다. 로
렌스가 프리다에 비해서 사회적인 계층도 낮고 나이도 여섯 살이나
어리죠. 그럼에도 프리다에게 강한 인상을 줍니다. 그 후에 로렌스 작
품에도 관련 이야기가 나오는데, 이때 거창한 문명론을 거론했다고
해요. 현재의 서구 문명에 대해 대단히 신랄하게 비판하고 그걸 넘어

사랑에 빠진 여인들

설 수 있는 어떤 새로운 사상이 필요하다고 역설했습니다. 그래서 프리다한테 강한 인상을 남기게 됩니다. 사실 다른 걸로는 어필할 수가 없었어요. 몸이 건강하지 않고 재력도 없으니 뭘로 어필할 수가 있었겠어요? '나는 원대한 사상을 갖고 있는 사람'이라는 말로 어필할 수밖에 없었고 프리다가 거기에 매혹이 됐습니다. 왜냐하면 남편 어니스트 교수는 그냥 책에만 파묻혀 있고 포부나 야심 같은 걸 갖고 있지 않았어요. 그런 남자하고 같이 늙어갈 걸 생각하니까 암울하던 차에 원대한 포부를 품고 있는 듯한, 똑똑해 보이는 청년을 만났고 이 청년으로부터 열띤 구애를 받습니다. 그래서 프리다가 결단을 내리게 됩니다. 세 아이를 포기하고 로렌스와 도주하여 친정인 독일로 가게 돼요.

남편이 물론 처가 쪽에 도움을 청합니다. 장인한테 도주한 아내를 좀 보내달라고 얘기하는데 이 집안이 또 귀족 집안이기 때문에 강요하지를 못해요. 물론 이 일 때문에 아버지하고 사이는 좀 틀어지는데 아버지가 프리다를 강제로 어떻게 하진 못합니다. 그게 귀족적인 정서입니다. 프리다가 자기 고집이 있어요. 그 후로 1914년에 결혼할 때까지 한 2년 가까이 도피 행각을 벌이게 됩니다. 돈이 별로 없어서 독일에서 이탈리아까지 걸어서 가요. 그 도보로 가는 여정 중에 마무리 지은 책이 《아들과 연인》입니다.

말년에 로렌스가 회고하기를, 자신은 등 뒤에 여자가 없으면 작품을 못 쓴다고 했어요. 굉장히 솔직한 회고라는 생각이 듭니다. 말 그대로 로렌스에게는 배후가 있어야 됩니다. 여자가 옆에 있어야 작품을 쓸 수가 있어요. 처음에는 어머니가 있었고 결혼 전에 제시 체임버스라는 여자 친구이면서 작품을 읽어주고 코멘트를 해주는 여자가 있었습니다. 프리다를 만난 이후에는 프리다가 내내 이 역할을 해주게 됩니다. 옆에서, 뒤에서 봐줘야 됩니다. 봐준 다음에 읽어주고 해야 됩니다. 아주 솔직한 토로라고 생각합니다. 뒤집어서 얘기하면 그런 배후의 여성들이 없었더라면 로렌스는 작품들을 쓰기가 힘들지 않았을까 싶습니다.

실제로 작품 속에 등장하는 자매는 프리다 자매에서 가져온 걸로도 얘기됩니다. 《사랑에 빠진 여인들》에서도 이제 어슐라의 모델을 프리다로 보고 버킨은 로렌스 자신의 모습이 많이 반영된 인물로 봅니다. 제럴드하고 구드룬은, 로렌스 부부와 교분이 있었던 맨스필드 부부를 모델로 했다고도 합니다. 맨스필드 부부는 작가 캐서린 맨스필드와 편집자이자 비평가 존 미들턴 머리입니다. 로렌스와 캐서린 맨스필드가 블룸즈버리 그룹에서 따돌림받았다고 하는 공통점이 있습니다. 달리 얘기하면, 영국 런던의 상류 지식 사회를 대표하는 '버지니아 울프 패거리'에 끼지 못했다는 거예요. 로렌스는 하층민 출신이기 때문에 상류층 출신들하고 정서적으로나 문화적으로 좀 안 맞는다고 느낀 거죠. 그래서 그들과 거리를 두게 됩니다. 캐서린 맨스필드도 버지니아 울프와 교분이 있어서 그룹에 끼긴 했지만 동등하게 대우받지 못했습니다. 뉴질랜드 출신이라는 점에서 약간 촌스러운 시골뜨기 취급을 받았어요. 로렌스나 캐서린 맨스필드나 비주류였고 둘 다 폐결핵 환자였다는 공통점이 있습니다. 둘 다 폐결핵으로 죽습니다. 동병상련을 느껴요. 이 맨스필드 부부가 《사랑에 빠진 여인들》 속 커플의 모델이 되었다고 얘기들을 합니다.

저는 실제로 그런 면모가 있다손 치더라도 작가 로렌스와 아내 프리다의 어떤 모습이, 그들의 문제가 공히 이 작품에 등장하는 두 커플에 반영되지 않았나 생각해봅니다. 어쨌든 프리다는 도주 행각 끝에 1914년에 어니스트 위클리와 정식으로 이혼하고 로렌스와 결혼하게 됩니다. 결혼할 때 들러리를 섰던 사람들이 맨스필드 부부입니다. 좀 각별한 인연이죠. 그리고 1차 세계대전이 터지게 됩니다. 결혼한 다음에 한 1, 2년 동안은 아주 열렬했었다고 해요. 로렌스가 다 고백해놓고 있습니다. 그런데 그 후로 사이가 나빠지기 시작합니다. 그런 과정이 이 작품에 반영되어 있습니다. 너무 전기적 사실에 밀착해서 작품을 읽는 것일 수도 있는데 작품에 그런 사실들이 반영되기 때문에 그렇습니다. 《아들과 연인》을 발표한 후에 '자매들'이라는 제목으로 소설을 쓰는데, 이 소설은 두 권으로 분화가 됩니다. 각각 《무지개》와 《사랑에 빠진 여인들》입니다. '무지개'라는 제목은 프리다가 붙여주었다고 합니다.

1915년에 출간된 《무지개》는 외설성이 문제시되는 바람에 나온 지 두 달도 채 되지 않아 금서 조치가 됩니다. 큰 타격이었어요. 전업 작가였던 로렌스는 집안에 재산이 없었기 때문에 작품을 써서 먹고살아야 했거든요. 그래서 사실 첫 번째 성공작인 《아들과 연인》도 편집자의 무리한 요구를 다 수용하고 작업해서 발표한 소설입니다. 편집자가 상당히 많은 부분을 덜어냈어요. 어느 작가도 그런 걸 달가워하지 않는데 출간하는 것 자체가 굉장히 중요했기에 로렌스는 다 감수합니다. 그런데 이제 두 번째 작품 《무지개》가 판금 조치되는 바람에 큰 타격을 입게 됩니다. 게다가 경제난까지 겹쳐서 아내하고 티격태격하게 됩니다. 프리다가 자꾸 두고 온 세 자녀와 연락을 하려고 했어요. 엄마가 아이들하고 연락하려고 하는 건 어쩌면 당연한 거잖아요? 그렇지만 그것 때문에 자주 다투곤 했습니다. 로렌스는 프리다가 자기를 배신할까 봐 불안해서 질투했다고 합니다.

앞질러 얘기하자면 로렌스가 1930년에 마흔다섯 살 나이로 죽은 후 작품의 저작권을 아내인 프리다가 다 갖게 됩니다. 프리다는 로렌스가 죽은 다음에도 26년을 더 살았어요. 좀 늦었지만 세 자녀와 다시 만나서 화해하고 잘 지내다가 1956년에 세상을 떠나게 됩니다. 이들의 관계는 해피엔드예요. 물론 엄마가 어느 날 어떤 청년과 눈이 맞아서 떠나버렸으니까 어린 세 자녀에게는 날벼락이었겠지만. 프리다가 아들은 남편에게 두고 딸들은 시댁에다 맡깁니다. 이렇게 자녀들 사

사랑에 빠진 여인들

존 미들턴 머리와 캐서린 맨스필드 부부(1913).

후 관리까지 다 해놓은 다음에 로렌스하고 떠난 거였어요.

1차 세계대전 기간 동안에 이 부부가 여러 가지 우여곡절을 많이 겪습니다. 왜냐하면 로렌스는 영국인이고 프리다는 독일인이므로 서로 적국의 남편이고 아내였기 때문입니다. 독일에 갔을 때는 로렌스가 스파이 혐의를 받습니다. 결혼하고 세 아이의 엄마인데 딸이 친정에 와서 로렌스를 새 남자라고 소개할 수는 없잖아요? 그래서 독일에 갔을 때 프리다가 로렌스를 여관에 꼼짝 못 하게 두고 자기는 친정에 가곤 했는데 아무 일도 안 하는 외국인이 여관에 죽치고 있으니까 의심을 받아요. 경찰이 검문하러 들이닥치게 됩니다. 결국 할 수 없이 프리다가 커밍아웃합니다. 사실은 자기가 데려온 남자라고 부모에게 얘기하는데 물론 허락받지 못하고 둘이서 이탈리아 여행을 떠납니다.

결혼한 이후에도 문제는 여전히 있었어요. 로렌스는 전쟁 발발 전에 독일에서는 스파이로 의심받고 전쟁 직후에 영국에서는 독일 스파이로 의심받습니다. 감시 대상이 돼요. 독일에서도 거의 추방 비슷하게 쫓겨나게 됩니다. 물론 로렌스 자신이 역마살 비슷한 게 있어서 한곳에 오래 머물지 못하는 타입이기도 했어요. 미국에도 갔다가 아시아에도 갔다가 호주에도 갔다가 전 세계를 돌아다닙니다. 그러면서 1920년대에는 기행문까지도 쓰게 됩니다. 그중 많은 비중을 차지하고 있는 건 로렌스의 문명론입니다.

리얼리즘이냐
모더니즘이냐

로렌스 작품과 관련해서 핵심적인 주제는 두 가지입니다. 하나는 성이고 다른 하나는 문명 비판입니다. 이 두 주제에서 독보적인데, 영문학에서 좀 예외적인 작가라는 생각이 듭니다. 영문학이 원래 관심사의 스케일이 작은 편이거든요. 제인 오스틴을 가장 대표적인 예로 들지요. 주로 1810년대를 배경으로 한 소설들을 썼는데 당시 유럽이 프랑스혁명 직후의 격동기였음에도 불구하고 소설에는 관련된 내용이 전혀 나오지 않습니다. 영국의 전원을 배경으로 너무 태평한 이야기만 하고 있어요. 오스틴 소설의 흠으로 비판받기도 하는 부분인데 한편으로는 고유의 개성이라고도 할 수 있습니다.

하여튼 그게 출발점이어서 그런지 대체적으로 스케일이 좀 작습니다. 제가 읽은 범위에서 영국 소설의 특징은 관심사도 물질적인 재산 같은 데 치중하고 있다는 것입니다. 오스틴 소설을 읽으면 대번에 나옵니다. 누굴 소개하든 항상 연 수입이 얼마인지 언급하고 있어요. 영지가 얼만큼이고 연 수입이 얼마인지가 사람을 보는 기준입니다. 한편으로 대단히 실제적입니다. 이걸 넘어서는 관념적인 것은 독일적이거나 러시아적인 것이지 영국적인 것은 아니에요. 그래서 사상이나 이념은 영소설에서 재미있는 주제가 아닙니다. 이런 점은 찰스 디킨스 소설만 봐도 알 수 있습니다. 수많은 사건들이 계속 이어지고 여러 흥미로운 캐릭터들이 등장하고 있지만 어떤 묵직한 문제의식이나 사상을 다루고 있지는 않습니다. 단적으로는 영소설에는 《카라마조프가의 형제들》도 없고 《마의 산》도 없다고 얘기합니다.

그런데 예외적으로 로렌스가 관념적인 주제를 다루게 됩니다. 그는 러시아 작가들과 문학은 물론이고 미국 소설에도 관심이 많아 《미국 고전 문학 연구》(1923)라는 저서도 썼지요. 이렇듯 폭넓은 관심을

성이란 무엇인가 (1)

갖고 있었고 단순한 소설의 범위를 넘어서는 야심을 지녔다는 점에서 예외적인 작가입니다. 그래서 소위 대가가 나오기 힘든 풍토인 영문학에서도 대표 작가로 꼽을 만하다고 생각합니다.

제 인상으로는 로렌스의 《무지개》와 《사랑에 빠진 여인들》이 토마스 만의 《마의 산》과 견줄 만하지 않나 생각합니다. 《마의 산》은 1924년에 출간되었고 《사랑에 빠진 여인들》은 1920년에 출간되었기 때문에 시기상으로도 크게 차이가 나지 않아요. 이 두 작가의 대작이라는 점에서도 공통적이고, 두 작가가 공히 전형적인 모더니스트는 아니고 리얼리즘의 전통을 잇고 있다는 점에서도 공통적입니다. 또 공통점이 있다고 한다면 동성애적인 코드가 있다는 것입니다. 토마스 만은 사후에 커밍아웃을 하게 되죠. 자기가 동성애자였다는 것을 유언을 통해서 사후 20년 뒤에 공개된 일기에서 밝힙니다. 독문학계가 한 번 발칵 뒤집히게 됩니다. 토마스 만의 작품을 전부 다시 읽고 숨겨져 있던 동성애적 코드를 찾아냅니다. 《마의 산》에도 동성애 코드가 핵심적인 모티브로 들어가 있습니다.

로렌스의 《사랑에 빠진 여인들》에도 동성애 코드가 들어가 있습니다. 이를 어떻게 해석할 것인가 하는 것은 이 작품을 이해하는 한 가지 포인트입니다. 동성애 코드로 읽어야 할지, 양성애 코드로 읽어야 할지. 양성애라는 것은 버지니아 울프가 주장한 거예요. 버지니아 울프가 《자기만의 방》(1929)에서 모든 위대한 문학은 양성적이라고 얘기합니다. 로렌스 문학이 동성애 코드, 양성애 코드를 갖고 있다는 점에서도 토마스 만과 비견된다고 생각합니다. 동시에 로렌스와 만은 20세기 초반 영문학과 독문학의 최고 작가이기도 합니다. 영문학은 그 당시로서는 두 갈래 길이었어요. 조이스냐 로렌스냐. 조이스 편에는 버지니아 울프도 포함됩니다. 로렌스는 모더니즘의 세례를 받기는 했지만 거리를 둡니다. 전통적인 리얼리즘 작가도 아니지만 모더니즘하고도 거리를 둔 작가이지요. 일부 연구자들은 그런 점에서 더욱 대단하다고 평가하기도 합니다.

보통 리얼리즘이냐 모더니즘이냐의 구도는 독일 문학에서 토마스 만이냐 프란츠 카프카냐를 얘기할 때 등장하지요. 게오르크 루카치 같은 비평가가 그렇게 구도를 설정합니다. 물론 루카치는 토마스 만을 편들기 위해서 그런 겁니다. 루카치가 아주 유명한 리얼리즘 옹호자이자 모더니즘 비판자입니다. 모더니즘 문학 일반을 퇴폐적이라고 기각해버리는데 카프카 문학에 대해서도 마찬가지였어요.

문명 비판적 태도의
연장선상에서 바라본 성의 문제

로렌스는 일반적으로 인본주의적인 인간관, 세계관을 대표하는 작가라는 평가를 받고 있습니다. 리얼리즘에서 조금 벗어난다 하더라도, 로렌스는 확장된 리얼리즘 작가라고 봅니다. 모더니즘하고는 조금 대척점에 서는 작가로 이해하는데, 앞에서도 잠깐 말씀드렸지만 모더니즘과 관련된 블룸즈버리 그룹 같은 영국의 상류층 작가들, 지식인들과 로렌스가 좀 거리가 있었기 때문에, 사회 계층상 자연스럽게 분리된 것이기도 합니다.

로렌스가 휴머니즘적인 관점에서 문명 비판을 한다는 점이 보통의 영국 작가답지 않습니다. 영국은 가장 먼저 산업화가 되었기 때문에 문학, 예술도 일찌감치 다른 가치 영역에서 분화가 됩니다. 진이라든가 선은 과학이나 철학이나 종교 같은 분야가 떠맡고 예술 일반은 미만 다루면 되는 걸로 분화가 되지요. 그런데 모더니즘 작품에서는 미를 극단적으로 추구합니다. 엘리트주의적이고 반대중적입니다. 모더니즘 문학이라는 것이 그렇습니다. 그리고 반인본주의적이고 친 기계 문명적인 성격을 띱니다. 모더니즘은 기계 문명, 기술 문명에 대해 친화적인 태도를 갖고 있어요. 로렌스는 거기에 대해 다 맞서면서 반대하게 됩니다. 그래서 로렌스 문학을 인본주의와 생태주의의 관점으로 읽는 게 유행하기도 했어요. 에코이즘 내지는 에코페미니즘의 맥락에서 로렌스 문학을 재평가하기도 합니다.

그리고 로렌스는 기술 기계 문명, 산업 문명에 비판적인 태도의 연장선상에서 성의 문제를 다시 보게 됩니다. 성이 모더니즘에서는 몰

사랑에 빠진 여인들

가치적으로, 드라이하게 다루어집니다. 근데 로렌스는 성이라는 것 자체를 새롭게 신화화합니다. 성은 양성 간의 조화와 균형을 잃을 때도 있긴 하지만 서로 대립하면서도 상호 보완적인 관계를 유지하잖아요? 동양의 음양 같아요. 남녀 간의 관계를 그런 식으로 보기도 합니다. 그래서 성에서 어떤 해방적 가능성을 보게 됩니다.

로렌스는 《무지개》와 《사랑에 빠진 여인들》까지 '자매들' 시리즈에 해당하는 소설을 쓴 다음에 바로 남성적 세계로 넘어가게 돼요. 거꾸로 되짚어보자면 이들 작품을 이해하는 데 참고가 됩니다. 그러니까 '자매들' 시리즈 두 편을 쓰고 나서 여자들이라면 진력이 난 거죠. 그래서 아예 남성적인 작품, 또 정치적인 주제를 다룬 작품으로 넘어감으로써 균형을 맞춥니다. 여성들을 다룬 소설 세 편, 남성적인 주제를 다룬 소설 세 편. 이렇게 균형을 맞춘 다음에 다시 《채털리 부인의 연인》으로 돌아옵니다. 《채털리 부인의 연인》이 나중에 발표된 작품이긴 하지만 앞선 작품들의 주제를 어떤 면에서 이어받고 있고 어떤 차이점을 보이는가가 독서의 한 포인트라고 생각합니다. 동시에 성이라는 주제를 로렌스가 어떻게 다루는지 보려고 할 때도 빼놓을 수 없는 작품이므로 《채털리 부인의 연인》에 대해서 조금 말씀을 드리도록 하겠습니다.

정신과 육체는
조화와 균형을 이룰 수 있다

미리 말씀드리건대,《무지개》나《사랑에 빠진 여인들》이 복합적인 문제를 다루고 있다면《채털리 부인의 연인》은 좀 더 단순화된 문제를 다루고 있어요. 그래서 이해하기가 다소 수월한 작품이기도 합니다. 다만 묘사의 강도 때문에 오랫동안 금서로 묶여 있었고, 로렌스 사후 30년 만인 1960년에야 펭귄북스판으로 출간이 허용됩니다. 그런 이유로 과대평가된 부분이 있어요.《채털리 부인의 연인》이 너무 오랫동안 금지되어 있었기 때문에, 금지가 해제되자마자 베스트셀러가 됩니다. 그리고 가장 널리 읽히는 작품이 되었어요. 정상적으로 출간됐더라면 제 몫의 주목을 받았을 거라고 생각합니다. 한편으로는 이 작품을 쓰던 무렵에 로렌스가 좀 더 복합적이고 혼란스러운 상황에 놓여 있었던 걸로 보입니다. 그러니까 1920년대 후반에《채털리 부인의 연인》을 쓸 때는 폐병 말기였어요. 거의 죽어가던 시점에 썼기 때문에 문제를 복잡하게 사고할 수도 없었습니다. 간단하게 정리를 해야 돼요. 그래서 자기 생각의 핵심만을 이 작품을 통해 보여주고자 했던 게 아닐까 싶습니다.

《채털리 부인의 연인》은 로렌스가 두 번 고쳐 썼기 때문에 세 가지 판본이 있다는 점이 흥미롭습니다. 우리가 보통 읽는 건 최종판입니다. 앞에 두 가지 판본이 따로 있지만 번역되지 않았어요. 우리가 다 찾아 읽을 여력은 없긴 하지만 누가 대신 읽고 어떤 차이가 있는지 알려주면 좋겠어요. 다만 영화는 있습니다. 파스칼 페랑이라는 프랑스 여성 감독이 만든 영화 〈레이디 채털리〉인데 이 영화가 두 번째 판본을 영상으로 옮긴 겁니다. 그래서 우리가 읽는《채털리 부인의 연인》하고 조금 다릅니다. 이 차이만큼 초판하고도 차이가 있는 거고요.《채털리 부인의 연인》에서 제일 흥미로운 부분은 일단 그 점이라고 생각해요. 로렌스의 어떤 관점이 작품에 반영되었는지 혹은 어떤 관점을 보여주고자 했는지 그 추이를 읽어볼 수가 있으니까 흥미로운 연구 주제라고 생각합니다.

《채털리 부인의 연인》은 주인공 코니(콘스턴스)의 남편이 1차 세계 대전에서 치명적인 부상을 입고 성 불구자가 돼서 돌아온 다음의 시점부터 이야기가 시작됩니다. 중반쯤에 산지기 멜러즈가 등장하는데 일부에서는 불구자가 된 남편 클리퍼드에 로렌스의 모습이 투영되어 있다고 보는 시각도 있고, 산지기 멜러즈에 투영되어 있다고 보는 시각도 있습니다. 연구자들마다 견해가 다른데, 로렌스가 광부의 아들이고 행적이 여러모로 유사한 면이 있기 때문에 멜러즈에게 투영되어 있는 걸로 봅니다. 당시 1920년대 중반 이후에 건강이 극도로 악화된 상태의 로렌스를 염두에 둔다면 멜러즈는 판타지의 투영이기도 합니다. 작가의 분신이자 대역의 의미를 갖는 인물이지요. 코니가 산

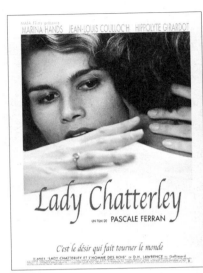

《채털리 부인의 연인》의 두 번째 판본을 영상화한 영화 〈레이디 채털리〉(2006).

지기 멜러즈와 중반에 조우하게 됩니다.

《채털리 부인의 연인》이 얄팍하다는 비판이 있는데 주제 의식이 너무 앞선다는 겁니다. 앞의 다른 작품들하고 비교해봐도 이 점을 알 수가 있습니다. 《사랑에 빠진 여인들》은 주제가 뭔지 좀 모호하므로 생각해봐야 됩니다. 그런데 《채털리 부인의 연인》은 분명해요. 말하자면 설교적이라고 해도 됩니다. 그래서 작품의 완성도가 좀 떨어진다고도 볼 수가 있는데, 톨스토이가 쓴 《부활》의 경우처럼 실제로는 인물의 성격이 잘 동기화되어 있습니다. 성격이나 행동이 작위적이지

사랑에 빠진 여인들

않고 사실적이고 현실감 있게 묘사되어 있습니다.

코니가 산지기 오두막에 갔다가 멜러즈와 처음 조우할 때는 서로 안 좋은 인상을 받습니다. 그러다가 조금씩 가까워지는 과정을 보여주는데 그 계기가 암탉이 알을 품고 있는 장면을 보는 겁니다. 그 모습을 보고 코니가 눈물을 흘리지요. 특이한 설정이라는 생각이 듭니다. 암탉이 알을 품고 있는 모습을 보면 자신과 동일시가 되는 건지, 나도 여자인데 내지는 암컷인데 하는 느낌 때문에 어떤 정서가 유발되는 건지 모르겠어요. 여하튼 작품에서는 "마음이 찢어질 것 같았다"는 식으로 묘사가 됩니다. 암탉도 자기 새끼를 품는데 자기는 아이를 갖지 못한다는 슬픔에 눈물을 흘립니다. 그때 멜러즈가 코니를 위로해주고 둘이 처음으로 성관계를 갖게 됩니다.

흥미로운 점은 《채털리 부인의 연인》이 성 해방을 예찬하는 작품이 아니라는 거죠. 로렌스는 자신이 몹시 경건한 인간이라고 얘기한 적이 있습니다. 멜러즈의 모습이 그러한 모습을 그대로 보여줍니다. 금욕주의자도, 색정광도 아니고 그 사이에 있습니다. 로렌스가 생각하는 건강한 성이란 어떤 것인가를 보여주는 사례라고 할까요. 멜러즈의 여자관계에 대한 얘기에서 로렌스와의 연관성도 찾아볼 수 있는데, 처음 두 여자는 육체관계를 피했다고 되어 있어요. 로렌스가 프리다 이전에 만났던 여자들이 그런 경우였어요. 그런데 멜러즈가 세 번째 아내 버사와 결혼하게 되는데 색정광 수준의 여자였고, 이때 좌절하게 됩니다. 그다음에 만난 여자가 코니입니다.

요컨대 두 가지 극단을 배제하는 겁니다. 철저하게 무성적이거나 금욕적인 여자도 배제하고, 색정광도 배제합니다. 로렌스가 적극적으로 옹호하는 것은 '건강한 성'입니다. 둘이 온전하게 결합될 수 있는 형태의 성관계, 정신과 육체가 잘 조화된 성관계를 예찬합니다. 이런 조화가 과연 가능한지 의문을 품었던 작가가 톨스토이고요. 로렌스는 정신과 육체 내지는 이성과 욕망이 적절하게 조화를, 균형을 이루는 것이 가능하다고 봅니다. 그리고 가능하다는 걸 보여주려고 합니다. 그의 관념 속에서만 가능한 건지는 생각해볼 문제이긴 하지만요.

반면에 정반대의 시각도 가능합니다. 톨스토이는 철저하게 이 균형이 가능하지 않다고 봅니다.《안나 카레니나》에서도 그렇고 성을 주제로 한 여러 작품에서 톨스토이는 반복적으로 그런 생각을 드러냅니다.《크로이체르 소나타》같은 후기 작품이 아주 대표적입니다. 남편이 아내의 불륜을 의심해서 살해한다는 내용을 담고 있어요. 톨스토이가 말년에 부부 불화가 심해졌을 때 쓴 작품으로 알려져 있습니다.《크로이체르 소나타》는 정신과 육체, 이성과 욕망이 서로 조화와 균형을 이루지 못한다는 것을 보여줍니다. 이것이 톨스토이의 문제의식인데, 그는 정신과 육체가 서로 양립할 수 없다면 하나를 선택해야 된다고 봅니다. 톨스토이는 육체를 선택할 수는 없으니까 정신을 선택합니다.

사랑에 빠진 여인들

영화 〈레이디 채털리〉의 한 장면.

　말년의 톨스토이는 육체적인 사랑을 다 배제해버려요.《부활》에서만 하더라도 백혈구적인 사랑, 즉 동지애적이고 이타적인 사랑을 대안으로 얘기하고 있어요. 톨스토이의 사랑은 성욕을 배제한 사랑으로 귀착하게 됩니다. 앞서 말씀드렸지만 로렌스의 작품은 이에 대한 반응으로 볼 수 있습니다. 정신과 육체가 서로 양립 불가능하지 않고 충분히 조화로운 관계를 이룰 수 있다는 것. 로렌스는 톨스토이의 결론을 재검토하는 과정을 통해, 정신만 남은 상태가 오히려 더 병적이라고 봅니다. 톨스토이는 육체적 욕망을 방치할 경우에 균형이 맞지 않으므로 필연적으로 파국에 이를 수밖에 없다고 생각합니다. 로렌

르네 프랑수아 자비에 프리네, 〈크로이체르 소나타〉(1901). 톨스토이가 쓴 동명의
소설을 읽고 영감을 받아 그린 그림이라고 전해진다.

스는 거꾸로 육체를 배제했을 때 파탄에 이른다고 봐요. 그래서 조화
로운 성이 그만큼 필수적이고 핵심적이라고 생각합니다. 건강한 자기
정체성 형성뿐만 아니라 건전한 문명을 위해서도, 과도하지 않고 적
절하게 균형을 유지하는 범위 안에서 성의 해방이, 육체의 해방이 중
요하다고 봅니다.

사랑에 빠진 여인들

그리고 로렌스는 정신과 육체의 조화와 균형을 프리다와의 관계에서 처음으로 경험하게 됩니다. 왜냐하면 그 전에 로렌스가 만났던 여자들은 육체관계에 부정적이었어요. 행복감을 느끼기보다는 그냥 의무감으로 성을 대했습니다. 그런데 프리다는 달랐고 프리다와의 관계를 통해서 로렌스가 처음으로 해방감을 경험하게 됩니다. 문제는 로렌스의 폐병이 악화되면서 육체적인 관계를 가질 수 없어지자 프리다가 다른 남자를 만나기도 했다는 거예요. 자유분방했기 때문에 바람피우는 데 별로 개의치 않았고 로렌스도 그런 행동에 대해서 알고 있었어요. 로렌스에게 프리다는 두 가지 면모를 다 지녔던 겁니다. 가장 조화로운 육체적인 결합을 처음 경험하게 해준 여자가 프리다였고, 《채털리 부인의 연인》의 버사처럼 색정광 수준의 과도한 성욕을 갖고 있어서 로렌스로서는 잘 통제할 수 없는 여자도 프리다였습니다.

새로운 문명에 걸맞은 성 해방이 필요하다

《채털리 부인의 연인》의 멜러즈가 만난 여자들은 로렌스가 만난 여자들과 아주 비슷해요. 로렌스가 열여섯 살에 처음 만난 여자인 제시

체임버스는 책을 많이 읽는 여자였습니다. 서로 좋아했지만 제시 체임버스는 책만 읽을 뿐이고 성적인 욕망이 결여되어 있었어요. 두 번째 여자는 루이 버로우스라는 대학 친구였는데 약혼했다가 어머니와의 관계 때문에 파혼합니다. 이 이야기는 《아들과 연인》에 반영되어 있어요. 셰익스피어의 《햄릿》이 복수 '지연' 극이라면 《아들과 연인》은 연애 '지연' 소설입니다. 어머니가 중간에 끼는 바람에 아들의 연애가 계속 잘 안 되고 지연되니까요. 소설이 좀 긴데 연애가 잘 안 되는 탓에 길어집니다. 멜러즈가 그다음에 알게 된 여자도 사랑에 대해서는 다 수락하지만 성관계는 안 된다는 식이었어요. 그래서 또 한 번 좌절하게 됩니다. 이건 로렌스 자신의 경험이기도 합니다. 그러다 멜러즈는 버사를 만나는데 알고 보니까 섹스 중독자였어요. 이 버사의 모습에 프리다의 모습이 들어가 있다는 겁니다. 프리다의 좋은 면은 코니에게, 나쁜 면은 버사에게 투영되어 이중화된다고 저는 생각해요.

그래서 멜러즈가 코니한테 이렇게 얘기합니다.

"난 정말 환멸로 가득 차 비통해하던 중이었소. 진정한 섹스란 전혀 남아 있지 않다고, 즉 정말로 남자와 함께 자연스럽게 '절정에 이르는' 여자란 한 사람도 없다고 여기고 있었던 거요."

사랑에 빠진 여인들

한 여자에게 즐거움과 만족을 얻고 싶었지만 그러지 못하고 있다가 비로소 코니를 만나면서 자기가 원했던 인연임을 확인하게 됩니다. 로렌스는 양쪽이 공히 만족감을 얻을 수 있는 성을 바람직하다고 봅니다. 서로의 욕망이 일치해야 됩니다. 코니와 멜러즈가 그런 관계에 도달하는 걸로 작품에 그려져 있습니다.

> "남자가 따뜻한 가슴으로 성행위를 하고 여자가 따뜻한 가슴으로 그것을 받아들인다면 세상의 모든 것이 다 잘되리라고 난 믿고 있소."

《채털리 부인의 연인》의 핵심적인 성애관입니다. 프로이트 좌파 중에 빌헬름 라이히라는 정신분석가의 생각과 아주 비슷합니다. 프로이트 좌파 중에 유명한 사람으로는 현대 문명을 비판한 철학자 허버트 마르쿠제가 있고요, 그 전에 빌헬름 라이히가 있습니다. 라이히의 책들이 국내에 번역돼서 많이 읽히곤 했었는데 지금은 또 유행이 지나간 것 같습니다. 라이히는 심지어 전쟁도 어떤 성적인 욕구 불만 때문에 일어난다고 생각해요. 성적인 욕구와 충동이 자연스럽게 충족되지 않았을 때 파괴적인 본능이 일탈적으로 나타난다고 봅니다. 부정적인 본능이라고 한다면 파괴 본능이나 공격 본능 같은 게 있죠. 라이히는 성 해방이 인류의 평화에 기여한다고 생각해서 성적 만족과 오르가슴에 대해 연구했습니다. 대표작 중에는 《성혁명》(1936)도 있지만

《오르가슴의 기능》(1927)도 있어요. 국내에 다 번역이 되어 있는데 들고 다니면서 지하철 같은 데서 읽을 수가 없는 책이지요. 아직도 성에 대한 사회적 금기가 있어서 그런데, 그런 금기를 부수고자 했던 사람이 빌헬름 라이히입니다. 그의 생각은 로렌스와 아주 비슷해요. 라이히는 남녀가 성관계를 통해서 만족감을 얻게 된다면 모든 사회악이 일소될 수 있을 거라고 봅니다.

참고로 말씀드리면, 프로이트 좌파는 프로이트와 마르크스주의를 결합시키려 한 이들을 지칭합니다. 빌헬름 라이히는 정신분석가이지만 마르크스주의도 수용합니다. 그런데 현실 정치에서 프로이트 좌파는 배척당합니다. 마르쿠제만 하더라도 1960년대 히피 세대들에게 이론적인 지주 역할을 하면서 널리 알려지고 1960년대 가장 유명한 철학자로서 《에로스와 문명》(1955) 같은 책이 많이 읽혔지만 좀 예외적인 경우입니다. 빌헬름 라이히나 프로이트 좌파의 아이디어가 현실 사회주의로부터는 배척받고 수용되지 않았습니다.

사회주의와 성 해방은 동시에 존재해본 적이 없어요. 성 해방은 사회주의가 가지 않은 길입니다. 빌헬름 라이히와 로렌스의 생각이 상통하는 면이 있다고 말씀드렸지만 로렌스의 아이디어도 재평가해볼 가치가 있습니다. 말하자면 이런 맥락에서 재검토가 필요한 거죠. 로렌스는 급진적인 정치적 기획을 얘기한 건 아니지만, 거시적인 틀에 있어서는 새로운 문명의 필요성을 얘기합니다. 그는 구시대적인 질서가 1차 세계대전과 함께 무너졌다고 보고, 도래해야 할 새로운 문명에 걸맞은 성 관념 내지는 성 해방이 필요하다고 생각했습니다. 그런 점에서 로렌스는 남다른 스케일을, 넓은 시야를 갖고 있었던 거죠. 소설을 단순히 읽을거리로만 생각하지 않았습니다. 영국 문학에서는 주로 그렇게만 생각해왔는데 로렌스는 그 시야를 상당히 확장시킵니다.

성이란
본능인가 환상인가

성이란 무엇인가요? 성의 진화와 관련해서 생물학자들이 말하기를, 인간은 유형성숙neoteny을 통해서 성장한다고 합니다. 직립보행을 하면서 산도가 좁아졌고, 여성의 산도가 좁기 때문에 작게 낳아서 키우느라 오랜 양육기를 필요로 한다는 거예요. 그런데 인간은 진화 과정에서 지능을 특화시켜왔기 때문에 머리가 커야 됩니다. 그래서 뇌 용량을 키우게 됩니다. 다른 영장류에 비해서 뇌 용량이 한 일이십 만 년 동안에 급속하게 커진 걸로 되어 있습니다. 두뇌 용량이 성인의 경우에는 1300cc 이상 됩니다. 다른 영장류들과 비교하면 신체에서 뇌가 차지하는 무게 비중이 가장 큰 동물이 인간입니다. 머리가 커야 되는데 큰 상태로는 출산할 수가 없어요. 작게 낳고 그 대신에 양육 기간을 길게 잡아야 합니다. 그 기간 동안에는 양육에 대한 부담을 부모가 져야 하지요. 다른 동물들의 경우, 양육하는 데 1년 걸린다면 1년만 같이 살면 돼요. 그다음에 헤어졌다가 다시 만나는 건 자유지만 다른 짝짓기를 해서 새끼를 낳고 돌보고 서로 헤어지고 할 수가 있습니다. 그런데 인간의 경우에는 양육 기간이 길다 보니까 부모와 자녀가 붙어 지내는 기간이 길어야 됩니다. 그래서 그 보상으로 성이 진화되었다고 하는 것이 생물학의 설명입니다.

성은 일종의 인센티브입니다. 맨 정신으로 애를 20년 가까이 돌본다고 하면 좀 힘들거든요. 그러니까 부부 사이를 묶어줄 수 있는 인센티브로서 성이 진화되었다고 봅니다. 다른 동물들은 철저하게 번식기가 제한되어 있지만 인간은 그런 제한이 없이 번식 이외의 목적으로도 언제든지 성관계가 가능합니다. 인간이 다른 동물들과 비교해서 성욕이 특화되어 있는데, 이는 본능의 오작동 때문인가 아니면 그 자체도 본능의 일부인가 하는 의문이 제기되지요. 여하튼 인간의 과잉 발달한 성 본능에 대한 생물학적인 설명은 그렇게 가능합니다.

다른 한 가지 설명은 성 본능이 망가진 결과로 과도한 성을 초래한다는 설입니다. 인간의 과도한 성은 자연적인 것과는 거리가 있고, 그 자체가 본능의 오작동이라고 보는 것이죠. 이런 현상을 가장 극단적으로 얘기하는 사람은 일본의 정신분석가 기시다 슈입니다. 그는 성유환론唯幻論이라고 해서 '성이라는 건 본능하고는 전혀 관계가 없고

사랑에 빠진 여인들

다 환상이다'라고 주장합니다. 책은 재미있습니다. 《게으름뱅이 정신분석》, 《성은 환상이다》 등이 국내에 번역되어 있습니다.

그러니까 성을 어떻게 볼 것인가 하는 입장에 양극단이 있어요. 성은 본능이라고 보는 것이 한 가지 입장이고 전부 다 환상이라고 보는 것이 또 한 가지 입장입니다. 어디까지는 본능이고 어디까지는 환상이라고 보는 절충적인 견해도 있습니다. 다른 동물들과 마찬가지로 성이 재생산(생식)이라는 목적에 봉사한다면 그걸 넘어서는 것은 과도한 거죠. 꼭 필요하지는 않은 겁니다.

그런 관점에서 성적인 욕구를 철저하게 제약하는 것이 기독교입니다. 기독교는 심지어 자위행위도 금지시켰습니다. 제약이 과도한데 재생산만 허용하게 됩니다. 성에 대한 톨스토이의 관점이 그런 거였어요. 톨스토이는 출산을 목적으로 한 성만 도덕적으로 정당화된다고 생각합니다. 앞에서 말씀드린 《크로이체르 소나타》에서는 주인공의 아내가 아이 다섯을 낳고 의사들의 권고에 따라 불임 수술을 받습니다. 그런 후에 성관계를 가진다면 톨스토이는 타락한 것이라고 생각해요. 출산을 목적으로 한 성이 더 이상 아니기 때문에 그렇습니다. 톨스토이가 성과 관련해서는 엄격한 기독교적인 관점을 따릅니다. 다른 면에서는 정통 기독교와는 견해가 다른데, 성에 대한 관념에 있어서는 기독교에 충실한 것으로 보입니다.

성에 대한 또 다른 생각은 프리섹스주의자들의 생각입니다. 이 성

자유주의자들은 모든 사람에게 가장 강력한 향락의 수단이 성이라고 봅니다. 이 향락은 쾌락과 조금 구분되는 의미입니다. 정신분석에서는 이걸 구분해서 쓰죠. 쾌락은 pleasure라고 쓰고 향락은 enjoyment라고 씁니다. 향락 혹은 성적 쾌락은 프랑스어로 주이상스jouissance에 해당하지요. 나누자면 쾌락으로서의 성도 있고 향락으로서의 성도 있습니다. 향락은 고통까지 감수하는 쾌락 혹은 고통 속의 쾌락을 가리킵니다. 원래 프로이트가 말하는 쾌락 원칙에서 쾌락은 고통을 최소화하는 겁니다. 쾌는 최대화하고 고통은 최소화하는 것이 쾌락 원칙이에요. 반면에 향락은 고통도 감수하는 겁니다. 프랑스의 철학자이자 인류학자 조르주 바타유가 에로티즘을 "죽음까지 파고드는 삶"이라고 정의했었는데 그런 에로티즘은 인간만이 갖고 있습니다. 동물들에게는 그런 게 빠져 있어요. 인간만이 특화되어 있고 조금 병적입니다. 과도한 성을 갖고 있어요. 왜냐하면 향락적 차원의 성을 인간이 갖고 있기 때문에 그렇습니다. 향락으로서의 성은, 앞에서 말씀드린 기준으로 하자면 출산과 무관한 성, 낭비적인 성입니다.

로렌스는 성을 통해서 어떤 궁극적인 존재를 인식할 수 있다고 생각해요. 그리고 한 인간이 모든 것을 초월해서 우주와 궁극적인 조화를 이룰 수 있는 통로가 성이라고 생각합니다. 사실 이런 식의 신비주의는 경험론적인 한계에 직면할 수가 있습니다. 보편성을 얻기 위해서는 입증되어야 하잖아요. 로렌스는 자기가 성을 통해서 그런 경지를 경험했다는 겁니다. 그런데 다른 사람들이 '내가 해보니까 안 되던 데' 하면 문제가 됩니다. 그래서 신비주의라는 겁니다. 입증이 불가능하기 때문에, 개인적인 경험을 통해서만 얘기할 수 있는 부분이기 때문에 그렇습니다. 일반화하기 위해서는 매개가 필요한데 로렌스의 경우에는 문학 작품이 매개가 됩니다. 자기의 성관 내지는 성애관을 일반화시킬 수 있는 수단으로서 문학 작품을 이용하게 됩니다. 대표적인 작품이 《채털리 부인의 연인》이고 그보다 앞서 쓰인 《무지개》와 《사랑에 빠진 여인들》도 작가 특유의 생각을 보여준다고 할 수 있습니다.

성이란 무엇인가 (2)

데이비드 허버트 로렌스, 《사랑에 빠진 여인들》

7강에서 성이라는 주제가 갖는 문제성에 대해 말씀드렸다면 이번에는 로렌스의 《사랑에 빠진 여인들》을 자세히 살펴보겠습니다.

　《사랑에 빠진 여인들》은 두 차례 영화화되었는데, 하나는 극장용 영화이고 다른 하나는 TV용 영화입니다. 1969년에 나온 극장용 영화의 스틸 사진(374쪽)에서 어슐라와 구드룬이 누구인지 감이 오시나요? 사진에서 맨 왼쪽에 혼자 꼿꼿하게 있는 여성이 허마이어니이고 가운데가 어슐라하고 버킨 커플, 오른쪽이 구드룬하고 제럴드 커플입니다. 이 영화에는 남성 누드가 나오는데 당시로서는 파격적이었다고 합니다. 1971년 개봉한 영화 〈시계태엽 오렌지〉에서도 남성 누드가 나오지요. 그런 점 때문에라도 국내에 개봉된 적이 없었을 것 같아요.

　2011년에 BBC에서 제작된 세 시간 분량의 TV 영화에서의 두 커플 사진을 보면, 375쪽 위 사진이 구드룬과 어슐라, 아래 사진이 버킨과 제럴드입니다. 이 영화의 원작은 《무지개》와 《사랑에 빠진 여인들》이고 2부작으로 되어 있어요. 로자먼드 파이크가 구드룬으로 나옵니다. TV용 영화가 얼핏 보기에는 좀 더 세련되게 만들어졌습니다. 1969년판 영화는 당시로서는 파격적이었고 구드룬 역의 배우가 아카데미 여우주연상을 받기도 했지만 조금 지루해서 인내심을 갖고 봤는데 최근작은 좀 나은 편입니다. 상당히 잘 만들어진 영화여서 국내에도 수입되면 좋겠어요.

성이란 무엇인가 (2)

캔 러셀 감독의 영화 〈사랑에 빠진 여인들〉(1969)의 한 장면.

그리고 실제 구드룬과 제럴드 커플의 모델이라고 얘기되는 두 사람이 찍힌 사진(376쪽)이 있습니다. 작가 캐서린 맨스필드와 그녀의 애인이었다가 나중에 결혼하게 된 잡지 편집자 존 미들턴 머리입니다. 두 사람이 로렌스하고 절친한 사이여서 로렌스와 프리다의 결혼식에 증인으로 참석하고 기념사진을 찍은 겁니다. 순서는 좀 특이해요. 맨 왼쪽이 로렌스이고, 캐서린 맨스필드, 프리다, 존 미들턴 머리 이렇게 서 있습니다. 존 미들턴 머리는 제럴드의 모델이라고 하기에는 체격이 왜소한 편입니다. 그리고 캐서린 맨스필드가 구드룬만큼

사랑에 빠진 여인들

미란다 보엔 감독의 TV 영화 〈사랑에 빠진 여인들〉(2011)의 주인공들.

강한 캐릭터였는가도 의문이긴 합니다. 그런데 이 커플과 잘 어울려 다니는 바람에《사랑에 빠진 여인들》속 인물의 몇몇 모습은 두 인물에서 따온 걸로 얘기되고 있습니다. 그런데 잡지 편집자는 탄광주인

로렌스와 프리다의 결혼 기념사진. 왼쪽부터 로렌스, 캐서린 맨스필드, 프리다, 존 미들턴 머리.

제럴드와는 많이 차이가 나기 때문에 그냥 참고만 하시면 될 것 같아요.

"난 남자와의
영원한 결합도 원했어요"

《사랑에 빠진 여인들》은 자매의 연애 이야기로 알려져 있습니다. 그런데 한 커플이 더 있습니다. 버킨과 제럴드 커플인데 남남 커플이에요. 두 남녀 커플에만 주목하다 보면 상대적으로 간과하기 쉽지만 로렌스가 상당한 비중을 두어서 다루고 있습니다. 만약에 세 커플의 이야기라고 한다면 남남 커플은 사실 여러 군데서 이야기되고 있음에도 동성애적 관계이기 때문에 노골적으로 다루기가 어렵기도 합니다. 참고로 로렌스는 동성애자는 아니라고 합니다. 아주 몰래 어떻게 했는지는 모르지만 적어도 동성애자라고 밝혀지지는 않았고 동성애에 대해 부정적인 생각을 갖고 있기도 했어요. 그런데 이 작품에서는 버킨과 제럴드의 관계가 애매하게 그려져 있습니다. 상당히 이상화되어 있어요. 실현되지는 않았지만 이상적일 수 있는 인간관계의 모델로 나옵니다. 그 점에 주목할 필요가 있습니다. '성이란 무엇인가'라는 주제로 이 작품에 대해 얘기할 때 이성애적 관계만 다루는 건 아닙니다. 이 작품은 어슐라와 버킨의 의미심장한 대화로 마무리되는데 이 대화의 핵심 주제가 '버킨에게 제럴드가 반드시 필요했다'는 것입니다. 그리고 그런 두 남자의 관계에 대해 어슐라가 부정적으로 생각합니다. 버킨하고 견해차가 있어요.

이 작품은 두 커플의 이야기를 대조한다는 점에서는 톨스토이의 《안나 카레니나》하고 비슷합니다. 거기서도 안나와 브론스키, 레빈과 키티 커플이 대조되고 안나는 이 작품의 제럴드와 비슷합니다. 《안나 카레니나》에서는 여자인 안나가 기차에 몸을 던져서 죽고 브론스키가 혼자 남게 되지요. 그들과 대비되는 모범적인 커플로 키티와 레빈이 제시됩니다. 이 작품도 비슷하게 한 커플은 결혼에 성공하고 비교적 모범적인 남녀 관계의 모습을 보여줍니다. 반면에 다른 한 커플은 아주 이기적이고 자기중심적이어서 결국 파국에 이릅니다.

제럴드가 거의 자살과 비슷한 죽음을 맞는데 그 후에 이 작품의 마지막 대목에서 제럴드의 연인인 구드룬의 반응이 나와야겠죠. 그런데 구드룬은 제럴드의 죽음에 대해서 대단히 냉담한 반응을 보입니다. 눈물 한 방울 흘리지 않아요. 뜻밖의 반응을 보이는 건 버킨입니다. 버킨과 제럴드의 관계는 상당히 비중 있게 다뤄지고 있는데, 어슐라가 "당신은 제럴드가 필요했어요?"라고 물어보니까 버킨이 "그래요"라고 답해요. 그러자 어슐라가 이렇게 질문해요. "난 당신에게 충분하지가 않은가요?" 나로서 충분하지 않았던 거냐, 제럴드가 더 필요했던 거냐. 이에 버킨이 명백하게 대답합니다. "당신은 여자에 관한 한 내게 충분해요. 당신은 내게 여자의 전부예요. 그렇지만 난 남자 친구를 원했어요. 당신과 나처럼 영원한." 그걸 어슐라는 받아들이지 않습니다. "어째서 내가 충분하지 않은 거죠?"라고 하면서 이해하지 못합니다. 버킨 입장에서는 여자로서는 어슐라 당신으로 충분하지만 남자로서는 제럴드가 필요했다는 얘기입니다. 나는 당신 말고는 아무도 원하지 않는다, 나에게는 다른 동성 애인이 필요하거나 하지 않은데 왜 버킨 당신은 사정이 다른 거냐 하면서 어슐라는 의문을 표합니다. 어슐라가 "당신은 어째서 그렇지 않은 건가요?"라고 물어보니까 버킨은 이렇게 답합니다.

"당신이 있으면 난 다른 사람 없이도, 그 어떤 다른 순수한 친교 없이도 살아
갈 수 있어요. 그렇지만 그 삶을 완전하고 진정으로 행복하게 만들기 위해서,
난 남자와의 영원한 결합도 원했어요. 다른 종류의 사랑을 말이에요."

통상적인 문맥에서 보자면 양성애가 필요했다는 말처럼 들리지요.
버킨하고 제럴드가 성적인 관계, 동성애적 관계는 아니었습니다. 그
렇긴 하지만 유사 동성애적 관계입니다. 서로에게 반드시 필요한 존
재, 친구 이상의 의미를 갖는 존재였어요. "난 남자와의 영원한 결합
도 원했어요." 이건 다른 종류의 사랑입니다. 이런 사랑을 정확하게
지칭할 수 있는 용어가 없어요. 이 말에 어슐라가 동의하지 않습니다.
"두 종류의 사랑을 가질 수는 없어요. 왜 그래야 하나요!" 하지만 버
킨은 두 종류의 사랑이 필요하다고 얘기합니다. 이 작품에서 더 핵심
적인 메시지는 무엇일까요? 두 커플의 사랑을 대비시키는 것이 아니
고 제럴드와 구드룬의 사랑이냐, 어슐라와 버킨의 사랑이냐 양자택
일하라는 것도 아니고 버킨이 갖고 있는 사랑관입니다. 어슐라와 버
킨 커플로 충분하지 않고, 그 커플이 이상적인 모범으로서 제시된 게
아니므로 뭔가가 더 필요하다고 하는 것. "나도 그럴 수 없을 것 같아
보여요." 버킨도 실현 가능성에 대해 회의하고 있습니다. "그렇지만

난 원했어요." 끝까지 어슐라는 부인합니다. "당신은 그걸 가질 수 없어요. 왜냐하면 그건 가짜고 불가능하니까요." 하지만 버킨이 이렇게 답합니다. "난 그렇게 생각하지 않아요." 이게 마지막이에요. 이 작품의 결미가 특이하게 되어 있습니다.

《사랑에 빠진 여인들》에서 버킨은 흔히 작가 로렌스의 분신이라고 많이 이야기됩니다. 외모나 몇 가지 갖고 있는 생각들을 보건대 로렌스를 판박이처럼 대변하고 있습니다. 약간 억지스러운 면들까지도 로렌스를 정확하게 반영하고 있어요. 부분적으로 로렌스가 자기를 객관화시켜서 드러내는 것이기도 한데 그런 점까지 고려하면 버킨의 이 마지막 주장들은 이 작품을 이해할 때 중요하게 다룰 수밖에 없습니다. 실제 상황이라면 어슐라와의 논쟁이 더 이어졌을 수 있어요. 그런데 작가는 "난 그렇게 생각하지 않아요"라는 버킨의 말로 작품을 마무리 짓고 있습니다. 작품에서의 마지막 말이기 때문에 중량감을 갖게 됩니다. 두 종류의 사랑을 가지는 것이 현실적으로 가능하지 않아 보이지만, 나는 그렇게 생각하지 않는다. 불가능해 보이지만 불가능하다고는 생각하지 않는다.

실제로 제럴드와 버킨이 대화하는 장면에서 이런 얘기들이 몇 차례 나옵니다. 《사랑에 빠진 여인들》은 전체 32장으로 구성되어 있는데, 정확하게 중간에 위치하는 16장의 제목이 '남자 대 남자'이고 버킨과 제럴드의 얘기로 되어 있습니다. 작가들은 대개 의식적이건 무의식적이건 가장 핵심적인 대목에서 균형 같은 걸 고려하게 됩니다. 그래서 작품의 정중앙에 혹은 3분의 2 지점에 뭘 배치하느냐 하는 것이 의미를 가질 수밖에 없습니다. 로렌스가 이 작품을 32장으로 구성할 때, 두 남자의 얘기를 16장에 배치한 것은 충분히 의도적인 것으로 봐야 되지 않을까요? 어슐라, 구드룬 자매의 얘기가 표면적으로는 이 작품을 이끌어가고 있긴 하지만, 그 이면에서 오히려 더 중요한 의미를 갖는 것은 제럴드와 버킨, 이 두 남자의 얘기입니다.

《사랑에 빠진 여인들》에서 주요한 성애 장면이 커플마다 하나씩 다뤄집니다. 그래야 나름대로 균형을 이룰 테니까요. 제럴드와 구드룬의 성애 장면, 어슐라와 버킨의 성애 장면이 있고 추가적으로 버킨과 제럴드의 성애 장면도 있습니다. 레슬링하는 장면인데 일종의 유사 성애 장면입니다.

고대 그리스에서는 남성 동성애가 이상화됐어요. 남녀 간의 사랑보다는 남남 간의 사랑이 이상적인 사랑이라고 간주됐지요. 실제적으로는 같은 나이대 남성끼리의 사랑이 아니고 중년 남성과 미소년의 사랑이었습니다. 그래서 사랑하는 자와 사랑받는 자가 구분되어 있어요. 중년 남성이 사랑하는 자이고 미소년이 사랑받는 자입니다. 쌍방적이지 않고 일방향적입니다. 어감이 안 좋아서 그런데 정확하게 말하면 원조교제입니다. 중년 남성이 경제적인 도움을 줄 수 있고 인생의 멘토로서 여러 가지 역할을 해줄 수도 있습니다. 그렇게 해서 이

미소년을 훌륭한 정치가로 성장시키는 것이 에로스적 관계의 목표였습니다.

이 고대 그리스식 남성 동성애 관계에서 예외적인 것이 소크라테스와 미소년들 사이의 관계입니다. 플라톤의 《향연》을 보면 소크라테스는 가만히 있는데 미소년들이 소크라테스를 쫓아다녀요. 제자 알키비아데스가 대표적인 인물로, 여러 가지 유혹 장면이 코믹하게 묘사됩니다. 그중 하나가 레슬링하는 겁니다. 고대 그리스에서 인기 스포츠가 레슬링이었지요. 알키비아데스가 체육관에 가서 소크라테스 선생과 레슬링을 합니다. 이 장면이 왜 의미가 있는 건가요? 스킨십 때문에 그렇습니다. 《국가》에서도 그런 얘기가 나옵니다. 여성도 수호자로서, 통치자로서 남성과 대등하게 교육받을 수 있다는 파격적인 주장이 나오는 대목이 있어요. 이 경우에 남성 수호자 후보자들과 대등하게 교육을 시킨다고 할 때 문제가 되는 게 레슬링이에요. 거의 헐벗은 상태로 레슬링을 하기 마련인데 여자들은 어떻게 하느냐? 이 질문에 대해서 우리가 처음에는 이상하다고 여길 수 있지만 이내 익숙해질 수 있다, 그건 큰 문제가 되지 않는다고 소크라테스가 답변하는 부분이 있습니다.

지금 그걸 말씀드리는 이유는 복장 때문에 그렇습니다. 제럴드와 버킨이 검투사처럼 묘사되어 있지만 이들의 결투 장면은 스킨십 장면이기도 합니다. 둘은 서로를 사랑해요. 그런데 자신들의 육체를 가

제럴드와 버킨의 레슬링 장면이 등장하는 1969년 판
영화의 포스터.

지고 뭘 해야 될지 모릅니다. 일반적인 동성애 소설이라고 하면 성적
인 관계를 갖게끔 했을 텐데, 이 작품에서는 두 사람이 서로에게 감정
적으로 끌리고 있지만 뭘 해야 될지 몰라서 일단 싸웁니다. 이 격투
기 묘사가 성애 묘사를 방불케 합니다. 이 장면이 20장 '검투사처럼'
에 나와요. 23장 '나들이'에서는 어슐라와 버킨이 육체관계를 갖는 장
면이, 24장 '죽음과 사랑'에서는 제럴드가 아버지 장례식을 끝내고 구
드룬의 집을 몰래 찾아와서는 육체관계를 갖는 장면이 나옵니다. 각

각 동등한 비중을 차지한다는 것이죠. 버킨과 제럴드의 몸싸움 장면도 그런 성적인 의미를 갖는 장면으로 읽을 수 있습니다.

버킨이 작가 로렌스의 분신이라고 말씀드렸는데《사랑에 빠진 여인들》에서 버킨의 출신이 가장 모호합니다. 다른 인물들은 어떤 계급에 속하는지가 분명합니다. 어슐라와 구드룬 자매는 중류층에 해당하고 제럴드와 허마이어니는 상류층 인물들입니다. 버킨만 모호하게 처리되어 있는데, 그런 점에서도 로렌스의 의중이 좀 재미있습니다. 정확하게 광부의 아들이라고 설정하면 자전적인 인물이 될 텐데 그렇게는 하지 않고 모호하게 처리한 거예요.《채털리 부인의 연인》에서도 코니의 남편 클리퍼드가 귀족이고 광산주로 나오는데 제럴드도 그렇습니다.

20세기 초반 '신여성'들의
연애와 결혼

《사랑에 빠진 여인들》은 어슐라와 구드룬의 대화로 시작합니다. 구드룬은 이미 조각가로서 명성을 얻고 있다가 고향에 잠시 내려와 언니가 다니는 학교에서 미술 교사로 근무합니다. 나이는 구드룬이 스물다섯, 어슐라가 스물여섯입니다. 시간은 1년여 정도 경과하며, 장소는 다섯 군데 정도가 배경으로 등장합니다. 인물들을 기준으로 하게 되면 비교적 중심인물들 사이에 큰 사건은 없어요. 연애하다가 한 커플은 결혼하고 한 커플은 불행하게 끝나는 식입니다. 그럼에도 결혼과 사랑이라는 주제에 집중된 많은 대화와 토론이 포함되어 있기 때문에 이 작품의 분량이 제법 많아지게 됐습니다.

어슐라와 구드룬은 1세대 페미니즘 운동의 결실로 등장한 '신여성'들입니다. 1세대 페미니즘 운동은 대략 19세기 말부터 20세기 초반까지 일어났습니다. 한창 여성의 권익에 대한 주장과 요구가 사회적인 쟁점이 되던 시기입니다. 당장 문제시된 것은 전통적인 결혼입니다. 그 전에 전통적인 규범상 강조되던 여성관은 '집안의 천사'였어요. 버지니아 울프가《자기만의 방》에서 아주 파격적인 주장을 하는데, "여성들이 자기 안에 있는 '집안의 천사'를 죽여야 한다"고 얘기합니다. 그것이 말하자면 여성 해방입니다. 헨리크 입센의《인형의 집》(1879) 마지막 장면에서 노라가 문을 쾅 닫고 가출하는 것과 비슷합니다. 그 가출은 선언적인 의미가 있습니다. 그렇지만 여성의 자각에 덧붙여서 현실적이고 제도적인 변화가 필요합니다.

대개 여성들 스스로 '집안의 천사'에 대한 긍정적인 생각을 갖고 있었어요. 현모양처형 여성상이 계속 주입되다 보니까 우리도 예전에 여학생들은 장래 희망이 뭐냐고 물으면 '현모양처'라고 대답하는 경우가 많았습니다. '집안의 천사'가 영국 버전의 현모양처입니다. 버지니아 울프의 경우 어머니 줄리아가 전형적인 '집안의 천사'입니다. 거의 '슈퍼맘' 수준이었는데 재혼을 했기 때문에 아이가 여덟이나 됐어요. 울프 남매를 포함해서 남편 전부인 소생의 자녀들까지 꽤 많았는데, 남편을 내조하고 아이들 양육하고 봉사활동까지 했어요. 그러니까 울프가 보기에는, 굉장히 칭송받았던 어머니이긴 하지만 '집안의 천사' 이데올로기의 희생자이기도 합니다.

울프는 그런 어머니 세대의 삶과 완벽하게 단절하고자 합니다. 울프 같은 작가들의 세대에 와서, 그러니까 이때가 20세기 초반인데 19세기 후반부터 여성 운동에 따른 많은 여성들의 자각 덕분에 비로소 이런 일이 가능했던 거죠. 《사랑에 빠진 여인들》에서 어슐라와 구드룬도 이 첫 세대에 해당합니다. 견줘보자면 한국 사회에서는 신여성들이 1920년대쯤 등장합니다. 그리고 굳이 신여성이라는 표현을 쓰고 있지는 않지만 페미니즘이 1990년대에 다시 한 번 유행했어요. 공지영 작가의 《무소의 뿔처럼 혼자서 가라》 같은, 가부장제의 폐해를 꼬집고 여성의 자립을 옹호하는 주제 의식을 담은 몇몇 베스트셀러가 있어요. 그러면서 여권에 관한 문제의식이 대중에게 널리 퍼진 게 아닌가 짐작됩니다. 어쨌든 어슐라와 구드룬은 우리에게도 별로 낯설지는 않은 여성 주인공들입니다.

그런데 이들은 자기실현의 성취감이나 해방감보다는 여전히 수많은 현실적 장애물들을 의식하고 있습니다. 작품 초반에 다이빙하는 제럴드를 보고 구드룬이 몹시 부러워하는 장면이 나옵니다. 구드룬과 아직 친해지기 이전에 제럴드가 발가벗고 호수에 뛰어들어 헤엄치는 장면입니다. 그런 제럴드를 보면서 구드룬이 이렇게 생각해요.

구드룬은 가슴이 아릴 만큼 그가 부러웠다. 저렇게 완전한 고독과 유동성을 잠깐이라도 차지해보고 싶은 욕망이 너무나 강렬해서 이렇게 큰길가에 서 있는 자신이 저주라도 받은 것처럼 느껴졌다.

구드룬은 제럴드와 똑같이 하고 싶은 욕망을 갖고 있어요. 그런데 남자에게는 허용되지만 여자에게는 허용되지 않는다는 거죠. 요즘이라면 개의치 않고 그냥 가서 헤엄치면 될 텐데 말입니다. 그래서 구드룬은 "아, 남자로 산다는 건 뭘까!" 하고 외칩니다. "자유와 해방, 그리고 자유로운 움직임!" 이런 것들이 여자에게는 아직도 완벽하게 허용되지 않는다는 겁니다. "만일 남자라면 뭔가 하고 싶을 때 그냥 하면 되잖아. 여자 앞길에 놓인 천 개의 장애물 따윈 없으니까." 여자에게는 아직도 너무나 많은 장애물이 있다는 겁니다. 그게 하나둘씩 깨져가고 있긴 하지만 여전히 많은 제약이 있습니다.

이런 경쟁의식 같은 것이 사실 구드룬과 제럴드의 관계의 바탕에 놓여 있습니다. 두 인물에게는 지배와 예속 관계라는 구도만 있고 평형적 관계라는 게 없어요. 버킨은 '별들의 평형 관계'로 비유하면서

TV 영화 〈사랑에 빠진 여인들〉의 어슐라와 구드룬.

이상적인 관계 모델은 서로가 서로에게 흡수되거나 하지 않고 어떤 거리를 유지하는 동시에 서로에게 자립해 있는 것이라고 얘기합니다. 그러나 어슐라가 처음에는 그런 생각에 잘 동의하지 않습니다. 날 사랑하느냐고 계속 물어보는데도 버킨은 딴 얘기를 해서 어슐라의 불만을 사게 되지요. 반면에 제럴드와 구드룬이 파국에 이르는 장면을 보면 서로가 죽고 죽이는 식의 관계로 되어 있습니다. '영원한 시소 게임'이라고 비유되어 있어요. 이 커플의 경우에는 평형이 가능하지 않습니다.

　구드룬이 제럴드를 부러워하면서 이렇게 말합니다. "하지만 하고

사랑에 빠진 여인들

싶은 게 있다고 쳐봐. 가령 저 호수에서 수영을 하고 싶다 쳐. 하지만 불가능하잖아." 이게 당시로서는 안 된다는 겁니다. "지금 당장 옷을 홀랑 벗어 던지고 물에 뛰어든다는 건 내 인생에서 절대로 할 수 없는 것 중 하나야." 지금 시대엔 가능하다고 한다면 상황이 조금 나아진 거고요. 지금도 불가능하다고 한다면 100년이 지났음에도 불구하고 여전히 장애가 있는 겁니다. 조금 다른 얘기지만 구미에서 특히 여성 운동가들이 주장한 것들 중 하나가 토플리스를 허용하라는 거였죠. 여성이 브래지어를 공공장소에서 하지 않을 권리를 요구합니다. 그래서 시위하는 장면들이 해외 토픽에 종종 나오곤 합니다. 남자들은 물론 평소에 웃통 벗고 다닐 수는 없지만, 여름에 휴양지 같은 곳에서는 대개 그러고 다니기도 하죠. 그런데 여성에게는 여전히 그렇게 할 수 없는 제약이 있다는 겁니다. 구드룬은 "정말 **웃기지** 않아? 우리의 삶을 그냥 막아버리는 것 아니냐고" 하며 열을 올립니다. 어슐라가 여기서 뭐라고 맞장구쳐주고 있지는 않아요. 두 자매의 성격 차이를 작품의 앞부분에서 이미 읽을 수가 있습니다.

구드룬이 제럴드에게 매력을 느끼게 되는 몇 가지 계기가 있는데 그중 하나가 다이빙하고 자유롭게 헤엄치는 모습을 본 일입니다. 구드룬은 어떤 에너지가 있다고 얘기합니다. "사실 난 그렇게 엄청난 에너지를 그토록 분명하게 드러내는 남자는 본 적이 없어. 불행인 건, 그의 에너지가 과연 어디로 향할 것인가, 그 에너지가 어떻게 될 것인가 하는 거지." 처음에 제럴드가 구드룬에게 강한 인상을 준 건, 강력하고 강렬한 에너지를 지닌 남자이기 때문입니다. 왜소한 버킨에 비해서 남자다운 체격의 소유자로 나옵니다. 버킨이 왜소한 건 작가 로렌스를 닮아서 그렇습니다. 여담이지만 1969년 판 영화에서는 그런 차이가 잘 반영되지 않았습니다. 버킨이 좀 왜소해야 하는데 제럴드와 마찬가지로 한 몸집 하는 걸로 나와요. 둘이 레슬링을 하는데 버킨이 제럴드에 결코 뒤지지 않아요. 그러나 원작 소설에서는 다릅니다.

어슐라와 구드룬 자매를 보면, 《사랑에 빠진 여인들》은 결혼으로 막이 내리던 제인 오스틴 시대의 문학하고는 많이 달라졌습니다. 영문학에서 사랑과 결혼이라는 주제를 다룰 때 흔히 '오스틴부터 로렌스까지'라고 얘기합니다. 정확하게 한 세기입니다. 19세기 초반과 20세기 초반 사이에 연애관과 결혼관이 상당히 변화합니다. 물론 오스틴 소설에서도 뭔가 문제의식을 가진, 여성이라는 자각을 가진 인물들이 등장합니다. 제한적인 사회 여건 속에서 자기의 주체성을 포기하거나 부정하지 않고 어떻게 최대한 보존할 것인가 하는 문제를 다루게 됩니다. 오스틴 시대보다 많이 변화된 상황에서 로렌스 소설의 여성 주인공들도 동일한 문제를 떠안고 헤쳐 나가게 됩니다.

여하튼 오스틴 시대하고는 확연히 다른 분위기의 사랑과 결혼 이야기가 이 작품에서는 전개됩니다. 그런데 작품의 분량에 비해서는 비교적 단순한 인물 구도로 되어 있어요. 어슐라, 구드룬이 각각 버킨

사랑에 빠진 여인들

과 제럴드와 짝이 됩니다. 자연스럽게 짝 지어지고 그 과정에서 갈등이나 충돌은 별로 없는 것 같아요. 그다음에 흔히 얘기하는 '밀당'이 벌어집니다. 그래서 결과적으로는 어슐라와 버킨이 결혼하게 되지요. 전반부를 보면 이 커플은 자주 다투고, 의견 충돌을 많이 일으킵니다. 그렇지만 결정적인 장면에 가서는 너무도 손쉽게 두 사람이 서로의 사랑을 확인하고 결혼으로까지 이어집니다. 다소 갑작스럽게 국면이 전환되는 부분입니다. 의견 충돌이 있어서 둘이 크게 싸웠어요. 어슐라가 버킨이 준 반지를 다 집어 던지고 하면 끝장나는 건데 어슐라가 꽃을 들고 오니까 버킨이 아름답다고 하면서 서로 키스를 하고 그렇게 바로 넘어갑니다. 이 경우에는 백 마디 말이 소용없는 거죠. 꽃 한 송이를 쥐여주니까 바로 화해하고 소통합니다.

반면에 구드룬과 제럴드 커플의 경우에는 스키장이 있는 휴양지에 가서 뢰르케라는 독일 조각가를 만나면서부터는 사이가 아주 급격하게 악화됩니다. 그리고 구드룬의 관심이 뢰르케한테 옮겨 가니까 제럴드가 이를 질투하고 신체적인 다툼까지 벌입니다. 그러다가 제럴드가 결국 눈길을 걸어 들어가서 얼어 죽는 걸로 마무리가 됩니다.

이성 간의 사랑 이상의 교감을 향한
혼란스러운 고뇌

25장 '결혼할 것인가 말 것인가'에서 제럴드와 버킨이 남녀 관계에 대해 얘기하는데 버킨이 이렇게 말합니다.

"사랑-그리고-결혼이라는 이상을 그 대좌로부터 끌어내려야 해. 우리에겐 뭔가 좀 더 넓은 게 필요하다고. ⋯⋯난 남자들 간의 완벽한 관계가 추가되어야 한다고 믿어—결혼에 더해서."

《사랑에 빠진 여인들》에서 관통되는 핵심적인 생각이죠. 맨 마지막에 나오는 버킨의 주장도 그렇고요. "그게 어떻게 똑같을 수 있는지 난 도무지 모르겠는데." 버킨의 말에 제럴드는 이렇게 답합니다. 그러니까 이게 어떻게 가능할지, 어떤 방식이어야 하고 어떤 관계여야 할지는 모른다는 겁니다. 남녀 간의 관계에는 대개 결혼이건, 어떤 방식이건 간에 관습적인 형식이나 전례가 있습니다. 그런데 남자들 간의 관계는 어떻게 가능한가. 단순히 성적인 파트너 관계를 얘기하는 건 아니에요. 그보다 좀 더 이상적인, 육체적일뿐더러 정신적인 관계를 두 사람은 염두에 두고 있습니다. 남녀 간의 관계와 남남 간의 관계가 과연 똑같을 수 있는가의 문제인데 버킨이 이렇게 말해요. "똑같지는 않아…… 그렇지만 똑같이 중요하지. 말하자면, 똑같이 창조적이고 똑같이 신성한 거야." 그런데 제럴드가 뭔가 미심쩍어요. "남자들 간엔 남녀 간의 성적인 사랑만큼 강력한 어떤 것이 절대로 존재할 수가 없어." 로렌스가 동성애자가 아니어서 이렇게 썼다고 생각해요. 동성애자라면 이렇게 보지 않을 수 있었겠지요. 그러니까 남자들 간에도, 동성들 간에도 강력한 성적인 끌림이 가능하고 작동한다고 얘기할 법한데 이 작품에서는 그렇게까지 얘기하지 않습니다. "자연이 그런 토대를 제공하지 않는다"고 얘기해요.

동성애에 대한 여러 가지 시각이 있긴 합니다. 생물학적으로, 본성적으로 결정되어 있는 건지 아니면 문화적이고 사회적인 건지에 대한 견해들이 있습니다. 이 견해들이 동성애에 대한 찬반 주장의 근거가 되는데, 적어도 이 작품 속 인물들은 동성애에 자연적인 바탕이나 토대는 없는 것처럼 이야기합니다. 자연스러운 바탕은 이성에게 끌리는 겁니다. 남자는 여자에게, 여자는 남자에게 성적으로 끌리는 겁니다. 그런데 로렌스는 특이하게도, 동성애자가 아니었음에도 불구하고 여성과의 관계에서 충족되지 않는 부분들이 남자와의 관계를 통해 보완된다고, 비로소 완벽해진다고 보는 것 같습니다. 이게 진정한 로렌스의 성의 형이상학입니다. 두 남녀 커플의 성애 장면 묘사에서 그런 게 이미 나옵니다. 그것이 한 부분이고, 성의 형이상학의 또 다른 부분은 남남 관계입니다.

"글쎄, 난 당연히 자연이 제공한다고 생각해." 제럴드는 부정하지만 버킨은 좀 더 긍정적인 편입니다. "난, 우리가 우리 자신을 그 토대 위에 세울 때까지는 절대로 행복해질 수 없다고 생각하네."《사랑에 빠진 여인들》에는 두 자매의 연애와 결혼 이야기가 많은 부분을 차지하고 있긴 하지만 그 사이에 숨어 있는 커플, 제럴드와 버킨도 연애하는 남녀 커플 못지않게 이 문제에 대해 진지한 대화를 나눕니다. 서로 질투도 하고 서로 스킨십도 교환합니다. 제가 재밌게 생각하는 건 버킨과 어슐라 커플이 있고, 제럴드와 구드룬 커플이 있다고 한다면 사진을 찍을 때 숨어 있는 커플을 포함해서 세 커플을 찍었다는 겁니다 (버킨&어슐라, 제럴드&구드룬, 버킨&제럴드). 이 두 커플의 관계뿐 아니라 이 숨어 있는 관계를 통해서도 로렌스는 메시지를 전달하고자 합니다. 그런데 이걸 적절하게, 정확하게 표현할 수 있는 언어가 아직 없어요. 무슨 관계인지 규정지을 수도 없습니다. 그렇기 때문에 모색하는 겁니다. 이 모색이《사랑에 빠진 여인들》에서 중요한 비중을 차지합니다.

제럴드에게는 구드룬과 어떤 관계를 맺고 결혼하는 것이 한 가지 선택지라고 한다면, 버킨의 제안을 받아들여서 피의 관계, 의형제 관계를 맺는 것이 또 한 가지 선택지입니다. 왜 그러는 걸까요? 어떤 관계가 되어야 할지 모델이 없기 때문입니다. 뭘 해야 할지 당혹스러운 겁니다. 우리 의형제 하면 되는 거야? 남남 연인이 결합되는 방식이

394
사랑에 빠진 여인들

문화적으로 제도화되어 있지 않아요. 그러니까 어떻게 해야 할지 모색해야 해요.

제럴드는 버킨의 제안을 받아들여서 그와 순수한 신뢰와 사랑의 유대를 맺습니다. 남자들 간의 관계에서는 흔히 우정과 의리라고 얘기하는데, 로렌스가 의도하는 바와 정확하게 일치하지는 않습니다. 왜냐하면 로렌스는 사랑이라는 말을 쓰고 있어요. 독자가 좀 당혹스러울 수 있는데 서로가 사랑한다고 얘기해요. 화자가 그렇게 표현합니다. '제럴드는 버킨을, 버킨은 제럴드를 사랑한다'는 식으로요. 좋아한다는 표현이 아니에요. 사랑한다고 얘기합니다. 신뢰와 사랑의 유대 관계를 맺은 다음에 따로따로 여자와 관계를 맺는 거죠. 남자 관계 따로 있고 여자 관계 따로 있는 겁니다. 그러면 구드룬도 어슐라도 이해를 못 하겠죠. 이 관계를 이해할 수 있는 문화적인 코드가 아직 없어요. 이 관계가 애매하다는 것은 로렌스도 물론 알고 있었어요. 영국 상류사회에서도 남성 동성애가 있었지만 로렌스는 이에 대해서는 부정적이었어요. 그러니까 애매해지는 겁니다. 남자들 간의 사랑을 정확하게 규정하거나 명명할 수 없다고 하는 것이 이 작품의 문제적 상황입니다.

실제로 로렌스가 한 농부와 친교를 나눴다는 전기적 사실도 있습니다. 육체적 관계까지 간 건 아니었고 단순한 우정 이상의 어떤 강한 감정을 경험한 겁니다. 그런데 로렌스는 런던의 지식인과 예술가들의 동성애에 반감을 가질 만큼 동성애에 대해서는 부정적이었으니 좀 머리 아픈 거죠. 그럼에도 제럴드와 버킨의 애정 관계는 이 작품에 꽤 강한 흔적으로 남아 있습니다.

제가 보기엔 육체적 사랑에 한정되는 동성애가 아니라 그보다 훨씬 포괄적이고 전면적인 동성애를 로렌스가 염두에 두고 있는 걸로 보입니다. 그래서 한편으로는 동성애적 사랑을 얘기하면서 공식적으로는 성애의 방식으로서 동성애는 거부하는 이중적인 태도가 이 작품에서 로렌스가 보여주는 태도입니다. 그렇기 때문에 이성 간의 사랑 이상의 교감을 향한 작가의 혼란스러운 고뇌가 이 작품에 배어 있다고 하는 것이고, 그래서 레슬링을 하는 겁니다. 다른 관계로는 어떻게 할 수가 없어요.

그래서 20장 '검투사처럼'에서 서로 몸과 몸이 부딪히고 섞이는 장면이 흥미로운 장면입니다. 묘사가 이런 식으로 되어 있습니다.

진짜 격투를 벌였다. 부서져 하나가 되기라도 하려는 듯이 하얀 몸뚱이를 깊이 더 깊이 서로에게 밀어붙였다. 버킨은 굉장히 미묘한 에너지를 갖고 있어서 상대방을 기이한 힘으로 내리누르며 마술처럼 내리 덮쳤다. 그 힘이 물러가자 제럴드가 풀려나 눈부시게 하얗게 요동치며 숨을 헐떡였다.

앞에서 1969년 판 영화가 당시 화제를 불러일으켰다고 말씀드렸는데 이 장면에서 두 남자가 올 누드로 나오기 때문입니다. 성애 장면도 아닌데 올 누드로 몸과 몸이 부딪히는 장면이 그려져요. 남녀가 그렇게 나온다고 하면 꽹장히 에로틱한 장면이 되겠죠. 치고받는 격투도 아니고 몸과 몸이 부딪혀가며 힘을 쓰는 장면입니다. 오해하기 쉬운 장면이에요.

> 그들은 민첩하게, 도취되어, 강렬하게, 그리하여 마침내 의식이 없는 상태로, 맞붙어 싸웠다. 방 안의 희미한 불빛 아래 두 개의 본질적인 하얀 형상이 문어처럼 기이하게 뒤엉킨 채 사지를 번득이며, 계속해서 좀 더 단단히, 좀 더 가까이 하나가 되는 격투를 벌였다. 그것은 오래된 갈색 책들로 둘러싸인 벽들 가운데 놓인, 침묵 속에 단단하게 죄어진 새하얀 육체의 매듭이었다. 간간이 날카롭게 숨을 헐떡이거나 한숨 소리 같은 것이 새어 나오더니, (…)

이런 식으로 묘사됩니다. 성애 묘사와 별반 다르지 않습니다. 다른 커플의 성애 장면 묘사와 비교해봐도 되는데, 이 장면이 《사랑에 빠진 여인들》에서 중요한 비중을 차지합니다.

아마도 로렌스 스스로도 당혹스러워했을 겁니다. 혼란스러워했을 거예요. 남남 커플의 문제를 어떻게 다룰 것인지. 작품의 분량이 길어진 데는 충분한 이유가 된다고 생각해요. 세 커플을 다뤄야 하니까 분량이 그만큼 길어졌습니다. 이 작품이 갖고 있는 주제의 복합성 내지는 복잡성 때문입니다. 단순하게 두 커플만 대비한다면 주제를 좀 더 명료하게 얘기할 수 있을 텐데 그렇게 하지 않았습니다. 이 작품을 단순하게는, 버킨과 어슐라 커플 대 제럴드와 구드룬 커플의 대결 구도로 이해할 수 있습니다. 제럴드와 구드룬을 부정적으로 보고, 제럴드의 죽음도 응당한 결과라고, 버킨과 어슐라가 가진 미덕을 갖고 있지 못했기에 제럴드와 구드룬이 파경을 맞이했다고 이해하는 거죠. 이 작품에 대한 가장 소박한 이해입니다. 그러면 무엇을 해명하지 못하느냐 하면 버킨과 제럴드가 사랑하는 사이라는 것입니다.

어슐라, 버킨과 구드룬, 제럴드 커플은 여러모로 다른 점이 많지만, 그 차이점을 상쇄해주는 게 버킨과 제럴드의 관계입니다. 만약에 이들이 대립, 대조되는 게 아니고 서로가 서로에게 필요하다고 한다면, 그리고 작품의 마지막에 나오는 버킨의 말은 제럴드가 반드시 필요했던 존재라는 걸 의미하잖아요. 버킨과 제럴드는 결합됐어야 합니다. 그렇다면 제럴드가 갖고 있는 여러 가지 문제점 내지는 결함을 재고하게 됩니다. 부정적으로만 보긴 어려워요. 왜냐하면 버킨을 보완해주는 의미가 있기 때문에. 그리고 버킨이 작가 로렌스의 분신적인 인물이라고 한다면, 버킨-로렌스는 제럴드에게서 뭘 기대한 것인가, 그리고 어떤 부분을 제럴드라는 형상을 통해서 보완하고자 했던 것인가 하는 질문을 던지게 됩니다.

버지니아 울프는 《자기만의 방》에서 제인 오스틴부터 브론테 자매, 조지 엘리엇으로 이어지는 여성 작가들의 계보를 얘기합니다. 자기보다 앞선 시대에 활동한 여성 작가들의 계보죠. 그런데 바람직한 여성 문학에 대해 얘기하면서 결론으로는 양성 문학이 되어야 한다고 얘기하고 있어요. 울프도 양성애적인 성향을 갖고 있었는데 그것이 자신의 문학관이기도 합니다. 남성 문학, 여성 문학으로 나눌 게 아니고 양성적이어야 한다, 그래야 바람직한 문학이다, 라고 주장했습니다. 로렌스도 이 작품에서 바람직한 인간관계의 모델은, 남녀 간의 관계로 충분하지 않고 동성애적 관계가 추가되어야 하는 걸로, 그래야 더 온전한 인간관계가 가능한 걸로 얘기하고 있습니다.

어슐라와 버킨

각각의 커플을 좀 더 자세히 살펴보겠습니다. 어슐라와 버킨 커플은 초반부에 서로 티격태격 많이 다투는데 13장 '미노'에서 사랑에 대해 서로 의견이 충돌하는 부분이 있습니다. 어슐라는 버킨의 확실한 감정을 계속 확인하고 싶어 합니다. 자신을 사랑하느냐고 질문하는데 버킨이 자꾸 대답을 회피합니다. 버킨은 사랑이라는 말이 너무 낡고 닳아빠졌다고 생각해요. 자기감정을, 둘 사이에 생겨나는 감정을 지시하기에는 뭔가 부족하다고 생각합니다. 그런데 어슐라나 구드룬의 생각은 조금 다르고, 전통적인 말이 갖는 힘에 의존하려고 합니다. 사랑이라는 말을 꽤 중요하게 생각해요.

버킨은 이렇게 얘기합니다.

"그래요. 결국에 가서 우리는 사랑의 영향을 넘어, 혼자인 겁니다. 진정으로 비개인적인 나라는 존재가 있는데 그 존재는 사랑을 넘어, 그 어떤 감정적인 관계도 초월하여 존재하지요. 당신도 마찬가지예요. 하지만 우리는 사랑이 뿌리라면서 우리 자신을 기만하고 싶어 하지요. 그런데 그렇지가 않아요. 사랑은 가지에 불과한 거예요. 뿌리는 사랑을 초월한 거예요."

그래서 사랑을 넘어서는, 사랑이 존재하지 않는 지평이 있다고 버킨은 말합니다. 이게 버킨의 지론입니다. 그런데 어슐라의 동의를, 공감을 얻지는 못합니다. 어슐라는 반박을 하는데 그렇다면 사랑이 없다는 거냐는 식으로 자꾸 얘기합니다. 그리고 버킨이 결정적인 대답을 회피한다고 이해합니다. 그래서 자신을 사랑하지 않는다는 거냐는 식으로 자꾸 반문하게 됩니다.

어슐라의 생각으로는, 좀 단순하기도 합니다, 당신이 날 원하는 것은 날 사랑하기 때문이지 않느냐는 건데 원한다고 하면서 사랑은 하지 않는다 내지는 사랑은 충분한 말이 아니다 이런 식으로 얘기하니

사랑에 빠진 여인들

TV 영화 〈사랑에 빠진 여인들〉의 버킨과 어슐라.

까 납득하지 못합니다. 그러면서 버킨은 별들의 균형 얘기를 하고 있어요. "내가 원하는 건 당신과의 미지의 낯선 결합입니다." 이것은 기존의 관례적인 결합이 아니고 그것을 넘어서는 새로운 결합입니다. "만남이나 뒤섞임이 아니라, (…) 그렇지만 난 평형을, 홀로인 두 존재의 순수한 균형을 원해요. ……별들이 서로 균형을 이루는 것처럼 말이에요." 별들이 일정한 거리를 두고 서로 공존하고 있는 것 같은 관계. 가까이 있지만 서로의 자존이나 자립을 포기하진 않는 거죠. 그런 관계를 원한다고 합니다. 여전히 어슐라의 공감을 얻지는 못하죠. 그런 것은 일종의 신비주의로 치부됩니다. 신비적인 결합이기 때문입니다. 버킨이 이렇게도 얘기합니다. "우리는 타인과의 결합에 전념해야만 해요…… 영원토록. 그러나 몰아沒我를 말하는 건 아닙니다—신비스러운 균형과 진실성 속에 자아를 유지하는 것이죠.—다른 별과 균형을 이루고 있는 별처럼 말이에요." 그렇지만 어슐라는 별 운운하는 건 다 마음에 안 듭니다. 믿을 수도 없다고 얘기합니다. 이런 것들이 둘의 의견 차이고, 이 커플이 연애 초기에 다투게 되는 주된 이유입니다.

이 두 사람이 완벽하게 결합하는 23장 '나들이'에서 반전이 이루어집니다. 말씀드렸던 대로 둘이 대판 싸운 다음에, 어이없게도 어슐라가 들에서 꽃을 꺾어 와서 버킨한테 보여주니까 금방 갈등이 해소됩니다. "내가 어떤 꽃을 가져왔는지 봐요"라며 어슐라가 꽃을 내미니까 버킨이 "예쁘네요!" 하면서 받아 듭니다. 그러고 나서 버킨의 모습은 이렇게 묘사됩니다.

그가 미소 띤 얼굴로 그녀를 쳐다보았다. 모든 것이 다시 단순해졌다, 아주 단순해졌다. 복잡함은 어디론가 사라져버렸다. 하지만 그는 엉엉 울고 싶었다.

그러면서 어슐라가 끌어안은 다음에, "당신은 내 거예요, 내 사랑, 그렇죠?" 하니까 버킨이 부드러운 목소리로 "맞아요"라고 답합니다. 별들의 평형 운운하던 것은 잊어버린 건지.

사랑에 빠진 여인들

이 소설은 로렌스가 프리다와의 관계를 많이 염두에 두고 썼습니다. 로렌스가 어머니로부터, 프리다로부터 벗어나고자 했던 욕구가 굉장히 강했다고 말씀드렸죠. 아내인 프리다와의 관계가 이중적인 면을 지닙니다. 하나는 이상적인 관계라는 겁니다. 로렌스가 몇몇 편지에 쓰기를, 자기 아내가 놀라운 여성이라고 경탄하면서 그렇게 얘기하고 있어요. 그리고 최대의 만족감을 아내와의 관계에서 맛보게 됩니다. 그런데 다른 한편으로는 그게 오래가지 못했어요. 프리다는 강한 성격의 소유자로, 로렌스를 일일이 좌지우지하려고 했어요. 나이도 여섯 살 연상인데다 여러 가지 경험에서 로렌스를 압도했습니다. 그러다 보니까 로렌스가 프리다에게 많이 휘둘리곤 했었는데 그런 전기적 사실을 염두에 두면 이 소설의 내용이 이해가 됩니다. 한 존재가 다른 한 존재를 쥐락펴락, 좌지우지하는 게 아니고 서로가 공존할 수 있는 관계를 로렌스가 열망하게 됩니다.

그래서 어슐라와 버킨의 관계는 서로 공존하는 경지에 도달하게 되면 목표는 이미 달성된 거라고 보입니다. 마침내 이 둘이 육체적 관계를 갖는데, 묘사가 이렇게 되어 있습니다.

마침내 이것이 해방이었다. 그녀에게도 애인이 있었던 적이 있고 욕정이 뭔지도 알고 있었다. 그러나 이건 사랑도 욕정도 아니었다. 그것은 인간의 딸들이 신의 아들들에게로, 낯설고 비인간적인 태초의 신의 아들들에게로 돌아가는 일이었다. (…)

그녀로서는 모든 것이 성취되었다. 그녀는 태초의 신의 아들들 중 하나를 발견한 것이었고, 그는 최초의 가장 빛나는 인간의 딸들 중 한 명을 찾아낸 것이었다.

로렌스의 성에 대한 신비주의가 잘 드러난 장면이라고 얘기합니다. 길게 묘사되고 있는데 서로가 서로에게서, 서로의 존재에 잘 융합이 됩니다.

그녀는 완전한 편안함, 완전한 자아 속에서 자유로웠다. 그렇게 그녀는 조용히 유쾌하게 그에게 미소 지으며 자리에서 일어났다. 그가 그녀 앞에 빛을 내며 서 있었다.

두 사람의 결혼은 이러한 관계를 제도적으로, 절차적으로 확인하는 의미만 갖는다고 생각됩니다. 아버지를 좀 분노하게 해서 야반도주하기도 하지만 이 작품에서 핵심적인 부분은 아니고요. 이 대목에서는 많은 견해 차이를 갖고 있었던 두 남녀가 하나로 결합되는 장면을, 성적·육체적 관계 이상의 관계가 두 사람 사이에서 형성되는 장면을 보여줍니다.

구드룬과
제럴드

반면에 구드룬과 제럴드 커플은 다른 양상을 띱니다. 일단 제럴드는 탄광주로서 중요한 남성으로 나옵니다. 로렌스는 이 소설에서 성애라는 주제뿐만 아니라 문명 비판이라는 또 다른 중심 주제를 다루는데, 문명 비판과 관련한 내용은 제럴드에게 집중되어 있습니다. 제럴드가 산업 문명을 대표하는 인물로 설정되어 있기 때문이지요. 그리고 그의 성격적 특징이 인상적으로 묘사됩니다. 기차가 지나가는 와중에 건널목 쪽으로 말을 몰아서 말을 놀라게 하고는 강압적으로 진정시키는 장면에서 제럴드의 성격이 드러납니다. 9장 '석탄가루'에 나오는 장면인데 이런 식으로 묘사됩니다. 기차가 오고 있어요. 무개화차가 지나가고 있는데 말을 그쪽으로 몹니다.

암말은 입을 벌리고 공포의 바람에 몸이 들어 올려지기라도 하는 듯 서서히 몸을 곧추세웠다. 그러더니 두려움에 몸부림치면서 갑자기 앞발을 뻗어 찼다. 말이 뒷걸음질 치자 자매는 말이 제럴드를 등에 태운 채 그를 깔아뭉개며 넘어질 것만 같아 서로에게 꼭 달라붙었다.

구드룬과 어슐라가 이 장면의 목격자입니다.

그러나 그는 한결같이 재미있다는 표정으로 얼굴을 빛내며 몸을 앞으로 숙이고 있다가 마침내 말의 기를 꺾어 제압했고, 자기가 의도했던 자리로 가도록 몰아붙였다.

말이 보통 여성의 비유로 많이 등장합니다. 19세기 문학에서 일반적인 것이고 러시아 소설에서도 마찬가지인데 《안나 카레니나》에도 브론스키의 경마 장면이 나와요. 경마장에서 자기 애마인 푸르푸르가 장애물을 넘다가 호흡이 잘 안 맞아서 걸려 쓰러지게 되자 이 말을 안락사시킵니다. 그 사고 장면을 보고 안나가 경악해서 일어나고 과잉 반응을 보이는 바람에 남편 카레닌이 둘의 관계를 확실하게 눈치채게 됩니다. 말은 안나를 상징합니다. 그리고 이 장면에서는 말을 다루는 브론스키의 미숙성을 보여주기도 하므로 두 사람의 관계에 닥칠 파국을 미리 암시합니다. 이 작품에서도 말을 강압적으로 통제하는 제럴드의 성격이 구드룬과의 관계에서도 그대로 이어지게 되지요. 구드룬은 처음에 여기에 매혹됩니다.

이 장면을 보고 어슐라는 이렇게 반응해요. "안 돼……! 말을 놔줘요! 놔주라고요, 이 멍청이, 이 **멍청이** 같으니……!" 박차를 너무 세게 차서 말이 피를 흘리고 하기 때문에, 어슐라는 제럴드에게 적대감과 증오를 느끼며 몹시 흥분하여 소리칩니다. 그런데 구드룬은 거꾸로 제럴드에게 매력을 느낍니다.

사랑에 빠진 여인들

구드룬의 마음은, 살아 있는 말의 몸뚱이를 내리누르던 그 남자의 굽힘 없고 부드러운 무게감으로 마비되어버린 것 같았다. 고동치는 암말의 몸뚱이를 완전히 장악하고 있던 그 금발 남자의 강인한 불굴의 허벅지. 무겁게 포위하듯 둘러싸고 암말로부터 끔찍스러운, 형언할 수 없는 복종을, 고분고분한 피의 복종을 끌어냈던, 그 허리와 허벅지, 그리고 종아리로부터 나오는 부드럽고 하얀, 자석처럼 끌어당기는 지배력.

그러니까 구드룬이 어슐라와는 많이 다른 거죠. 이 자매가 비슷한 면도 많이 갖고 있는데 결정적인 차이는 제럴드가 말을 학대하는 이 장면에서 드러납니다. 당연히 이 두 자매의 서로 다른 성향이 남자를 선택할 때 반영되는 거죠.

그런데 구드룬은 제럴드의 지배력에 끌리게 되지만 다른 한편으로는 그 제럴드를 지배하고자 한다는 점이 특이합니다. 양가감정을 갖고 있어요. 그녀 안에는 두 가지 의지가 서로 대립합니다. 한편으로는 완전히 굴복되기를 원하고 다른 한편으로는 상대를 파멸시켜버리기를 원하죠. 제럴드에 대한 구드룬의 두 가지 태도는 차례대로 나타납니다. 처음에는 자기를 강력하게 지배해줄 남자를 원했어요. 제럴드가 그런 남자에 해당합니다. 다음에는 그런 제럴드를 파괴하고자 합니다. 그리고 자기도 대등하다고 생각해요. 지배권을 놓고 둘이 격돌하게 됩니다. 한 치도 양보하지 않습니다.

TV 영화 〈사랑에 빠진 여인들〉의 제럴드와 구드룬.

일단 작품에서 제럴드와 구드룬의 성애 장면은 24장 '죽음과 사랑'
에 나옵니다. 아버지의 죽음 이후에 장례식을 마친 제럴드가 구드룬
을 찾아오게 됩니다. 제럴드와 구드룬이 포옹하는 장면이 이렇게 묘
사되어 있습니다.

그는 그녀 안에서 무한한 위안을 찾았다. 그녀의 속에다가 자신의 내부에 갇
혀 있던 모든 어둠과, 생명을 좀먹는 죽음을 쏟아붓고 나자, 그는 다시 온전해
졌다. 멋지고 경이로웠다. 기적이었다.

그런데 이 장면은 앞에 나온 어슐라와 버킨의 장면과는 많이 다릅

니다. 제럴드는 완벽한 만족감을 경험하지만 구드룬은 그러지를 못해요. 서로가 서로에게 만족감을 얻는 것이 아니라 일방적이에요.

한편, 그릇처럼 복종한 채 그를 받아들인 그녀는, 그의 쓰디쓴 죽음으로 가득 채워졌다. 이 위기에 저항할 힘이 없었다. 끔찍스럽게 마찰하는 죽음의 폭력이 그녀를 가득 채웠고, 그녀는 복종의 황홀경 속에서, 극심한 격정의 고통 속에서 이를 받아들였다. (…)

그녀는 거대한 생명의 욕조였다. 그는 그녀를 숭배했다. 그녀는 모든 생명의 어머니요, 본질이었다. 그리고 어린애이자 남자인 그는 그녀를 받아들여 온전해졌다.

제럴드는 아버지를 여읜 상실감을 구드룬과의 관계에서 회복합니다. 어떤 제의적인 의미까지 갖는 관계이지만 문제는 일방적이라는 거죠. 구드룬은 자기가 파괴된다고, 찢긴다고 느낍니다. 구드룬이 정신을 차리고 깨어났더니 제럴드가 장시간 그녀를 덮고 있어요. 무거워서 움직이지도 못합니다. 그런 상태로 구드룬이 갇혀 있어요.

구드룬은 완전한 의식 속으로 파괴되어, 정신이 말똥말똥한 상태로 누워 있었다. 그가 자신에게 팔을 감은 채 정신없이 잠에 빠져 있는 동안 그녀는 눈을 크게 뜨고 뚫어져라 어둠을 응시한 채 누워 꼼짝하지 않았다.

대단히 불편해하고 고통스러워하는 구드룬이 묘사되어 있습니다. 나중에 이 일을 구드룬이 환기합니다. 어슐라와 버킨의 성애 장면이 로렌스의 성에 대한 신비주의 혹은 성에 대한 형이상학을 잘 구현한다고 한다면 이 제럴드와 구드룬의 성애 장면은 그와 대비되고 상당히 부정적으로 묘사되어 있습니다.

깊은 잠에 빠져든 제럴드를 바라보며 구드룬이 이렇게 생각해요.

그는 아주 머나먼 다른 세상에 있었다. 아, 그는 완전해져서 저렇게 먼 다른 세상에 있다니, 그녀는 괴로워 비명이 터져 나올 것 같았다. 그는 마치 맑고 어두운 물속 깊은 곳에 아스라이 놓여 있는 조약돌처럼 보였다.

너무 멀리 있어요. 구드룬에 의해 완성된 제럴드는 먼 나라에 가 있습니다. 그런데 구드룬은 이편에 혼자 남겨져 있어요. 같이 저편에 간 게 아니고. 통상적으로는 같이 저편에 가야 하잖아요?

그와 그녀는 결코 함께 있지 못하리라. 아, 그녀와 저 다른 존재 사이에 언제나 끼어들 이 끔찍한 비인간적인 거리!

이게 전조예요. 두 인물의 파국은 이 장면에서 충분히 예고되어 있습니다.

31장 '눈에 파묻혀'에서 두 인물의 가학, 피학적인 관계는 이런 식으로 묘사가 됩니다.

> 그의 욕정이 그녀에겐 무시무시했다. 최종적인 파괴와도 같이 강렬하고 오싹하고 비인간적이었다. 그것이 자신을 죽일 것만 같았다. 그녀는 죽임을 당하는 중이었다. (…)
> 그다음 날에도, 파괴되지 않은 그녀의 일부가 적대감을 품은 채 아직 말짱히 남아 있었다.

성관계라는 것이 이 커플에게서는 죽이고 죽임을 당하는 걸로 묘사가 됩니다. 그런데 늘 일방적이지는 않습니다. 때로는 역전돼요.

> 때로는 그가 최강자이고 그녀는 기진한 바람처럼 정신을 거의 잃은 채 땅 위를 기어 다녔다. 때로는 그 반대였다. 그러나 언제나 한쪽이 파괴되어 다른 쪽이 존재하거나, 한쪽이 무효가 되는 바람에 상대방이 승인을 얻는, 영원한 시소 상태였다.

어떨 때는 제럴드가 이기고 어떨 때는 구드룬이 이기고 하는 식입니다. 앞에서도 시소 얘기가 나왔지만 별들의 평형과 대비되는 게 이 커플의 시소 관계입니다. 시소는 균형을 딱 맞추는 게 아니고 올라가

거나 내려가는 거죠. 언제나 승자와 패자가 있습니다. 언제나 한쪽은 파괴되고 한쪽은 보존됩니다. 제럴드와 구드룬이 시소와 같은 관계입니다. 그러니까 뢰르케라는 인물이 따로 등장하지 않더라도 이런 상황이라면 이 커플은 오래가기 어렵습니다. 그리고 두 사람 모두 살인 충동을 느낍니다. 제럴드는 구드룬을 죽이고 싶어 해요. 구드룬도 제럴드를 죽이고 싶어 합니다. 그런 충동이 행동으로 표출되기도 합니다.

이상한 고집이 그(제럴드)를 사로잡았다. 그녀가 무슨 말을 하든 어떤 행동을 하든 그녀를 떠나지 않기로 작정했다. 기이하고 치명적인 열망이 그를 그녀와 함께 가게 만들었다. (…)
그녀는 그가 자신에게로 향할 때마저, 열려 있는 그의 심장을 괴롭혔다. 그녀 자신도 고통스러웠다. 어쩌면 그녀의 의지가 더 강한 것인지도 몰랐다. 그녀는 그가 불손하고 끈덕진 존재처럼 자신의 심장의 꽃봉오리를 찢어 열어젖히는 듯한 기분이 들어 공포에 질렸다. 파리의 날개를 뜯거나 꽃 속에 무엇이 들어 있는지 보려고 봉오리를 열어젖히는 소년처럼 그는 그녀의 사생활을, 그녀의 삶 자체를 찢었다. 덜 핀 봉오리를 찢어 죽여버리듯 그녀를 파괴시킬 터였다.

이런 느낌을 갖고 관계를 계속하는 것은 피학적인 욕구가 없다면

사랑에 빠진 여인들

불가능하죠. 제럴드가 구드룬한테 아예 이렇게 얘기해요. "언젠가, 난 당신을 파괴할 겁니다." 서로에 대한 파괴적인 충동을 이미 느끼게 됩니다. 그런데 뢰르케라는 인물이 두 사람 사이에 개입하고 구드룬이 뢰르케에게 더 관심을 보이게 되니까 제럴드의 질투가 폭발합니다.

제럴드의 탄광 경영
─시스템이 인간을 대신하다

제럴드와 관련해서 살펴봐야 할 중요한 부분이 또 있습니다. 17장 '산업계의 거물'에 나오는, 아버지 토머스 크라이치와 아들 제럴드 크라이치가 2대에 걸쳐 탄광을 경영하는 이야기입니다. 일반적인 자본주의 발달사의 한 장면인데 상당히 생생하게 묘사되어 있습니다. 이 작품에서 문명 비판이라는 주제는 보통 두 가지 장면에서 다뤄진다고 이야기됩니다. 하나는 탄광 경영과 관련된 17장에 나오는 장면, 다른 하나는 런던의 카페에서 볼 수 있는 타락하고 퇴폐적인 여러 인물들이 묘사되는 장면입니다.

아버지가 전통적인 방식의 경영주였다고 한다면 아들 제럴드는 아주 새로운 방식의 경영 시스템을 채택하게 됩니다. 사람이 아닌, 시스템에 의한 경영입니다. 이 시스템에 의한 경영이 완성되고 나니까 아이러니하게도 제럴드의 자리가 없어지게 됩니다. 경영주가 무언가를 할 수 있는 공간이, 여지가 없어집니다. 모든 것을 시스템이 대신하게 되니까요. 탄광 경영에 관한 묘사를 잠깐 보면 이렇습니다. 아버지를 뒤이어 회사 경영을 떠맡게 된 제럴드가 굉장한 열정을 갖게 됩니다. 앞에서 말을 강하게 제어했던 모습과 비슷합니다.

회사를 본 순간, 그는 자신이 무엇을 할 수 있는지 즉각 알아차렸다. 그는 물질, 즉 땅덩어리와 그것이 둘러싸고 있는 석탄과 싸웠다. 지하의 무생물에 맞서 이것을 자신의 의지에 복속시키겠다는 일념뿐이었다.

모든 것을 자기의 의지 아래에 두려고 하는 것이 제럴드의 기본적인 성향입니다. 심지어 갓난애 때부터 그랬다고 되어 있습니다. 6개월 되었을 때부터 유모들을 자기 의지에 굴복시키려 했다는 유모들의 증언도 나오고 있어요.

제럴드를 거의 종교적인 광희로 고무시킨 것은 그가 구축하고자 한 바로 이 비인간적인 원리였다. 인간인 그가, 자신이 굴복시켜야 하는 물질과 자신 사이에 완전한 불변의 신과 같은 매개물을 놓을 수 있는 것이었다. (…)
그는 이제, 인간의 의지가 방해받지 않고 거침없이 매끄럽게 영원히 질주할 수 있는 위대하고 완벽한 시스템을, 신이 되어가는 과정을 지상에 확장하기

사랑에 빠진 여인들

위한 필생의 사업을 갖게 되었다.

제럴드는 탄광에 비인격적인 시스템, 기계장치를 가져다 놓음으로써 말하자면 구조 개혁을 단행합니다. 광부들이 처음에 반발하지만 결국은 제럴드의 의지를 따르게 됩니다. 그러면서 탄광의 수익도 엄청나게 증가합니다. 제럴드는 탄광을 완전히 다른 방식으로, 가장 정확하고 정밀하고 과학적인 방식으로 돌아가게 합니다. 교육받은 전문가들이 모든 것을 장악하고 광부들은 기계적인 도구로 전락하지요. 이것이 제럴드가 거둔 경영상의 업적입니다. 아버지 대의 경영 방식은 과거 일로 남게 되고 제럴드는 전혀 새로운 경영 방식을 도입하게 됩니다.

이 방식이 성공을 거뒀는데 문제는 이 시스템 전체가 너무 완벽해서 제럴드가 더 이상 필요 없게 되었다는 것이죠. 딜레마입니다. 이 작품에서 제럴드의 사회적 정체성이라고 한다면, 탄광의 경영자라는 것, 구드룬의 연인이라는 것 이 두 가지인데 이 두 가지에서 모두 존재감을 잃어버리게 됩니다. 시스템이 인간의 몫을 대신하게 되니까 제럴드의 몫이 없어요. 불필요해집니다. 경영주가 개입하지 않아도 아무 문제가 없이 일이 다 돌아가게 됩니다. 구드룬과의 관계에서도 뢰르케가 등장하면서 완전히 배턴 패스가 됩니다. 한때 제럴드에게 매혹되었던 구드룬의 관심이 예술가 뢰르케에게 옮겨 갑니다. 뢰르케가 신체적으로 왜소하게 그려져 있는데, 버킨이나 제럴드는 비난하지만 오히려 구드룬에게는 뢰르케에게 더 몰두하게 되는 이유가 됩니다.

"예술 세계는
현실 세계에 관한 진실일 뿐"

갓 결혼한 어슐라와 버킨이 신혼여행 겸 알프스 산자락에 있는 휴양지로 가는데, 이때 구드룬과 제럴드 커플이 동행하게 됩니다. 제럴드는 여기서 구드룬과의 견해차, 갈등을 끝내 극복하지 못하고 자살을 선택하게 되지요. 계기가 된 것 중의 하나는 예술관의 차이입니다. 역시 이 작품에서 어슐라와 구드룬의 차이를 보여주는 장면입니다.

앞에서 제럴드의 말 학대를 보고 서로 다르게 반응한 자매는 뢰르케의 작품을 두고서도 의견 차이를 보이게 됩니다. 언니이긴 하지만 어슐라는 예술에 대해 문외한이어서 구드룬은 작가인 뢰르케의 편을 듭니다. 뢰르케의 작품을 보고 어슐라가 비판합니다. 벌거벗은 소녀가 안장 없이 커다란 말에 앉아 있는 조각상입니다. "말을 왜 그렇게 뻣뻣하게 만들었어요? 돌덩어리처럼 뻣뻣하잖아요." 이에 뢰르케가 발끈하면서 타박합니다. 그때 구드룬은 뢰르케의 편을 들어줍니다. 말 학대 장면에서 어슐라가 인도주의 내지는 동물에 대한 사랑과 동정을 보여준다고 한다면 구드룬과 제럴드는 지배 의지, 권력 의지 같은 걸 보여줍니다. 구드룬이 뢰르케하고 한편이 돼서 옹호하는 것은 '삶과 분리된 예술'입니다. 이른바 모더니스트의 예술관이라고도 하는데, 예술 작품은 그냥 예술 작품일 뿐이지 다른 무엇의 반영이나 재현이 아니라고 하는 것이지요. 무언가를 모방하거나 재현한 것이 아니라 독자적이라고 하는 것. 그래서 예술이라는 건 절대적 세계이고 행동의 상대적 세계와 혼동해서는 안 된다고 얘기합니다. 구드룬이 거기에 맞장구를 칩니다.

로렌스가 뢰르케에 대해 좀 부정적으로 묘사하고 있는데 구드룬이 뢰르케에 합세하는 걸 보면 구드룬에 대한 작가의 태도가 어떠한지도 알 수 있습니다. 실제로 로렌스가 모더니즘 예술에 대해, 모더니즘 문학에 대해 좀 부정적인 태도를 갖고 있었어요. 제임스 조이스나 버지니아 울프로 대표되던 당시의 흐름에 거리감을 갖고 있었습니다. 현실과 예술은 별개의 것이고 분명히 구분되어야 된다, 나와 내 예술은 서로 아무 관계가 없다, 내 예술은 다른 세계에 있고 나는 이 세계에 있다. 구드룬이 뢰르케를 응원하면서 이렇게 얘기하는데 전형적인 모더니스트들의 자족적인 예술관입니다. 다르게는 '예술의 자율성' 신화라고도 부릅니다.

앞에서 《젊은 예술가의 초상》에 드러난 조이스의 예술관에 대해 살펴봤었는데, 조이스의 예술관도 원래 의도와는 좀 다르게 이런 쪽으로 수렴합니다. 거기서 조물주로서의 작가는 자기가 만들어놓은 세계하고 철저하게 분리된다는 관점을 피력합니다. 그래서 창조주로서 작가는 멀찍이 떨어져서 손톱이나 깎고 있다고 묘사되는데 여기서도 마찬가지입니다. 예술 작품이 여기에 있다면, 작가 혹은 예술가는 전혀 다른 세계에 있고, 작가와 작품 사이에는 아무런 연결고리도 없다는 겁니다. 두 가지를 분리시킵니다. 하나는 작품이 반영하고 있는 세계나 대상이고 다른 하나는 작품입니다. 대상 세계와 작품을 분리시킵니다. 전혀 다르다고 하는 거죠. 그다음에 작가와 작품도 분리시킵니다. 반면에 세계나 작가와 연관 지어 작품을 이해하는 걸 오류라고 보고 부정합니다.

뢰르케와 구드룬의 반응에 대해 어슐라가 다시 반박합니다. "당신이 나한테 한 그 장광설 중에 진실은 단 한 마디도 없어요." 이런 식으로 딱 단정 짓습니다. "저 말은 당신 자신의 진부하고 우둔한 무자비함을 그린 거예요. 그리고 그 소녀는 당신이 사랑하고 괴롭히다가 싹 무시하며 내버린 소녀고요." 어슐라는 이 작품을 통해 작가 뢰르케와 소녀 모델의 관계를 읽어냅니다. 두 사람의 관계가 작품에 투영되어 있다고 보는 겁니다. 이게 전통적인 방식입니다. 이 작품에서는 어슐라가 문외한으로 설정되어 있긴 하지만, 로렌스는 오히려 어슐라 편을 들고 있는 걸로 보입니다. 이 장면이 로렌스의 예술관, 문학관을 잘 보여주는 장면으로 많이 인용됩니다. 그러면서 결정타까지 날립니다.

언니 어슐라의 말에 대해서 동생 구드룬이 분노합니다. 둘이 원래 같은 편이긴 했지만 예술과 관한 한 구드룬은 언니하고는 정반대편에 서게 됩니다.

구드룬도 분노에 찬 경멸감에 입을 다물었다. 어슐라는 천사도 감히 발 디디기 두려워하는 곳으로 돌진해 들어오는, 참아줄 수 없는 문외한이었다.

예술이라는 동네에 천사들도 쉽게 발을 디디기 어려워하는데 그냥 무작정 침범해왔다는 데 분노합니다. 그렇지만 어슐라가 지지 않고 카운터펀치를 날립니다.

"당신의 예술 세계와 현실 세계에 대해서 말인데요. 당신은 그 둘을 분리할 수밖에 없는 거예요. 왜냐하면 당신은 자신의 정체를 깨닫는 걸 견딜 수 없으니까요. 당신은 자신이 정말이지 얼마나 진부하고 뻣뻣하고 철두철미하게 잔혹한지 차마 인식할 수 없으니까 '그건 예술의 세계야'라고 말하는 거라고요. 예술 세계는 현실 세계에 관한 진실일 뿐이에요, 그게 전부죠. 그렇지만 당신은 그걸 알기엔 너무 멀리 가버렸어요."

이건 정말 로렌스의 발언 그대로라고도 할 수 있어요. 로렌스의 문학관으로, 예술이 어떤 것이고 어떠해야 하는가에 대한 진술로 읽을 수가 있습니다. 그런데 구드룬은 완전히 뢰르케와 한편이 되고요. 그런 점에서도 구드룬과의 관계에서 제럴드의 고립은 피할 수 없어 보입니다. 한편, 제럴드에게는 버킨이라는 또 다른 상대가 있었죠. 결과적으로 보자면 제럴드가 상대를 잘못 선택한 겁니다. 버킨과 구드룬을 놓고 한 명을 선택해야 했다고 한다면 잘못 선택한 것이고 버킨도 뒤늦게 그 점을 깨닫습니다.

그래서 제럴드의 죽음 이후에는 버킨의 애도를 중심으로 에필로그가 이어지게 됩니다. 마지막 장에서는 제럴드가 자살한 것은 구드룬과의 반목이 점점 심화되었기 때문이라고 이야기가 됩니다. 구드룬이 계속 시비를 겁니다. '당신은 나를 절대로 사랑하지 않을 거고 나도 마찬가지'라는 식의 발언들을 합니다. 이 말에 제럴드는 분노하고 절망한 나머지 구드룬을 죽일 수만 있다면 자신이 자유로워질 거라고 생각해요. 그래서 목을 조르기까지 하죠. 제럴드로 살 수 있는 건 구드룬을 죽이거나 아니면 자기가 죽거나 둘 중의 하나입니다. 그렇게 한참 목을 조르다가 정신이 들어 택한 게 자살 같은 죽음입니다. 맨 마지막에 제럴드가 구드룬의 목을 조르는 장면은 이처럼 묘사되어 있습니다.

그(제럴드)의 욕정이 그녀에겐 무시무시했다. 최종적인 파괴와도 같이 강렬

사랑에 빠진 여인들

하고 오싹하고 비인간적이었다. 그것이 자신을 죽일 것만 같았다. 그녀는 죽임을 당하는 중이었다.

이들은 성관계에서부터 죽이고 죽임을 당하는 관계로 되어 있었죠. 마지막 장면도 그렇습니다. 앞서 말씀드렸던 버킨이 제럴드를 애도하는 부분이 마지막 장면에 나옵니다.

버킨은 다시 제럴드에게로 갔다. 버킨은 그를 사랑했었다. 그런데도 거기 누워 있는 무기력한 몸에 메스꺼움을 느꼈다. 그것은 너무나 무력하고 지독히 차갑게 죽어 있는 시체였다.

버킨은 주검이 된 제럴드를 보고 망연자실해서 얼굴도 만져보고 합니다. 구드룬은 전혀 그렇게 하지 않습니다. 차갑고 냉정한 여자로 나오지요. 오히려 버킨만 제럴드의 죽음에 큰 충격을 받습니다. 버킨은 울면서 "난 이렇게 되길 바라지 않았어" 하고 중얼거립니다. 그러고는 잠잠해져서 눈물을 닦고는 어슐라에게 말합니다. "그는 날 사랑했어야 해요. 내가 제의했었어요."

버킨이 제럴드에게 피의 맹세를 하자고 제안하는 장면이 16장 '남자 대 남자'에 나옵니다.

버킨의 마음속엔 전혀 다른 생각들이 지나가고 있었다. 불현듯 자신이 또 다른 문제——두 남자 간의 사랑과 영원한 결합 문제——에 직면하고 있음을 깨달았다. 물론 한 남자를 순수하고 완전하게 사랑하는 일은 필연, 일생 동안 그의 내면에 자리해온 필연이었다. 물론 그는 줄곧 제럴드를 사랑해왔지만, 줄기차게 이를 부정해왔다.

이미 말씀드렸듯이 '두 남자 간의 사랑과 영원한 결합'이 이 작품의 중요한 주제인데, 버킨 본인도 당혹스러워서 인정하고 받아들이지 못한 거죠. 그런 탓에 각자 다른 여자를, 한 사람은 어슐라를 한 사람은 구드룬을 선택하게 된 겁니다. 문제는 제럴드와 버킨의 관계가 정확하게 제도화되어 있지 않고 문화화되어 있지 않다는 데 있는 걸로 보입니다. 그래서 버킨은 피의 의형제를 맺는 의식을 제안합니다.

"그래……. 그리고 평생토록 피를 나눈 서로에게 충실하기로 맹세하는 거지. ……그게 바로 우리가 해야 할 일이야. (…) 자네와 나, 우린 서로 사랑하기로 무조건적으로 완벽하게, 그 어떤 철회도 있을 수 없는 최종적인 맹세를 해야 돼."

앞에서도 말씀드렸듯이 총 32장으로 구성된 이 작품에서 정확하게 중반부에 해당하는 16장에서 하는 얘기입니다. "언젠가는 서로에게 맹세하는 거야, 알겠지?" 버킨이 이렇게 말하지만 그 '언젠가'가 계속 유보된 거였어요. "서로의 곁에 있겠노라고, 서로에게 충실하겠노라고…… 궁극적으로—완벽하게—유기적으로 서로에게 내맡겨진 채…… 철회란 있을 수 없이 말이야." 이 작품에서 제럴드와 버킨은 의형제를 맺자는 맹세를 미처 하지 못했어요. 유보하느라 못했는데 제럴드가 죽은 후에야 버킨이 뒤늦게 후회하는 겁니다.

"그는 날 사랑했어야 해요." 구드룬이라는 여자 대신에 버킨 자신을 사랑했어야 한다는 겁니다. 이렇게 얘기하니까 좀 지나서 어슐라가 다시 물어봅니다. "당신은 제럴드가 필요했어요?" 뒤끝 같은 질문이긴 합니다. 그 말의 정확한 의미를 알고 싶어서 질문하는데, 버킨이 여전히 그렇다고, 여자의 사랑으로는 충분하지 않다고 대답합니다. 만약에 여자의 사랑만 필요하다고 한다면 어슐라 당신으로 충분하다. 그런데 내게는 다른 사랑이 필요하다. 남자의 사랑이, 남자와의 결합이 필요하다. 이것이 이 작품의 핵심적인 주제입니다.《사랑에 빠진 여인들》은 그런 이중적인 주제를 다루고 있습니다.

이 작품을 어떻게 읽어야 할 것인가. 버킨의 때늦은 후회를 어떻게 읽어야 할까. 인간은 스스로 구할 수밖에 없으며 삶도 죽음도 결국 각자의 책임이라고 생각했던 버킨은 막상 제럴드가 죽자 달라집니다. 버킨은 대단히 비관적인 문명론을 갖고 있습니다. 인간은 지구에 폐해만 끼치는 생명체이기 때문에 다 사라져주는 게 좋다는 식으로 생각합니다. 이는 버킨만의 생각은 아니고 당시 유행하던 생각이기도 했습니다. 그런데 이런 버킨이 제럴드가 죽자 책임감을 느끼는 걸로 보입니다. 버킨은 자기만의 고민에 빠진 채, 도움을 요청해오는 제럴드를 외면했던 것은 아닐까.

정리해보자면 《사랑에 빠진 여인들》은 남녀 간의 사랑, 남자들 간의 사랑이라는 주제를 다루고 있고 오히려 핵심적인 주제는 남자들의 사랑, 남자와의 결합이라는 것이죠. 그렇기 때문에 로렌스가 이 작품을 발표한 후에 바로 남자들의 소설을 집필함으로써 남자들의 세계로 빠져나가는 것으로 이해가 됩니다. 어쩌면 두 자매의 이야기라는 건 포장이었던 것으로도 보입니다.

찾아보기

로쟈와 함께 읽는 문학 속의 철학

참고 도서

소포클레스, 《오이디푸스 왕》, 강대진 옮김 (민음사, 2009)

볼테르, 《캉디드 혹은 낙관주의》, 이봉지 옮김 (열린책들, 2009)

볼테르, 《불온한 철학사전》, 사이에 옮김 (민음사, 2015)

표도르 도스토예프스키, 《지하로부터의 수기》, 김연경 옮김 (민음사, 2010)

레프 니꼴라예비치 똘스또이, 《이반 일리치의 죽음》, 이강은 옮김 (창비, 2012)

제임스 조이스, 《젊은 예술가의 초상》, 성은애 옮김 (열린책들, 2011)

헤르만 헤세, 《싯다르타》, 박병덕 옮김 (민음사, 2002)

데이비드 허버트 로렌스, 《사랑에 빠진 여인들》, 손영주 옮김 (을유문화사, 2014)

데이비드 허버트 로렌스, 《채털리 부인의 연인》, 이인규 옮김 (민음사, 2003)

로자와 함께 읽는 문학 속의 철학

로쟈와 함께 읽는
문학 속의 철학

펴낸날 초판 1쇄 2017년 12월 5일
      초판 2쇄 2019년 6월 5일

지은이 이현우
펴낸이 김현태

펴낸곳 책세상
주소   서울시 마포구 잔다리로 62-1, 3층(04031)
전화   02-704-1251(영업부), 02-3273-1334(편집부)
팩스   02-719-1258
이메일 bkworld11@gmail.com
홈페이지 chaeksesang.com
등록   1975. 5. 21. 제1-517호

ISBN   979-11-5931-179-6 03800

이 도서의 국립중앙도서관 출판시도서목록(CIP)은 서지정보유통지원시스템 홈페이지
(http://seoji.nl.go.kr)와 국가자료공동목록시스템(http://www.nl.go.kr/kolisnet)에서
이용하실 수 있습니다.(CIP제어번호 : CIP2017029848)